THE MIDNIGHT LOCK

真夜中の密室

ジェフリー・ディーヴァー

池田真紀子・訳

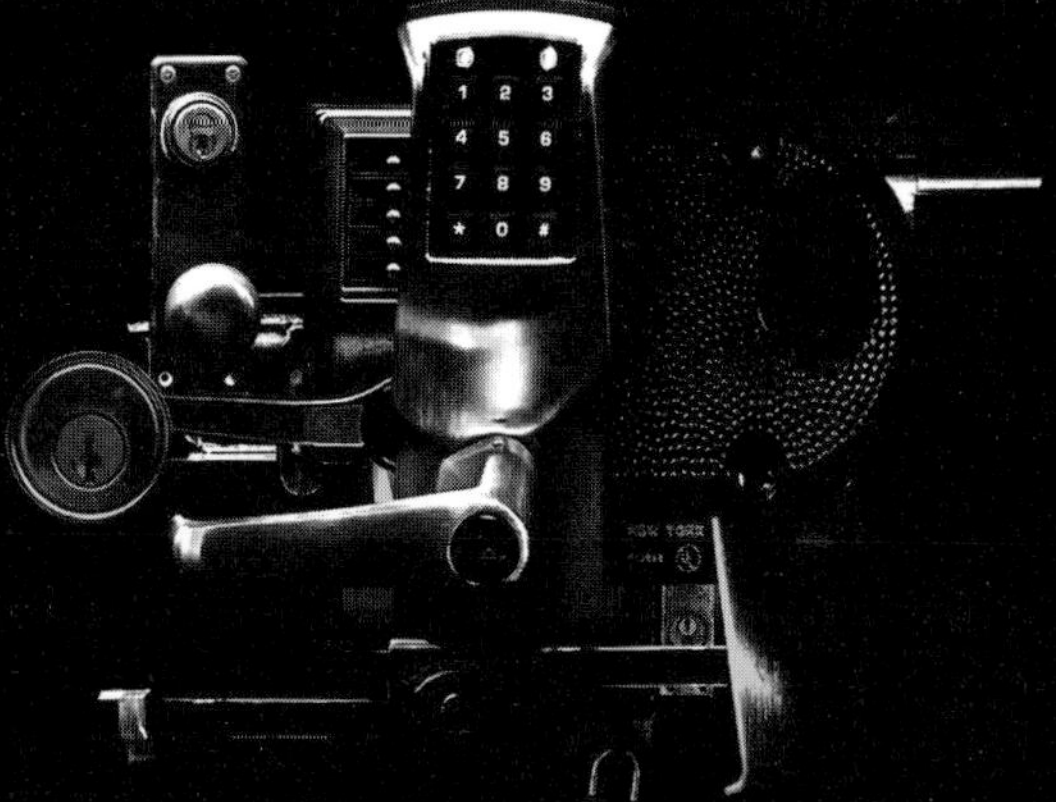

Jeffery Deaver

文藝春秋

アンドルー、ウェンディ、ヴィクトリアに

ジャーナリズムにおける至上の掟は、
何をも恐れずに真実を語ることである。
――ウォルター・リップマン

目次

主な登場人物

リンカーン・ライム……………四肢麻痺の科学捜査の専門家
アメリア・サックス……………ニューヨーク市警重大犯罪捜査課　刑事
ロン・セリットー………………同市警犯罪捜査部長
トム・レストン…………………ライムの介護士
ロナルド・プラスキー…………ニューヨーク市警　巡査
メル・クーパー…………………同　鑑識技術者
アロンゾ・ロドリゲス…………同　警視監
ブレット・エヴァンズ…………同右
サリー・ウィリス………………同副本部長　警察行政委員会第一副委員長
リチャード・ボーフォート……同　刑事
トニー・ハリソン………………ニューヨーク市長
エイブ・ポッター………………市長補佐官
ヴィクトール・ブリヤック……暗黒街の大物
アーロン・ダグラス……………ブリヤックの手下

アヴェレル・ウィテカー……………ウィテカー・メディア・グループ社長
キット・ウィテカー………………アヴェレルの息子
ジョアナ・ウィテカー……………アヴェレルの姪
マーティン・ケンプ………………ジョアナの婚約者
ライル・スペンサー………………ウィテカー・メディア・グループ　警備部長
アレコス・グレゴリオス…………ライムらが捜査中の殺人事件の被害者
ヤニス・グレゴリオス……………アレコスの息子
シェルドン・ギボンズ……………記者
ウェルム……………………………陰謀論系ブロガー
アナベル・タリーズ………………ロックスミスの第一の被害者
キャリー・ノエル…………………第二の被害者
テイラー・ソームズ………………第三の被害者候補
ルーニー・ソームズ………………テイラーの娘
ロックスミス………………………？

真夜中の密室

装画　永戸鉄也
装幀　関口聖司

第一部　シリンダー・キー

五月二十六日午前八時

1

ふだんの朝と、何かが違っている。

どこがどう違う？　アナベル・タリーズは首をかしげた。

この心もとない感じ、違和感、もやもやとした居心地の悪さの原因は、二日酔い《ハングオーバー》かもしれない。二日酔いといっても、ごく軽いものではあるが。アナベルは二日酔いをハングオーバーではなく〝ハングアンダー〟——翌朝のどんより感《アンダー》——と呼んでいる。ソーヴィニヨン・ブランを一杯、いや一杯半、飲みすぎたかもしれない。ゆうべはトリッシュやガブと〈ティトー〉に繰り出した。セルビアとテキサス－メキシコのフュージョン料理の店ティトーはきっと、マンハッタンのアッパー・ウェストサイドのどこより異彩を放つレストランだろう。自慢料理は、豆とサルサを添えたチーズのフライだ。

それにもう一つ、大ぶりのグラスで出されるワイン。ベッドの上で横向きになり、まぶたをくすぐる金色の豊かな髪を払いのけて考えた——この部屋の何がいつもと違っているのだろう。

ああ、一つ見つけた。窓がほんの少しだけ開いている。排気ガスとアスファルトのにおいがするマンハッタンらしい五月のそよ風が優しく吹きこんできていた。窓を開けることなんてめったにないのに。ゆうべはどうして開けたのだったか。

モデルとして芽が出ず、いまはファッション業界の裏方に甘んじている二十七歳のアナベル・タリーズは起き上がり、ミュージカル〈ハミルトン〉のTシャツの裾を引っ張ってねじれを直した。ナイトウェアにしているシルクのボクサーショーツの裾も引っ張った。

足を床に下ろし、爪先でスリッパを探す。

ない。昨夜、毛布の下にもぐりこむ直前にそこに脱いだはずなのに。

待ってよ。いったいどういうことよ。

これといった恐怖症や強迫症は抱えていない。ただし、どうしても我慢できないものが一つだけある。アスファルトの路面を見ると、黴菌《ばいきん》をはじめ、言葉にするのもおぞましい微細な生き物がそこをびっしりと埋めている様を想像せずにはいられない。だから毎日、帰宅するとまず靴を脱ぎ、玄関脇の箱に入れることにしている（遊びに来た友達にも同じようにしてもらう）が、おぞましいものはどうしたっていくらかは部屋に入りこんでいるだろう。

素足で室内を歩くなんて、絶対にできない。

なのに、ベッド脇に下ろした足の先に触れたのは、スリッパではなく、昨日着た服だった。フリルのついた花柄のワンピースが床に広げて置いてある。

スカートの前側が、襟ぐりの近くまで持ち上がっていた。まるで服の前を開いて見せる変質者だ。

ちょっと待って……ぼんやりとした記憶が蘇った。このワンピースはゆうべ、夜の日課の前に汚れ物のバスケットに入れたはず。

つまり、こういうことになる。スリッパは脱いだはずの場所にないし、ワンピースは入れたはずのバスケットにない。

いつも軽薄なバーテンダーのドレイコが、ふだん以上に太っ腹に酒を注いだ結果なのかもしれない。

おかげで、許容量の二・五倍くらい飲んでしまったとか？

気をつけなさいよ、アナベル。お酒を飲むときは絶対に気をゆるめちゃだめ。

いつもどおり、目が覚めたら、何はともあれ携帯のチェックだ。

ベッドサイドテーブルを見る。

携帯電話はなかった。

固定電話は引いていないから、夜のあいだは携帯電話だけが頼りだ。つねに手の届くところに置き、充電を欠かさない。壁のソケットにつながったへその緒のような充電ケーブルはあった。しかし携帯電話はない。

待ってよ……いったい何がどうなってるわけ。

そこでスリッパが目に入った。ファー飾りがついたピンク色のスリッパは、部屋の向こう側、小さな木の椅子の左右に置いてあった。椅子はふだんよりもベッドに近い位置に移動していた。スリッパの爪先は椅子の側を向いていて、ひどく卑猥に見えた——脚を大きく広げて誰かの膝に座っていた人物が、スリッパだけそこに脱いで立ち去ったかのように。

「きゃ」タリーズは小さな悲鳴を上げた。椅子のすぐ横の床に何かある。皿だ。皿が一枚。そこに食べかけのクッキーが一つ。

鼓動が速くなり、呼吸は浅くなった。夜のあいだに誰かがこの部屋に入ったのだ！　その誰かが服の置き場所を変え、クッキーを食べた。

眠っているアナベルから二メートルと離れていないところで！

携帯は……携帯はいったいどこ？

床に広げられたワンピースに手を伸ばす。

が、途中で凍りついた。触っちゃだめ！　その男が――侵入したのはきっと男だろう――手を触れたのだから。

いやあ！……タリーズはクローゼットに飛びつき、ジーンズとニューヨーク大学の校章入りスウェットシャツを着て、最初に目についたスニーカーを履いた。

出なくちゃ！　早くこの部屋を出て！　隣の人に、警察に来てもらおう……

怖くていまにもあふれそうな涙をこらえて寝室を出ようとしたとき、整理簞笥《だんす》の抽斗《ひきだし》が一つ、わずかに開いているのが目に留まった。下着をしまってある段だ。そこに何か派手な色合いのものが入っているのが見えた。

そろそろと近づき、抽斗を全開にしてなかを確かめた。息をのむ。こらえていた涙がついにあふれ出した。

並んだパンティの上に、新聞のページが置いてあった。ふだんタリーズが読んでいる新聞ではない。とすると、侵入した男が持ちこんだことになる。口紅を使って――彼女のお気に入りの〝情熱のピンク〟という色の口紅を使って――こう書かれていた。

因果応報――解錠師《ロックスミス》

アナベル・タリーズは向きを変え、小走りに玄関に向かった。しかし、三メートルと行かないうちに立ち止まった。

気づいたことが三つ。

一つめは、小さなキッチンのアイランド型カウンター上に置いた包丁立ての、右上の差し込み口が空っぽだということ。いつもは一番大きな包丁を差してある口だ。

二つめは、玄関に続く廊下に面した物入れの扉が開きっ放しになっていること。枠にスイッチがあって、扉を開けるとなかの電灯が自動で灯るようになっている。ところがいま、なかは真っ暗だ。玄関に行くにはその前を通らなくてはならない。

　そして三つめは、玄関ドアに二つ並んだデッドボルト錠のつまみが、どちらも鍵がかかっているときの位置にあることだった。

　侵入した男はこの部屋の鍵を持っていないはずだ。とすると、いまもまだ室内にいることになる。

2

　被告弁護人は無人の証言台に歩み寄り、そのすぐ隣の電動車椅子に座ったリンカーン・ライムに向かって切り出した。「ミスター・ライム。先ほどの宣誓はまだ有効であることをお忘れなきよう」

　ライムは眉を寄せ、黒髪にがっしりした体格をしたコフリンという名の弁護人を見た。そして当惑顔を作って訊いた。「私の知らないうちに、宣誓が無効になるようなことが何か起きたのか」

　おっと、いま判事の顔に浮かんだあのかすかな表情は、笑みだろうか。ライムからはよく見えなかった。車椅子は、法廷のメインフロアにあり、判事はライムよりかなり高い位置、それもライムから見て真後ろといっていいような位置に座っている。

　証人として出廷するたび、〝神に誓って〟を省略してもやはり宣誓の文言は無用に長たらしいとライムは思う。**真実を、すべての真実を、そして真実のみを証言すると誓いますか。**

　なぜこれほどもったいぶった表現でなくてはならないのか。〝真実〟という語は一度出せば充分だろうに、しつこく念を押す意味はどこにあるのか。「嘘をつかないと誓いますね？　嘘をついたら逮捕しますよ？」と確かめればそれで充分ではないか。

　そのほうがよほど効率がよい。

　ライムは皮肉を引っこめて弁護人に応じた。「宣誓下にあることは理解している」

　公判はニューヨーク州最高裁で行われている。呼び名こそ最高裁判所《シュープリーム・コート》だが、実質は地方裁判所、すなわち第一審裁判所だ。羽目板張りの壁は傷だらけで、そこを飾る歴代裁判官の肖像は南北戦争後の再建期までさかのぼるらしい。とはいえ裁判の進行は実に二十一世紀らしいものだった。検事席にも弁護人席にもノートパソコンやタブレットが並び、判事の前には薄型の高解像度モニターが備えられている。法廷内に法律書は一冊たりとも見当たらない。

五十がらみと思《おぼ》しき弁護人のコフリンが言った。「さっそく反対尋問の本題に入ります」そう言って手もとのメモをめくった。紙の本はなくても、検事と弁護人のテーブルに積み上げられたフールスキャップ判の用箋は、全部合わせると数十キロ分はありそうだ。

「ええ、そうしていただけると助かります」判事が言った。

ラボにこもって行う証拠分析は、犯罪捜査を支援する科学捜査官の仕事の一部にすぎない。法廷という公の場でのパフォーマンスも科学捜査官の仕事のうちだ。検察側の専門家証人として出廷し、分析結果を嚙み砕いて説明し、結論を突き崩しにかかる弁護側の攻撃を根気よく、かつ巧みにかわさなくてはならない。検事が有能であれば、満身創痍《まんしんそうい》の証人を再尋問で手当てできる場合もあるが、そもそも追い詰められずに切り抜けられればそれが一番だ。リンカーン・ライムはもともと引きこもりがちなところがあり、ラボで過ごす時間をほかの何より愛しているとはいえ、他者との関わりをいっさい拒絶するほどではない。誰だってたまには陪審の注目を一身に浴びて証言したり、弁護人と舌戦を交わしたりしてみたいではないか。

「先ほどの検察側の尋問で、レオン・マーフィーが殺害された現場に私の依頼人の指紋は一つも残されていなかったと証言されましたね」

「いや、そうは言っていないな」

コフリンは眉間《みけん》に皺を寄せ、黄色い用箋に目を落とした。そこには的確なメモが記されているのかもしれないし、単なるいたずら書きがあるのかもしれない。はたまた牛肉のバーベキュー料理のレシピが書かれているのかもしれない。偶然にもライムは空腹を感じていた。時刻は午前十時。今朝は食事をとりそこねた。

コフリンが依頼人を見やる。ヴィクトール・アントニー・ブリヤック、五十二歳。髪の色は弁護人と同じく黒だが、弁護人よりもさらに体格がよく、スラヴ系らしい顔立ちと青白い肌をしている。チャコールグレーのあつらえのスーツにワイン色のベスト。その顔には、意外なほど威圧感がない。教会の地下室で開かれる寄付金集めの食事会でパンケーキを給仕していても場違いではなさそうだ。きっとテーブルを囲む保護者の名前を残らず覚えていて、子供にはシロップを多めにかけてやったりするだろう。

「先ほどの証言内容を読み上げましょうか」撒き餌にじわじわと近づくサメのようにライムのすぐそばまで来ていたコフリンは、用箋を指し示した。

「いやけっこう。覚えている。私はこう証言した。私はこう言ったみにこれは宣誓したうえでの証言だ。私はこう言った——レオン・マーフィーが殺害された現場で検出された指紋のなかに、きみの依頼人の指紋と一致するものはなかった」

「どこが違うんです?」

「きみはこう言ったね。きみの依頼人の指紋は現場に一つも残されていいなかったと。しかし、無数の指紋を残したということも充分にありうる。鑑識チームが採取しなかっただけで」

コフリンはあきれ顔をした。「証言の削除を申し立てます」

女性裁判長のウィリアムズ判事が陪審に向かって言った。「いまのミスター・ライムの証言は無視するように。ミスター・コフリン、質問のしかたを変えてください」

腹立たしげな表情でコフリンが言い直す。「ミスター・ライム、既決重罪犯であるレオン・マーフィーが射殺された現場において、私の依頼人の指紋は一つも検出されなかった。そうですね」

「その質問には答えられない。私は被害者が既決重罪犯であるかどうかについて意見を述べる立場にない」

コフリンが溜め息をつく。

判事は座ったままもぞもぞと体を動かした。

ライムは続けた。「〝検出されなかった〟部分には同意する」

コフリンとブリヤックは目を見交わした。弁護人よりブリヤックのほうが落ち着き払っているように見える。

コフリンは弁護側のテーブルに戻り、そこにある何かを確かめた。

ライムは陪審席に視線を投げた。少なからぬ陪審がライムを見ていた。ライムの体の状態を観察している。刑事弁護士のなかにはライムの出廷に陰で文句を言う者もいると聞く。四肢麻痺のライムが車椅子に乗ったまま証言すると、陪審の心情として検察側に味方しがちだからというのが彼らの言い分だ。

たとえそうだとしても、ではどうしろと？　車椅子がなければ移動できない。ライムが科学捜査官である事実も動かせない。

ライムの視線は次に被告人に注がれた。ブリヤックはニューヨークの組織犯罪史上、毛色の変わった部類だ。市内でいくつものビジネスを展開しているが、それで財を成したわけではない。ブリヤックは暗黒社会に二つとないサービスを提供しており、ニューヨーク市の比類なき犯罪史を振り返っても、そのサービスはおそらく最多の人命を犠牲とし続けている。

しかし、今回のニューヨーク州対ヴィクトール・ブリヤック裁判で裁かれようとしているのは、そのサービスの合法性ではない。特定のできごと、特定の犯罪、特定の殺人事件だ。

被害者レオン・マーフィーは、ブリヤックが所有する倉庫の支配人と面会した一週間後に射殺体で発見された。精神の病を患っていたマーフィーはいっぱしのマフィアを気取り、自分こそ、かつてマンハッタンのヘルズキッチン一帯を無慈悲な暴力で支配していたアイルランド系犯罪組織〈ウェスティーズ〉の後継者であるという妄想を抱いていた。倉庫の支配人と面会したのは、営業を容認するのと引き換えにみかじめ料を要求するためだった。その商品をその顧客に売りつけるのは、ビジネスとしてあまり褒められたものではない。

コフリンがライムに質問した。「レオン・マーフィーの遺体の周辺で、また薬莢《やっきょう》が見つかった近くで、足跡は発見されましたか」

「遺体の周辺は草むらだったから、足跡は発見されなかった。薬莢が落ちていた周辺では足跡が見つかったが、降雨のせいで靴の種類までは判別できなかった」

「つまり、事件現場で私の依頼人の足跡が発見されたとは証言できない、と」

「いまの私の返答は、まさにそのような意味に解釈できるのではないかね」ライムは嫌みったらしく言った。弁護士をねちねちといじめても誰からも反感を抱かれないことは、むろん経験から知っている。弁護士はそれで金をもらっているのだ。

「ミスター・ライム、ニューヨーク市警の鑑識チームは、犯罪の現場でかならずDNAを採取していますか」

「している」

「レオン・マーフィーが殺害された現場から、私の依頼人のDNAは検出されましたか」

「されていない」

「ミスター・ライム、あなたはミスター・マーフィーの殺害に使用された弾を分析しましたね。えーと、弾丸の部分です」

「した」

「薬莢も分析しましたか」

「した」

「念のため確認しますが、弾径はいくつでしたか」

「九ミリパラベラム弾」

「先ほどの証言によると、弾丸に残っていた溝、いわゆる旋条痕から、発射に使われたのはグロック17と考えられるわけですね」

「グロックであるのは間違いない。加えて、そのうちのモデル17である可能性が高い」

「ミスター・ライム、あなたご自身や同僚捜査員のどなたかが、州または連邦のデータベースを使って私の依頼人の銃器の登録履歴を確認しましたか」

「した」

「私の依頼人は、グロックを――とくにモデル17を現在または過去に所有していましたか」

「それは答えられない」

「どういうことでしょうか、ミスター・ライム」

「可能性としては、一ダース所有していることもありうるからだ」

「裁判長」コフリンは判事を見上げた。ライムに不当に扱われていじけているような声だった。

被告人ヴィクトール・ブリヤックの顔に浮かびかけているあの表情は、ひょっとして笑みか。

「ミスター・ライム？」判事はうんざりしたように言った。

「弁護人は、被告人が〝ア・グロック〟、すなわち一丁を所有しているかと訊いた。それに対して、私はわからないと答えた。本当に知らないからだ。私に証言できるのは、記録を確認するかぎり、被告人はニューヨーク州で合法に登録されたグロックを、一丁であれ、複数であれ、所有していないということだけだ」

地方検事補のセラーズが言った。「裁判長、弁護人の質問は、事件捜査におけるライム警部の貢献から脇道にそれていこうとしています。銃器の購入履歴に関することがらはライム警部の貢献に含まれていません。本来の専門分野である物的証拠の分析に的を絞るべきでしょう」

コフリンが反論する。「裁判長、私は前提条件を押さえようとしているだけです。その目的は追々《おいおい》明らかになります」

ライムはコフリンの鋭い目を見た。彼の目的地はどこだろう。

「いいでしょう……とりあえず続けてください」

「ミスター・ライム、ここまでの質問を振り返ります。遺体や薬莢が発見された周辺から私の依頼人のＤＮＡは検出されなかったのですね」

「されなかった」

「遺体や薬莢そのものからも」

「そのとおり」

「そのいずれからも依頼人の足跡や指紋も発見されていない」

「そのとおり」

「依頼人に結びつく繊維や毛髪も発見されなかった」

「そのとおり」

「州と連邦の記録によれば、私の依頼人はグロックのセミオートマチック拳銃を現在も過去も所有していない」

「そのとおり」

「レオン・マーフィー殺害と私の依頼人を結びつける唯一の物的証拠は、遺体の発見現場で採取された数粒の砂ですね」

「六粒」ライムは反駁した。「数粒よりは多い」

コフリンはにやりとした——陪審に向かって。「六粒ですね。では、その六粒の砂によって私の依頼人と事件がどう結びつくのか、改めて説明していただけますか」

「その砂の組成に特徴があった。主に硫酸カルシウム二水和物、二酸化ケイ素から成っていて、それに加えてもう一つ、分子式Ｃ12Ｈ24の物質が検出された。四分の三は不飽和炭化水素、残り四分の一が芳香族化合物」

「その〝もう一つの〟物質ですが、要するに何でしょう」

「ある特定のグレードのディーゼル燃料」

「それがあると、どうして私の依頼人と現場とが結びつくんでしょうか」

「クイーンズ区フォレストヒルズにある被告人の自宅前の路上で採取されたサンプルにも、同種の砂が含まれていたからだ。遺体の発見現場近くで採取した対照サンプルには、含まれていなかった」

「私の依頼人の自宅で採取された砂と、レオン・マーフィー殺害現場で採取された砂が一致したわけですか」

ライムは口ごもった。「〝一致〟は、科学捜査の分野では〝同一〟を意味する。たとえば指紋は一致する。DNAも一致する。きわめて複雑な組成の化学混合物なら一致することもあるだろう。そういった例外はあるが、科学捜査ではふつう〝関連する〟という言い方をする。あるいは、酷似している、同一と考えて矛盾がないと表現する」

コフリンが繰り返す。「〝酷似している〟……ですか。つまり、私の依頼人の自宅で採取された砂と事件現場で採取された砂が一致したとは証言できないわけですね」

「いま説明したとおり——」

コフリンはすかさずさえぎった。「私の依頼人の自宅で採取された砂と、現場で採取された六粒の砂は〝一致〟したと証言できますか」

長い沈黙のあと、ライムは答えた。「できない」

コフリンは強《こわ》い髪を片手でかき上げた。「もう少しだけおつきあい願います、ミスター・ライム。反対尋問を終える前に、あとほんのいくつかお尋ねしたいことがありますので」陪審をちらりと見て、またライムに目を戻す。「ここからは、あなたご自身についてうかがいたい」

3

さてさて、これは果たして殺人に発展するのか。

僕は人がむごたらしく殺されるところを目撃することになるのか。

その空き地は豊かな緑に囲まれていて、その向こうには砂地が続いている。遠くに見えるラクダのこぶみたいな丘陵は、もやでかすんでいる。空のはるか高くで、飛行機雲が音もなく空を切り裂いていく。地平線から大きな嵐雲がそびえ、まもなく雨になりそうだ。

一つ伸びをしてからまた目を凝らす。男が二人。どちらも痩せ形だが、筋肉はたくましい。浅黒い肌と黒い髪に、ラテンアメリカ系の顔立ち。二人とも灰色のスラックスを穿《は》き、イラストと文字が入ったTシャツを着ている。

僕も似たような服装だが、スラックスの色はベージュだし、Tシャツは黒の無地だ。

三人とも足もとがランニングシューズなのは共通している。

ナイフを持ったほうの男は、ロックバンドAC／DCのTシャツを着ていた。もう一人の男、背中で手を縛られているほうの男のTシャツは、色褪せた黄色と緑で、胸にスポーツチームのワッペンか何かがついていたらしいが、洗濯を繰り返して取れてしまったらしい。見た感じ、あれはおそらくブラジルのサッカーチームのワッペンだ。

AC／DCは大きな声でしゃべっていた。スペイン語だ。ナイフを動かしはするが、それでもう一人を威嚇《いかく》しているわけじゃない。ただ身ぶりが大きいだけのことだ。そうやって言いたいことを強調している。ボディランゲージからするに、だいぶ興奮しているようだ。マシンガンみたいに高速でわめき散らしている。

長いロープでおざなりに手を縛られているほうの男は、恐怖と困惑が入り交じった表情を浮かべていた。

しゃべっているほうがナイフを高々と振り上げる。柄《え》に近い側の刃はなめらかで、先端側には鋸《のこぎり》みたいなぎざぎざが刻まれている。

疑問の答えはまだ出ない――これは果たして殺人に発展するのか。

単に自分の言い分を聞かせようとしているだけのことかもしれない。話が長いっていうだけで。これはきっとただの恫喝《どうかつ》だろう。

死を前にした人間は、捨て身で反撃を試みたりしないものだ。無抵抗になる。泣いたりはするだろうし、〝どうして、どうして、どうして〟と訊いたりもするだろうが、せいぜいそれだけだ。交渉はあるかもしれない。金をやるとか、体を差し出すとか。改心すると約束したり、懺悔の言葉をつぶやいたり。

でも、命乞いはまずしない。不思議なものだ。

AC／DCの罵倒の勢いが鈍ってきた。ナイフを振り回すしぐさもゆっくりになっている。縛られているほうの男は泣いていた。

そして僕は、当然のこととして、僕はどうすべきかと考えている。

神の代役は、ときに困難な判断を迫られる。

次の展開を見逃すまいと身を乗り出し、乾いた血の痕がついているようにも見える非情なナイフから目を離さないようにしながら、僕は自問する――さあ、どうする？

4

「ミスター・ライム」コフリンが続けた。「証拠の分析は、自宅を兼ねたタウンハウスで行っているんでしたね」

「そうだ。自宅内に設けたラボで」

「通勤が楽そうだ」コフリンは笑みを作り、軽い調子で言った。陪審の何人かがそれを聞いて微笑む。

取ってつけたようなジョークに応じて、ライムはうなずいた。

「事件現場で集めた物的証拠がタウンハウス内の微細な物質で汚染されないよう、どのような対策を講じていらっしゃいますか」

「全米科学捜査協会の汚染防止ゾーン分離委員会が出しているガイドラインに、一〇〇パーセント従っている」

「具体的には」

「日に三度、漂白剤ベースの殺菌剤を使ってラボ全体を清掃する。床から天井まで届くガラスの壁でタウンハウスのほかの部分と仕切ったうえに与圧もしてあるから、ラボ外から微細な物質が侵入することはない。ラボに入る際はかならず防護衣を着用する――キャップ、シューカバー、マスク、ガウン。手袋も。技術者を保護すると同時に、証拠も汚染から守られる」

「シューカバーとおっしゃいましたね」

「そう、外科医が履くようなものだ」

「お体のことを考えると失礼な質問になるかもしれませんが、ミスター・ライム、車椅子にシューカバーを履かせるわけにはいきませんよね」

「私はたいがい仕切りの外側にいて、ほかの者の分析作業をそこから監督している」

「ご自分がそこに――〝クリーンエリア〟と呼ぶんでしたか、そのエリア内に入ることは？」

　ライムはためらった。検事をちらりと見る。セラーズはわずかに不安げな表情をしていた。「そう、クリーンエリアと呼んでいる。私がクリーンエリアに入って分析を行うこともたまにある。その際はさっき話したような防護衣を着用するが、シューカバーは――」

「車椅子の車輪に的を絞ってお尋ねします。車輪の汚染対策はどのように？」

「クリーンエリアに入る前に、介護士が入念に汚れを落としている。ブラシで汚れを掻き出す」

　コフリンは車椅子を一瞥《いちべつ》した。インバケア社の中輪駆動モデルで、真ん中の大型駆動中輪の前後に補助輪が二つ配置されている。この仕組みのおかげで、前後に何度も切り返すことなく方向転換ができる。

「ラボに入るときもこの車椅子で？」

「そうだが、さっきも言ったように――」

「イエスまたはノーでお答えいただければ充分です。このタイヤはどのような種類のものですか」

「わからない」

「メーカー純正であれば、リム径十四インチ、トレッド幅三インチのゴム充填タイヤのはずです。いわゆるエアレスタイヤ、ソリッドタイヤと呼ばれるものですね」

「おそらくそれだと思う」なるほど、コフリンの予習は万全のようだ。この弁護士に雇われた私立探偵はいったいいつ、ライムの周辺を嗅ぎ回ったのだろう。

「インバケア社は、障害者向け製品で定評のあるメーカーでしたね」

「異議あり」検事のセラーズが声を上げた。「証人は企業の評判について専門家証言をするために出廷しているのではありません。それに、一連の質問の目的が不明です」

「製品の品質についての質問は撤回します、裁判長。即座に本題に入る所存です」

「けっこう。できればきびきび《ヴィヴァーチェ》とお願いしたいですね」

判事のオペラ好きは有名だ。

「はい、裁判長。ミスター・ライム、その車椅子のタイヤは納得のゆく性能を発揮していますか」

「それなりに」

「すべりやすいといったこともなく？」

「ない」

「グリップがよいのは、溝が深いおかげでしょうか」

「異議あり」

「ミスター・コフリン、車椅子のタイヤを証拠として提出したいのであれば、手続きを取ってください」

「その必要はありません、裁判長」

必要はないだろう。全陪審がもう車椅子のタイヤに視線を向けて、溝が深いことを確認した。コフリンの目的は達成されている。

「ミスター・ライム、あなたの介護士は、タイヤの溝の掃除にどのくらいの時間をかけていますか」

「おそらく二十分程度」

「タイヤ二本を合わせて？」

「そうだ」

「一本につき十分」

「算数の知識を使えばそういうことになるだろうね」それを聞いて、陪審の何人かがにやりとした。


「ミスター・ライム、あなたの論説を拝読しました。微細証拠は、手や足、毛髪にまるで接着剤のようにくっつくと書いてありました。しかも高性能な顕微鏡など特殊な機器を使わないかぎり、事実上、見つけられないそうですね。本当にそうなんですか。論説にはそうお書きになっていますが」

「事実だ。ただし――」

「先ほど全米科学捜査協会の汚染防止ゾーン分離委員会のガイドラインの話が出ました。そのガイドラインが扱っているのは、ＤＮＡ汚染の問題だけです。そうですね？」

ライムはためらった。検事と目が合った。「そうだ」

「ほかの物質については言及がないんでしょうか」

「ない。しかしガイドラインに従っていれば――」

「ミスター・ライム、お答えは簡潔にお願いします。ガイドラインは、ラボで分析されるほかの形式の微細証拠を想定して書かれたものではない。そういうことでよろしいですか」

「ああ」ライムはつぶやくように答えた。

コフリンの目が力を帯びた。「ガイドラインはＤＮＡ

だけに適用されるとご存じだったなら、私の依頼人に不利な微細証拠を適正に扱っているという主張の裏づけとしてガイドラインを挙げたのはなぜですか」

「うっかりした」

「私の依頼人に不利な証拠の分析結果について、実はそこまでの自信が持てず、証言の信憑性《しんぴょうせい》を高めるためにガイドラインを引き合いに出したというようなことはありませんか」

「異議あり」

「異議を認めます」

　異議が認められても、陪審の記憶は消去できない。ライムの証言姿勢にはどうやら不適切な点があると示すやりとりを彼らはすでに耳にしてしまっている。

「ミスター・ライム。砂粒を分析しているとき、あなたはラボのクリーンエリア内にいましたか」

　ライムは答えなかった。法廷の後ろのほうにいる介護士のトムを見やる。今日のトムは、一分の隙もない紺色のスーツにオフホワイトのシャツ、濃い灰色のネクタイという出で立ちだ。

　コフリンが答えを促す。「ミスター・ライム?」

「クリーンエリア内にいた」

「クリーンエリアに入る前に、介護士はそのタイヤの溝を掃除しましたか」

「はい」

「何を使って掃除しましたか」

「ウェットティッシュと漂白剤」

「溝の奥深くを掃除するのに、綿棒やそれに類するものを使いましたか」

「いや。使ったのはウェットティッシュだ」

「しかも、かけた時間はタイヤ一本につきたったの十分だった」

「異議あり」

　コフリンは〝たったの〟を削って質問し直した。「かけた時間はタイヤ一本につき十分だった」

「まあそんなところだ」

「ミスター・ライム、ラボにはきっとたくさんの機器があるでしょうね。クロマトグラフ、電子顕微鏡、乾燥キャビネット……科学捜査ラボと聞いて誰もが想像するような機器が」

「ある」

「どれもだいぶ熱くなるのでは」

「作動中は熱を発する」

「すると、排熱ファンがついていそうですね」

ライムは一瞬口ごもった。「ついている」

「理屈のうえでは、ファンの風で微細証拠が空中を浮遊したりもしそうですね。外から持ちこまれた異物が、砂のサンプルを汚染するようなこともあるのでは？」

「異議あり」

判事が言った。「ミスター・ライムは専門家証人です。仮説の質問も許容します。証人、弁護人の質問に答えてください」

「理屈の上では」

「ミスター・ライム、証拠分析報告書には、事件現場と私の依頼人の自宅で採取された土のサンプルを四月二十日にあなたのラボで分析したと書かれています。これは間違いありませんね」

「おそらく」

「その日、あなたは何らかの理由でタウンハウスの外に出ましたか」

「覚えていない」

「では、私が代わりに答えましょう。その日あなたは、西四七丁目のマンハッタン刑事司法スクールで講義を行いました。午前十時から」

「確認しないと答えられない」

「あなたの講義はＹｏｕＴｕｂｅでも配信されました。タイムスタンプもあります」

「そういうことであれば」ライムは固い声で答えた。「外に出たかという質問に対する答えは、イエスだ」

「裁判長」コフリンは新たな書類を持って判事席に近づいた。「弁護側証拠物件1を提出します」同じ書類のコピーを二部、女性廷吏に渡す。廷吏は一部を判事に、もう一部を検事のセラーズに渡した。セラーズは書類をめくったあと、眉間に皺を寄せてライムを見た。

手もとの書類を確認した判事が言った。「ミスター・セラーズ？」

セラーズは溜め息をついた。「異議はありません」

コフリンは歩み寄ってライムの前に書類を開いて置いた。「ミスター・ライム、これはアルブレヒト&タナー科学捜査サービスの報告書です。アルブレヒト&タナーはご存じですね」

「知っている」

「どのような会社か、みなさんに説明していただけますか」

「民間の科学捜査ラボだ。主な顧客は建設会社やメーカー」

「評判の高い会社ですね」

「そのとおりだ」

「この報告書は、私の事務所の依頼で作成されました。念のため付け加えると、アルブレヒト&タナーが提示した標準の料金を支払いました。報告書から読み上げます。〝弊社分析官は、歩道、庭園、花壇、工事現場から計八十四の土壌サンプルを採取しました〟。

〝これらサンプルは無菌容器で保管されたあと、弊社のラボに運ばれ、分析されました。指示に従い、弊社分析官は硫酸カルシウム二水和物および二酸化ケイ素、C12H24――すなわち不飽和炭化水素（七五パーセント）と芳香族化合物（二五パーセント）――の検出を試みました。分析の結果、相当量が検出されました〟」

コフリンは芝居がかった身ぶりで陪審をひとわたり見やったあと、ライムに向き直った。「ミスター・ライム、この報告書が言わんとしているのは、ディーゼル燃料が混じった特定の種類の砂が検出されたということでよろしいですね」

「ああ」

「サンプルに含まれていた化学物質の割合を見てください」

ライムは報告書に目を落とした。「確認した」

「その割合は、私の依頼人と事件現場を結びつける証拠として検察側が提出した六粒の砂から検出された、同じ化学物質の割合と同一ですね」

ライムはセラーズをほんの一瞬だけ見やった。「同一だ」

コフリンは報告書を見ながら続けた。「〝採取場所〟の項にこうあります。〝セントラルパーク・ウェスト、番地三百番台のブロックの西側歩道沿いの工事現場〟。ミスター・ライム」コフリンはライムを見た。「ラボとあなたの自宅を兼ねたタウンハウス、セントラルパーク・ウェストの番地三百番台の番地ブロックにありますか」

ライムは咳払いをした。「ある」

「とすると、こうは考えられませんか、ミスター・ライム。私の依頼人の自宅とレオン・マーフィー殺害現場を結びつける証拠であるとあなたが主張している六粒の砂は、その二つの場所からではなく、あなたの自宅の玄関前から来たものであり、あなたの車椅子のタイヤの溝に付着してラボに持ちこまれたものである。したがって、私の依頼人の有罪を示唆する微細証拠物件は存在しない」

ライムは唇を引き結んだ。

「裁判長？」コフリンが促した。

「ミスター・ライム、弁護人の質問に答えてください」

ライムは咳払いをした。「そうとも考えられる」

「反対尋問は以上です」

5

違うな。あれは脅して言いなりにさせるのが目的じゃない。

これはきっと殺人に発展する。正真正銘の人殺しだ。

まもなく血が流れるだろう。

それも大量に。

ＡＣ／ＤＣ、ナイフを持っているほうの男は左手でもう一人の髪をつかみ、上を向かせると、ナイフで喉を搔き切った。ウィスキーの封を切るみたいな動きだった。被害者が驚いたみたいな悲鳴を漏らすと同時に、真っ赤な血がどくどくとあふれ出した。いや、あふれ出すというより〝噴き出す〟だな。被害者は横向きに倒れた。ＡＣ／ＤＣはナイフを鋸《のこぎり》みたいに何度も動かす。ナイフは鋭そうに見えて、意外になまくらだったようだ。長い時間かかってついに首と胴体が切り離された。ＡＣ／ＤＣはごみでも捨てるみたいに首を放り出す。そのあいだもずっと何かしゃべり続けていた。死体はひくつかず、手足が縮こまったりもしなかった。ぴくりとも動かない。

さて、残った問題は、僕がどうするかだ。

どういう判断を下すか。

スペースキーを押して動画の再生を一時停止した。カフェインフリーのコーラを一口。すっかりぬるくなって気が抜けていた。この一時間くらいずっと、いまみたいな動画を見るのに完全に没頭していた。そういうとき、人は時間の感覚を失う。

姿勢を正し、片方の肩を持ち上げ、次にもう一方を持ち上げた。どこかの関節がぱきんと鳴った。僕は作業台の前に置いたクッション付きの椅子に座っている。ふだんから長時間座ったまま過ごすことが多いが、この椅子は長時間座るのに向いていない。買い替えようと思い始めてからずいぶん日にちがたっている。いいかげんに新しいのを買おう。いま目をつけているのは、価格一千ドルの特注モデルだ。

停止した動画の下に並んだコメントに目を通す。

これはヤバい‼

ロス・セタスのメンバーなんか、みんなまとめて銃殺すればいいのに。

犯人はメキシコの警官だろ。カルテルに飼われてるんだよな。

先週のやつのほうがよかったな。なんでアップの画像がないんだよ。

なんでこいつの女も一緒にやっちまわなかったんだよ。

たしかに、なぜだろうな。そこがちょっと物足りない。

さて、審判の時だ。

僕はいくつかキーを叩いてからリターンを押す。

画面が真っ暗になり、次の文言が表示された。

当サイトのコミュニティ規準に違反しているため、
この動画は削除されました。

大勢のユーザーが怒るだろう。あれもこれも削除するなよという不満のコメントをたまに見かける。こんなの検閲だろう、表現の自由はどこに行ったんだ、とか。

しかし、ソーシャルメディアのユーザーは憲法学者じゃない。合衆国憲法修正第一条が禁じているのは、連邦議会による表現の自由の制限だ。ＹｏｕＴｕｂｅやインスタグラムなんかもそうだが、僕の会社〈ヴューナウ〉がどんな投稿を削除しようが文句を言われる筋合いはない。完全に合法な行為だ。気に入らないなら、別のサービスを利用すればいい。
僕の選択肢はもう一つあった。動画を削除するのではなく、再生前に警告が表示されるようにしておいてもよかった——ユーザーが〈正義：カルテル流〉というタイトルをクリックすると、こんなポップアップが表示されるようにもできた。

成人向けコンテンツ。年齢確認のためログインしてください。

しかし、この動画は高解像度で撮影されている。最近の投稿動画はたいがいそうだ。拭き出した血の一滴一滴まで鮮明に見えそうだし、死の間際の悲鳴——被害者がこの世で最後に発した声——も明瞭に聞こえる。となると、この処刑動画は削除するほかない。

僕はコンテンツ・モデレーター（投稿サイトを監視し、規準違反の投稿を削除するなどしてコンテンツの適正化を図る人員）で、僕を雇用している会社の利益を最優先で考えなくてはならない。それはつまり、扇情的、ショッキング、胸が悪くなるような動画と、かわいい、おもしろい、見ると元気が出るような動画との微妙なバランスをとらなくちゃならないということだ。もちろん、有害な動画は削除するといったって、〈ヴューナウ〉シリコンヴァレー本部の天才ぞろいの役員たちは、清く正しいコンテンツだけが並ぶサイトにしようなんてこれっぽっちも考えていないだろうけどね。それよりも、あまりにも不道徳な動画が並んでいると広告主が逃げていくんじゃないかってほうを心配している（ロス・セタスの斬首動画にファミリー・プライド生命保険のバナー広告が表示されていたのは、ちょっと愉快だったが）。

さて、僕にはもう一つ、答えを出さなければならない問題がある。規準違反を理由に、投稿者のアカウントそのものを削除すべきか否か。

この投稿者は過去に、『グランド・セフト・オート』や『レッド・デッド・リデンプション』のプレイ動画をアップしていた。どっちも暴力描写はあるが、結局のところコンピューターが描いた絵にすぎない。ゲームの製作過程で、サンアンドレアス州の住民や西部開拓時代の植民者が現実に殺されたわけじゃない。

だが、投稿履歴を確かめると、そいつがたどってきた道筋は明らかだった。バイオレンスゲームや暴力シーンのある日本のアニメから出発して、ほかの投稿サイトから拾ってきたグロ画像や死体画像へと進んでいる。たとえば世界各地で起きたジェノサイドや大量殺人の被害者の画像——ただし、殺人行為が起きたあとに撮影された画像だった。

　今日の犯罪組織ロス・セタスによる斬首動画は、このユーザーが初めて投稿したリアルタイム撮影の殺人映像だ。

　こいつはいつか傍観者では物足りなくなって、実行する側に回るだろうか。

　欲望は理性を押し流す。

　僕は身をもってそう知っている。

　アカウントを削除するか、否か。

　僕は神だ。何だって好きにできる。

　僕の指がキーの上でためらう。

　いいや。もうしばらくささやかな趣味を楽しませてやるとしよう。

　斬首動画のページを閉じたとたん、また別の動画が現れた。有能なアルゴリズムが僕を選んで送ってきた動画。

　ウェルムと名乗る陰謀論者の投稿だった。週に何度か動画をアップしている奴だ。〈ヴューナウ〉では血とセックスのほか、政治がらみの敵意を煽る投稿も削除対象にしている。このウェルムっていう正体不明のユーザーがきわどい綱渡りをしているのは確かだ。

　動画のなかでは、モザイクがかかって判別不能になった人物がデスクの奥に座っている。真っ白な部屋で、大きな窓があるが、カーテンは閉ざされている。壁にフックが並んでいるところを見ると、動画を撮影していないときはそこに絵画でも飾ってあるんだろう。

　このウェルムって奴は、秘密に取り憑かれている。

　そこにはそれなりの理屈がある。

　いつもどおりデジタル処理されて歪んだ低い声が流れて、不気味な雰囲気を増幅する。

　友よ。〈暗黒政府《ヒドゥン》〉がロサンゼルス、シカゴ、ニューヨークの各都市で実施したプログラムに関する機密扱いの報告書を入手した。〈K12向上プロジェクト〉は秘密裏に実施されたプログラムで、顔認識技術を用いて自治体内の全児童と学生の行動を可視化する試みだ。収集されたデータを利用して幼稚園《K》から十二年生までの児童生徒およびその保護者の所在を追跡し、個人の政治・宗教・経済的プロファイルが作成される。これはかつてない水準でのプライバシー侵害に結びつきかねない。〈暗黒政府〉はどこまで我々のプライバシーを侵害すれば気がすむのか。この動画の下に、各都市の警察本部長の氏名と連絡先をコメントの形で追記する。〈戦い〉に勝つためなら子供たちを食い物にすることも厭わない連中をこのまま放置してはならない。

天に祈り、来たる戦争に備えよ！

我が名はウェルム。ラテン語で〝真実〟を意味し、私のメッセージはまさしくそれだ。これを受けてどう行動するか、その判断はきみたちにゆだねられている。

動画の下にダークウェブのURLがあり、そこにアクセスすれば〈暗黒政府〉との戦いに向けた支援金を送れる。ウェルムは〈暗黒政府〉を激しく攻撃しているが、その正体を明らかにしたことはない。この動画の視聴者に向けたターゲティング広告が並んでいた――サバイバルグッズ、武器、ほかの陰謀論者の書籍。

ウェルムの投稿をブロックする根拠として、〝不正確〟〝真偽不明〟な事実とされる内容が含まれているからとしてもいい。

あるいは、（どんなときも頼れる）コミュニティ規準に違反しているとしてもいい。

ウェルムの過去の投稿には、フォロワーに暴力行為を唆《そそのか》すものもあった。これは大衆と〈暗黒政府〉の戦いだと煽っていた。

動画は削除しないことにした。

立ち上がってアトリエの奥に向かう。床板は、百五十年前に張られた傷だらけで厚みがふぞろいなオーク材だ。冷たいコーラを取った。

アトリエはさほど広くない。天井のむき出しの垂木、煉瓦壁。太い木の柱がそびえている。窓は防犯用の鉄板でふさいである。セバスティアノ製菓材料会社に侵入して機械を盗もうと思い立つ輩が現れないよう、百二十年前から窓はふさがれていた。侵入者はごめんだ。窓の鉄板の存在は僕にとってもありがたい。侵入者はごめんだ。といっても、来てもらいたくないのは泥棒というより、ほかの連中だけどね。

アトリエはいつも明るくしておく。暗がりは〈反省部屋〉を連想させ、怒りをかき立てる。

三インチの大釘を打った煉瓦壁を何気なく見やる。その何本もの大釘に錠のコレクションを吊るしてあった。全部で百四十二個。鍵を詰めたメッシュ袋も。鍵は少なくとも千本はある。

壁の装飾はそれだけだ。錠と鍵さえあれば、ほかの芸術品なんか必要ないだろう？

携帯電話で時刻を確かめた。

〈ヴューナウ〉からログオフした瞬間、ロス・セタスの斬首動画も著作権侵害動画も、ウェルムの無政府主義を振りかざすスピーチも、僕の世界から消えた。

計画の立案に取りかからなくては。

ゆうべのアナベル・タリーズ宅〈訪問〉は、なかなか難度が高かった。それでも、今夜の予定に比べたら何でもない。

今夜の〈訪問〉には、数段上のテクニックが必要だ。

6

刑事は疑わしい人物を〝容疑者〟と呼ぶ。

リンカーン・ライムは、科学捜査における疑わしい物質に新しい呼び名を考案した――〝容疑物質〟。ライムがこの呼び名を与えるのは、場違いな物質、事件現場に存在する理由がとくにないのに発見された物質だ。

ライムのその説明を聞いたとき、ライムとアメリア・サックスの捜査チームに加わることの多い青年パトロール警察官ロナルド・プラスキーは、こう感想を述べた。

「なるほど。子供向けの絵本に似てるな。この絵のなかに場違いなものが一つあります、それは何でしょう？

正解は、たとえば、木の上で寝ているサメ」

ライムは幼稚な比喩だと片づけかけたが、少し考えてから言った。「まさしく」

今回の事件の容疑物質はＮａＣｌＯ₂だ。一般には亜塩素酸ナトリウムと呼ばれている。

この物質が検出されたのは、ある殺人事件の現場――クイーンズ区の高級住宅街にある、豪邸というにはやや控えめなサイズの個人宅の裏庭だった。被害者はコインランドリー・チェーンを経営する裕福な実業家アレコス・グレゴリオス。金品を奪われ、ナイフで襲われて死亡した。捜査を担当しているのは、オースティン・ストリートの第一一二分署の刑事タイ・ケリーとクリスタル・ウィルソンで、ニューヨーク市警科学捜査ラボに分析依頼が殺到していて待てど暮らせど結果が出ないことに業を煮やし、ライムに非公式な分析を依頼してきていた——どんな些細なものでも意見をもらえればありがたい。

ライムは承諾した。

被害者グレゴリオスは妻に先立たれて以降、一人で暮らしていた。死亡推定時刻前後に不審な人物やできごとを目撃した近隣住人は見つからなかったが、この日、夕食をともにするため被害者宅を訪れた成人した息子の証言によると、事件当日、グレゴリオスはホームレスの男とトラブルになったらしい。塀で囲まれた裏庭のゲートをこじ開けようとしている男に気づいて追い払ったが、そのとき男は殺してやるとグレゴリオスを脅した。グレゴリオスは興奮した男の脅迫を聞き流したという。

そのホームレスの男の人相特徴について、息子は父親から聞いた話を証言した。白人で、伸び放題の脂じみた髪の色は茶、薄汚れたレインコートを着ていた。

わかっているのはそれだけだ。

ニューヨーク市のホームレス人口は五万に達する。路上や保護施設を回って五万人に聞き込みをするなど、現実離れしている。刑事たちはライムの分析によって対象を絞りこめるのではないかと期待していた。

そして分析により、容疑物質が浮上した——ＮａＣＩO_2だ。

ライムはいま、ヴィクトール・ブリヤック裁判で議論に上った大通りセントラルパーク・ウェストに面した自宅タウンハウスに戻っている。

壮麗なタウンハウスは、ヴィクトリア朝時代に建てられた。ヴィクトリア女王がイングランドに君臨していたそのころ、ニューヨークはウィリアム・〝ボス〟・ツイードの支配下にあった。勢力圏こそ遠く離れていたとはいえ、この二人の専制君主ぶりはさほどかけ離れてはいなかった。

羽目板張りの壁と貴重なオーク材張りの床、漆喰《しっくい》塗りの天井は当時のままだが、タウンハウスの居間は百五十年前の建築当時と様変わりしている。いま椅子とテーブルと書棚があるあたりにはヴィクトリア朝時代の客間らしい雰囲気が残されているものの、残りの部分は、法廷でライムが弁護士のコフリンに説明したとおり、小都市あるいは中規模都市の警察や保安官事務所がうらやみそうなほど設備の充実した科学捜査ラボに改装されている。作業台を中心として、発光分光分析装置や蛍光分析装置、乾燥キャビネット、シアノアクリレート指紋検出法用フード、ハイパースペクトラル画像システム、自動ＤＮＡシーケンサー、血液生化学検査機、液体クロマトグラフ、ガスクロマトグラフなどが設置されている。一般家庭のキッチンで使われているのと何ら変わらない冷凍庫もある。

一角には、各種顕微鏡が並んでいる。双眼顕微鏡、複合顕微鏡、共焦点顕微鏡、走査電子顕微鏡。その近くには、科学捜査官の七つ道具と呼ぶべき携帯型の分析機器もそろっていた。

ラボ内はまるで工場のような雰囲気だが、リンカーン・ライムにいわせれば、この空間にふさわしい形容は一つしかない――〝我が家のよう〟。

一瞬、ブリヤック裁判に意識を引き戻された。いまごろ陪審はどのような議論を交わしているだろう。

ライム自身は陪審を務めた経験がない。たとえニューヨーク市警とＦＢＩと顧問契約を結んでいる科学捜査官が陪審候補に選ばれることがあったとしても、予備尋問開始から六十秒で不適格とされるだろう。

ライムはグレゴリオス殺害事件の要点が書き連ねられたホワイトボードを見つめた。今回は捜査のアドバイザーにすぎないため、事件の詳細のすべてではなく、基本情報を伝える文字と写真だけが並んでいる。容疑者の人相特徴のあらまし。死亡推定時刻（午後九時前後）。監視カメラの情報（現場周辺に一台設置されていたが、現場の方角を向いていなかった）。犯人の足跡（左右の靴が一致しないが、ホームレスには珍しいことではない）。上半身の三カ所を切り裂かれた痛ましい遺体写真。ほかに傷がなかったことから、被害者は敷地内にひそんでいた犯人に不意打ちされたと思われる。カリフォルニアをはじめ、いくつかの州では〝待ち伏せ〟を認定されると、死刑を科しうる重大な罪として裁かれる。ニューヨーク州刑法にその規定はないが、待ち伏せしていたとわかれば、殺意の立証が容易になる。

現場写真は、斬られて内臓がはみだしかけた遺体と、ロールシャッハ検査の絵のように広がった血で汚れた、白と薄茶色の砂利敷きの幅広の通用路を鮮明に映し出していた。

そういった情報のほかに、微細証拠がある。

おそらく財布を入れていたと思われる被害者のスラックスの後ろポケットから採取された微細証拠には、$NaClO_2$のほかクエン酸とチェリーシロップが含まれていた。


亜塩素酸ナトリウムとクエン酸を混合してできる二酸化塩素（ClO_2）は、殺菌剤や洗剤として一般に使用されている。一方、ClO_2は、ＡＩＤＳや癌を含むさまざまな疾病の特効薬であると誤認させる手法で販売もされている。インチキ薬として販売される際は、レモンやシナモン、あるいは今回の微細証拠にも含まれているチェリーシロップなどを添加する例が多い。

疑わしい人物がチェリー風味のClO_2を所持していると判明した場合、事件発生時刻のアリバイを確認すべきであろう。また令状を取得できるのであれば、その人物と現場とを結びつける新たな証拠を捜索すべきと考える。


まもなく、タイ・ケリー刑事から返信があった。

さすがですね、ライム警部！　お礼にお好きなスコッチを一瓶献上しますよ。ただし、高くてもジョニー・ウォーカー・ブルーまでとさせてください。


そのとき、タウンハウスの玄関ドアが開く気配が伝わってきた。セントラルパーク・ウェストを途切れることなく行き来する車の音がライムの耳を一瞬だけかすめた。

「どうだった？」玄関ホールから居間に入ってきたアメリア・サックスが尋ねた。グレゴリオス殺害事件のことではなく、ブリヤック裁判の証言の首尾を訊いている。

「とりあえず終わった」ライムは妻の質問に答えて肩をすくめた。それはライムの体に許される数少ないしぐさの一つだ。「あとは結果待ちだ」

すらりと背の高いアメリア・サックスは、長く赤い髪を顔から払いのけた。それから腰をかがめてライムの唇にキスをした。甘いような苦いような射撃残渣《ざんさ》のにおいがした。サックスが言った。「どことなく……そう、心配そうな顔ね」

ライムは眉間に皺を寄せた。「被告側の弁護士が気になる。つかみどころがない。有能なのか、そうでもないのか。判断がつかん」

「陪審の評決が出るのはいつになりそうかとは訊かないことにする」

サックスはニューヨーク市警の経験豊かな刑事であり、ライムと同様、これまでに何度も法廷で証言している。陪審が評決に達するまでの時間は誰にも予想できないこともよく知っている。

「そっちはどうだった？」ライムは尋ねた。

サックスは、ダイナミック射撃とかアクション射撃とも呼ばれる実践的な射撃のスキルを競うスポーツ、〝実用射撃〟の大会に出ている。出場者は複数の射台を移動しながら紙や金属でできた標的を撃つ。順位は、着弾点に基づく得点、タイム、使用する銃のパワーファクターの合計で決まる。選手は伏射、膝射、立射の三姿勢で競い合うが、射台の条件や標的の位置は事前には知らされないため、実用射撃では即応力がものを言う。

サックスは楽しんで射撃の大会に出ている。射撃場で練習するだけでも満足らしい。同じように、真っ赤なマッスルカー、フォード・トリノでサーキットを、あるいは都会というサーキットをかっ飛ばすのを好む。

「まあまあ」サックスはライムにそう答えた。

「それはつまり――？」

「二位だった」ライムに似たしぐさで肩をすくめる。

「出場者は五十人と言っていなかったか」

また肩をすくめる。

サックスは誰より自分に厳しい人間だが、それでもこう譲歩した。「一位だった人は、フルタイムのプロ選手なんだって」

各地の大会を渡り歩くプロの射撃選手の収入は、かなりの額になるらしい。賞金よりも、スポンサー収入や射撃教室の講師料のおかげだ。

トムがコーヒーを二つとクッキーの皿を運んできた。

しかしライムはあまり食欲がなかった。喉も渇いていない――少なくともコーヒーを飲みたいとは思わなかった。

「だめです」トムが言った。

ライムは顔をしかめた。「何か訊いた覚えはないがね」

「ええ、でも目が動きましたよ」

「スコッチのボトルを見たとでも思ったか。あいにくだが見ていない」

実際には見ていた。

「まだ早すぎます」

四肢麻痺患者はアルコールの摂取量を控えるべしとする専門家の見解など一度も目にしたことがない。たとえそのような研究結果が存在していたとしても、ライムは読まなかったことにするだろう。

「今日は朝からよく働いた。公判に出たわけだしな。きみも法廷にいただろうに」

「早すぎます」トムはそう宣言し、車椅子のすぐ隣のテーブルにコーヒーのマグを置いた。「それで思い出しましたが、上出来だったと思いますよ。証言の話ですが」

ライムは溜め息をついた——我ながら大げさな溜め息だ。スコッチのボトルを見やる。ボトルは居間にあるが、トムはライムの手の届かない高い位置に置いていた。くそ。もちろんサックスなら余裕で手が届くが、ライムの健康に関することとなると、サックスは原則としてトムの意見を容《い》れる。今回も例外は認められないだろう。

マグを持ち上げてコーヒーを飲む。不本意でも、美味いとうならないわけにはいかない。マグをテーブルに戻す。一滴もこぼさずにすんだ。手術と厳しいリハビリが功を奏して、右の腕と手はほぼ思いどおりに動かせるようになっている。近年、脊髄損傷患者向け医療の進歩は目覚ましく、主治医からも、いっそうの改善を期待できそうな治療法をいくつも勧められていた。改善を望まないわけではないが、治療とリハビリにかかる分の時間を事件捜査に回せばよかったとあとで悔やむことになるのはわかりきっている。

それもあって、現状は右腕を使えるだけでよしとしていた。右腕に加え、運命のいたずらか、左手の薬指も動かせる。指一本動いたからなんだと思われがちだが、左手で車椅子を自在に操縦できるおかげで、右手は物的証拠を持ち上げる役割に専念できる。それにもう一つ、十二年もののスコッチを注いだグラスを持ち上げることにも。

今日はまだありつけそうにないが。

セラーズ地方検事補に電話してみようか。だが、こちらから連絡するまでもないと思い直した。何かあれば向こうから電話してくるだろう。

　電話が鳴り出して、ライムは音声コマンドで応答した。

「ロンか」

　だみ声が聞こえた。「妙ちきりんな事件が起きてな。手伝ってもらえるとありがたいんだよ、リンカーン。アメリアは？」

「一緒にいるわよ、ロン」

　リンカーン・ライムのタウンハウス内では、電話はつねにスピーカーモードに設定されている。

「二人とも手は空いてるか」

　ライムは言った。「それに答える前に、何が〝妙ちきりん〟なのか教えてもらいたいね」

「会って話す。いまちょうど着いたから」

7

　アッパーイースト・サイド。

　僕は地下鉄駅を出て、通りを歩く。速すぎず、遅すぎず。人ごみにまぎれて北へ向かう。

　誰かに見られても、違和感は持たれないはずだ。やや長めのふさふさした黒髪は、単なる巻き毛を通り越してぼさぼさだ。体は痩せていて、手足がひょろ長い。指は細く、自分では耳が大きすぎると思っている。めったに散髪しないのはそれもあるのかもしれないな。欠点を隠したいからだ。だいたいいつもニット帽をかぶっている。ニューヨーク市では、季節を問わずニット帽でも浮かずにすむ。僕みたいに三十歳以下ならって条件はつくけどね（僕の帽子には大きな特徴があって、引き下ろすとスキーマスクになる）。

　いま履いているランニングシューズは、ロス・セタスの連中がこぞって愛用しているようなやつだ。中国製のノーブランドもの。歩きやすくてなかなかいい。この手の靴を履く一番の理由は、警察には靴底のトレッドのデータベースがあって、ありふれたパターンだとメーカーやモデルを簡単に突き止められてしまうとどこかで聞いたからだ。考えすぎかもしれないが、用心に越したことはない。

　いまの僕はブルージーンズを穿いていて、黒いウィンドブレーカーの下はピンク色の上質なドレスシャツだ。

ガールフレンドからもらったやつだ。その後別れたけど。これを着ると、アレクサンドラを思い出す。彼女は過去の存在じゃない。〝現役〟だ。偶然にもついこのあいだ、好きな色はピンクと聞いたばかりだ。

以前、ドクター・パトリシアとのセッションで、つきあってる人はいるのと訊かれた。いると答えると、それはよい兆候ねとドクターは言った。僕はアレクサンドラの話をした。「美人だよ。ロシア系でね、プロのメイクアップ・アーティストだ。ダンサーみたいな体つきをしてる。子供のころダンスを習ってたって」

アレクサンドラによると、ロシアの女の子はみんな子供のころにバレエか体操を習う。「例外は一人もいないの」そう断言するアレクサンドラはなんだか大学の教授みたいな表情をしていてチャーミングだった。

角を曲がって九七丁目を歩き出す。誰も見ていない隙に金網のフェンスをすり抜け、崩壊しかけの建物に入った。かびと煉瓦くずと小便のにおいが漂った。

礎石によると、昔はベクテルって人物だか一家だかが所有していた建物だ。

吐き気を催す場所ではあるが、僕が求める条件を完璧に満たしていた。今夜〈訪問〉する予定のアパートの通用口がここからよく見える。

東九〇丁目から九九丁目にかけての一帯は、陰気な雰囲気だ。ちょうどいま新旧の変わり目に差しかかっていて、どことなく薄っぺらで陰気な印象だ。日光が直接当たることはない。いつもどこかに反射した光だ。〝希釈した〟という表現がぴったりくる。

なかに誰かいるかもしれないから、入るときは用心した。まあ、誰かいたとしても、覚醒剤やクラックをキメているだろう。いまどきクラックなんかやる奴がいるのかどうか知らないが。ただ、クスリをやっているからといって、そのあいだに見たことを覚えていないとはかぎらない。もちろん僕にはナイフがあるが、使うことはめったになかった。そんな面倒は起こさずにすませるのが一番だ。

前に二度来たときと同じで、建物は無人だった。それも当然だろう。ここはいつ何時《なんどき》、崩壊してもおかしくない建物だ。

それでも、散らかっているごみを見ると心配になる。中国製の靴に刻まれた模様はありきたりで特定されにくいのはいいが、底のゴムが使用済みの注射針から足を守ってくれる品質なのかどうかは怪しい。

前の通りをのぞく。ときおり誰かが通りかかるたびに、よくよく観察する。人を観察することには慣れている。おかげで、自分が観察されているかどうかも勘で嗅ぎ分けられるようになった。いまは誰もこっちを見ていない。ガラス窓が僕を隠している。〈ヴューナウ〉の投稿者から僕が見えないのに似ているな。向こうからこっちは見えないが、こっちはいつでも向こうを見ている。

彼女のアパートを観察した。灰褐色の石の壁、アルミのサッシ。表通りに出る通路の緑色の屋根は風雨にさらされて傷んでいる。十階建てのアパートで、住人に若い世代は少ない。高齢者もほとんどいない。水で薄めたような感じで特徴がないが、無個性な建物が並ぶこの界隈の不動産価格は、とにかくばか高い。

でも、キャリー・ノエルにはその資力がある。彼女のビジネスは、誰にいわせても繁盛している。

いまこうして来ているのも〈訪問〉の一環だった。どんなときも僕は予《あらかじ》めきっちり計画を練る。

錠を開ける方法は大きく分けて二つ。荒っぽいやり方をするなら、ピックガンを鍵穴に挿入して錠が開くまでトリガーを引く。またはバンプ・キーという特殊な鍵を差しこんでハンマーで叩く。ほかに、ピックを使ったレーキングというやり方もある。これには高度なテクニックが必要とされる。ア︑ー︑テ︑ィ︑ス︑ト︑の流儀――僕の流儀だ。

同じように、住居侵入にも二種類の考え方がある。なかには出たとこ勝負の奴もいるだろう。狙った家に行ってから、どうやって入るか考えるような連中だ。

僕はそういう場当たり的なことができない。だから〈訪問〉前に徹底した準備をする。その建物にどんなセキュリティ対策が施されているか、先に知っておかなくては気がすまない。エントランスや通用口はどんな仕様か、ロビーや廊下、外周に監視カメラは設置されているのか、ドアマンは常駐しているのか、周辺にターゲットを観察できる場所はあるか。近くの路上に定住しているホームレスの有無もチェックする。ホームレスも薬物や酒で酔っ払っていたり、心の病を抱えていたりするかもしれないが、クラックや何かでいかれた連中と同じで、記憶力には問題がなく、僕の人相や服装を完璧に再現できないともかぎらない。

おもしろいもので、連続殺人犯もやはり二つに分類されるらしい。秩序型と無秩序型だ。

周辺は前回から何も変わっていないようだった。キャリーが住むアパートのなかや周辺に新しい監視カメラが設置された様子はない。近隣の建物の入口にホームレスが住みついていたりもしない。通用口に取りつけられているのは単純なウェブ・ミラー錠一つだけ。あんなもの、錠のうちに入らない。ちょっとした障害物にすぎない。

確認事項はもう一つある。

それについては少し待つだけですんだ。まもなくミズ・キャリー・ノエルが現れた。ランチデートの約束をしているのは知っていたが、それから戻ってきたようだ。

キャリーは背が高い。年齢は三十代のなかば。今日はジーンズに革ジャケットという服装だった。足もとはランニングシューズ。オレンジ色のしゅっとしたデザインで、ごてごてした飾りはついていない。栗色の髪をポニーテールにしている。モデルと見間違うような美人ではないが、なかなかきれいだ。さっそうと歩いてくる。いかにも運動神経がよさそうな歩き方。猫みたいだ。外見だけでなく動作まで優雅なところが、僕のすてきなアレクサンドラに似ている。

ロシアの女の子はみんな子供のころにバレエか体操を習う……

歩道を歩いてきたキャリーがベクテル・ビルの前に差しかかる。僕がいる窓の向こう、三メートルと離れていないところを通り過ぎたが、一度もこっちはのぞかなかった。

これで最後の確認事項もクリアした――キャリーは一人きりだ。男と一緒だったりすると僕の〈訪問〉がややこしくなりかねないが、キャリーは一人で帰ってきた（デートの相手は女という可能性だってもちろんあるが、キャリーは異性愛者《ストレート》と確認が取れている）。

夜、男が訪ねてくる可能性はもちろんある。でも、キャリーはそういう女じゃない。

いつだって独りぼっちだ。

キャリーはアパートのエントランスに向かった。年金受給世代らしき高齢の男に気づいて挨拶を交わす。その男もアパートに向かっていた。二人は笑みを交わし――キャリーの笑顔は輝くばかりだ――何か短いやりとりをする。男が鍵を使ってエントランスを開けた（ヘンダーソンのちゃちなピン・タンブラー錠だ）。

キャリーは重たそうな買い物袋を提げていて、高齢の男は紳士らしく手伝いを申し出る。キャリーが袋の一つを渡した。男は受け取った袋の中身をちらりと見てまた微笑み、これはこれはというように眉を吊り上げる。

つまりあの袋の中身を受け取る人物もきっと大喜びするだろうということだ。とはいえ、袋についた店のロゴを見るに、特別な玩具を新しく買ってもらって喜ばない子供がどこにいる？

8

ロン・セリットーには〝皺《しわ》くちゃ〟という言葉が似合う。中年の第一級刑事で、いまから何年も前、ライムが鑑識に異動する前にパートナーを組んでいた同僚であり、その後、ニューヨーク市警犯罪捜査部長に昇進した。現在の鑑識課はこの犯罪捜査部の指揮下にある。

灰褐色の頭髪がだいぶさびしくなったずんぐり体形のセリットーは、携帯電話を耳に当てたままタウンハウスの居間に入ってきてライムとサックスに挨拶代わりにうなずくなり、一直線にクッキーの皿へと突き進んだ。頬と肩で電話をはさんでおいてクッキーを一つ取り、慎重に二つに割って、大きいほうを皿に戻した。が、その意志の強さは見せかけにすぎなかったか、残った半分を口に放りこむなり、ろくに咀嚼《そしやく》もせずに飲み下した。

どうやら電話の相手に保留にされているらしい。セリットーは誰にともなくつぶやいた。「オートミール。レーズン。いやはや、トムの焼くクッキーは絶品だね」それからサックスを見やった。「おまえさんは菓子を焼いたりするのか」

サックスは面食らったような顔をした。針の先で天使は何人踊れるかという、大昔の神学上の擬似問題を唐突に突きつけられたかのようだった。「一度だけ焼いたことがあるかも。クッキーじゃなかったけど」

セリットーはライムに尋ねた。「公判はどうだったよ」

ライムは不機嫌な声で答えた。「さあな、見当もつかない。あとは陪審しだいだ」その口調は、公判のことは考えたくないし、ましてや語り合いたくなどないと暗に告げていた。「〝妙ちきりん〟だって？　さっき〝妙ちきりん〟と言ったね」ライムの心臓は早鐘を打ち始めている——そうわかるのは、こめかみの脈が速くなっているからだ。〝ふつうでない〟や〝挑戦しがいがありそう〟とともに、〝妙ちきりん〟もリンカーン・ライムの存在理由の一つだった。ほかには、〝不可解〟も。悪党Aが悪党Bを撃ち、十分後に凶器を所持したまま確保されたというような事件には興味がない。ライムの最大の敵は、サイコの殺人鬼ではなかった。退屈だ。事故に遭う前も、そのあとも、ライムにとって退屈とは少しずつ死ぬことに等しい。

アメリア・サックスも期待するようなまなざしをセリットーに向けていた。サックスは、セリットーの監督下にある重大犯罪捜査課に所属している。重大犯罪捜査課が担当する捜査のいずれにも加わる資格があるが、たいがいはセリットーと一緒に仕事をしている。とくにライムが捜査顧問を務める捜査にはかならず参加した。

セリットーは電話の相手とのやりとりを再開した。

「はい……いまやっているところです……ええ……はい」居間のクリーンエリアとそれ以外を仕切っている汚れ一つないガラス壁の前を行ったり来たりしながら、意味もなくガラスをこつこつ叩いたりしている。やがて、話している相手が何キロも先にいて姿が見えないときでも誰もが会話の締めくくりにするように一つうなずいた。「はい、了解いたしました。では」携帯電話は茶色いスーツのポケットに消えた。セリットーがほかの色の服を着ていることがないわけではないが、セリットーの名を聞いてライムの頭に最初に浮かぶ色は、いつも茶だ。

トムが湯気の立つ新たなマグカップを持って入ってきた。「どうぞ、ロン。お元気でしたか。レイチェルは？　犬を飼いたいとおっしゃってましたよね、あれからどうなりました？」

「話の邪魔をするな、トム。ロンは興味深い用件があって来ているんだ。そうだろう、ロン？　何か〝妙ちきりん〟な話があるはずだな」

「きみのコーヒーは最高にうまいね」

「ありがとう、ロン」

「このクッキーの甘みは糖蜜か」

「ええ、ほんの少しだけ。あまり入れるとほかの味がわからなくなってしまいますから」

「邪魔をするなと言ったろう」ライムは冷ややかで平板な声で言った。

セリットーが言う。「レイチェルは焼き菓子を作る。この前はスコーンを作った。俺には何がいいのかわからなかったよ。ぱさぱさしてて。ただ、バターをのっけると美味いな。わかった、わかったよ、リンカーン。第二〇分署のパトロールに通報が入った」

第二〇分署は、しじゅう磨いていないとすぐに汚れてしまう白い石のファサードが目を引く一九六〇年代風の建物で、このタウンハウスから歩いて——または車椅子を転がして——行ける距離にあり、ライムもここ数年で何度か捜査上の必要があって出向いたことがある。

「こんな事件は初めてだよ」

ロン・セリットーはニューヨーク市警のパトロール警官として、その後は刑事として、長年のあいだにありとあらゆる事件を見てきている。

「状況《シット》はこうだ」

「〝シット〟？」サックスが訊いた。

「状 況《シチユエーション》な。いまどき本部《ワンPP》じゃみんな〝シット〟って言う」

こんな場面でなければライムは言語の重要性を元相棒に説き、言葉を切り刻む行為に話し手の知性や慢心の程度が表れるのだとほのめかしていただろう。それに市警本部ビル〝ワン・ポリス・プラザ〟のおかしな略し方も気に入らない。だが、いまは聞き流すことにした。

「被害者は、アナベル・タリーズ。女性。二十七歳。アパレル会社のマーケティング・マネージャーで、インフルエンサー」

「インフルエンサーとは何だ？」ライムは訊いた。

「おまえはテレビをまったく見ないのか、リンカーン。ネットサーフィンは？　ポッドキャストは聴かないのか」

「ポッドキャストとは何だ？……いや、これは冗談だよ。しかし、インフルエンサーというのは何だね」

サックスが答えた。「ネット上で商品情報を発信する人。私は毎朝かならずこのマスカラを使ってメイクしますとか、ＡＢＣってブランドのニット製品を愛用していますとか。それでメーカーからお金がもらえるわけ。初めから広告料をもらって宣伝してる人もいる。インフルエンサーはだいたい美男美女。見た目がいいと閲覧数を稼ぎやすいでしょ。開封動画もインフルエンサーの宣伝のうちらしいわよ。という話はどれもパムの受け売りだけど」

　パムというのは、テロ集団から救出したあとサックスが保護者代わりを務めている若い女性で、いまはシカゴで犯罪科学を勉強中だ。

　ライムは問いただすような目を向けた。

「開封動画っていうのは、購入した商品を箱から出してセットアップするまでを紹介する動画のこと」

「人生、驚きは尽きないな」ライムはそうつぶやき、目だけで〝話を先へ進めてくれ〟とセリットーを促した。

「犯人は真夜中に被害者の住まいに侵入した」

「殺人か」ライムは確認した。

「いや」

「猥褻《わいせつ》事件？」サックスが訊く。

「おそらく違う」

　ライムとサックスは視線を交わした。サックスが訊いた。「〝おそらく〟？」

「何が〝妙ちきりん〟かっていうと」セリットーはコーヒーをがぶりと飲んだ。それが口実になったかのように、クッキーをもう一枚取ってむしゃむしゃと食べた。「体に触ったりしたのかもしれないが、被害者本人はわからないと言っている。基本的にはものの置き場所が変わってただけでね。犯人は小間物や服や衛生用品を動かしたり、ベッドのすぐ横に座ってクッキーを食ったりした」

　セリットーはクッキーを持ち上げた。

「なんだか気味が悪いですね」トムが言った。

「まったくだ。被害者は震え上がった。目が覚めたあと、犯人がまだ部屋のなかにいるんじゃないかと思ったんだよ」

「それはなぜ？」

「そこがまた〝妙ちきりん〟でな。玄関の鍵がかかってた。ノブ錠も、二個あるデッドボルト錠も。それで犯人はまだ室内にいると思ったわけだよ。ところが、いなかった」

「じゃあ」サックスが言った。「犯人は鍵を持ってるわけね」

「持ってない。それは絶対に間違いないと被害者は言ってる。犯人は錠前を破って侵入し、部屋を出たあと、外からまた鍵をかけた。そんな泥棒がいったいどこにいる？」

9

サックスが尋ねた。「スペア・キーはないと被害者は断言してるわけね」

「母親にひとそろい渡すつもりで用意してはいたが、渡しそびれていたそうだ。初動のパトロールによると、被害者はゆうべ、酒を飲んで帰ってる。だが、ただの〝ギャル会〟で、ふだん以上に飲んだわけじゃない。〝ギャル〟は性差別に当たらないよな」

「ロン」ライムはいらいらと言った。

「まあ、〝ギャル〟って言ったのは被害者本人で、俺じゃない。パトロールの二人は最初、被害者が自分でものを動かしたんじゃないかと疑った。元カレや大家に難癖をつける気じゃないかとな。ところが被害者は誰の名前も挙げなかったから、その説は吹っ飛んだ。それにパトロールの二人の話じゃ、心底震え上がってたそうだよ。あれは芝居じゃないだろうと言ってた。被害者は、幽霊のしわざかもと考えたらしいが、本人の供述から引用すると、〝それ、ありえなくない？〟と思い直したそうだ」


サックスはパソコンの前に座ってネットに接続した。ひとしきりキーを叩く。まもなく動画の再生が始まった。ブロンドの華やかな顔立ちの女が映し出される。胸もとが大きく開いたセーターを着て、キッチンテーブルについていた。ニューヨーク市内にどこにでもあるアパートらしい、明るくて整理整頓の行き届いた住居だった。カメラに向かってにこやかに微笑んでいる。メイク道具らしき小物を恭《うやうや》しい手つきで掲げていた。

まさに影響《インフルエンス》を及ぼしている最中らしい。

サックスは再生を一時停止し、女性をじっと見つめた。

「アナベル」小声でささやく。

それがサックスのやり方なのだ。捜査中の事件の被害者の人となりを理解しようとする。過去にどんな経験をしてきたか、何を愛し、何を恐れるか。被害者の人生のディテールをできるだけ多く吸収しようと試みる。殺人事件の場合には、その人生の最後の数分間がどのようなものだったかを知ろうとする。そうやって被害者とのあいだに絆を結ぶことによって、刑事としていっそうの能力を発揮できると信じているのだ。そしてそのプロセスは、名前を知るところから始まる。

被害者の不運に同情する気持ちは負けていないとはいえ、ライムはそういったディテールにサックスほど興味がない。まして、それがやる気につながることもない。

世の中には、人を重視する捜査官と科学を重視する捜査官がいる。サックスとライムはそれぞれの典型例だ。それが対立を呼ぶ場面もある。しかし、すべてを考え合わせると、好対照をなす二人だからこそうまくやっているともいえるだろう。

「住居侵入事件か」ライムはパソコンから目をそらして天井を見上げた。「ものを移動した。となると、指紋やDNA、足跡が採取できそうだな。ほかには？」

「包丁とパンティを盗んだ」

「ふむ」いまはまだ実際の行動に出ていないとしても、セックスと暴力を匂わせる要素は危険な兆候だ。

「もっと異様なことがある。犯人はメッセージを残してるんだよ。新聞から破り取ったページに書いたメッセージでな。下着の抽斗に置いてあった。書くのに使ったのは被害者の口紅だ。〝因果応報〟。署名は〝解錠師《ロックスミス》〟」

「どの新聞だった？」サックスが訊く。

「『デイリー・ヘラルド』」セリットーが答えた。「今年の二月のもの」

初めて聞く紙名だった。ライムはもともとニュースに関心が薄い。捜査中の事件に関連していたり、将来の捜査に役立ちそうだったりする情報を紹介した報道は別として、新聞やテレビなど大多数のメディアは鼻持ちならないと思っている。

セリットーが続けた。「低俗な新聞だよ。ゴシップしか扱わない。テレビ局とラジオ局も持ってる会社でね。テレビもゴシップ番組だらけだし、ラジオのほうも過激《ショ》発言が売りの司会者《ックジョック》ばかり使ってる」

〝ショックジョック〟。初耳だったが、〝ディスクジョッキー〟から来ているのかと閃《ひらめ》いたとたん、意味の想像がついた。

ライムは考えを整理しながら言った。「よくわからないな、ロン。被害者は動顛《どうてん》している。まあ、誰だって動顛するだろう。ストーキング事件とも考えられるが、無差別なのかもしれない。だが、暴力的威嚇はなかったわけだ」

法律上の〝暴力的威嚇〟は、実際には暴力を振るわなくても、危惧の念を抱かせる行為を指す。今回の事件では被害者は眠っていた。

「不法接触もおそらくなかった」ライムは続けた。

〝不法接触〟は同意のない接触を指す。

「しかし、接触の証拠が何一つない場合、接触はなかったと立証するのも困難だ。となると、第二級住居侵入罪だな（人や財産に危害を及ぼす意図を持って侵入する罪）」

商業ビルの場合、侵入罪の成立にはいくつかの要件がある。たとえば、殺傷能力のある武器を所持していたか、実際に誰かに危害を加えるかしていなくてはならない。しかし住宅であれば、そのような要件はない。この〝ロックスミス〟とやらの行為は、不法に侵入した時点で重罪となる。

とはいえ、世紀の犯罪と騒ぐような大事件ではない。

ライムの意図を察したセリットーが言った。「言いたいことはわかるよ、リンカーン。犯人は被害者の心をかき乱しはしたが、身体的な危害、物的な危害は及ぼしていない……なのに俺は何をしに来たのか、トムの手製のクッキーが食いたかっただけかって話にもなるよな。事件って呼ぶほどのもんじゃない。そうだろ？　しかし、まだ先があるんだよ」

セリットーは携帯電話を取り出し、いくつかタップしたあと画面をライムとサックスに向けた。ソーシャルメディアの投稿のスクリーンショットが表示されていた。抽斗に並んだ下着の上に、さっき話していた『デイリー・ヘラルド』のページが置かれている。〈因果応報〉〈ロックスミス〉の文字はほとんど読み取れない。写真は全体に暗かった。被害者を起こさないよう、フラッシュを焚かずに撮影したのだろう。その写真の下にアナベルの住所と〈次は誰だ？〉という文字が打ちこまれていた。

「犯人がどこかのアングラサイトに投稿したものらしくてね。それがものすごい勢いで拡散した。フェイスブックにツイッター。新聞社やテレビ局のサイトにも転載されてる。噂が広まって、記者連中からの問い合わせが本部に殺到して戦場じみた騒ぎになってる。これだけマスコミの注目を集めちゃ、お偉方としても捜査をしくじるわけにはいかない。タイミングが悪すぎるしな」

このところ、ニューヨーク市警のミスが発端となって不発に終わった捜査や裁判がいくつか続いていた。

セリットーが続けた。「さっきの電話の相手はお偉方の一人でね」

たしかに、セリットーが〝了解いたしました〟などとかしこまった調子で話す相手は果たして誰なのかと疑問だった。ライムは言った。「すると、あくまで権力闘争がらみの話ということか、ロン。そんなものにつきあう暇が誰にある？　それに、私はいま、ごみ出し当番をまかされていてね」ライムはヴィクトール・ブリヤックの事件の情報が書きこまれたホワイトボードに顎をしゃくった。

「わかってるさ。だが、俺の営業トークはまだ終わってない。初動のパトロール二名が出した報告書は、ベン・モーゲンスターンのデスクに届いた」

サックスがライムに言った。「刑事の一人。重大犯罪捜査課の超ベテラン」

セリットーが言った。「そう、大昔からいる刑事でね。捜査課の長老だ。ヨーダだな」

ライムは眉をひそめた。「市警にヨーダという名のベテラン刑事がいたか？」

セリットーは真意を測るような目でライムを見つめた。それから、冗談で言っているのではなさそうだと判断したのだろう、こう続けた。「まあ、ともかくそいつの話を聞いてくれ」

10

ライムら三人はタウンハウスの居間で、青白い肌にそばかすが散った、丸々太った男とＺｏｏｍのウィンドウを介して向き合っていた。

ベニー・モーゲンスターンは五十代で、セリットーは〝長老〟と言っていたが、そう呼ぶには若すぎる。半袖の白シャツにノーネクタイという服装だ。デスクは散らかっている。ファイルが積み上がっているほかに、たくさんの錠や鍵らしきものと金属加工用の工具が載っていた。

ニューヨーク市警重大犯罪捜査課が担当する犯罪には、住居侵入、強盗、カージャック――つまり、外部からの侵入を防ぐために施錠された場所に侵入した者が起こす事件が多い。

「ライム警部。そちらは覚えていないだろうとは思うが、しばらく前に会っている。ホワイトストーン・ブリンクス事件で」

　その事件なら覚えている——被害額四百万ドルの強盗事件だった——が、モーゲンスターンという刑事は記憶になかった。

　ライムは黙ってうなずいた。

「こんにちは、ベニー」サックスが言った。

「やあアメリア。あらましはロンから聞いているだろうが、改めて状況《シチユエーシヨン》を説明させてくれ」

〝シチュエーション〟。〝シット〟ではなかった。ライムの一瞥《いちべつ》に気づいて、セリットーが小声でささやいた。

「言うな、言うな、わかってる」

「通報に対応したパトロールに、ミズ・タリーズ宅の玄関ドアの写真を撮らせておいた。ちょっと待ってくれよ」

　Ｚｏｏｍの画面共有機能を通じ、真ん中に鍵穴があるドアノブがライム側の画面に映し出された。ドアノブの上下にそれぞれ別の種類のデッドボルト錠がある。

　モーゲンスターンが続けた。「いま見せられても、だから何だと思うだろうが……意味はあとで説明する。まずは話を聞いてくれ。このノブ一体型のものは、どこにでもあるピン・タンブラー錠だ。基本の工具をそろえてＹｏｕＴｕｂｅの解説動画を一時間もながめれば、誰にでもピッキングできる。だが、二つあるデッドボルト錠は別だよ。上のはヘンドリックス・モデル41、下のはスタール＝グローン16。どちらも錠破り《ロツクピツキング》会議のコンテストで課題にされるような錠前だ」

「ロックピッキング会議？」ライムは訊き返した。

「コンピューターのハッカー会議を想像してもらえばいい。プロの鍵師《ロツクスミス》も参加するが、大多数はよからぬ考えを抱いているような連中でね。不正解錠に情熱を燃やす面々だ。〝開かれた世界〟を信奉する活動家やウィキリークスの支持者みたいな連中、通称〝ロックピッカー〟だよ。複雑な錠を制限時間内に破るコンテストが催されたりしている。世界一流のロックピッカーでも、いま見てもらっているような錠を時間内に開けるのは不可能に近い。時間の制限がなくたって、そもそも開けられないロックピッカーも少なくないんだ。今回の事件は、ニューヨーク市内のアパートで起きている。そんな人目の多いところで三十分も作業をしていたら、間違いなく怪しまれる。ロックスミスとやらに与えられた時間の余裕は、せいぜい四分か五分だっただろう」モーゲンスターンの声には驚きがにじみ出ているようだった。賛美の念といってもいい。

「おもしろくなるのはここからだ。いや、話が悪いほうに進むのは、というべきか」モーゲンスターンはスクロールして別の写真を表示した。壁の写真で、電子機器の操作盤がある。

「デッドボルト錠を二つ開けたら、五秒以内に防犯システムをオフにしなくちゃならない。ロックスミスはそれもやってのけた」

　モーゲンスターンは続けた。「暗証番号を知っていた可能性もある。あるいは被害者がバッグにリモコンを入れていて、それを見つけたのかもしれないが、その可能性は低そうだ。ここでは何らかの手段でシステムをオフにしたと仮定して考えてみよう。被害者宅のシステムはワイヤレス方式だ。オフにする方法は三つ。どの場合も無線周波数発信機を使う。一つは、数打ちゃ当たる方式だ。ドアを開ける前に、数字四桁の組み合わせを総当たりで試す。０００００から９９９９まで試すのに、ざっと一時間と二十分かかる。だがもちろん、マンハッタンのアパートでそれは不可能だろうね。二つ目は、近くにレコーダーを隠しておいて、暗証番号の周波数をあらかじめ傍受しておく方法だ。いざ押し入るとき、送信機を使ってそれを再生する。だが、このやり方にも難がある。被害者が住んでいるようなアパートにレコーダーを仕掛けるのはまず無理だ。

　となると、ロックスミスは三番目の方法を使ったのではないかと思う。システムを攪乱したんだ。玄関が開くと、ドア枠に設置されたセンサーが反応し、システム本体に信号を送って起動するような仕組みになっている。それと同時に五秒のカウントダウンが始まる。その五秒間に正しい暗証番号を入力しないと、警報が鳴り出すわけだ。

　しかし、ドア枠のセンサーと本体の通信を攪乱するような一定の周波数のラジオ波を、ドアを開ける前に送信すれば、それを防げる。〝ドアが開いた〟と知らせる信号がシステム本体に届かないからだ。ロックスミスはおそらくＨａｃｋ－ＩｎＲＦという送信機を使ったんだろう。それが一番売れているモデルだから」

「その送信機は店頭で買えるのか」ライムは訊いた。

「買える。電子工学が得意なら、自作も可能だ」モーゲンスターンが画面共有を切った。大きなウィンドウに彼の顔がふたたび映し出された。デスクの上の錠は三十個くらいありそうだった。ピッキングが趣味なのだろうか。

「もう一つ、知っておいたほうがいいことがある。おそらくこれが初犯ではない。似た手口の事件が以前にも起きていてね。第六分署が通報を受けて対応した。今年の二月の話だ」

ライムは言った。「第六分署。グリニッチヴィレッジだね」

「そう、現場はグリニッチ・ストリートだ。その事件では、被害者が帰宅したところ、侵入の形跡があった。ものが移動していたり、ベッドのシーツが剝がされたりしていた。スナックを食べた痕跡もあった」

ライムは訊いた。「スペア・キーを持っている者がいないという確認も取れているわけだ」

「そのとおり」

「盗まれたものやメッセージは？」

「なかった」

「ふられて恨みに思っていた恋人という可能性は」サックスが言った。

「初動のパトロールが被害者に確認したが、思い当たる人物はいないという返事だった」

サックスが尋ねる。「捜査を担当した刑事は鑑識チームを派遣しましたか」

「いや、鑑識は呼ばれなかった。被害者がそこまでの捜査を望まなかったんだ。いまから検証しようかと考えているなら、アメリア、現場はクリーニングがすんでいる。しかももうずいぶん前だ。被害者は事件の一週間後に部屋を引き払っている。心底怖くなったんだろうね、市外に引っ越した。しかし、ここはニューヨークだ。五秒後にはもう次の借り手がついて、壁は塗り直され、カーペットはスチームクリーナーで清掃された」

「そのときの錠前も、今朝の事件と同じように手ごわい種類だったのか」ライムは尋ねた。

「わからない。被害届が出されたきりで、捜査は行われていないから」モーゲンスターンは手もとの書類に目を走らせながら続けた。「三月にももう一件、類似の事件が起きている。このときの現場はミッドタウンサウス。九番街の近くだ。このときの手口のほうが、今朝の事件の手口に近いね。被害者が就寝中に何者かが侵入した。下着や何かの置き場所が変わっていた。犯人はなんと、サンドイッチを作って食べている。正確には半分だけ食べた――自分が何をしたかを被害者にわからせるためだろうね。汚れた皿をベッドサイドテーブルに置いて帰っている」

サックスが尋ねる。「その被害者も、眠っていて気づかなかったんですか」

「精神安定剤か何かをのんで寝ていたと本人が言っている。訊かれる前に答えよう。このときも鑑識は入らず、捜査も行われなかった。被害者は三日後には早くも引っ越していた。予備の鍵を持っていたのは姉だけで、所在も確認されている。疑わしい元恋人などはいなかった」

「法則に気づいたか」セリットーが言う。「最初の事件では、被害者は留守だった。二番目では在宅だったが、犯人は包丁や下着をいじっていない。ところが今朝の事件では、脅迫と受け取れるメッセージを書いた新聞を残したうえに、一歩進んで刃物や下着をいじくった」

ライムはモーゲンスターンに訊いた。「〝ロックスミス〟というあだ名を耳にしたことは?」

「一度もない」

「現場に残した新聞ですけど。『デイリー・ヘラルド』」サックスが言った。「錠や鍵のコミュニティでは特別な意味を持つのかしら」

「あの低俗な新聞か? ちょっと考えられないな。単に書くものがほしかっただけではないかと」

「それだけのスキルを持つ人物を捜すには、どこから始めたらいいだろう」セリットーがモーゲンスターンに尋ねた。

「犯人が錠前のプロと仮定するという話だね。おそらく違うと思うが。錠で商売している人物なら、犯人がこれだけの高度なスキルを持っていると判明した時点で、業界の人間が真っ先に疑われると予想できるだろう。それにプロの鍵師に共通の特徴がある。仕事に誇りを持っているから、その専門スキルを犯罪なんぞに利用しようなどとはまず考えない。

それでも道を踏み外した連中は何人かいるし、そのリストもよければ渡すが、今回の犯人の本業は何かほかにあって、仕事とは別にピッキングに強烈な関心を抱いているのではないかという気がするね。ひそかに研究しているのではないかな。相当な研究ぶりだ。会議で知り合った人物に師事したのではないかと思う。それもただ者ではない師匠を持ったんだろう」

セリットーが尋ねた。「捜査の参考になりそうな、独特の癖は見られるかな」

「いや、トレードマークといえそうな癖はないね。とにかくすさまじいテクニックの持ち主だ。これほどの手際は初めて見たよ。こいつに侵入されたくなければ、番犬を飼って、ＣＩＡクラスの防犯システムを導入して、そのうえさらにドアバーを設置するしかないだろうな。ほら、よくあるだろう、ドアの内側に取りつけて、床につっかい棒をするような仕組みのバーだ」

サックスが画面のモーゲンスターンに向かって言った。「ありがとう。参考になりました」

「もう一つだけ。ピッキングについてだ。優秀なロックピッカーは、本当に優秀だ。ピッキングするには錠メーカーの、そして錠前の一歩先を読まなくちゃならない。その意味でチェスのプレイヤーに似ている。しかも、持ち時間はきわめて短い。今回の犯人は、知性とスキルの両方を備えている。最悪の組み合わせだよ。どんな場所でも侵入できるわけだから。仮に私がアドバイスするなら、すべての人員を投じることだ。一刻も早く身柄を確保しなくては危険だよ。何かとんでもない事件が起きそうな予感がする」

モーゲンスターンはＺｏｏｍのセッションを終了した。

ライムは窓の外を見つめていた。セリットーが何か言っているようだったが、ライムの意識には届いていなかった。別の犯罪者を思い出していた。〝宿敵〟と呼ぶにふさわしい人物。およそプロらしくない表現ではあるが、ライムとの因縁を思うと、その言葉がぴったりだ。

その男、〝ウォッチメイカー〟は、長年のあいだに何度かライムに真っ向勝負を挑んできていた。暗殺であれテロ攻撃であれ、これまでのところ彼の犯罪計画はすべてライムが食い止めているが、ウォッチメイカーは決して捕まらず、ライムの管轄外のどこかで犯罪を続けている。最後に顔を合わせた日、ウォッチメイカーは、次に会うときはかならずどちらかが命を落とすだろうと予言した。

しばらく前、英国諜報機関の知り合いから、ライムを狙った暗殺計画があるようだと連絡を受けた。捜査はまだ完了していないが、ライムはウォッチメイカーの関与をなかば確信していた。ロックスミスが〝宿敵〟に雇われているということはありうるだろうか。あるいは、その二人は同一人物ということは？

ロックスミスの手口と機械装置へのこだわりは、ウォッチメイカーと共通している。ライムを狙ってニューヨークに舞い戻ってきたのだろうか。だが、よくよく考えてみると、ありそうにない気がした。〝宿敵〟ウォッチメイカーが熱意を注ぐのは機械式の時計であり、キャリアを確立したいまになって、これほど錠や鍵に入れこむとは考えにくい。

とはいえ、忘れてはならないことが一つある。ウォッチメイカーは、熟練したマジシャンに匹敵するスキルを備えている。警察や世間、そして真にターゲットとしている人々の注意を無関係のことがらに巧みに引きつける。ロックスミスも同じスキルを備えているだろうか。

この事件の本質はどこにある？

セリットーがライムとサックスに訊いた。「で、どうだ？　引き受けてくれるか」

二人は目を見交わし、アメリア・サックスが承諾のしるしにうなずいた。

ライムはサックスに言った。「まずは全米犯罪情報センターとインターポール、それに市警のデータベースを確認しよう」

最後にもう一度だけ動画中のアナベルを見やったあと——被害者のラストネームをライムは失念した——サックスはそのページを閉じ、ニューヨーク市警のセキュアサーバーにログインした。マニキュアを塗っていない、爪を短く切りそろえた指がキーを力強く叩く。まもなくサックスは言った。「〝ロックスミス〟のデータはない。氏名としても、異名や別名としても登録がなかった。職業が鍵師という犯罪者は何人かいるけど、犯行にピッキングのスキルを生かした例はないし、ずいぶん前に死んだか、ニューヨークから遠く離れた都市にいるか」

ライムは考えをめぐらせながら言った。「とすると、自分のキャラクターを一から設定したわけか。ふむ、興味深い」

サックスはサーバーからログアウトした。「現場に残ってた新聞だけど、被害者はそのページに何か心当たりがあるのかしら」

「さあな」セリットーが答えた。「初動のパトロールは現場を確保したあと、すぐに引き上げた」

サックスが訊く。「鑑識は画像の投稿元を特定できた？」

「いや、アングラサイトの写真投稿掲示板まではたどれたが、そこで行き止まりだった」

ライムはサックスに言った。「よし、被害者のアパートに行ってくれ。グリッド捜索だ」

「被害者の事情聴取もして、パトロール組に近隣の聞き込みも頼むわ」

「アパートに監視カメラは？」ライムは訊いた。

なかったとセリットーが答えた。

ライムは思案した──犯人の人相特徴がわからない状態では、聞き込みをしても目ぼしい収穫は期待できない。一九四〇年代の刑事映画みたいに、〝不審な〟人物を見かけなかったかと尋ねるのがせいぜいだろう。しかしライムにとってそれは大した問題ではなかった。目撃者もその証言もどのみち信用できない。

ライムがほしいのは物的証拠だ。

サックスが訊いた。「アナベルはいまどこに？」

セリットーが答える。「近所の知り合いの家にいる。一人で部屋に戻るのは絶対にいやだと言って」

「気持ちはわかるわ」

ライムは言った。「メルには私から連絡しよう。プラスキーを借りたいな、ロン。あいつの予定は空いているか」それから言い直した。「プラスキーの予定を空けてくれ」

「わかった」

「さっそく証拠物件一覧表を作ろう」

サックスはブリヤック裁判とグレゴリオス事件のホワイトボードを脇に寄せ、新しいボードを居間の真ん中に据えると、マーカーを手にした。ライムの捜査チームはいつも、新たな事件に取りかかる際、犯人の身元がまだ判明していなければコードネームを割り当てる。たいがいは〝未詳〟──身元未詳の容疑者──のあとに事件発生の日付を連ねる。しかし今回はそうするまでもなかった。

犯人が自分でコードネームを決めてくれている。

サックスは読みやすく優雅な筆跡でホワイトボードの一番上に書いた──〝ロックスミス事件〟。

11

麗しのキャリー・ノエルの偵察を終えてアトリエに戻り、なかに入る前に、ごみの散らかったみすぼらしい通りの左右を確かめた。こっちに背を向けている人影が二つ。カップルだ。心配しないでいいだろう。この近くに住んでいるヒップスターだ。いや、ヒップスター（最先端のファッションやテクノロジーに敏感な一方で〝みなと同じ〟を嫌う人々。「意識高い系」）なんてもう絶滅したのかな。男のほうは、いかにもヒップスターっぽいひげ面だ。僕はいつもひげをきれいに剃っておく。警察の捜査を考えると、落とす体毛は少ないほうがいい。

セバスティアノ製菓材料会社ビルの入口に近づく。ここは住んでいるアパートとはだいぶ距離があるから安心だ。

入口で、赤と黒のキーホルダーを取り出した。観光地の土産物店で売っているような安っぽい代物だが、僕にとっては大事なお守りだ。ロンドン塔をかたどったデザインで、鍵が六つ下がっている。一般にはあまり使われていない鍵ばかりだ。一つはスイス錠の鍵。鍵穴に差しこむ部分、鍵足はチタン製で筒状になっている。タンブラー錠のピンを押し上げる鍵山はその筒の内側に隠れているから、鍵の写真や型をとっても複製できない。この鍵はドアの一番上の錠のものだ。

その下の二つを開けるには、キーホルダーに下がっているほかの鍵を使わなくてはならない。一つはディンプル・キーで、もう一つはチェーン・キーだ。後者はその名が示すとおり、鍵足が鎖のようにぶらぶらしている。これを使う錠は、事実上、ピッキング不可能といっていい。まあ、僕なら開けられるけどね。前にやってみたら、二分と七秒で開いた。

なかに入り、三つとも施錠し直してから、金具で床に固定した鋼鉄のテンションバーを四十五度の角度でドアの金具に差しこむ。ロックピッカーなら誰でも、錠前はかならず開けられると知っている。だが、鋼鉄のバーは絶対にピッキングできない。

ドア脇のテーブルに鍵を置いた。肌身離さず持っている真鍮《しんちゅう》の折畳みナイフも並べて置く。ジャケットと帽子を脱ぎ、携帯電話でニュースを確認する。かわいい——いや、〝美しい〟だな——インフルエンサー、アナベル・タリーズの〈訪問〉はどう報じられている？　おっと、僕はいまやかなりの有名人らしいぞ。ニューヨーク中が浮き足立っている。ロックスミスがこうした、ロックスミスがああした。アングラ掲示板に投稿したあの写真はどのくらいの時間でメジャーなサイトに転載されるだろうと、僕としては興味津々だった。

記録破りのスピードで拡散されていた。

それからしばらく、工具を点検して過ごした。必要なら清掃し、油を差す。このコレクションはなかなかの見ものだと思う。バイパスロックシャンク、小さな指輪型レークピック、その他の小型レークピック各種、ピック用熱収縮スリーブ、紙やすり、ピックハンドル、バンプ・キー、バンプハンマー、TOKテンションレンチ、リング型テンションレンチ、シリンダー錠用ジグラー、ブランク・キー、ウェハー・レークピック、ダブルサイド錠用ピック、標準レークピック、ディンプル・レークピック、ウェーブ・レークピック、ペン型ロックピックなどなど……

整然と並んだ箱のなかには――ピックガン、電動ピックガン、小さな針が数十本並んだステンレスの電動歯ブラシみたいな見た目の電動ピックガン。どの工具も機能に優れていて、短時間で仕事を片づけてくれる。出番は多くないが、頼りになる。

ほかに、練習用の錠もある（ケースが透明プラスチックになっていて、進み具合を目で確認しながら練習できる）。

そろそろ買い替える予定の椅子に腰を下ろし、椅子を作業台に引き寄せて、今夜の対戦相手に挨拶をした。

美しくて憎らしいセキュアポイント85。ドア枠を模した板に取りつけてあり、ドア枠はスタンドにボルト留めしてある。もう百回くらいはこうしてじかに向き合ってきたし、想像のなかでは千回くらい見てきたが、それでもいま一度全体をながめる。チェスのプレイヤーはきっと、初手を打つ前にこうやって対戦相手を観察するのだろう。

目が覚めるように美しくて近づきがたい女を見るような目でセキュアポイントを吟味する。本心を探ろうにも探れず、秘密の手順を踏まないかぎり、心と体を開いてくれない相手。ひょっとしたら永遠に閉じたままかもしれない相手。

ゆっくりと息を吸いこみ、また吐き出す。

錠をさらに近くに引き寄せる。それからテンションレンチとレークピックを取り、先端を鍵穴に差しこんだ。

12

これほど取り乱した様子の被害者は初めてだ。

アメリア・サックスとアナベル・タリーズは、タリーズのアパート前に駐めた血のように赤いサックスのフォード・トリノのフロントシートに座っている。

タリーズの手はあちこちをせわしなくいじっていた。ストレスを感じたときのサックスも髪やら爪やらをやたらにいじり回すが、いまのタリーズの落ち着きのなさはそのはるか上を行っている。

肩より長く伸びた淡いレモン色の髪を指に巻きつけて前に引っ張ったかと思うと、その毛束を離し、また別の束を指に巻きつける。顔の表情は不安げに引《ひ》き攣《つ》り、歩道上を誰かが通りすぎるたびに警戒の目で追った。恐怖と疑念がその目の奥でせめぎ合っていた。

タリーズも防護服を着てサックスのグリッド捜索に立ち会い、ロックスミスがいたと思われる場所、手を触れたと思われる品物を指さして教えた――部屋に戻る勇気をかき集めるのにいくらか時間はかかったが。

サンプルの採取と写真撮影が完了すると、タリーズはもう一分たりとも自分の部屋にはいたくないと言った。そこで事情聴取はここ、デトロイトで製造された頑丈な車という、せまいが安全な場所で行われることになった。

車に乗りこみ、ジャケットの裾を整えようとしたとき、サックスが携帯している銃が意図せず露《あらわ》になった。銃に気づいて、タリーズのこわばっていた肩からいくらか力が抜けた。

サックスは手帳とペンを用意した。デジタルレコーダーも取り出してダッシュボードに置く。「録音、かまわないわよね」ソニーの小型のレコーダーに顎をしゃくる。

「どうぞ」

サックスは録音ボタンを押した。レコーダーの小さな丸いランプが赤く輝く。

「合鍵は誰にも渡していなかったというのは確かですか」

「はい」

ここは賃貸ではなく分譲のアパートだ。つまりタリーズは部屋の所有者であり、錠の交換も自由にできる。実際、半年ほど前に錠を交換したという。

「取りつけた業者は？」

タリーズは業者名を言った。

サックスはメモを取り、デジタルレコーダーは音声を忠実に記録した。

ベニー・モーゲンスターンから、二月のグリニッチヴィレッジと三月の九番街の事件の被害者の名前が送られてきていた。サックスは携帯電話の画面をタリーズに向けた。「この名前に心当たりは」

「ありません。初めて見ました」

とすると、被害者はランダムに選ばれているようだ。しかし、だからといって特定の個人を狙ったわけではない、あるいはこれから狙うつもりがないと決めつけるわけにはいかない。これまでの三件は、本来のターゲットを隠すためのカモフラージュかもしれないのだ。

「犯人が置いていった新聞については」

「安っぽい新聞ですよね。『デイリー・ヘラルド』なんて、私は読んだことないです」

「発行している新聞社に知り合いはいますか。同系列のテレビ局はどう？」

「ＷＭＧチャンネルのこと？　あれも安っぽいですよね。いいえ、知り合いはいません」

「記事はどうですか」

サックスは紙面を撮影した写真を見せた。

「私には関係のない話題ばかりです」

「新聞に書いてあった言葉は？〝因果応報〟。復讐を狙ったという風に読み取れます。あなたを恨んでいる友人や知り合いは？」

「そんな人いません」

「侵入の目的はあなたを脅して黙らせることだった可能性はないかしら。何らかの不正を告発したとか。犯罪を目撃したとか」

「そういうこともいっさいありません」

ロックスミスが前の二つの事件の被害者をどうやって選び出したのかは不明だが、タリーズの場合、インフルエンサーとして公開している動画がロックスミスの目に留まったのかもしれない。「あなたの動画を何本か見たわ。すごくいい出来よね。プロっぽい仕上がりで」

「ありがとう」

「動画のファンがストーキングしているという可能性は？」

「ありえない話ではないと思います。公開しているのはファーストネームだけですけど、ラストネームくらい簡単に調べられるだろうし。それを言ったら住所も。データマイニングとか、いろいろ手段はあるでしょうから」

「動画についたコメントを見て、不適切なものを拾い出すようなことはできる？」

「いえ。コメント欄は初めから無効にしてあります。動画を視聴できるだけで、コメントは残せないようになっているんです。インフルエンサーの活動をするなら、そうしておくのが一番だから。ほかの女性インフルエンサーと話をしたことがあります。何人か友人づきあいをしている人がいて。その人たちはコメント欄を有効にしてるの。一度のぞいてみて。ふつうの人がどんな投稿をするかわかると思うから。なかには正気を疑うようなことを書く人もいます」

　タリーズは通りを見回し、髪を引っ張った。バッグから真っ赤なシュシュを取り出して髪をまとめようとしたが、すぐに手を止めた。またバッグをかき回して、今度は輪ゴムを取り出す。人目を引かないもののほうがいいと思ったのだろう。溜め息をつき、顔を伏せる。泣き出すだろうか。しかしタリーズは泣かなかった。

「コンピューターやインターネットにだいぶ詳しいんでしょうね」

「そうでもないです。自分でやれるのは、動画を作って投稿するくらいで」

「あなたが投稿しているプラットフォームにひととおり連絡して、セキュリティ部門と話をしてみようかと思うの。動画を閲覧した全員のＩＰアドレスが手に入れば、怪しい人物を絞りこめるかも」

　するとタリーズは、あるかなきかの笑みを見せた。

「刑事さん、それは期待できないかも。私は五種類のプラットフォームに投稿してるし、アクセス解析によると、私のチャンネルの登録者やファンは合計で――二十三万人近くになります。動画は視聴するけれど登録はしていない人も足したら、その三倍くらいの人数になるんじゃないかと」

　なるほど。それではたしかに期待できそうにない。

「このアパートの住人に、問題のありそうな人はいる？」

タリーズは肩をすくめた。「どんな人が住んでるのかほとんど知りません。だって、ここはニューヨークだもの」

「この数週間のあいだに、尾行されたり、監視されたりといったことは？」

「いいえ」

「いまわかるかぎりでは、犯人が持ち去ったものは包丁と下着だけ？」

「それだけだと思います。宝石類や小切手帳、パソコン、テレビは無事でした。ふつうの泥棒ならそういうものを持っていきますよね」

サックスは手帳を閉じ、レコーダーを停めた。

タリーズは建物をじっと見上げた。「しばらくロングアイランドの実家に帰ります。ここを売って、新しい家を買うまで。スーツケースに荷物をまとめたいので、いったん部屋に戻ってもかまいませんか」

「もちろん」

「一緒に来てもらえます？」

サックスは微笑んだ。「いいわよ」

二人は車を降りた。タリーズは両手を腰に当て、高層の建物をまた見上げた。

「刑事さん。犯人に盗まれたものはほかにもありました」

サックスは彼女を見た。

アナベル・タリーズはささやくような声で言った。

「我が家を盗まれた。ものすごく気に入って暮らしていたのに、それを盗まれたんです」

13

アメリア・サックスが入ってきたことに気づいて、ライムは顔を上げた。

ライムがいる玄関ホールから、サックスの背後の表通りがちらりと見えた。道路工事の痕跡がまだ残っている。

〝**採取場所**〟**の項にこうあります。**〝**セントラルパーク・ウェスト、番地三百番台のブロックの西側歩道沿いの工事現場**〟**……**

鼓動がほんのわずかに速くなった。ヴィクトール・ブリヤック裁判の陪審はどんな評決を下すだろう。この裁判の結果は大きな意味を持つ。人の命が懸かっているのだ。

サックスはアナベル・タリーズの部屋のグリッド捜索を終えて戻ってきたところだ。タリーズの部屋と、アッパーウェスト・サイドにあるライムのタウンハウスはほんの五ブロックしか離れていない。

サックスは採取した証拠品の袋を入れた箱を抱えていた。期待していたよりも証拠の数は少ないようだ。

「アメリア！」メル・クーパーが声をかけた。クーパーはニューヨーク市警の刑事で、ライムがもっとも頼りにしている鑑識技術者だ。線の細い体つきに、だいぶ後退した生え際。縁の太い眼鏡にせよ履いている靴にせよ、どう見ても〝イケていない〟が、ライムはクーパーが社交ダンス競技会に出場したときの写真を見たことがある。タキシードをびしりと着こなし、目が覚めるような美人の北欧系のガールフレンドと踊る姿は、なかなかどうして決まっていた。いまは手袋をはめ、マスクとガウン、シューカバーとキャップで全身を固めている。

「それは預かろう。ご苦労様」クーパーはサックスの手から箱を受け取り、ラボのクリーンエリアに入っていった。

「ロナルドがもう聞き込みを始めている」ライムはサックスに伝えた。

ロナルド・プラスキーは生真面目な青年パトロール警官で、ライム仕込みの鑑識とサックス仕込みの事情聴取の両方のスキルを備えている。

「ベニーから送られてきた市内の鍵師のリストを持っているし、自分でもインターネットで調べて漏れた分を補ったようだ。かなりの人数に上るようでね。だが、その全員と話をしているはずだ」プラスキーは電話ですべての鍵師に問い合わせ、開錠テクニックのレベルから想定される犯人像を聞き出している。直接会って話をするほどの収穫は期待できないが、一軒一軒回っている時間がもったいない。ライムの直観は、ロックスミスはまもなく次の事件を起こすだろうと告げていた。

「アナベルの部屋の錠を交換した業者の名前を聞いてきた」サックスは、その情報もすでにプラスキーにメールで伝えてあると話した。

ライムは言った。「例の鍵師の集会の調査も指示しておいた。ベニーの話に出てきた会議だ」

ただし、ロックピッキング会議はニューヨークを含むアメリカ北東部では開催されていない。現在も、近い将来にもまったく予定されていなかった。ただ、ベニー・モーゲンスターンによると、主催者は一般に向けて開催の告知をしておらず、ダークウェブを介して情報が伝わるのみだという。

ロン・セリットーも、プラスキーのそれと似たリストを手に捜査を始めている。約束どおりモーゲンスターンから、過去に仕事のスキルを犯罪に利用した、またはそう疑われている鍵師のリストが送られてきていた。セリットーはいま、その一人ひとりと連絡を取り、今回の事件の容疑者として、あるいはロックスミスの正体に心当たりがないか尋ねるため、事情聴取に応じるよう要請している。

これまでのところ、プラスキーもセリットーも、有力な情報を得られていなかった。

ラボのクリーンエリアではクーパーがさっそく作業にかかり、サックスがタリーズの部屋から持ち帰った証拠を作業台に並べていた。

リンカーン・ライムは、体の障害がなければ可能なはずのさまざまなことを恋しく思っている。以前なら、日曜の朝、十一時ごろようやく起き出したあと、パートナーとともに散歩ついでにベーグルを買いに出られた。観客の半数から車椅子に物珍しげな視線を注がれることなく観劇ができた。うるさくたかってくるハエを自分で追い払えた。

しかし、いまだにあきらめきれないことは二つしかない。一つは、壮大な遊び場のようなニューヨークの町を歩き回り、そこで暮らす人々について、地理や経済や植物相について、あるいは恥部について、可能なかぎりの知識を吸収する時間だ。その知識はそのまま科学捜査官としての仕事に生かされ、証拠物件と特定の場所を結びつけ、さらには容疑者と結びつける根拠となった。

もう一つの未練は——タイベックのジャンプスーツを着て手袋をはめ、証拠を持ち上げて調べ、事件の現場で何が起きたのか、その証拠から自分の手で真実を引き出す時間だ。

「よし、始めようか」ライムはつぶやくように言った。

ロックスミスは、いまこの瞬間にもアナベル・タリーズ事件の現場から遠ざかっていっているだろう。同時に、おそらく、次の侵入事件の現場に近づいていっている。今度の目的は、これまでと違うかもしれない。包丁を盗むだけでなく、使うかもしれない。

それに、目を覚ました被害者が大声を出して反撃しないともかぎらない。ロックスミスはもちろんこの可能性を計算に入れているだろう。自分が助かるために人を殺す覚悟はできているはずだ。

クーパーは今年二月十七日付のタブロイド紙『デイリー・ヘラルド』の第三ページを写真に撮った。裏面も撮影してから、その画像を高解像度モニターに表示した。

ロックスミスが被害者タリーズの口紅と思われるものを使って署名した表面には、次のような見出しが並んでいた。

極秘報告書を独占入手――「AIDSはロシアの研究所で作り出された」

上院議員事務所のインターン、隠し子を妊娠

衝撃！　あのセクシー女優の離婚は無効だった――逮捕間近か

女性蔑視グループに批判の嵐

選挙戦への影響は？――IT企業が連邦政府による違法盗聴の証拠を入手

裏面は広告だ。低リスク高リターンを謳《うた》う怪しげな投資商品の広告、詐欺のにおいのする不動産投資の広告。出会い系サービスやマッサージ店――お手軽な売春サービス――の広告。

サックスが言った。「アナベルは、自分に関係しそうな記事はないって言ってた」

ライムは記事にざっと目を通した。「いわゆる硬派な記事ではないな」

サックスが肩をすくめる。「犯人は単に書くものがほしかっただけかも。新聞は自分で持ちこんだようね。アナベルは『デイリー・ヘラルド』を読まないそうだから」

ライムは言った。「新聞社に連絡して、法務部の意見を聞いてみるとしようか。犯人は写真をネットに投稿している。新聞社もすでに把握しているかもしれん」

サックスは携帯電話で新聞社の番号を調べて電話をかけた。法務部長は電話会議中で、電話に応じたアシスタントは、こちらからかけ直させますと約束した。サックスは自分とセリットーの連絡先を伝えた。

クーパーは青い特殊光源を使って紙面を調べていた。「ふむ。抜け目ない奴のようだね。ほとんど何もないぞ。紙そのものには指紋も繊維もいっさい残っていない。このページだけ破り取ったようだな。はさみやカッターの工具痕はない。メッセージを書くのに使った口紅は、アメリアが現場で押収した口紅――被害者の口紅と考えて矛盾はなさそうだ」

クリーンエリアとそのほかのエリアとのやりとりは、高性能な通話システムを介して行う。メル・クーパーの声は、まるですぐ隣に座っているかのように明瞭に聞こえた。

新たに判明した事実をサックスがホワイトボードに記入していく。事件現場から顕在指紋は一つも採取されなかったこと、パンティ一枚と包丁一丁（刃渡り二十五センチのシェフズチョイスの製品）を盗んだことはすでに書かれている。

クーパーが続けた。「犯人が触った品物から指紋やDNAは検出されなかった。手袋をはめていたようだよ。クッキーの半分は食べたようだが、かじる前に二つに割ってる。唾液は付着していない。こいつ、なかなかやるな」

一世紀近く前、フランスの卓越した犯罪学者エドモン・ロカールはある原理を唱えた。ライムはよく、自分の講座でその原理をわかりやすく言い換えて次のように紹介している。「あらゆる犯行現場において、犯罪者と被害者、または現場そのもののあいだで微細な証拠が移動する。この微細な証拠は裸眼では確認できず、においもしない。それでも勤勉で根気強い鑑識員なら、発見は可能だ」

ロカールは微細証拠を〝塵《ちり》〟と表現した。それ以上に優れたメタファーはほかにない。

近年の重犯罪者の大半は、自分が持ちこんだ微細証拠――毛髪や皮膚細胞など、言い逃れのできない決め手となるデオキシリボ核酸を含むもの——が落ちて現場に残らないよう、フェースマスクやシャワーキャップを着け、長袖のシャツの袖口をラテックスまたはニトリルの手袋の履き口にたくしこんでいる。過去の犯罪者と比べて知能が格段に高くなったからではなく、またロカールの交換原理を解説したウェブサイトを偶然に見つけていたからでもなく、ケーブルテレビの科学捜査ドラマを視聴して、警察の捜査手法に関心を持つようになっているからだ。

それにしても、ロックスミスの用心深さは群を抜いている。

ライムはまたもウォッチメイカーを連想した。ウォッチメイカーもまた、邪《よこしま》な任務の遂行に当たって突出した用心深さを発揮する。

「靴。サイズは11」

となると犯人の背の高さはおそらく中くらいだろう。ただし、でっぷりと太っているのかもしれないし、骸骨のように痩せているかもしれない。さらに、靴と足のサイズが一致するかどうかは、それを履いている本人がぴったりの靴を選ぶかどうかにかかっている。それくらいはどんな捜査官ももちろん知っている。ライム自身、現場で採取された足跡のサイズは12だったのに、捕らえられた殺人犯の足のサイズは8だった事件を担当した経験があった。足のほうが大きかった事件さえいくつかあった。本来のサイズが11である男の殺人犯が、サイズ6の婦人物の靴を無理やり履いていたというような事例だ。狡猾だが間違いなく痛みを伴ったであろう策略のおかげで、数日のあいだ捜査は迷走した。

「トレッドパターンからすると、ランニングシューズだね。しかしデータベースには登録されていない。つまり、ブランドも型番も不明だ。溝から四種類の塵が検出できた。一種類は大ざっぱに言って砂。二種類はいわゆる土だ——無機物とロームの混合物。最後の一種類は、大半が粘土だ。それ以外の物質をいま調べてる」

この情報もさっそくホワイトボードに記入された。

サックスが言った。「犯人が通った道筋をたどってみた。建物の通用口、地下、エレベーター、被害者の部屋。それから逆の道筋を通って逃走した」

「エレベーターに監視カメラは」

「なかった」

「それも事前に確認していたのだろうな」

クーパーが言う。「監視カメラがないエレベーターに乗るのはリスクだよな。一緒に誰か乗ってこないともかぎらないから。ニューヨークは夜型人間の街だ」

「消防局のユニバーサル・キーを持っているとすれば、話は変わってくるぞ」ライムは言った。「もう一度ベニーに電話だ」

14

「ベニー」ライムは言った。「こちらはスピーカーモードになっている。消防局のユニバーサル・キーが気になっていてね」

「現場は高層アパートの一室だった。上に向かうときも下りるときも、エレベーターに誰かが同乗する危険を冒したくなかった」モーゲンスターンが言った。

「そのとおり。消防局用のユニバーサル錠はピッキング可能だろうか」

「今回の犯人ならやれるだろうね。朝飯前といったところだろう。だが、その必要はない。百ドルも出せば、ユニバーサル・キーのセットを買える」

「その購入元を追跡するのは無理か」

「取り扱っている販売店は数十軒はある。調べるのに何日もかかりそうだ。どのみち、購入した記録を残したくなかっただろうから、おそらくはさっき話したロックピッキング会議で購入したのではないかな。今回の高層アパートの事情がわからないから何とも言えないが、ふつうに考えて、一階か地下のエレベーターの扉の近くにケースを設置して、そこにユニバーサル・キーを保管している建物が大半だろう。むろん、消防局の職員ではないのに使えば罪に問われるが、今回の犯人がそれを気にするとも思えない」

サックスは改めてベニーに礼を言い、電話を切った。

「犯人は消防隊員だったりしてな」クーパーが言った。

サックスが言う。「ロックスミスは消防隊のイメージにそぐわない気がする。消防隊員にはたいがい家族がいるし、友達もいる。この犯人は一匹狼よね。それに消防隊員なら、どこかのドアを開ける必要があるとき、ピッキングなんてしない。それより斧を振り下ろす」

消防隊の一員ではないだろうというサックスの意見に

ライムも賛成だった。

サックスは証拠物件一覧表を見つめていた。それからささやくような声で言った。「目的はいったい何？　何のためにこんなことをするの？」

人を重視する警察官ではないライムは、動機を重視する警察官でもない。犯行の動機に関心を抱くのは、それが関連の証拠の発見につながりそうなときだけだ。人を殺す理由が金であれ、痴情のもつれであれ、ライムにとって動機は重要ではない。精神科にかかっていた患者が独断で服薬を中止し、ゾンビから世界を救わなくてはという妄想に取り憑かれて人を殺し始めたのだとしても、やはりライムにとって重要な情報ではない。それでも、今回の事件は実に〝妙ちきりん〟で、さすがのライムも犯人の目的に興味を惹かれていた。

そこで、犯人の動機について何か考えはあるかとサックスに尋ねた。

サックスは少し考えてから答えた。「可能性は二つ。一つは、『デイリー・ヘラルド』またはマスメディア全般に対して政治や倫理上の不満をぶつけようとしている可能性。マスメディアは市民の生活に土足で入りこむ。だから犯人は他人の家に侵入する。事件そのものがメッセージだというような話ね。ロックピッキング会議の話が出たとき、ベニーも言ってたでしょう。〝ロックピッカー〟のなかには、コンピューターの世界でいうハッカーみたいな人たち、〝開かれた世界〟を信奉する活動家もいるって」

ライムは促した。「もう一つの可能性は？」

「新聞は単なる誤導かもしれない。犯人の真の目的とは無関係だということ。手品師の誤導と同じで、みんながそれに注意を取られている隙に、陰で何かまったく別のことをしているのかも」

ライムは微笑んだ。「ついさっき、ウォッチメイカーのことを考えていたところだ」

「私も」

「よし、証拠の分析を進めよう」

ロックスミスの周到さゆえに時間はかかったが、サックスがタリーズの部屋で採取した微細証拠と対照サンプルとを比較した結果、いくつか犯人と結びつきそうな物質が検出された。ディーゼル燃料、殺菌剤に使われるシラン化合物、アスファルトの微細なかけら、砂岩、白磁とゴムの小さな破片、銅線の断片。

ライムは思案しながら言った。「古い電気装置。二十世紀初めごろのもの。白磁は鈍器で粉砕されている」

微細証拠をガスクロマトグラフ質量分析計にかけた。クーパーが結果を読み上げる。「トリクロサン、ラウレス硫酸アンモニウム、ラウリルグルコシド、塩化ナトリウム、ペンテト酸5ナトリウム、マグネシウム、亜硫酸水素ナトリウム、橙色403号」

ライムは言った。「台所用洗剤だ」

サックスが首を振る。「あまり参考にはならない」

「それはわからないぞ」ライムはゆっくりと言った。「どこから出てきた、メル」

「靴の裏から採取した土に混じってた」

「ほう。興味深いね。台所用洗剤が手につくことはよくあるだろう。衣類にもつくだろうな。しかし、歩いていて踏む頻度はどの程度だ？　家庭では考えにくい。飲食店の厨房で働いていれば、踏むこともあるだろう。だが、ロックスミスがウェイター見習いや皿洗いをしているとは思えない」目を閉じ、頭をヘッドレストに預ける。

「どこだ。どこで踏んだ……？」まもなくぱっと目を開き、サックスとクーパーに尋ねた。「セントラルパークのゲートの歴史は知っているか」

二人とも知らなかった。

一八〇〇年代なかばに開園したころのセントラルパークには砂岩のゲートが設けられていた（とはいえ、全体が鉄柵などで囲われていたわけではなく、出入りが可能な地点はほかにいくらでもあった）。それぞれのゲートには、集団や活動、職業に敬意を表した名前がつけられた。職人《アーティザン》、女《ウーマン》、兵士《ウオリアー》、船乗り《マリナー》、発明家《インヴェンター》。さすらいびと《ストレンジャー》という名のゲートまである。

「市は毎年五月、薄めた洗剤を使ってゲートを掃除する。薄めた台所用洗剤を使えば、汚れは落ちるが砂岩を傷めることはない。洗浄力が低いからね。そのあと表面をホースの水で流すから、歩道に洗剤の水たまりができる」

いまから何年も前にニューヨーク市警に入局して以来、ライムはニューヨーク市に関する雑学をできるかぎり集めることを職業上の使命としていた。著した教科書にもこう書いた。「医師が人体の骨や内臓の知識を蓄えるように、街の地理やメカニズムを知っておかなくてはならない」

「有益な手がかりになりそうだな」ライムは小声で言った。「もっとだ。どんどん調べろ。もっと情報がほしい」

ラボの奥で複合顕微鏡をのぞいていたクーパーが言った。「何かあるぞ。いまモニターに出す」

クーパーがキーボードを叩く。モニターに粒状の物体が無数に映し出された。クーパーが顕微鏡の接眼レンズで見ているのとまったく同じもの――砂粒に似た赤い物質の微細なかけら――だ。モニターの最下部に表示されているスケールと対比すると、サイズは塵の粒子と同じくらいと見える。

「これも靴の裏から?」

「そうだ」

「ガスクロマトグラフにかけてみろ」ライムは指示した。「組成が知りたい」

分析の完了を待って、クーパーが読み上げた。「多く含まれるほうから、二酸化ケイ素、酸化アルミニウム、石灰、酸化鉄、酸化マグネシウム」

ライムは言った。「煉瓦だ。二酸化ケイ素は砂、酸化アルミニウムは粘土。赤い色は鉄が含まれているのと、十九世紀の窯《かま》で低温で焼かれたせいだろう。つまり、古い時代の煉瓦だ」

「もう一つ」クーパーが一言ひとことを強調するようにゆっくりと言った。「別の物質が検出された」ライムのほうを見て続ける。「乾いた血液だ。奴の靴に付着していたことは九九パーセント間違いない。アメリアが二カ所で採取したサンプルに含まれているから」

「ヒトか、動物か」

「ヒトだ」

「どのくらい経過している?」

血液が流れてからの経過時間を調べるには、ラマン分光法が有効だ。比較的新しい科学捜査手法であるラマン分光法では、試料にレーザー光を照射して散乱強度を計測する。ライムはとりわけこの手法を重宝していた。試料を破壊せずにすむため、同じ試料をDNA検査にも使える。

クーパーはサンプルをラマン分光にかけ、グラフで表示された結果を確認した。「五日から六日といったところだね」

ライムはサックスに視線を向けた。サックスは硬い表情で言った。「犯人がうっかり手を切っただけのことかもしれないけど……もしかしたら、刃物で被害者を傷つけたことがすでにあるのかも」

クーパーは血液のDNA検査をし、結果を統合DNAインデックスシステムに照会した。まもなく、一致するデータなしとのメッセージが返ってきた。

ライムはふたたび目を閉じ、パッド入りのヘッドレストに頭を預けた。血液のことはもう考えになかった。ロックスミスは、人を殺すまではしないにせよ、危険な人物であるとの前提で捜査を進めなくてはならない。どうしたら身柄を確保できるだろう。証拠物件のなかに手がかりはないか。

洗剤。

煉瓦。

白磁のかけら。

銅線。

電話が鳴り出し、ライムは応答した。

地方検事補のセラーズ——ニューヨーク州対ヴィクトール・ブリヤック裁判の担当検事からだった。

「リンカーン？　陪審の評決が出ました」

「で？」

「すべての訴因について無罪」

15

まだまだだな。

セキュアポイント85をピッキングするのに五十九秒かかった。

かかりすぎだ。

ニューヨーク市内の住宅はたいがいそうだが、キャリー・ノエルのアパートのドアには錠が二つついている。

一つはドアノブと錠が一体になった簡易なインテグラル錠。もう一つがセキュアポイントだ。

二つともピン・タンブラー錠で、これは歴史上もっとも古い設計の錠だ。アメリカ国内の特許を獲得したのは、かのライナス・イェール・シニアだ。エールが考案し、その息子が改良したピン・タンブラー錠は、百五十年後の現在も当時の設計からほとんど変わらないまま広く使われている。

ピン・タンブラー錠には内筒《プラグ》があり、ここに鍵を差しこんで回転させる（一般には〝鍵穴《キーホール》〟と呼ばれているが、正式には〝キーウェイ〟だ）。内筒とその周囲の外筒には向かい合わせに縦穴がうがたれていて、その穴にスプリング式のピンが仕込まれている。合わない鍵を差すと、このピンが障害物となって内筒は回転せず、したがってデッドボルトやラッチボルトは動かない。正しい鍵を差せば、鋸状の切り欠きに押し上げられたピンがシアラインにそろい、内筒が回転して錠が開く。

ピンタンブラー錠をピッキングするのは簡単だ。テンションレンチを鍵穴に差しこんで内筒を軽くひねる。そうやってピンに力をかけておけば、施錠ポジションに戻ってしまうのを防げるからだ。それからもう一本、歯医者のピックにそっくりな細いレークピックを差しこんで、全部のピンをシアラインより上に押し上げる。

ところが、セキュアポイントはそう簡単にはいかない。

構造は、ピッキングに強いと評価の高いメディコ社の錠に似ている。錠内部のピンの先端は尖っているうえ、縦溝が刻まれていて、ピンの一つひとつが縦に回転するようになっている。レークピックの先でピンの尖った先端を持ち上げるだけでも難題なのに、ピンの向きまで合わせなくては内筒が回らないということだ（メディコ社が一九六〇年代にこの仕組みの特許を取得したとき、ピッキングに成功したら五万ドルの賞金を支払うと発表した。錠メーカーのよくある販売キャンペーンの一つだ。当時、開錠できたのは世界でただ一人——驚くなかれ、ニューヨーク市警の刑事だった）。

セキュアポイントを五十九秒で開錠？

たぶん世界最速記録だろう。それでも時間がかかりすぎだ。

今夜の〈訪問〉を成功させるには、三十秒以下で開けなくてはならない。

防犯アラームが起動してしまうからじゃない。キャリーが住んでいるアパートの規模、住人の数、早朝の時間帯であることを考えると、玄関先でしゃがみこんでいられるのはせいぜい三十秒だからだ。それを超えた瞬間、リスクも一気に許容範囲を超える。

セキュアポイントは、バンピングでも開けられる。バンプ・キーを何度も抜き差しし、ときおり金属や木のハンマーで叩けば開く。しかし、どんな場合もバンピングは避けたい。美意識の問題だね。エレガントとは言いがたい。

それに、音がやかましい。

二〇一九事件で身にしみた。〈訪問〉のさなかに音を立てると、災難を招きかねない。ラッチボルトが動く小さな音一つが悲劇を招く。

今夜のセキュアポイントは、やはりレークピックで開けようと思う。短時間で静かに開ける。キャリー・ノエルの耳にどんな小さな音も届かないように。異変に気づかずに熟睡していてくれるように。無防備なままでいてくれるように。

大きく息を吸い、吐き出す。全身全霊でセキュアポイント85に集中する。

内部を目で確かめながらピッキングする例がないわけじゃない。錠メーカーのセールスマンで、史上最高の錠前破りと名高いアルフレッド・C・ホッブスは、一八五一年のロンドン万国博覧会で、ピッキング不可能とされていたチャブ・ディテクター錠を破ってみせた。このとき使った工具には小さな鏡がついていた（ズルではないかとの声が高まり、〝大論争〟を巻き起こした）。

僕はそういう工具は持っていないが、ある意味では錠の内部を〝のぞいて〟いる。目をつむり、明るいところで顕微鏡を使って錠の内部を見るのと同じように、ピンやタンブラーをありありと思い浮かべる。

錠と一体になる。

ロックピッキングは、禅のダークサイドと呼ばれてきた。

ストップウォッチのボタンを押す。

テンションツールを差しこみ、次にレークピックを差しこむ。

五秒、十秒、二十秒、二十五秒……三十秒、四十秒。

かちり。

開いた。

四十一秒。最近のロックピッキング会議のコンテストでセキュアポイント85の最速開錠記録が出た。一分四秒だった。

僕はそのざっと半分の時間でやってのけた。

それでもまだ遅い。

作業台を離れ、ハーブティーを淹《い》れた。キャリー・ノエルを思い描く。キャリーもお茶好きだ。スパンデックス素材のヨガウェアを着たキャリーは、ほれぼれするほどセクシーだ。尻に張りつくタイツとタンクトップがお気に入りらしい。選ぶのはだいたいいつもぱっきりした色のウェアだ。

キャリーのキッチンにはどんな包丁があるだろう。一本もないってことはないはずだ。どこの家のキッチンにも包丁はある。包丁はクリスマスの贈り物に最適だ。

目下の敵、セキュアポイント85をまたも子細にながめる。

美人で、セクシーで、取り澄ましている。

僕はなかに入りたい。なかに入らなくてはならない。

何百と並んだ工具から、別のレークピックを選び出す。息を吸い、吐き出す。ストップウォッチをリセットし、スタートボタンを押す。

テンションレンチを差しこむ。

レークピックがあとに続く。

工具はゆっくりと前後に動く。上にも。下にも。

目を閉じる。指で触れているかのように、ピンの動きを感じ取る。

かちり。

目を開ける。二十八秒。

言葉にならない熱い何かが全身にあふれ出す。

キャリー。どうやら今夜は訪問客があるようだよ。

友よ。〈暗黒政府《ヒドウン》〉は新たな武器を手に入れた。あのニュースは大陸を横切り、ここ西海岸まで届いた――殺人容疑で裁判にかけられていたニューヨークの犯罪組織の非情な親玉が無罪評決を勝ち取った。有罪なのは火を見るより明らかなのに。なぜこんな結果になったか。検察側の専門家証人の責任だ。そいつは証拠を改竄《かいざん》していたのだ!

では、その動機は? 被告人には政府上層部にコネがあるからだ。そしてなおも恐ろしいことに、国の治安当局にも顔が利く。

〈暗黒政府〉は新たな武器をもって正義を打倒したのだ!

警察が捜査にしくじった件数、検察がへまをした件数は、ここ数カ月で数十回に上ると報告する機密文書がいま、わたしの手もとにある。

だが、連中は〝しくじった〟のではない。へまの原因は〈暗黒政府〉に乗っ取られかけていることだ。何が正義であり、何が正義ではないかを決めるのは、〈暗黒政府〉なのだ。

　ニューヨーク市だけではない。ミネソタ州では、ＤＶ被害者シェルター施設を管轄する厚生福祉局が〈暗黒政府〉の影響下に置かれ、施設を隠れ蓑にして性的人身売買ビジネスが行われている。フロリダ州オーランドでは、〈暗黒政府〉はギャング組織と手を組んで暴動を起こさせ、勤勉でまっとうなアメリカ市民の商店に火を放っている。起訴された者はいまだ一人としていない。

　天に祈り、戦いに備えよ！

　我が名はウェルム。ラテン語で〝真実〟を意味し、私のメッセージはまさしくそれだ。これを受けてどう行動するか、その判断はきみたちにゆだねられている。

16

　ライムの電話が鳴った。表示された番号を確かめたライムは首をかしげた。

　何の用だ？

　サックスに目配せをする。サックスはテレビの音量を下げた。ちょうどブリヤック裁判の速報を見ているところだった。瀟洒《しょうしゃ》なスーツにカラフルなベストを合わせたブリヤックが裁判所正面入口に姿を現した。その顔に笑みはない。額に皺を寄せている。大事なプロジェクトを裁判で邪魔されたことに腹を立て、このあと待っている山積みの仕事に意識を切り替えんとしているような表情だ。

　ライムは音声コマンドで電話に応答した。「はい？」

「ミスター・ライムですね」女のてきぱきとした声が聞こえた。

「そうですが」

「ウィリス副本部長がＺｏｏｍミーティングをお願いしたいとおっしゃっています。お時間よろしいですか」

　ライムとサックスはまたしても目を見交わした。

「いつ？」ライムは尋ねた。

「このあとすぐ」

「リンクを送ってくれ」ライムはメールアドレスを伝えた。

「では、よろしくお願いします」

　電話は切れた。

「何だって？」クーパーが訊く。

「まだわからん」ライムは答えた。それから二人に訊いた。「このウィリスという人物について何か知っているか」

クーパーは首を振った。サックスが答えた。「サリー・ウィリス。市警第一副本部長」

ニューヨーク市警は二つの管理組織から成る。一つは事件捜査を担当する、いわば市警の本体で、トップは市警本部長だ。刑事課や警邏《けいら》課はこちらに属している。もう一方は警察行政委員会で、犯罪捜査とは無関係な管理業務を担っている。こちらのトップは第一副委員長が務める。

サックスが続けた。「敵に回すと怖い人。内部監査部出身。内部監査部時代は規則を厳密に守る人物として有名だった。賄賂《わいろ》を受け取っても、白いソックスを履いていただけでも、区別なく呼び出される。規則違反に軽重はないってわけ」

白い靴下は制服規定のちょっとした違反にすぎないが、規則に厳密に従うなら、違反者は呼び出しを食らう。

「みんな陰では鉄の処女《アイアン・メイデン》って呼んでる」

ふむ。

まもなく着信音が居間に鳴り響いた。ライムはパソコンを音声で操作した。「コマンド、メールを起動」

大型モニターにウィンドウが開いた。

「コマンド、新着メールを開く」Ｚｏｏｍの招待ＵＲＬが表示されると、ライムは続けた。「コマンド、カーソルをハイパーリンクに移動。コマンド、エンター」

パソコンの音声システムに接続し、内蔵カメラのアイコンをクリックした。ウェブカメラの赤いランプが点灯した。まもなく、これといった特徴のない会議室が画面に映し出された。おそらく市警本部ビルのどこかの会議室だろう。広角カメラは会議テーブルの一端を囲む三人の人物をとらえていた。中央に、五十代後半くらいの金髪の女が座っている。

ほかの二人はライムも知っていた。女の右側に座ったがっしりとした体つきの黒人の男は、上級地方検事補のフランシス・デュヴァリエだ。ライムはデュヴァリエ担当の公判で何度か証言をしたことがある。社会の注目が集まる重大裁判を多くこなしてきた有能な検事だ。もう一人はアロンゾ・ロドリゲス。肩書きは刑事局長だ。体つきは丸っこく、頭髪は乏しくなりかけている。角張った顔になぜかカイゼルひげを生やしていて、目立つ特徴といえばそれだった。三人ともダークスーツに白いシャツという出で立ちだ。男二人は、それぞれ微妙に色味が異なるブルーのネクタイを締めていた。ウィリスは真珠のチョーカーを着けている。

「ライム警部。警察行政委員会第一副委員長のウィリスです」しわがれた声だった。長ったらしい肩書きをまったく省略しなかった。ほかの人物なら、〝第一副委員長〟とだけ言うか、いきなりファーストネームを名乗るだろう。

もう一つ、彼に呼びかけるのに、かつての肩書きを使ったことにライムは気づいた。敬意の表れとも受け取れるし、ひょっとしたらそうではないのかもしれない。

「よろしく、第一副委員長。フランシスとアルも」

「やあリンカーン」二人が同時に言った。

三人組はそろって冷たい表情を崩さない。

ライムは言った。「サックス刑事とクーパー刑事にも参加してもらっている」

「それは好都合です」

不可解な反応だった。ライムはウィリスが話を切り出すのを待った。

「ライム警部。まず、犯罪捜査と公判における長年の貢献に対して、市警本部の全員を代表してお礼を申し上げさせてください」

ライムは黙ってうなずいた。

「ヴィクトール・ブリヤック裁判の評決はお聞きになりましたね」

「ええ」

ウィリスはデュヴァリエに視線をやった。デュヴァリエが言った。「実はリンカーン、評決のあと、陪審の意見確認が行われてね」そこで言いよどむ。デュヴァリエのそんな様子を見るのは初めてだった。「十二名のうち八名が、有罪評決を出せなかった理由としてきみの証言を挙げた。証拠分析に問題ありと判断したと」

ライムは無言だった。

デュヴァリエが続けた。「きみも知ってのとおり、陪審の意見は要を得ないことも多い。しかし、十二名中八名までが同じ問題を指摘したとなると、これはもう――」

ウィリスが後を引き取る。「実は意見確認の内容がどこからかリークされました。陪審の一部がマスコミの取材に応じたのではないかと思いますが、どうやら大問題に発展しかけています。すでにいくつか記事が出たようですね。誤った物的証拠に基づき、市民が殺人罪であやうく有罪になりかけたと論じる記事が。過去にも似たような問題がありました」

ウィリスの言う問題とは、ニューヨーク市警の鑑識ラボの技術者がいい加減な分析をした、あるいは怠慢から分析をしなかったことが発覚した件だろう。買収されて証拠を改竄した技術者もいた。

「ですから、ライム警部、急いで対処する必要に迫られています。市警の信頼が損なわれるようなことがあってはなりません。これは上層からの指示です。委員長を含め、行政委員会のメンバーと会って話をしました。市警本部長の同意も得て、最終決定が下されました。いまこうしているあいだにも、公式発表が行われています。本日をもって、ニューヨーク市警は犯罪捜査において民間コンサルタントとの関係を解消します」

ライムは冷ややかに言った。「私の勘違いでなければ、ロックスミス事件の捜査に私を参加させるよう指示したのはそちらだ。この事件を市警に対する挑戦と受け止め、一刻も早く犯人を確保したいと考えたのではなかったのかね。それとも、本当に単なる私の勘違いか」

三人組はそわそわと顔を見合わせた。まもなくウィリスが答えた。「状況が変わりましたので」

アメリア・サックスはライムよりずっと率直だった。

「よくもそんなでたらめを」

「サックス刑事、これは軽々に下された決定ではありませんよ。それに、あなた一人に向けた決定でもありませんから、ライム警部。今後は、事件捜査にかぎらず、いっさいの外部コンサルタントを雇わないという決定です」

サックスが食い下がる。「自分の足を撃つような真似をする理由は……要するに何？　視力が悪くて全体が見えないせい？　数千に一度のミスを取り上げて、私たちにこんな仕打ちをするなんて」

「サックス刑事。いつか捜査の質を管理する何らかの尺度が導入できる日が来れば、今回の決定が覆ることもあるかもしれません。一年後、あるいは二年後に」

「副委員長、手がかりの解釈を誤ったり、微細証拠やD

NAサンプルを分析しそこねたりした経験が一度もない捜査官なんて、どこにもいないとも思いますけど……」

それは事実だ。ただし、この背景にはもっと込み入った事情がある。ロン・セリットーがちらりと話していたように、このところ捜査や起訴手続きの失策が続いていた。ニューヨーク市警の威信に傷がつくだけならまだしも、人命にも犠牲が及んでいる。無罪を勝ち取った麻薬密売人のグループがライバル組織のメンバーを殺害し、それに巻きこまれた無関係の市民まで命を落とした例。あるいは、性的人身売買の罪で起訴された後に無罪となった男が十代の少女をレイプしたあと、アメリカとのあいだで逃亡犯罪人引渡し条約を結んでいない南米の国に逃走した例もあった。

民間コンサルタント排除の決定は賢明な措置ではある。ブリヤック裁判の失敗の責任を、ニューヨーク市警が直接雇用している職員ではない誰かに押しつけられるのだから。しかもニューヨーク市は――すなわちニューヨーク市長は、強いリーダーシップを発揮して悪弊を一掃したという印象を世間に与えられるのだ。

ウィリスがしわがれた声で続けた。「新しく設けられた規則がもう一つあります。本日より、民間コンサルタントを雇用したり、彼らの協力を仰いだりしたニューヨーク市警の職員は、停職や解雇など懲戒処分の対象となります」

メル・クーパーが尋ねる。「その新しい規則について、警察官慈善協会の弁護士は何て言ってます？」

「我々と同意見でした」

なるほど、根回しは万全のようだ。

ライムは無意識のうちにアロンゾ・ロドリゲスを観察していた。ロドリゲスはしかめ面をしてわずかに肩をすくめたあと、細いカイゼルひげを親指でなぞった。

ウィリスがさらに続ける。「それから、サックス刑事とクーパー刑事、これ以降のライム警部との連絡を禁じます」

「副委員長」サックスが抗議した。「リンカーンと私は結婚しているんですが」いかにも苦々しげな口調だった。

「揚げ足を取らないでいただきたいわね、サックス刑事。職務上の、連絡を禁止するということです。このあと、セリットー警部補とプラスキー巡査にも同じ指示を伝えます。ロックスミス事件については、現時点で関わっている捜査員が今後も捜査を続けることとします。ただし、鑑識作業はクイーンズの本部ラボが引き継ぎます」

サックスは溜め息をついて籐椅子に腰を下ろした。

ウィリスが言った。「このようなお話をしなくてはならないのはとても残念ですが」

その声の何かが、〝お話〟にまだ先があることを告げていた。

それを説明するのはウィリスではなく、ロドリゲスの役割らしい。

横柄にも聞こえる声で、ロドリゲスが言った。「委員長と本部長が地方検事と意見をすり合わせた。民間コンサルタントであると知りながら雇用した場合、その捜査官を公務執行妨害で起訴するというのが検事局の見解だ。民間コンサルタントのほうも起訴される」ロドリゲスは最後にこう付け加えた。「私が責任を持ってその方針を徹底せよと仰せつかった」

内心では迷惑がっているような口調だった。

それでも、伝えなくてはならないことはきちんと伝えたわけだ。

「サックス刑事、クーパー刑事。そのラボにある証拠物件をすべてクイーンズの本部に引き渡してください。お忙しいところをお邪魔しました、ライム警部」ウィリスは言った。「このような結果になって残念です」

Ｚｏｏｍのウィンドウは消えた。

17

ヴィクトール・ブリヤックは、チューダー様式の美しい屋敷にいた。ここ、クイーンズ区の緑豊かな一角フォレストヒルズでは、ニューヨーク市内のどこよりも時間の流れがゆったりとしているように感じられる。古き良き時代の趣を色濃く残すといわれるスタテンアイランドには申し訳ないが、それがブリヤックの意見だった。

ブリヤックはいま世界で二番めに好きな飲み物——濃いめに淹れたイングリッシュ・ブレックファスト・ティーを味わっている。実に美味い。体のすみずみまで温もった。心も、胃袋も。妻がインターネットで取り寄せた紅茶だ。何年か前、ブリヤックがひどい風邪を引いて胃腸に不調を来したことがあった。胃袋がコーヒーを受けつけなくなって、それ以来、紅茶を飲むようになった。

生まれつき知識欲が旺盛なブリヤックは、紅茶の歴史を調べてみた。学者のように系統立てて調査したわけではないが、〝イングリッシュ〟という呼び名はいくつかの点で間違っているらしいとわかった。まず、茶葉の原産地はイギリスではなく、インドやスリランカ、ケニアだ。それをポルトガル人がブリテン諸島に持ちこみ、午後のお茶の時間を楽しむようになった。やがてあるスコットランド人が朝食に飲む習慣を一般に広めた。香り高いお茶をイングランドに普及させたのはヴィクトリア女王だったが、〝英国風《イングリッシュ》〟の名を与えたのはアメリカ人だ。それはそうだろう――英国人が〝英国風〟と呼ぶわけがない。彼らにとってはただの〝お茶《ティー》〟だ。

二匹の飼い猫が追いかけっこを始め、ブリヤックはその様子を微笑ましくながめた。二匹とも灰色がかった毛色のメインクーンで、体が大きい。メスのブリックは女王様気質で威張り屋だ。オスのラビリンスは年齢が若く、ブリックから意地悪をされても怒らない。ラビリンスは、先代猫のモルタルが数年前に死に、その後継として飼われることになった猫だ。

ブリヤックは小型のテレビほどのサイズの高解像度モニターに向き直り、オンライン会議を開始した。

「よく集まってくれた」

モニターに開いたウィンドウは五つ。右上の一つにブリヤックの顔が映っている。ほかの三つのウィンドウにも人の顔が映し出されていた。それぞれうなずいたり、挨拶を返したりしたが、いずれもブリヤックの挨拶と同じくぞんざいだった。

このプログラムでは、一人が発言しているあいだ、その人物のウィンドウの輪郭が赤く光る。Ｚｏｏｍに似ているが、ブリヤックのＩＴチームが開発したプログラムで、ハッキングは事実上不可能だ。プロキシを経由していれば、たとえ接続経路を追跡されても行き着く先はヨーロッパのどこかで、しかもそこが行き止まりになる。

左上に表示されているのはハリー・ウェルバーン。年齢は五十五歳、筋張った見た目の気難しい人物だ。モニター越しにも、実際に顔を合わせても、内心でいらだっているのがつねに伝わってくる。この会議にはニュージャージー州ニューアークから参加しているはずだ。左下のケヴィン・ダギンの濃い褐色の顔は、ウェルバーンの丸いそれとは対照をなして細長い。若くたくましいダギンの居場所は誰にもわからない。ダギンのビジネス拠点は、ニューヨーク市東部からブラウンズヴィルにかけて、数えきれないほどある。背景から察するに――作風がミロに似た現代絵画が映っていた――ハーレムに所有しているタウンハウスか、ロングアイランドのサウスショアにある自宅のどちらかだろう。四つめのウィンドウに映っているのは双子のストッダード・ボスコムとスティーヴン・ボスコムだ。ブリヤックは昔からこの二人を〝双子《ツインズ》〟とひとまとめに呼んでいる。二人は三十七歳で、肩まで伸ばした金髪を真ん中分けにしていた。

真ん中のウィンドウは真っ黒で、誰も映っていない。

「無罪の評決が出たそうだな、ヴィクトール。おめでとう」ストッダードが言った。本人はそうは思っていないだろうが、双子を区別したい側にとっては幸いにも、スティーヴンの頬には長さ五センチの傷痕がある。

ダギンがうなずいた。「気持ちはわかるぜ。似た経験をしたからな。冷や汗をかきながら評決を待つ時間は最悪だ。検事は誰だった？」

「セラーズとかいうぼんくらだった」

ストッダードが言った。「マーフィーの奴は始末するしかなかったものな。いなくなったところで誰も悲しまない。しかし、やったのは誰だろう」

「わからん。いま調べさせている」

めったに発言しないウェルバーンは、このときもやはり黙っていた。

ブリヤックは言った。「さっそくビジネスの話を始めようではないか」アメリカに移住してもう三十年になる。ウクライナ語のアクセントはほぼ完全に消え、ブリヤックの話す英語は完璧だ。それでもときおり、話し言葉より書き言葉に近い硬い調子になることがある。

「小切手帳を用意しておいた」ダギンが言った。

ストッダードが言った。「おとなの世界じゃ小切手しか相手にされないものな」双子の片割れがにやりとした。

ウェルバーンも何かつぶやいたようだったが、ブリヤックには聞き取れなかった。

「最初の品目は……」ブリヤックはキーボードを叩いた。黄色い連結式ダンプカーの写真が表示された。「ボルボのダンプカー。十年前のモデル。有料荷重は二八小トン。総重量四七トン。エンジン最高出力三一五、最高トルク一五〇五。最高速度五五キロ。見てのとおり、状態は良好。最低落札価格は五万ドル。入札は五千ドル刻みで」

「五万」双子が同時に言った。高めの声と冷たい青色の瞳の組み合わせにステレオ効果が相まって、おそろしく不気味だ。

ダギン――「五万五千」

「六万」顔に傷のあるスティーヴンが言った。

野太い声でダギンがさらに吊り上げる。「六万五千」

ブリヤックはウェルバーンの表情をうかがっていた。モニター上の別の場所に視線を向けていたウェルバーンが目を細める。それからメモ用紙に何か書きつけ、画面に映っていない誰かに手渡した。

双子は顔を見合わせた。「七万」

ブリヤックは言った。「みなさん、よろしいですか。これは一生に一度のチャンスです。このダンプカーがあれば、それだけで業績が上向きに転じますよ。なんといっても三一五馬力です。三一五馬力！」

競売人役を演じるのは実に楽しい。

ダギンが言った。「くそ、俺を破産させようって魂胆か。七万五千」

誰もカメラを見ていない。ダギンと双子は左上のウィンドウを見つめ、ウェルバーンの反応をうかがっていた。ウェルバーンはモニター上の別の場所に目を注いでいる。スプレッドシートなのかウェブサイトなのか、彼だけに見える情報がそこに表示されているのだろう。また何か書きつけ、誰かに渡した。

双子はマイクをミュートして相談を始めた。

「七万五千だ、ハリー」

「わかってる」

「トルクは聞いたな」

「聞いた」

「ヴィクトール」ダギンが言った。「そろそろ小槌を叩いてもいいんじゃないか」

「まあ待て、ケヴィン」

ダギンは贅沢な黒革の椅子の背に体を預け、マグに入った飲み物を口に運んだ。「さっさと叩いてくれって」ぶつぶつ言う声が聞こえた。

双子がミュートを解除した。「八万」

ダギン――「八万五千」

「マジかよ」スティーヴンが吐き捨てるように言った。「こんなダンプカー、何に使っていいかさえわからないくせに」

「いいか、きみたち。クリスティーズのオークションに参加しているつもりで頼む。紳士らしくふるまえ」

双子はまた顔を見合わせ、それから同時に首を振った。

ブリヤックは落胆した。この双子ならもっと高値をつけるだろうと思っていた。

「ほかにお声はありませんか……」

ウェルバーンが赤いマニキュアをした誰かからメモを受け取って目を通した。

「ほかにお声はありませんか……」

ウェルバーンがカメラを見据えた。「十万と一千」

よし！

ダギンが顔をゆがめた。双子は困惑顔を見交わした。

三人ともむっつりと黙りこんでいる。

「売れました！」ブリヤックは小槌の代わりに手でデスクを叩いた。

「すぐに送金する」ウェルバーンがいつもの静かで冷静な声で言った。

「引き渡しの準備に一週間から十日かかる」

「けっこう」


「さて、次の品目だ」トレーラーとその荷台に積まれた全長二十フィートのクルーザー船の写真が表示された。古い船で、塗料は剝がれかけ、窓のいくつかはガラスがなくなっている。

「不動産で言えば現状渡しのぼろ家だ。あちこち修理が必要だが、投資の価値は充分にある。まずはスペックを説明しよう」

18

近視眼的、愚昧《ぐまい》……

リンカーン・ライムは三枚並んだ証拠物件一覧表を凝視していた。

ラボの隅に、アレコス・グレゴリオス殺害事件のホワイトボード。その後ろに、ヴィクトール・ブリヤック／レオン・マーフィー事件。

後者は、いうまでもなく、すでに決着した。

一番前、中央にあるのはロックスミス事件のホワイトボードだ。数えきれないほどのメモが書きこまれているが、サックスはそれを写真に撮り、クイーンズの鑑識本部に設置される似たようなホワイトボードに書き写すことになる――この事件はいまやライムの手から取り上げられたのだから。

ライムより優れた科学捜査官はいるだろう。世界のどこかに――フランスに、あるいはボツワナ、シンガポール、アラブ首長国連邦に、あるいはまたクイーンズ区にあるニューヨーク市警鑑識本部に――ライムより優れた技能を発揮する男が、女が、きっといるに違いない。それでも、否定できない事実が一つある。ライムは、自宅のこのタウンハウスを熟知しているように、ニューヨーク市を熟知している。その知識ベースと、生まれ持った化学や物理学、推論の素質が分かちがたく結びついて、ライムを唯一無二の存在としている。

この自己評価は、うぬぼれの表れだろうか。

おそらく。しかし、うぬぼれと技能は決して対極に存在するものではない。その二つは相関関係にあり、しかもおそらく、一方を欠けばもう一方も失われる。

「どうぞ」

ライムは顔を上げた。トムがグラスを差し出す。琥珀《こはく》色の液体が入っていた。泥炭《ピート》の香り……だが、強烈すぎない。ライム愛飲のグレンモーレンジィだ。しかもダブルで注がれていた。トムはこれまで何度も首を言い渡され、それと同じくらいの回数、辞めると自分から宣言してきたが、結局いまもライムの介護士を務めているだけあって、ライムの心理状態を的確に読み取る。

ライムはスコッチを一口味わった。いくらか気分が上向いたが、リンカーン・ライムが何より激しい怒りを感じるのは、不正でも欺瞞《ぎまん》でもなく、愚かさに対してだった。

目的のわからない犯行を繰り返す反社会的な人間が野放しにされているこの状況でリンカーン・ライムを捜査からはずすなど、浅慮の極みではないか。

タウンハウスにはもうライムとトムの二人しかいない。クーパーは証拠物件をまとめてクイーンズ区の鑑識本部に引き揚げた。アメリア・サックスはロン・セリットー宛の〝親書〟を携えて重大犯罪捜査課に戻っている。

電話が鳴った。ライムの心臓が跳ねたのは、その音ではなく、表示された発信者番号のせいだった。

「ロンか。どうだった？」

返ってきた沈黙が、問いに対する答えだった。

「残念だが、リンカーン。お偉方の意見は変わらん。本部長まで話を持っていったんだがな」

予想どおりの結果だった。肥満体の皺くちゃな警部補セリットーが市警本部長のオフィスに乗りこみ、リンカーン・ライムの復職をと力説している姿を想像して、ライムは思わずにやりと笑いかけた。ふだんのセリットーなら、相手が本部長であろうと「おいおい、正気かよ」と言い放つところだろう。だが今回ばかりは言葉をのみこんで、殺人事件を数多く手がけてきたベテラン刑事らしい交渉スキルを存分に発揮したに違いない。

「新しい情報が入ったぞ。ブロガーなんだがね、〝ウェルム〟って名乗ってる。知ってるか」

「知らない」

「目立ちたがりの陰謀論者だ。政治やら社会問題やらを取り上げた動画をさかんに投稿している。どれも嘘っぱちだが、世間は真に受ける。現に数千のフォロワーがついてる」

「〝ウェルム〟と言ったね。ラテン語で真実という意味だ。そいつの話は真実ではないにせよ」

「皮肉だよな。どうやらカリフォルニアから発信してるらしい。おそらくロサンゼルス。ただ、ニューヨークの話題もさかんに投稿してる。暗黒政府《ヒドゥン》とかいう影の政府があるって主張していてね。それがアメリカの社会制度の破壊を企んでるっていうんだよ。ブリヤックが無罪になったのもそのせいなんだとさ。裁判は八百長だったから」

「すると私も影の政府の一員というわけか。奴を無罪放免するのに一役買ったのに、ブリヤックから礼状一つ届いていないのはおかしいな」

「〝ウェルム〟はロックスミスも逮捕されないだろうと予言している。警察が手を抜いてるからだそうだ。市当局の指示には逆らえないから」

なるほど、そういうことか。ライムは苦い笑いを漏らした。「市警の上層部ではないんだな、ロン。民間コンサルタント禁止令を発したのは、市警の上層部ではない。市長だ。選挙が近いから、私をお払い箱にしたい。私はスケープゴートというわけだ」

ライムは政治に疎《うと》い。科学捜査の世界との接点は皆無だからだ。それでも、州議会議員の補欠選挙が迫っていることくらいは知っている。現ニューヨーク市長のハリソン――ブロンクス生まれの叩き上げの政治家――は、ウェストチェスター郡の高級住宅地に住む億万長者の実業家エドワード・ローランド候補との一騎打ちに臨もうとしていた。

「ああ、そのようだな」軽蔑がまじった声だった。

つまりライムは政争の駒に使われたのだ。まさかそんな日が来ようとは夢にも思っていなかった。

「で、ロン。アメリアには会ったか」

「ああ、手紙は受け取った」セリットーは声をひそめた。「きみの手柄にしろ。私の発案だとは誰にも言うな」

「何をいまさら。言い出しっぺが本当はおまえだろうと、俺はいつも自分の手柄にしてるぞ」

「おやすみ、ロン」

ライムは電話を切った。

ロックスミス事件のホワイトボードをながめていると、パソコンが着信音を鳴らしてメールが届いたことを知らせた。Ｚｏｏｍの招待メールだった。送信者は、ライムが久しく言葉を交わしていない人物だ。ニューヨーク市警のブレット・エヴァンズ。階級はカイゼルひげのロドリゲスと同じ警視監だ。

ライムはスコッチをもう一口飲み、今回は手を使ってリンクをクリックした。

まもなく五十代なかばの男と画面越しに向き合った。エヴァンズは、市警幹部と聞いて誰もが想像するような人物だ。皺が刻まれた細作りの顔、がっしりとした肩、灰色になりかけた頭髪。どんなときも冷静な目をしている。いまは胸から上しか見えないが、ライムの記憶では、脚はほっそりとしていて長いはずだ。エヴァンズにはダンディという形容が似合う。

「リンカーン。夜遅くに申し訳ない」

「かまわないさ、ブレット」ライムは〝元気か〟〝調子はどうだ〟といった社交辞令から会話を始めることはまずしない。このときもそうだった。相手が用件を切り出すのを黙って待った。

「例の件は聞きましたよ、リンカーン。やれやれだ」エヴァンズは当惑顔をした。

ライムはつい含み笑いを漏らした。「心配ではないのか、ブレット？　私と話をしたら逮捕されるのでは。公務執行妨害、共謀……国家反逆罪を問われるかもしれないぞ」

「ユーモアのセンスは変わらないようですね。リンカーン。冗談はともかく、話を聞いてすぐにサリー・ウィリスに電話して意見を伝えたんですよ。市警にはぜひともあなたの力が必要だと。しかし決定は覆らなかった」

エヴァンズはパトロール警官としてキャリアをスタートし、刑事に昇格したあとも出世の階段を上り続けた。警視監は、ニューヨーク市警の階級ピラミッドの頂点に近い位置を占める。

それでも、市当局を組み伏せる力まではない。

「そうだろうね。もうどうしようもない。ビジネス上の決定を覆すのは不可能だ」

エヴァンズが記憶をたどるような声で言った。「オニール事件。ほら、ヘルズキッチンで起きた」

「あの事件なら覚えている」

当時は三級刑事だったエヴァンズが捜査指揮を執ったその事件で、ライムは——むろん民間コンサルタントとして——ウェストサイド・ピア近くの現場の検証を監督した。グリッド捜索を担当したのはサックスだった。冷酷なギャング、エディ・オニールが事件のかなり前から捨て置いていた倉庫を捜索した結果、珍しい羽毛が見つかった。分析と調査、そして目を閉じて熟考するのに数日を費やしたあと、ライムはその羽毛の出所《でどころ》が近隣のペットショップであることを突き止めた。オニールはそこで不法に輸入された鳥を購入していた。（せっかくだから動物テーマの言い回しを用いれば）内々の駆け引き《ホース・トレーディング》を経て、店の経営者は、匿名の情報提供者としてオニールの情報を捜査チームに流すことに同意した。九番街でライバル組織との銃撃戦が始まる直前にオニールは逮捕され、無関係の市民やドライバーに死者が出ずにすんだ。

その手柄がエヴァンズの出世の道を開いた。

「あれを解決できたのはあなたのおかげです。ずっと恩返しをしたいと思っていた。それで考えたんですがね、リンカーン。ニュージャージー州警察に知り合いがいまして。向こうではいまも問題なく民間コンサルタントを使っている」エヴァンズは低い声で笑った。「ニュージャージーも殺人事件には事欠かない。『ザ・ソプラノズ』だってありますし（アメリカのテレビドラマ・シリーズ。ニュージャージー州を舞台に、イタリア系マフィアのボスを中心とする人間模様を描く）」

ニュージャージー州の殺人にソプラノ歌手がどう関係するのかライムにはさっぱりわからなかったが、殺人事件が多数発生していることはまぎれもない事実だ。

「きっとあなたと契約したがると思うんですよ」

「ありがたい話だ、ブレット」ライムはそう応じたが、捜査顧問を引き受ける気がないことは胸にしまっておいた。ニュージャージー州警察に悪感情があるからではなく、ライムの知識の守備範囲はあくまでもニューヨーク市だからだ。いまから新たな土地の社会インフラ、地理、文化を学び直す気にはなれない。

それに、通勤という実際的な問題もある……

「市内にある民間の科学捜査研究所にもコネがありますよ」エヴァンズが続けた。「やりがいという意味では、市警の捜査顧問に負けないと思いますが」

いいや、まるで比較にならない。ライムは言った。「そうだろうね。しかし、まずは身の振り方を少し考えてみたい」

「どうぞどうぞ。お気持ちはわかりますよ。ただ、今回の件はどう考えてもおかしいと思う者が本部にも大勢いるとお伝えしておきたかった」

しかし、決定を覆す力を持つ層には一人もいないも同然だ。


「連絡をありがとう、ブレット」

ライムは疲れを感じた。へとへとだ。トムを呼び、小さなエレベーターで二階に上がり、就寝のしたくを整えてもらった。

まもなくライムは機械仕掛けの精巧なマットレスに横たわってまどろんだ。だが、眠りに落ちる寸前に思った――自分は確かに州レベルの政争というチェスのゲームの駒にされたのだ。しかも戦略らしい戦略がないまま、盤上から排除された。

では――とチェスのメタファーを引き継いでさらに考えた――ライムの払った犠牲は終盤戦の行方にどのような影響を及ぼすことになるだろう。

19

ダンプカーが実はダンプカーではない時代。

ヴィクトール・ブリヤックはいま、猫二匹を別とすれば一人きりでいる。オークションの成果を満足げに書き留めた。三組の落札者からの送金はすでに確認できた。ブリヤックとの取引では、大金はつねに先払いだ。

全員が何かしらの品を落札した。ウェルバーンはダンプカーを。双子はボートを。ケヴィン・ダギンはバックホーを買った。

ブリヤックは新世代のギャングの一員を自任している。もちろん、新世代といっても、Z世代だかZZ世代だか、いま注目を集めている若年層に属しているわけではない。ブリヤックは五十代で、保守的で、伝統を重んじる人間だ。毎日、スーツを着る。スーツにはたいがい洒落《しゃれ》たベストを合わせる。靴はぴかぴかに磨いておく。違法薬物には手を出さない。紅茶と、紅茶以上の好物である高級ブランディがあれば、薬物など必要ない。

それに新世代だからといって、誰もが最先端の脱法ドラッグを開発し、六桁の可処分所得を持つ三十歳未満の若者に販売するわけではない。

ブリヤックが経営する会社VBオークションズの何が革新的かといえば、扱っている商品だった。

今夜のオークションの参加者は、ダンプカーやボートやバックホーが入り用だから購入したわけではなく、実際に届いたとしても受け取らないだろう。異常なまでに用心深いブリヤックは、見せかけのオークションを利用しようと思いついた。

参加者が実際に競り落としたものは、ヴィクトール・ブリヤックにしか販売できない品、ニューヨーク市内で売られているもののなかでおそらくもっとも危険な商品だった。ドラッグやプラスチック爆薬、毒物、マシンガンよりも物騒な品物。

情報だ。

石のように無表情なウェルバーンが落札した〝ダンプカー〟は、実際にはブリヤックと手下が編纂《へんさん》したファイルだ。そこに収められているのは、ペンシルヴァニア州の倉庫からヴァージニア州、ニューヨーク州を経て、コネティカット州内の最終目的地に運ばれるフェンタニルやオキシコンチンといった違法薬物の正確で詳細な情報だ（セキュリティのため、品物は架空の会社名を掲げた複数のトラックを使い、円を描くような遠回りのルートで運ばれる）。

ファイルにはほかに、トラックの運転手の氏名などの個人情報（家族の情報も）や、ルート上の各地域を管轄する警察のリストが入っている。たとえばニューヨーク市なら、不正に目をつぶるどころか、ウェルバーンの強奪チームの支援までするような警察官がいる分署の情報が含まれている。

　双子が落札した〝ボート〟は、フロリダ州マイアミからニューヨークに移ってきたスアレスという男と、彼が率いる小規模な組織の資料だ。スアレスはラテン系の住民をターゲットとして麻薬密売ビジネスを起ち上げようと目論んでいる。競売の参加者から見てスアレスは小物にすぎず、ライバル視して警戒するほどの相手ではない。しかし〝ボート〟があれば、売上の相当な割合を上納せざるをえない立場にスアレスを追いこめる。資料には、既婚者であるスアレスと愛人《ガールフレンド》のあいだで交わされた卑猥なメールも含まれていた。二人の自撮り写真《セルフィー》もある。ベッドで、バスルームで、床の上で、キッチンカウンターで（「そんなところで？」というのがブリヤックの正直な感想だ）からみ合っているシーンだ。ガールフレンドは、文字どおりの〝ガール〟――十六歳の少女だ。つまり全裸写真は児童ポルノに該当し、本番のセルフィーは法廷強姦――承諾年齢未満者との性交――の証拠となる。

　スアレスは大金をはたくだろう。

　ダギンもよい品を購入した。〝バックホー〟は、ニューヨーク市警風俗および麻薬取締チームによる今後一年間の手入れの予定を月ごとにまとめた報告書だ。ダギンの専門は性的人身売買で、彼の組織は十数件の風俗店を市内で経営している。バックホーを落札したとき、ダギンは楽しげに笑ってこう言った。「なんとなんと、バックホーを買えたぞ（「娼婦（whore）」と「ホー（hoe）」は発音が似ている）」これにはブリヤックも笑った。

　隠れ蓑として、ＶＢオークションズでは産業機械も販売し、それなりの利益を上げている。しかし会社の屋台骨を支えているのは、時間と資源と空間の九〇パーセントを占める事業、リサーチ部門だ。企業スパイと私立探偵とデータマイニング会社の三つが一つになったような部署で、対面で話を聞いたり、監視をしたり、データを集めたりして情報をまとめる。ただし、通常のデータマイニング業者よりはるかに深いところまで掘《マイン》り、ふつうなら手に入らない機密情報を発掘する。

　当然、法律の観点から疑問符がつく事業もある。ブルガリアやチェコ共和国のハッカーを使うような側面がこれに当たる（彼らは実に有能だ）。また、昔ながらの手法も活用している。強請《ゆすり》や恐喝。あるいは、手足を折る、子供を殺すといって脅す。

知識は力なり。ブリヤックから事実と数字を買って武装したニューヨーク周辺の犯罪組織はどこも繁盛している。逮捕者の数は三割減り、ブリヤックのサービスを利用すれば、新興組織が地域進出の足がかりを得る前に叩きつぶせる。さらに、ブリヤックは扱わないが顧客が扱っている製品やサービス——ニューヨークやブリッジウォーター、ニューアーク、トレントンなどの都市の街角で消費者に販売される違法薬物や銃器、セックス、盗難クレジットカードや贓品《そうひん》——の市場は目に見えて拡大した。

ブリヤック本人も自覚しているところではあるが、ビジネスの成功によって、ブリヤックの首にかけられた賞金は跳ね上がった。各都市の警察やＦＢＩはなりふりかまわずブリヤックの息の根を止めようとしている。たとえばレオン・マーフィー事件。あれは完全なでっち上げだ。ただ、ブリヤックはあらゆる手段を用いて自衛している。それは、キーウの路上で幼くして学んだ教訓だった。威勢がよくて誇り高いボスだった父親は、家族で暮らしていた家の前で警官隊に囲まれたとき、おとなしく逮捕される代わりに両手を挙げて「息子に手を出す《ネ・ザチエピ・モホ・シ》な《ナ》！」とわめいたせいで頭部を撃たれた。

それでも父の嘆願は聞き入れられ、警察は息子ヴィクトールに指一本触れなかった。そして品行方正な人生を歩めと——ウクライナ語で——言い聞かせた。

いうまでもなく、ヴィクトールは品行方正な人生を歩まなかった。当時十四歳だった少年はほかの道を知らず、父親と同じ道を選んだが、それでも血しぶきにまみれたあの瞬間以降、本人呼ぶところの〝予防的習慣〟を厳守し、危険と死と刑務所を遠ざけてきた。

のちに母親を説得してアメリカに移り住んだ。裁判を受ける権利が保障されているこの国では、少なくとも司法と戦う機会が与えられているし、やり手の弁護士は法廷で奇跡を起こす。顔立ちが美しくてそこそこセクシーなウクライナ系アメリカ人の女と結婚してアメリカ国籍も取得した。ブリヤックは表向き、立派な会社を経営するまっとうな実業家だ。教会にも熱心に通っている。慈善団体に寄付をし、役員も務めている。

しかし、それにだまされる者は一人もいない。警察当局は、ブリヤックこそが全ギャング御用達のデータマイナーであると断定している。マスコミは〝情報のゴッドファーザー〟と彼を呼ぶ。だが、それを証明できるかとなると話は変わってくる。検事の気持ちもわからないでもない。あの検事は、藁《わら》をもつかむ思いでありもしない殺人容疑をでっち上げ、ブリヤックを塀のなかに放りこもうとした。

ブリヤック自身が会社の暗黒面に足を踏み入れたためしは一度もない。汚れ仕事をするのは子分たちだ。多額の報酬で彼らの忠誠心を買ってある。だが何より有用なのは、ほとんどの子分が妻子持ちである事実だった。それは目に見えない鞭となる——組織の防水機能が破れ、ブリヤックが水に濡れるような事態が発生すれば、自分たちの身に災いが降りかかる（ブリヤックが境界線を踏み越え、下請けの一人を自ら殺したことがたった一度だけある。そいつは組織から数百万ドルをかすめ取って別宅に隠し、ブリヤックを強請《ゆす》ろうと試みた。その男の死を事故に見せかけることには成功したものの、それに要した労力とつきまとった不安はあまりに大きく、二度と自分の手は汚すまいとブリヤックは誓った）。

レオン・マーフィーのような小物を殺害した容疑で逮捕され、しかも裁判にまでかけられたとき、ブリヤックのプライドが傷つき、激しい怒りにとらわれたのは、だからだ。ブリヤック所有の倉庫から〝保護料〟を巻き上げようしたからといって、そいつを殺す？　冗談じゃない。どこかのバーでマーフィーとじっくり話し合い、なりすましがどれほど危険な行為であるかよく言い聞かせろと手の者に命じればそれですむ話だ。「いいかレオン、とうてい割に合わない……何もかも失いかねない。道端で死体になって見つかることだってあるぞ」

弾丸を無駄遣いせずに問題を解決できる。

そのとき、暗号化した衛星電話が鳴り出した。

リサーチ部門の責任者からだった。「ヴィレムか」

「ボス。いまよろしいですか」

「どうした？」

「〝ケミスト〟の件です。傍受チームが情報をつかみまして、お耳に入れておくべきかと。裁判所の検事控え室に仕掛けた盗聴器です」

「どんな情報だ？」

「期待したほどの成果はありませんでした。どうも無口な男のようで。それでも音声のクオリティは良好です。ボスが無罪になった場合は、〝奴を仕留められる〟材料をほかに探すまでだと言ったそうです」

「ケミストがそう言ったのか」

「はい」

「なるほど。もっと具体的な話は出たか」

「何も。それだけ話して部屋を出たそうです。そのあとは盗聴器の電源を落としました。裁判所は盗聴器の有無を定期的に検査していて、発見される恐れがありますので」

「ご苦労だった、ヴィレム」

「また何かありましたらご連絡を」

通話を終えた。

ブリヤックは立ち上がり、地中海風の広々としたキッチンに向かった。クルーズ船に並走するイルカのように猫二匹が付き従う。紅茶を頼もうにも妻は留守だ。そこで自分で湯を沸かして紅茶を淹れた。ポットと磁器のカップを持って事務室に戻る。

そうか。ケミストはこの先も目障りな存在であり続けるわけだ。ブリヤックの予想したとおりのことだった。


小利口な弁護士のコフリンに証言をずたずたにされたとき、ケミストの目に敗北の屈辱と怒りが浮かんだのをブリヤックは見逃さなかった。それに、マーフィー殺害事件でブリヤックをふたたび裁判にかけたくても不可能だ。一事不再理の原則があるのだから。そうなるとケミストは、何か別の方法でブリヤック打倒を試みるだろう。

ブリヤックに不利な証拠を捏造するようなことまでやるだろうか。別の犯罪で、ブリヤックには身に覚えのない殺人事件で、彼を陥れようと企むだろうか。

ケミストならやりかねない。

ブリヤックは熱くて美味い紅茶を一口味わってからアーロン・ダグラスに暗号化メールを送った。リンカーン・ライム、別名〝化学屋《ケミスト》〟のような問題を解決できそうな人物は、ダグラスをおいてほかにいない。

第二部

マスター・キー

五月二十七日午前四時

20

犯意の有無。

ピッキング工具を所持しているとき、罪に問われるかどうかを決定づける要素――〝鍵〟――は、それだ。ニューヨーク州では明文化されている。

特殊開錠用具および侵入工具の所持の禁止。建造物への不法な侵入に用いるため、または侵入を容易にするために、あるいは私有地に侵入しての窃盗、あるいは正当な対価を支払わずにサービスの提供を受けることを目的に改造され、設計され、あるいは一般的に使用される用具や工具等を携帯した者について、上に挙げた罪を犯す意図を有していたことが証明された場合、特殊開錠用具所持罪が成立する。

アメリカのほぼ全州に似たような法律がある。犯罪を容易にする目的で使う意図がないなら、不正解錠に必要な道具をいくら買っても罪にならない。犯意があったと証明する義務を負うのは検事だが、簡単には証明できないこともある。

たとえばキャリー・ノエルのアパートを目指して歩いている僕を警察官が呼び止め、所持品検査をして、バックパックに工具があるのを見つけたとしよう。そして僕が〈デイ&ナイト解錠サービス〉の会社名入りの名刺を渡したとする。ちなみに、その名刺は嘘っぱちだ。警察官は怪しみ、名刺にある番号に電話をかけるだろう。すると電話応答代行サービスの人間が出て、怪しさの度合いはいくらか低下する。警察官はこう考えるに違いない――犯意を証明するのは難しいから、検事はきっと起訴しないな。

で、僕を放免するだろう。真鍮の折畳みナイフに目を留め、これには不審を抱くだろうが、僕はニューヨーク州の法律に従って外から見えないように携帯しているし、刃渡りは十センチに満たないから、ニューヨーク市内では携帯していても罪に問われない（その刃渡りがあれば、使い勝手に問題はない。十センチ程度であっても剃刀《かみそり》のように鋭ければ、充分以上のダメージを与えられる）。

血を噴き出させるのに、ロス・セタスのメンバーが好むような、刃がぎざぎざになったハンティングナイフはかならずしも必要ない。

一方で、仮にいまここで職務質問されたら、僕はニット帽をかぶって透明のラテックス手袋をはめ、件《くだん》の工具と『デイリー・ヘラルド』の一ページを所持している。重罪を犯すために建造物に不法に侵入する意図があると推定されるだろう。

キャリー・ノエルが住むアパートの正面にある建物、いまにも崩れ落ちそうな無人のベクテル・ビルで頭を低くしてじっと息をひそめ、人通りが途絶える瞬間を――僕の存在に目を留めそうな人間がいなくなる瞬間を待っているのは、だからだ。

周囲に視線を巡らす。通りにいるのは車が何台かと真夜中にどんちゃん騒ぎをしている飲んだくれが何人か、それに全財産を積んだショッピングカートを押しているホームレス一人だけだった。

気が急《せ》いたが、チャンスはまもなく到来した。通りを渡り、ものの数秒後には通用口からもう建物に入っていた。錠と呼ぶに値しない錠は少なくない。

キャリーの部屋がある階に上がり、非常階段にひそんで物音に耳を澄ました。

かちりという音。どすんという音。完全な静寂が訪れるのを待つ。

バックパックのジッパーを引き、工具ケースを開ける。ポケットに手を入れて真鍮のナイフの感触を確かめる。

ゆっくりと呼吸を繰り返す。集中を心がける。僕にとって――不法侵入を試みるあらゆるロックピッカーにとって最大の難敵が待ち受けていることを、どうしたって意識してしまう。その難敵とは、時間だ。

錠はいつどこで発明されたのか。歴史家にも断定できない。それでも、これまでに発見されているなかで最古の錠がどれかはわかっている。発見された場所は古都ドゥルシャルキン。いまから数年前にＩＳＩＬに破壊された、現イラクのホルサバート村だ。最古の錠は、紀元前四千年ごろ作られた。それが守っていたのは、重量数百キロはありそうな巨大な扉だった。

鍵も扉に負けず劣らず重厚で、衛兵が肩にかついで運んでいた。精巧な仕組みだったとはいいがたい。それどころか、泥棒や侵入者でも容易に複製できる代物だったから、王族は扉にあえて複数の鍵穴をつけた。正しい鍵穴はそのうちの一つだけだ。侵入者は鍵穴を一つずつ試すしかなく、そうやってぐずぐずしているあいだに衛兵に見つかり、裁判らしい裁判がないまま処刑された。

泥棒が捕まる理由はだいたいそれ――ピッキング中の姿や音に気づかれるからだ。玄関前の廊下から、かちん、かつんという音が聞こえているのに気づき、テレビの前から立ち上がって玄関から外をのぞいたとき、ロックピッカーがもう隣室に侵入したあとで廊下は無人だったら、猫かネズミのしわざか、建物が軋《きし》んだ音だろうとふつうは考える。

しかしスキーマスクと手袋を着け、錠を破れずにいらいらしている不審者がまだ廊下にいたら、まあ、誰でも同じ結論にたどりつく。

作業のスピードが運命を分ける……

僕がセキュアポイント85相手に苦しい練習を重ねたのは、だからだ。

時間はロックピッカーの敵だ。物音も。

木でできた古代の錠がどんな音を立てたのか、僕は知らない（木製の錠はローマ時代にすたれた）。しかし金属に金属がぶつかれば、間違いなく音が鳴る。差しこむとき、回すとき、デッドボルトが引っこむとき。

かちん、かつん……

だから、作業中はできるかぎり音を立てないようにしなくてはならない。

そうでないと二〇一九事件の再現になりかねない。

あんな災難は二度とごめんだ。

キャリー・ノエルが住む建物の非常階段で、僕は聞き耳を立てる。

静寂。

いまだ。行け。

すばやく廊下を歩き、キャリーの部屋の玄関前に立つ。

まずはインテグラル錠。これは三秒で開いた。

さて、セキュアポイント85は――？

どうどう、先走ってはいけない。

人は怠け者だ。億劫がってデッドボルト錠をかけずにおくこともある。忘れることもあるだろう。

ドアノブをひねってドアを押す。

キャリー・ノエルは几帳面なたちらしい。おねんね前にきちんと戸締まりしたようだ。セキュアポイント85はしっかりかかっていた。

よし、始めようか……

テンションレンチを差しこんでひねり、左手で内筒に力をかけておく。

右手で、先を尖らせたレークピックを挿入する。上下前後に動かし、ピンの感触を探る。心の目でピンを見る。これまで無数の錠を分解してきた。無数のピンに触れ、金属のにおいを嗅ぎ、あらゆる部品の重みを掌で確かめてきた。

自分が鍵になるプロセスに没頭する。

禅のダークサイド……

僕は信仰を持たないが、ロックピッキングは神秘体験だと思っている。人から精霊へ姿を変えたキリストの変容に似ている。無知の状態から悟りを得たブッダ。灰色から白に変わったガンダルフ。

かちり、かちり。

この錠にはピンが十本ある。一つの穴に二本ずつだ。それを動かす。

開始した瞬間から、僕は息を止めている。

レークピックで探るあいだ、左手の小指はテンションレンチに力をかけ続ける。

十五秒……

押せ、押せ……ただし優しく。すんなりトンネルに引っこんでくれないからといって、ピンに怒りをぶつけてはいけない。脅したって無駄だ。なだめすかして言うことを聞いてもらうしかない。

かちり、かちり……

次の瞬間、テンションレンチが回転し、長さ二・五センチのデッドボルトがラッチ受けから離れた。

やったぞ！

難攻不落《セキュア》なんて、名ばかりじゃないか。

なんと、二十秒足らずで開錠できた。

立ち上がり、蝶番《ちょうつがい》にグラファイトスプレーを吹きつけた。ドアを閉めると、宇宙空間のような静けさに包みこまれた。

キャリー・ノエルは、防犯アラームを導入するタイプじゃない。だからラジオ波で撹乱する必要はないし、〈訪問〉の最初の五秒をワイヤ切断に費やす必要もない。

数歩奥へ。聞き耳を立てる。

冷蔵庫の低いうなり。水槽のぽこぽこという音。

室内は暗いが、真っ暗というほどではない。ニューヨークでは――とりわけマンハッタンでは――窓という窓を分厚いカーテンで覆わないかぎり、漆黒の闇にはならない。街にあふれる無数の灯《あかり》が、ほんのわずかな隙間を見つけて忍びこんでくる。どんな日も、朝から晩まで、光が絶える瞬間はない。

暗さに目が慣れるのを待って慎重に足を踏み出し、玄関からアパートの居住部分へと進む。

いま僕がたどっているのは長い廊下だ。閉ざされたドアの前を通り過ぎる。そのドアの奥は小さな寝室だ。ドアの脇に、子供向けのおもちゃが五つ六つある。薄気味の悪い顔をした人形。木の機関車。やはり木でできた、アルファベットを入れ替えながら単語を作って遊ぶパズル。

廊下をさらに進んで主寝室に向かう。左手にキッチン、右手にリビングルーム。合成皮革張りの座り心地のよさそうなソファや椅子。傷だらけのコーヒーテーブルには雑誌や化粧品やソックスが山を成し、そしてここにもまたおもちゃがある。水槽はなかなかの見ものだった。僕は魚に詳しくないが、鮮やかな色が美しい。

廊下の一番奥に、主寝室がある。

ポケットから真鍮のナイフを出して刃を開くと、そうとはわからないほどかすかな音が鳴った（これにもグラファイトスプレーを吹いておいた）。刃のエッジを上に向け、柄をしっかりと握り締める。

物音に気づかれ、攻撃されるとしたら、このタイミングだろう。

主寝室に入った。

彼女は眠っていた。美人のキャリー・ノエル。ベッドの上で手足を投げ出している。紫色の花柄のシーツと上掛けがその手足にからみついていた。このアパートの室温は高めに設定されている。あの上掛けは少し厚すぎるのではないか。しかし、キャリーはあれにくるまって寝ようと考えたわけだ。不眠と戦う人は、少しでも役に立ちそうな武器や戦術を見つけてそれに頼る。

ナイフを折りたたんでポケットにしまった。

それからもう一度キャリーの全身を眺め回した。

これまでの〈訪問〉経験からいうと、女はたいがい抱き枕や毛布を脚のあいだにはさんで横向きに寝る。といっても、僕が見るかぎり、性的な動機からじゃない。あと、パジャマを着て寝ている女は見たことがない。ナイトガウンなんて問題外だ。よほどセクシーなナイトガウンで、ベッドの要警戒の側に男が寝ている場合は別だが（一度だけ、思いがけず男が寝ていたことがあって、大あわてで退散する羽目になった）。ベッドにおける女の定番は、スウェットパンツまたはボクサーショーツとTシャツだ。それに、年齢にかかわらず、独り身の女はたいがいぬいぐるみを抱いて寝ているというのも意外な発見だった。

　リビングルームに引き返す。書棚に並んだ本をながめる。キャリーは推理小説と伝記、料理本をよく読んでいるらしい。ほかに――これまでに〈訪問〉した先はどこもそうだったが――総額一千ドル分くらいありそうな自己啓発書とエクササイズ本が並んでいた。大半は表紙を開いたことさえなさそうだ。

　キッチンをのぞくと、赤ワインがあった。オーストラリア産のシラーズ。お安いワインではないのに、ねじ蓋式だ（オーストラリア《ダウンアンダー》人は、高級ワインであろうとコルク式ではなくねじ蓋式のボトルで販売する勇敢な人たちだ――僕が子供だったころ、贅沢な料理が並ぶ格式ばった食卓で、うちの親父は訳知り顔でそんな話をした。しかし、尻込みする理由がわからない。だって、開けやすいねじ蓋式のほうが便利に決まっている）。

　クリスタルのグラスを探し、ワインを半分くらい注いだ。一口飲む。なかなか高級じゃないか。心のなかでそうつぶやいてから、言い直した。なかなか美味い。味わいに〝高級〟という表現はふさわしくない。ピッキングに真剣に取り組んでいる解錠師なら、どんなことであれ正確を期すべきだ。一千の一ミリのそのまた一千分の一の誤差が鍵山にあったら、それだけでその鍵は使えない。あとはぐらついたテーブルの脚の下に押しこむくらいしか使い道がなくなる。

　玄関に近いほうの寝室に行き、静かにドアを開けた。なかをのぞく。子供向けのおもちゃでいっぱいだった。隅にベビーベッドがある。

　乳幼児は〈訪問〉の邪魔になる。子供は真夜中であろうと目を覚まし、注目を求めて泣き叫ぶ。

　この部屋にはあとでまた来ることにして、キャリーの寝室前に戻り、その隣のバスルームに入った。

カウンターに口紅があった。色は〈パッション・ルージュ〉。名刺代わりの『デイリー・ヘラルド』にサインするのにこれを使わせてもらおう。

警察は『デイリー・ヘラルド』をどう解釈するだろう。まじめに捜査していれば――おそらくまじめにやっているだろう――サインのあるページの記事を確認し、裏面の広告をチェックし、記事を書いた記者や社主の名前を調べるだろう。

それ以上の可能性も考慮するだろうか。そのページが第三面である意味、発行日が二月十七日である意味を考えるだろうか。

3
2／17

たぶん――いや、絶対に――そこまで考えが及ばない。

さて、新聞はどこに置いていこうか。

少し考えたあと、ワンパターンでいくことにした。今回も下着の抽斗にしよう。そこなら泣かせられる。そう決めた瞬間、新聞のことは意識から消え失せ、僕はこぢんまりとしたバスルームを見回して、キャリー・ノエルにどんな目新しい結末を用意しようかと妄想をふくらませた。

映画『サイコ』の有名な殺人シーンを思い出す。被害者がバスルームでシャワーを浴びているところに殺人鬼が忍びこむ。高く掲げた手にはナイフ。それで斬りつけて殺そうとしている。緊張は最高潮に達して……

そのバリエーションを思い浮かべる。サイン入りの新聞を残し、闇にまぎれて姿を消すつもりでいたが、計画を変更することに決めた。

僕はバスタブのなかに立ち、シャワーカーテンを閉ざして身を隠す。そこで待つ――寝ぼけまなこのキャリーが入ってきて朝の日課に取りかかるのを待って、あのきれいな顔をもっときれいにしてやろう。

21

夜明けに目が覚めた。通りで何か物音がして、眠りの底から引き上げられた。ベッド脇の時計に目を凝らす。そろそろ午前五時になるところだった。やれやれ。

キャリー・ノエルは溜め息をつく。寝る前にのんだ薬のせいでぼんやりしたままの頭で考える。いまから寝直せば、あと一時間と二十分眠れる。

　天井を見つめる。

　いますぐ眠れれば、あと一時間と十八分眠れる。

　寝るときいつも抱いている細長い枕を引き寄せ、寝返りを打って左を向いた。

　息をのみ、体をのけ反らせた。

　マダム・アレクサンダーの人形の目が——人形も横向きだった——こちらを見つめ返していた。

　こういった人形の芸術性に疑問をさしはさむ人はいないだろうが、三十センチの距離でまともに向かい合えばやはり気味が悪いし、真夜中にベッドにもぐりこんだとき、隣の枕にもたせかけた覚えがない。

　こう考えずにいられなかった——寝る前にワインを二杯と睡眠導入剤をのんだ（わかってる、わかってる。ちゃんぽんにのむのはよくない）。

　きっと夢うつつでその辺のおもちゃを拾い、寝室に持ってきたのだろう。

　ノエルは唇を引き結んだ。寝起きの口のなかは乾ききっている。砂を食べたかのようだ。そういえば中学校のとき、ちょっと格好いい男の子に、食えるものなら食ってみなと挑まれて、本当に砂を食べたことがあったっけ。

　フィジーウォーターを飲もうとナイトスタンドに手を伸ばした。

　ボトルはなかった。

　左右を見る。待って、どういうこと？　水のボトルは左手のナイトスタンドにあった。ノエルが寝ているほうから遠い側だ。いったいなぜ左側に？

　ボトルの水は減っていない。夜中に飲んだあと、寝つけなくてせわしなく向きを変えているあいだに向こう側に置いたわけではなさそうだ。

　起き上がり、ベッドから下りた。ゆうべ脱いだジーンズを床から拾い、脱いだ服の仮置き場と化しているアン女王様式の小さな椅子からスウェットシャツを取った。

　またも息をのんだ。

　スウェットシャツの下、椅子の座面に、ブラが広げて置いてあった。ピンク色の生地に小さな赤い薔薇が刺繍されているブラ。

　もう何年も着けたことのないブラだった。いまとなってはサイズが小さすぎる。同じように小さくなってしまった服とまとめて紐つきの袋に押しこみ、クローゼットの奥にしまいこんであったのに、それをわざわざ引っ張り出す理由はない。

人形、水のボトル、ブラ……

あなた夜中にいったい何をしたわけ、キャリー？

二度とアルコールと薬を一緒にのまないこと。

眠ったまま部屋を歩き回ったのかもしれない。よくあることだ。『ニューヨーク・タイムズ』にも、夢遊病に関する記事があった。たしかに、思春期の子供や幼児が発症しやすいとされているが、成人に起きる例がないわけではない。

夢中歩行……

この場合は、シャルドネ歩行か。

携帯電話を置いた場所——置いたはずの場所を見る。ナイトスタンドの下、床の上で充電中のはずだ。

ない。iPhoneはそこになかった。

ジーンズを脱いだとき、テーブルかベッドの下にうっかり蹴りこんでしまったのかもしれない。

じゃあ、のぞいてたしかめればいいじゃない。

だめだ、怖い。

深呼吸をする。子供時代に植えつけられた恐怖。ベッドの下にはお化けがいるという、陳腐な脅し文句。

いいから。電話を探しなさいってば。

すばやく床に膝をつく。綿埃《わたぼこり》の玉が転がるベッド下からさっと手が伸びてきて手首をつかまれるのではと、なかば本気で覚悟した。

誰も——何も——襲ってこなかった。

ただし、携帯電話もなかった。

寝室を出てリビングルームに入ろうとして、ノエルは立ち止まった。

小さな悲鳴を上げた。携帯電話は、水槽の底の砂になかば埋もれて直立していた。その周囲を熱帯魚が泳ぎ回っている様子は、映画『２００１年宇宙の旅』の猿の群れがおそるおそるモノリスを調べているシーンを思い起こさせた。

心臓の鼓動を聞き、頭皮や腋《わき》に冷や汗をかきながら、ノエルはドアロから身を乗り出した。水槽の真向かいに置かれたベージュのソファの前のコーヒーテーブルに、グラスが一つぽつんとある。底に赤ワインの飲み残しらしき液体が少量だけ見えた。

キャリー・ノエルは赤ワインを飲まない。頭痛のもとだからだ。

たとえ飲むことがあったとしても、あのグラス、母親から譲られたウォーターフォードのグラスは使わない。そのグラスはいつもサイドボードの奥、テーブルクロスやナプキンの層のさらに下にしまいこまれていて、サイズ32Bのブラと同様、簡単には引っ張り出せない。

次の瞬間、閃いた。

あいつだ。あいつが来たんだ！

ニュースでやってたあの犯人が！

アッパーウェスト・サイドのアパートに何者かが侵入した。〝ロックスミス〟を自称するサイコじみた男。最新式の防犯アラームも無力だったとニュースでは言っていた。ノエルがこのアパートに設置した最高グレードの高価なデッドボルト錠もやはり役に立たなかったようだ。

ナイキのスニーカーを履いて廊下を歩き出す。

物音が聞こえ、ぎくりとして立ち止まった。

何？……いまのは何？

首をかしげ、小さいほうの寝室からかすかに漏れ聞こえる鈴の鳴るような音に耳を澄ます。

ブラームスの子守歌だ。ベビーベッドの上に吊り下げたモビールのオルゴールが鳴っている。

眠れよ吾子《あこ》　汝が夢路を
天《あま》つ使い　護《まも》りたれば

どうして私の部屋に？　恐怖より怒りが大きくなっていた。武器を確保しようとキッチンに駆けこんだ。カウンターを見つめる。

包丁立てはあった。

だが、包丁は一本残らず消えていた。

小さいほうの寝室を見やる。ドアが開いていた。ゆうべ寝る前は閉まっていた。この記憶は確かだ。

犯人はまだあそこにいるんだ。包丁を持って！

バスルームのキャビネットの一番下にしまってある工具箱を思い出した。刃物は入っていないが、ハンマーならある。武器になりそうなものをほかに思いつかなかった。あれを使うしかない。向きを変え、急ぎ足でバスルームに入り、ドアを閉めて鍵をかけた。

ああ、でも、鍵をかけたって無駄なんだった――犯人は四百五十ドルもしたデッドボルト錠を破って侵入したのだ。ドアノブと一体になった錠くらい、一瞬で開けられてしまうだろう。

キャビネットの扉を勢いよく開け、その場に膝をついて工具箱を探ろうとしたところで、ふと顔を上げた。

シャワーカーテン。ゆうべ開けっ放しにしておいたはずのシャワーカーテンが、いまは閉まっている。

眠れ、今はいと楽しく
夢の園に　ほほえみつつ……

22

アメリア・サックスは事件現場、東九七丁目五〇一番地4C号室のグリッド捜索を終えた。

ロックスミスがキャリー・ノエルのアパートへの侵入／逃走ルートに利用したベクテル・ビルの検証が完了したあと、ノエルの部屋の検証を開始し、それがたったいま完了した。

白いタイベックのジャンプスーツを始め、現場検証用の装備一式に身を包んだサックスは、紙袋とビニール袋を計一ダースほど抱えて廊下に出た。そこで待機していた才能あふれるラテン系の若い女性鑑識技術者に証拠を引き渡す。近くライムの捜査チームにスカウトしようと考えていた鑑識技術者だが、ライムが即日解雇されて、その計画も狂ってしまった。

市警上層部の思慮の浅さを思うと怒りが沸き立ったが、どうにか押さえつけた。いや、〝思慮の浅さ〟では手ぬるい。〝無能ぶり〟というべきだ。

まったく許しがたい。

政治戦略……

「ぞっとしますね」鑑識技術者のソーニャ・モンテスは、赤ん坊向けの天使のモビールが入った大きなビニール袋を見て、陰鬱な表情で言った。四歳と六歳の子供がいる母親なのだ。

「保管継続カードに記入したら、鑑識のバンに積んでおいて」

「了解、サックス刑事」モンテスは保管継続カードがぶら下がった証拠物件の袋をまとめて大きなプラスチックケースに入れると、エレベーターのほうに消えた。

サックスはそのあとも十五分ほどかけて現場をもう一度見て回り、それから自分もエレベーターでロビー階に降りた。路上に出ると、大勢の野次馬が警察の動きを見守っていた。

マスコミも集まっている。いつもどおり、プレスは現場周辺をうろつき、そして……うるさく質問《ブレス》した。

「今回もロックスミスですか」一人が大声で訊く。

「サックス刑事！」

「今度も『デイリー・ヘラルド』が置いてあったんですか」

サックスは無言でジャンプスーツを脱いだ。

ロナルド・プラスキーが来た。青年パトロール警官は短い金髪を片手でなで上げ、額の傷痕をぼんやりとなぞった。何年か前の事件で負った傷の痕だ。その後、完全に健康を取り戻すまでの道のりは長かった。

「リンカーンの件、聞きました。ふざけるな、ですよね」

「ほんとよね。錠前業者の聞き込みの収穫は？」

「何も。業界の人たちはみんな、犯人の手際に感心してるってことはわかりましたが」

サックスは鼻を鳴らした。「感心されてもね」

「ええ」

サックスは建物を見上げ、ノエルの部屋と思われる窓を凝視した。「被害者のワインを飲んだみたい。アナベル・タリーズの部屋でクッキーを食べたのと同じ。ソファに座って、コーヒーテーブルに足を載せて、グラスをかたむけた」

「ワインを飲んだ？」プラスキーは眉をひそめた。「指紋を残さないようにあれだけ用心してるくせに、DNAは気にならないのかな」

「そうみたい。調べてみないことには何とも言えないけど」

「よくわからないな。いったい何がしたいんですかね、犯人は」プラスキーはしばし思案してから続けた。「自己顕示欲かな。他人の家に侵入して、被害者を愚弄するみたいに、くつろいだ証拠を残したりして」

「警察に対する愚弄でもあるわね」サックスは過去にも連続犯の捜査に関わった経験がある。ナルシシズムは、そういった犯罪者の人格を構成する重要な要素の一つだ。自分は特別な存在であると思いこむ。神のごとくふるまうこともある。

　サックスは詰めかけたマスコミのほうを何気なく振り返った。

　人だかりの向こうに灰色のキャデラックが見えた。最新に近いモデルだ。車道上で停止している。それ自体はとくに奇妙ではない。通りすがりに速度を落としたり、いったん停止したりしている車はほかにも何台もあり、ドライバーや助手席の人々がウィンドウ越しに好奇の目をこちらに向けていた。キャデラックのウィンドウにはスモークフィルムが貼られていて、車内はよく見えないが、それでも、サングラスをかけて黒い帽子をかぶっていると思《おぼ》しきドライバーは、サックスを動画か写真に撮影しているようだった。ほかの物見高い人々の大半は、救急車や鑑識のバン、パトロールカー、全身を白い防護服で覆った鑑識員に携帯電話を向けているのに、キャデラックのドライバーだけはレンズをまっすぐサックスに向けている。捜査が始まったあとに現場に舞い戻る犯人は珍しくない。捜査の進捗を偵察するためだったり、仕事の出来栄えを確かめてほくそ笑むためだったりする。

　ナルシシズム……

　キャデラックのドライバーは、サックスの視線に気づいたのか、携帯電話を下ろし、車のギアを入れて急発進した。サックスはナンバーを見ようと路上に出たが、ニューヨーク州の登録であることしかわからなかった。車はすぐ先の角を曲がって消えた。

「どうかしました？」プラスキーが訊いた。

「灰色のキャデラック。やけに私たちに関心があるみたいだった」

「そんな高級車に乗るような犯人ですかね」

「わからないわよ。ベニー・モーゲンスターンも言ってた。錠前破りは単なる趣味で、本業はまた別にあるのかも。この近所の聞き込みでは何かわかった？」

「数十人から話を聞きました。近所の住民、商店主、配達人。誰も何も見ていませんでした」

　プラスキーと最寄りの分署のパトロール警官六名は、ロックスミスが逃走に使ったと思われるルートの検証もしていた。犯人はアパートの裏手の窓を割り、そこから路地に下りて逃走したようだ。表通りに面したエントランスや通用口から逃げなかったのは、警察が到着する直前まで建物内にいたからだろう。警察が来たことに気づき、あわてて逃げたに違いない。

「監視カメラは」

「録画しているものはありませんでした」

商店や街路に設置された監視カメラのざっと半数はダミーか、レコーダーに接続されていないかのいずれかだ。録画の管理には手間と時間がかかる。しかもカメラや録画機器は高価だ。

「例の件だけど」サックスは小声で言った。「ほんとにお願いしていい？」

「もちろんですよ、アメリア」

「四階。東側の階段室」サックスは現場のアパートのほうに顎をしゃくった。「そのあとベクテル・ビル。表側のロビー」

「了解」プラスキーは歩み去った。

サックスは周囲に視線を巡らせた。さっきの灰色のキャデラックはもうどこにも見えなかった。サックスは愛車のトリノに戻り、シートに置いてあった紺色のスポーツコートを取って、黒いセーターの上に羽織った。ジーンズとブーツも黒だった。それから近くのパトロールカーの後部座席に乗りこんだ。


「気分はどう」サックスはキャリー・ノエルに訊いた。

「まあなんとか」ノエルはありがとうと礼を言ってサックスに携帯電話を返した。サックスが水槽の底から引き上げたノエルの携帯電話は、鑑識課に預けて分析してもらう手はずになっている。ロックスミスが素手で触れた可能性はゼロではない。

ノエルが言った。「一つ訊いてもいいですか。どうしてあんなに早く来られたんですか。隣の部屋の人から聞きました。助けてっていう私の声が聞こえたのとほとんど同時にロビーに警察の人が来たって。いったいどうしてそんなに早く――？」

23

リンカーン・ライム。

キャリー・ノエルの疑問の答えはそれだ。

「ロックスミスとあなたのアパートがある一角が結びつくような手がかりが見つかったから」

サックスはそう答えるにとどめ、ライムが解雇前に犯罪学者として何をしたか、ノエルには話さなかった。ライムはその時点までに集まった証拠を再検討した——台所用洗剤、磁器でできた旧式の絶縁体、煉瓦の微細な破片。分析をもとに短い文書をしたため、〝特使〟たるサックスがそれを市警本部のロン・セリットーに秘密裏に届けた。電子メールは盗み見られるおそれがある。密書には、ミッドタウン・ノース周辺の一九、二〇、二三、二四、二八の各分署から人員を確保し、取り壊しが決まっている古い赤煉瓦のビルを探せとの指示が書かれていた。その五分署はセントラルパークに沿って並んでいる。公園のゲートの洗浄に台所用洗剤が使われていることから、ライムはセントラルパークを捜索の中心に据えていた。

今朝早く、午前四時三十分に、条件に合う建物を知っているとの報告がセリットーに届いた。パトロール警官の一人から、担当する巡回地域の東九七丁目にベクテル・ビルという赤煉瓦の建物があり、現オーナーが破産して新たな買い手を探しているところで、建物の取り壊しは始まったものの中断していると連絡が入ったのだ。その建物の存在を把握していたのは、違法薬物の取引に利用されているため、定期的に見回って密売人を追い払っているからだ。報告したパトロール警官は気をきかせて、周辺の建物の写真も送ってきていた。

セリットーはその情報と写真をサックスに転送した。連絡経路にライムは含まれていないが、夜明け前にはサックスから夫のライムにすべて伝わっていた。

「ロックスミスはそこに住んでいるわけではない」ベッドに横たわったままライムは言った。「解体工事が中断しているのなら、その作業員でもない」

「とすると、偵察に使っているのかもしれないわね」サックスは写真の一枚を——東九七丁目五〇一番地のアパートを撮影した一枚を指さした。「廃ビルの窓から、このアパートの通用口がよく見える」

「すぐに行ってくれ」

二十分後、サックスはベクテル・ビルの前に車を駐めた。ロナルド・プラスキーとパトロールカー二台はすでに到着していた。全員集まって計画を相談しようとしたところで通信指令部から無線連絡が入り、サックスが目をつけていた当のアパートから侵入者の通報があったと伝えられた。

サックスとプラスキー、数名のパトロール警官は即座に対応した。アパートのすべての出入口に見張りを立てておいて上階へ急いだ。キャリー・ノエルは隣室でヒステリックに泣き叫んでいた。プラスキーがノエルに付き添って地上に戻り、パトロールカーの後部座席に保護した。サックスと鑑識チームはグリッド捜索を開始した。

キャリー・ノエルが話した経緯は、アナベル・タリーズ宅の侵入事件と酷似していた。容疑者がいつ部屋を出入りしたかわからないという。

サックスはタリーズにしたのと同じ質問をした。ストーカーはいなかったか。元夫や元ボーイフレンド、彼女に恨みを抱いている人物はいなかったか。

答えもきっと同じだろうとサックスは思った。自分を傷つけたり、脅したり、自宅に侵入したりする動機がありそうな人物に心当たりはない——案の定、ノエルはタリーズと同じくそう答えた。侵入する先はランダムに選んでいるという推測は補強されたわけだが、犯人の目的はあいかわらず不明のままだ。

「ほんとに怖かった」ノエルはかすれた声で言った。「私、コレクター向けのおもちゃを販売してるんです。お人形の一つがベッドのすぐ隣に置いてありました。モビールのスイッチも入れてあったの。ベビーベッドの上のモビールです。ブラームスの『子守歌』が鳴っていて。あの曲を聴くたびに思い出しちゃいそう」ノエルはバッグからティッシュを取り出して目もとを拭った。薬瓶の蓋を開けて錠剤を二つ振り出し、水なしでのむ。

五メートルほど先に証拠採取技術者のソーニャ・モンテスが立っていた。ちょうどタイベックのジャンプスーツを脱ぎ終えたところだ。白い繭《まゆ》のような防護服から現れたのは、褐色の肌をし、鮮やかなピンク色の口紅と青いアイシャドウで彩られた、目をみはるように美しい女だった。赤と黒のストライプ模様のブラウスに、ジッパーが脇にあるワイン色のスラックスを合わせている。モンテスはサックスの視線をとらえて親指を立ててみせた。証拠物件の保管継続カードの記入と鑑識バンへの積みこみが完了したという意味だろう。

別の車が来た。さっきのキャデラックと似た灰色の車だった。サックスはとっさに身構えたが、よく見ると車種が違う。ドライバーは女だった。ドライバーは制服警官に声をかけ、その警官の案内で歩道際に車を駐めて降りてきた。ノエルの姉らしい。

ノエルが訊いた。「もう行ってもかまいませんか。これ以上ここにいたくないんです」

サックスはアナベル・タリーズが言っていたことを思い出した。

我が家を盗まれた。それを盗まれたんです。ものすごく気に入って暮らしていたのに、

「どうぞ。追加で確認したいことが出てきたら連絡します。そちらも何か思い出したことがあったら電話をください」二人は名刺を交換した。

そのとき、男の声が聞こえた。「サックス刑事」

振り向くと、アロンゾ・ロドリゲス警視監が近づいてくるところだった。球形の頭部は毛髪が乏しくなりかけている。寄り目ぎみの暗褐色の瞳が、鑑識バンの荷台に積まれた証拠物件をじっと見つめた。ロドリゲスともう一人、質のよさそうなスーツを着た男もいた。こちらも頭髪はさびしい。サックスの見知った顔だった。エイブ・ポッター。市長の側近の一人──たしか秘書だ。物腰は尊大だが、これといった権限は与えられていないはずだ。おそらく告げ口はうまいのだろう。

取材のカメラが二人を追っている。ロドリゲスはそれを大いに意識しているようだった。

珍妙なカイゼルひげの下に作り笑いを貼りつけて、ロドリゲスが言った。「昨日のオンライン会議はぎすぎすした雰囲気になってしまったね。一つ伝えておきたいことがある」

「うかがいます」

「はるか上のほうから指示が下りてきたときは、それに従うしかない」

「ご用件は何でしょうか、警視監」

ロドリゲスは咳払いをした。「サックス刑事、クイーンズの鑑識本部で技術者が待機している。そこにある証拠を」──証拠物件を収めた箱に顎をしゃくる──「三十分以内に届くように手配してくれ。記入済みの保管継続カードがそろった状態で」

「了解しました」

「万が一届かなかった場合にどうなるかはわかっているね」

サックスは黙っていた。

「集めた証拠は一つ残らず鑑識課に引き渡したね」鑑識のバンのほうにうなずく。

「はい」サックスはそっけなく答えた。

するとロドリゲスは、カイゼルひげで二つに仕切った満月を思わせる顔に笑みに似た表情を浮かべ、サックスの車のほうに歩き出した。「本部に戻る前に、ちょっとつきあってもらえるかな」そう言って人差し指をくいと曲げ、一緒に来いとサックスに伝えた。

24

午前五時四分、キャリー・ノエルが奥の寝室で気持ちよく眠っているころ、僕は手前の寝室――キャリーがオンラインで販売しているおもちゃの在庫が保管されている部屋に入り、モビールのスイッチを入れた。

そのときサイレンの音が聞こえて、窓から下の通りをのぞくと、パトロールカーや私服刑事を載せた覆面車両が来て、ベクテル・ビルとキャリーが住むアパートの前に駐まるのが見えた。

二〇一九事件の記憶、あの災難の記憶が蘇った。

高価な透明の外科用手袋のなかで掌が汗でじっとりと濡れ、鼓動が速くなった。

まもなく、降りてきた警察官がベクテル・ビルの前に集まり、周囲に視線を巡らせた。

僕を捜しているのか？

ありえない。

いや、どうもそうらしい。

考えれば考えるほど、偶然ではありえないと思えた。

錠前に関わる人間は、虫の知らせなんか信じない。錠前とは科学だ。機械学だ。物理学だ。ピンが引っこむのは、僕らが押し上げるからだ。三度目の正直――十三度目かもしれない――で錠が開くのは、テンションレンチとレークピックにどう力をかけたらいいか、そのバランスをそれまでに見つけ出すからだ。

そう考えたとき、キャリーが目を覚まして身動きする気配が奥の寝室から伝わってきた。

ずらかれ！

キッチンの包丁立てにあった包丁を残らず抜き取り、その前に失敬しておいたパンティと一緒に一本だけ荷物に押しこんだ。残りの包丁は冷凍庫に隠した。こうしておけばキャリーは僕が包丁を持っていると考えて反撃をためらうだろう。一本なくなっているだけでは、気づかないかもしれない。

　玄関から外の様子をうかがった。誰もいないのを確かめて廊下に出た。今回はセキュアポイント85をかけ直さなかった。ドラマチックな演出に時間を費やしている場合じゃない。

　正面エントランスからは出られない。そこで裏手の窓から出た。窓を破るなんて、錠をバンピングで破壊するようなお粗末なやり方だ。でも、自分にこう言い聞かせた——この窓はペンキで塗りこめてあって、ピッキングしようにも錠がついていないんだから、しかたないさ。窓を乗り越えて外に出るとき、目に見えない証拠を落としてしまうと心配になったが、幸運にも、ごみの袋が置かれた隣にホースがあった。着地したところにノズルを向け、水道を全開にした。毛髪やＤＮＡが落ちていたとしても、すぐに雨水管に吸いこまれていくだろう。

　緊急脱出から一時間がたったいま、僕は混み合った九七丁目に戻り、野次馬やマスコミの群れにまぎれている。

　思ったとおりだ。やはり偶然じゃなかった。背の高い赤毛の刑事——腰に金色のバッジを下げているから、刑事だ——が、金髪の若い制服警官と話している。警官は赤毛の刑事をアメリアと呼んでいて、警官のほうはロナルドというらしい。刑事はキャリー・ノエルの名前を口にした。

　キャリーはといえば、パトロールカーの後部座席で臆病なネズミみたいに身を縮めていた。

　それにしても、警察はどうしてあんなに早く……？

　キャリーが通報したんじゃないのは確かだ。警察が来たとき、キャリーはまだぐっすり眠っていたし、携帯電話は水槽の底に沈んでいた。

　アパートに侵入するところは誰にも見られていないはずだし、もし見られていたなら、もっと早く警察に通報されていただろう。

　警察は僕がキャリーを狙っていると嗅ぎつけたわけだ。いったいどうやって？

　僕がキャリーを襲うと事前に知るのは不可能だ。キャリーを〈訪問〉すると知っていたのは僕一人なんだから。ただ、この地域の——違うな、このブロックの——誰かが狙われると推理するのは不可能ではないだろう。

　きっとそれだ。アメリアという刑事は、宇宙飛行士みたいな防護服を着こんだ誰かを指さし、次にベクテル・

ビルを指さした。指さされた男または女は、ビルの入口周辺に立入禁止のテープを張った。

そうか！

僕は自分の足もとを見下ろす。

裏切り者は、靴だ。

前に偵察に来たとき、ここにしかない種類の土や泥が靴の裏にくっついたんだろう。それはそのままアナベル・タリーズのアパートまで運ばれた。分析の結果、警察はベクテル・ビルを割り出した。ちょっと信じがたい気もしたが、考えてみれば、セキュアポイントの錠を――それをいったらどんな錠であろうと――ピッキングして開けるなんて、しろうとには魔法のように思えるだろう。

グーグルで検索した。〈鑑識〉〈アメリア〉〈ニューヨーク市警〉の三つのキーワードを入れただけで、画面にアメリア・サックスという刑事の情報があふれた。表彰歴のある刑事。パトロール警官だった父親もやはり表彰歴がある。夫は、これまた表彰歴のある元刑事の捜査コンサルタント、リンカーン・ライム。

夫婦とも、専門は科学捜査だ。


自分に猛烈に腹が立った。だって、このライムとかいう男とその妻がここを割り出すタイミングがもう少し早かったら。警官を派遣するのがもっと早くて、僕がベクテル・ビルのじめじめしたロビーにしゃがみこんで〈訪問〉開始のタイミングをうかがっていたころだったとしたら。

〝犯意の有無〟を問われるまでにそう長い時間はかからなかっただろう。下ろすと顔全体が隠れるマスクになるニット帽、『デイリー・ヘラルド』の第三面、それに厳密には合法な品物であるとはいえ、ナイフを所持しているのを見つかっていたら、僕は刑務所行きになっていた。

僕にとって刑務所は、文字どおりの地獄だ。

考えただけで両手が震え出す。

手が震えるなんて、ロックピッカーにあるまじきことだ。

今後は底に溝が刻まれていない革靴を履くとしよう。

アメリアはパトロールカーに乗りこみ、キャリー・ノエルとしばらく話をした。やりとりが聞こえてくるようだった。〝なぜ彼女なのか〟を検討したに違いない。

気を鎮め、状況分析に意識を集中する。あいかわらず美人だが、青い顔をして髪がぼさぼさになったキャリーが迎えの車に乗ってどこかに行ったあと、僕はアメリアに近づいた。自分を追っている相手をもう少しよく知っておきたい。ここに戻ってきただけでも危険だが、僕を気にして見ている奴は一人もいないようだった。サングラスをかけ――今朝はよく晴れているから、不自然ではない――贅沢な革ジャケットの襟は立ててある。ニット帽は脱ぎ、かぶっている人の多いメッツの野球帽に替えておいた。メッツの試合にかぎらず、野球観戦には一度も行ったことがない。ついでに言うと、うちの親父は忙しい人だったから、僕は遊びに連れていってもらえなかった。庶民らしい遊び場なんて本当に無縁だった。でも、そんなのは親父の〝罪〟のなかでは軽いほうだし、そもそも僕は親父と一緒に何かするのが心底嫌いだった。

権力者然とした偉そうな男がアメリアと話していて、二人のあいだで火花が散っているのが目に見えるようだ。たとえば警部とか、警察の上のほうの人なんだろう。丸っこい体つきをしたその男は、カイゼルひげなんか生やして、自意識過剰な感じだ。アガサ・クリスティーの推理小説に出てくるベルギー人の私立探偵ポワロを気取っているのかもしれない。肌の色は浅黒い。たぶんラテン系だ。それか地中海系か。

そいつのほかにもう一人、スーツを着た男がいる。痩せていて、頭が禿げかけている。少し離れたところから冷たい目を二人に向けていた。

二人は言い争ってはいないが、男のほうはやたらに威張り散らし、必要以上に大きな声を出している。そのせいで注目が集まって、近くのマスコミ連中はカメラで二人の様子をずっと撮影していた。

〝ポワロ〟を見ていると、親父が思い浮かんだ。

事件解決より市警内の政治的な綱引きが優先されている感じだ。

議論の的はどうやら、アメリアが集めた証拠物件のようだ。

ポワロは古い車のほうに歩き出した。フォード・トリノ。アメリアの車だ。少し前にその車からジャケットを取って、すらりと伸びた体に羽織っていた。ポワロは「本部に戻る前に、ちょっとつきあってもらえるかな」と言い、相手を下に見るような身ぶりでアメリアについてくるように命じた。

痩せた男も一緒に移動した。つるぴかの頭が陽射しを跳ね返す。

ポワロがトリノの車内をのぞきこむ。マリファナ煙草や栓を開けたビールがないかと期待しているパトロール警官みたいな態度だ。それから車のトランクを指さした。

アメリアは両手に腰を当ててポワロをじっと見た。

二人の様子を撮影するテレビカメラの数が増えた。皮肉だな。ＷＭＧの取材班もいる。ウ《W》ィテカー・メ《M》ディア・グ《G》ループチャンネルは、『デイリー・ヘラルド』を発行しているメディアグループの一員だ。

アメリアとポワロはしばしにらみ合った。車のトランクを指さしたときのポワロの尊大な態度を見て、アメリアの怒りは頂点に達しようとしているらしい。ポワロより上背のあるアメリアは、顔を突きつけるようにして彼をねめつけた。ポワロは一センチたりとも退かなかった。

一瞬の間があって、アメリアは黒いジーンズのポケットから車のキーを出した。六〇年代の車にはたいがい、キーが二種類ついている。一つはイグニション用、もう一つはドアやトランク用。別々になっている理由については諸説あるが、僕もその謎の答えを知らない。

アメリアがトランクを開けた。ポワロはなかをさっとのぞく。入っていると思ったものはそこになかったようだ。

アメリアは音を立ててトランクの蓋を閉め、車の前側に行って携帯電話で誰かと話し始めた。ポワロは近くで腕組みをしてその様子を見ている。校則違反を疑われた生徒と向かい合った校長といった風情だ。

ポワロを完全に無視したまま、アメリアは通話を終えると車高の低い車に乗りこんだ。大排気量のエンジンは一発でかかり、タイヤを鳴らして走り去った。

ポワロは遠ざかっていく車を見送ってからその場を離れた。おいたの現場を捕まえたかったのに、不発に終わってきまりが悪く、がっかりしたような表情をしていた。

つるぴか頭は携帯電話を耳に当ててその横に並んだ。

マスコミ連中の何人かが同じ質問を――詰問口調で――ポワロにも浴びせた。これもロックスミスの犯行なのか、今度は誰か殺されたのか。ポワロは答えなかった。

実のところ、僕はまだアメリアのことを考えている。結婚しているとわかっていても、一人きりでベッドに横たわっている姿を思い描かずにはいられない。Ｔシャツとボクサーショーツという格好で、横を向き、抱き枕や丸めた毛布をほっそりとした脚のあいだにはさんで眠る彼女。僕の頭のなかで流れている動画の僕は彼女の部屋にいて、ベッドからほんの一メートルくらいの位置から彼女をうっとりと見下ろしている。わずかに開いた唇、胸に引き寄せられた膝。でも何より鮮明に映し出されているのは、枕に広がったあの真っ赤な髪だ。それは開いたタカの翼のようにアーチを描き、艶やかな光沢を放っている。

25

おや、なぜここに？　ライムは首をかしげた。

アメリア・サックスがライムのタウンハウスに帰ってきた。タイミングからいって、東九七丁目の現場からまっすぐ戻ってきたのだろう。意外だった。ウィリスとロドリゲスの——さらにさかのぼるなら市長の——厳命に従ってクイーンズの鑑識本部に行き、そこのラボで証拠の分析を監督するだろうとライムは思っていた。それにサックスは本部のラボにいるべきだ。証拠の分析を大急ぎで進めなくてはならないのだから。ロックスミスは利口で用心深い。それでも一つ失敗を犯し、それが手がかりとなって次のターゲットが判明した。新たな事件でもまた何かミスを犯したかもしれない。今回はその手がかりがロックスミスの自宅や勤務先を教えてくれるかもしれない。身元が判明するきっかけになるかもしれない。

現場から帰ってきたのに、証拠物件を入れた箱を抱えていないのも不可解だ。何かここに必要なものがあって、クイーンズの本部に行く前に立ち寄ったのだろうか。ライムのラボは、ニューヨーク市警鑑識本部のそれに比べたら規模は小さいが、面積当たりで考えればコストはよほどかかっているし、分析用の機器も新しい。本部のものより精密な装置さえある。サックスが機器のどれかを借り出すつもりなら——好きなものを持っていってかまわないが——運搬と再調整にかかる費用は市に負担させよう。貸した機器の受領証ももらっておきたい。

サックスが言った。「キャリーは無事だった」

「誰だって？」

「被害者。キャリー・ノエル」

無事だったことはこちらにも報告があったから、ライムも知っている。

　ライムにはもはや関係のないことではあるが。

「ただ、今回のほうが不穏な感じ」

「どういう風に？」

「犯人は、キッチンの包丁を残らず動かしたの――隠してあった。キャリーの携帯電話は水槽に沈めて使えないようにされてた」

　ライムはつかのま思案してから言った。「連絡手段と武器を奪っておこうとしたわけだな。今回は身体に危害を加えるつもりだったから」

「私もそう思う」

「では、なぜ危害を加えなかった？」ライムは言った。

「私たちが来たことに気づいたからかもしれない。パトロールカーの一台が一瞬だけサイレンを鳴らしたの。邪魔な車にどいてもらうのに。それを聞いて私たちに気づいて、大急ぎで逃げたのかも」

「サイレンを鳴らしたのか」ライムは顔をしかめた。

「しかしまあ、少なくともそのおかげで被害者の命が救われたわけだ」

　サックスがうなずく。

「新聞はあったか」

「あった。今回も下着の抽斗に。同じページだった。メッセージも同じ。やっぱり口紅を使って書かれてた」

「新聞とメッセージを残す理由は何だ？　誤導だろうと私は思うが」

　そう言ってからライムは気づいた。ライムがどう考えようと、捜査にはもう何の影響も及ばないのだ。

　玄関の呼び鈴が鳴り、ライムとサックスはそろってオートロックのモニターを見た。呼び鈴に気づいたトムも廊下に出てきた。いつもどおり、ぱりっとした服装をしている。黒いスラックスに青いドレスシャツ、青と紫の花柄のネクタイ。「開けていいですか」ライムとサックスがモニターを確認したのにオートロックを解除しないことに気づいて、トムが訊く。

　玄関のカメラがとらえているのは、よく日に焼けた大柄な男だった。頭は、きれいに剃っているのか、もとより禿げているのか、つるりとしている。一瞬の間があって、ニューヨーク市警の金バッジをカメラに向けて掲げた。

　サックスとライムは目を見交わした。サックスが言った。「知らない人」

　ライムは車椅子の肘掛けに内蔵されたコントローラーを使ってインターフォンをオンにした。「はい?」

「ライム警部?」

「そうだが」

「ちょっとお時間よろしいですか」

　ライムはためらった。「かまわんよ」そう言ってトムにうなずく。トムが錠をはずして玄関を開けた。

　まもなく客が居間に入ってきた。肩幅が広く、目鼻立ちの整った思慮深そうな顔をしている。その目はライムとサックスを素通りしてその背後を見つめた。サックスは少し離れたところに立って携帯電話に文字を入力していた。男が言った。「驚いたな、すごい設備だ」

　ラボを見た感想だ。

　すごい設備であることは、言われるまでもなくライムも知っている。付け加えるべきコメントもない。

　大柄な男は向きを変え、サックスとライムのほうに挨拶代わりに小さくうなずいた。サックスは携帯電話をしまって来客に意識を向けた。

「どうも、サックス刑事」男はサックスをちらりと見て言った。それからライムに向き直った。「すぐすみますから、ライム警部。第一一二分署のリチャード・ボーフォートです。ブリヤック事件の後処理を担当していまして」

我々陪審は、評議の結果、被告人を無罪とします……

「ほう、そうなのか」ライムは、短気と怒りには蓋をしておけと自分に言い聞かせた。

「はい。裁判の関係者全員に連絡を取って、関連書類をすべて集めて整理しているところです。ええ、面倒なお願いなのはわかっています。僕にとっても面倒くさい仕事です。こちらに何か書類はありますか。証拠関連の報告書とか、そういったものは。コピーでかまいません。原本はお手もとで保管してください」

「事後検証《ポストモーテム》か」ライムは車椅子を操作し、長身のボーフォートに近づいた。車椅子に乗るようになって慣れるまでに一番時間がかかったのは、高さの不均衡だった。相手が誰であろうと、ライムはその人物よりつねに低い位置にいる。ライムはもともと、高飛車とまではいかないにせよ、圧の強い人間だった。それがつねに周囲から見下ろされるようになったのだから、自尊心は傷ついた。

ところが不思議なもので、歳月がたつうち、車椅子に乗っているほうがかえって上位に立てるとわかった。ライムに話そうとするとき、あるいは議論を試みるとき、相手は自然と頭を低くする。そちらのほうこそが恭順を示す姿勢とも見える。

「いや、実を言うと、目的は僕も知らされていないんです。関連書類をすべて集めろと指示されただけで」

「ここにあった書類はすべて検察局に引き渡しずみだと思う」ライムはサックスに視線を向けた。サックスはうなずいた。ライムは続けた。「ただ、証拠物件の一覧表やフローチャートなら残っている。二次資料だね。それもあったほうがいいか」

「はい、おそらく。あの、あれは走査電子顕微鏡ですか」ボーフォートはガラスの仕切りに近づいた。「クロマトグラフも。セントラルパーク・ウェストのタウンハウスに。信じられない」

ライムは話を続けた。「資料はデジタル写真になっている。あんな風に」ライムはイーゼルに立てたホワイトボードを指さし、ボーフォートはそちらを見た。ボードの一枚はロックスミス事件のもの、残り二つはブリヤック裁判と、ホームレスの男が犯人とされるグレゴリオス殺害事件のものだ。むごたらしい死体の現場写真も並んでいる。鮮明でショッキングな写真だ。しかしボーフォートは眉一本動かさなかった。

「USBメモリーか何かでいただけますか」ボーフォートが訊く。

「少し待ってくれ」ライムは車椅子を操ってパソコンの前に行き、音声コマンドでブリヤック裁判のファイルを開いた。スクロールして一覧表の.jpg画像を探し、サックスが挿した空のUSBメモリーにコピーした。サックスがメモリーをボーフォートに渡す。

「ありがとうございます、ライム警部、サックス刑事……」ボーフォートはメモリーをポケットにしまった。

「お手数をおかけしました」そう言って玄関に向かいかけたが、すぐに立ち止まった。「今回の件は残念でしたね」

今回の件とは、飛行船ヒンデンブルク号の炎上事件か。それとも第二次世界大戦？　大恐慌か。そういやみを言ってやりたい気持ちをのみこんで、ライムは言った。

「ああ」

「誰も僕の意見なんか期待していませんが、もし訊かれていたら、反対しましたよ。あなたにはいてもらわなくちゃ困ります。現場の人間はみんなそう言ってますし、上層部だってそれは同じです」

「ではまた、ボーフォート刑事」ライムは言った。

「失礼します」

トムが玄関まで見送りに出た。

ドアが閉まるなり、ライムはサックスに尋ねた。

「で？」

「見てもらいたいものがある。いま送るから待って」サックスは携帯電話に文字を入力した。まもなくラボに着信音が響いた。ライムはメールソフトを起動した。

サックスがニューヨーク市警の人事データベースからダウンロードした情報が転送されてきていた。

リチャード・ボーフォートがニューヨーク市警の三級刑事であることは間違いなかった。ブリヤックの邸宅に近い第一一二分署に配属されていることも確認できた。ただし、ブリヤック裁判にはまったく関係していない。それどころか、四カ月ほど前に刑事捜査から離れて別の任務に就いていた。現在はトニー・ハリソン市長の警備チームに配属されている。

ライムは言った。「つまり、私がロックスミス事件に首を突っこんでいないか、偵察に来たわけだ」

「キャリー・ノエル事件の現場にロドリゲスが来たの。テレビカメラの前でわざとらしいお芝居をした。市長の側近のポッターも一緒だった」

「私たちが命令にきちんと従っていると報告するためか」ライムは嘲《あざけ》るように言った。「マスコミはお祭り騒ぎだ。わかりやすい悪党を持ち上げすぎる。実際に捕まってみると、言われていたほどの悪党には見えないものだがね。〝ゾディアック・キラー〟しかり、〝ボストンの絞殺魔〟しかり（いずれも二十世紀なかばの有名な連続殺人犯）。ロックスミスはたしかに極悪な連続犯だ。市長の采配のもと――私の助言なしに――ロックスミスが捕まれば、選挙戦を有利に運べるだろう。まあ、選挙に立候補する人間の心理は、私にはさっぱり理解できんが」

いまの自分の状況をまたも思い出す――家から出られず、仕事の依頼もなく、かといって別の仕事を探す気にはならない。

ゆうべのブレット・エヴァンズ警視監の言葉が耳に蘇った。

ニュージャージー州……

民間の科学捜査研究所……

やれやれ。

ライムは言った。「きみは急いでクイーンズ地区に行ってくれ。メルが血痕を見つけただろう。一度はナイフを使ったとすれば、また使うぞ。その前提で動いたほうがいい」

サックスはそれに答えなかった。メッセージの着信音が鳴って、携帯電話に目を落とす。「ちょっと待って」玄関を出てポーチに下りる。そこから通りの左右に目を走らせているのがオートロックのモニター越しに見えた。サックスはまもなく室内に戻ってくると、下を向いてまたメッセージを送った。

「サックス。急いでくれ。すぐにでも分析を始めなくては」

サックスは今度は〝ちょっと待ってて〟と言う代わりに人差し指を立て、またも玄関に出た。ドアが開く音が聞こえた。話し声も。

まもなくロナルド・プラスキーとメル・クーパーが入ってきた。それぞれ証拠物件の袋が詰まった箱を抱えている。

「いったいどういうことだ？」

サックスがプラスキーとクーパーに言った。「ボーフォートの車が走り去るのを確認した。もう大丈夫。私たちを監視するのにこれ以上の人員を割くとは思えないし」ライムに向き直って続ける。「上のほうの人たちは、いまはあなたのことを好きじゃないだろうけど、かといって、この家にスパイを張りつけたり、あなたを逮捕したりする経費を認めるほどにはあなたを嫌ってはいないから」

クーパーは戸棚からフェースマスクと手袋、シューカバー、ガウンを取って身に着けた。それから自分が持ってきた箱をクリーンエリアに運びこみ、プラスキーの分も受け取った。

「さっきの質問に答えてもらっていない」ライムはむっつりと言った。

サックスが答える。「証拠を二重に採取したの。全部のサンプルを二つずつ集めたのよ。ベクテル・ビルと、キャリー・ノエルのアパートから」

「何だと？」

「第二の証拠セットをそれぞれの現場に隠しておいた」サックスが続けた。「私が現場を離れたあと、ロナルドが回収してくれたの」

ライムは、三人の顔を順に見つめた。

サックスが説明する。「三人とも納得したうえでのこと。ロンにも話を通してある。リスクも承知してる。解雇される可能性は？　そうね、ゼロではないかも。公務執行妨害で逮捕される可能性は？　こっちはほぼゼロ」

クーパーが言う。「だってそうだろう、リンカーン。こうする以外にない。クイーンズのラボだって優秀だよ。しかし、俺たちほどじゃない」

プラスキーも言った。「うぬぼれ癖が僕らにもうつっちゃったんですかね、リンカーン」

最後にサックスが言い添えた。「だけど、あなたの意向は事前に確かめていなかった。あなたにも大きなリスクのある話よ。どうする？」

三人の目がライムに集まった。

ライムは無口なほうではあるが、言葉を失うことはめったにない。それでも、このときばかりはしばし言葉を失った。やがてようやくひとことだけ言った。「ありがとう」

26

ライムは、キャリー・ノエル宅侵入事件の詳細を説明するサックスの声に聴き入った。

「アナベルのときと同じことをしてた。部屋のなかの品物を動かして、下着と包丁を盗んだ。今回は甘いものは食べていないけど、ワインは飲んで帰った」

「グラスは残っていたか」

「あった」

ライムは満足の声を低く漏らした。DNAが採取できるかもしれない。

サックスはシューカバーと手袋、キャップ、ガウンを身に着けてから居間のクリーンエリアに入った。メル・クーパーは証拠の袋を一つずつ確認しながら保管継続カードに名前を書きこんでいる。

ロックスミスが手を触れた品物は——人形、衣類、ワインボトルとグラス、木製の包丁立てとそこにあった包丁、口紅。そしてもう一つ、ノエルがブログで紹介したりオンラインで販売したりしていたおもちゃの倉庫に使われていた小さいほうの寝室に吊り下げられていた、子供用のモビール。

「犯人がスイッチを入れてた」

クーパーが言った。「被害者は震え上がっただろうな。考えただけで不気味だよ」

サックスは言った。「ただ、モビールはクイーンズの本部に送るしかなくて。半分に切るわけにもいかないから。携帯電話も。でも、それ以外はだいたいそろってる」

「足跡は」

「部屋は全面カーペット張りだった。バスルームだけは違ったけど、そこではマットの上に足を置いていたみたい」

「摩擦稜線《りょうせん》は」ライムは大きな声で訊いた。形式上のことだ。サックスとクーパーは、案の定、犯人は手袋をしていて、指紋は一つも残っていないと答えた。

「ぜひともＤＮＡがほしいな」ライムは言った。「ワイングラスを調べろ」

サックスは重量感のあるワイングラスをクーパーに渡した。「これだけは本部に渡せないと思った。絶対にこっちで調べたかった」

ライムも同感だった。「掲げて見せてくれ」

クーパーがグラスをカメラの前に持ち上げ、ライムは車椅子を大型モニターの前に進めた。グラスの飲み口に汚れが付着していた。

「綿棒で採取して分析してくれ」

クーパーは指示どおりに分析にかけた。まもなく結果が出た。「炭酸ナトリウム過酸化水素化物」

「くそ」

ホワイトボードに情報を書きこむ役割を買って出ていたプラスキーがライムのほうを見た。

ライムは言った。「酸素系漂白剤だ」

「やられた」サックスがつぶやく。

「どういうことです？」プラスキーが訊いた。

「わかりきったことだよ」ライムはうなるように言った。「この犯人はいつも手袋をしているから、接触ＤＮＡ（直接接触により対象物に残った皮膚細胞から抽出したＤＮＡ）は残りようがない。帽子か何か知らんが頭も覆っているから、毛髪も残っていない。ＤＮＡを採取できるとしたら、ワインを飲むのに使ったグラスくらいだ。ところが、グラスの縁は拭われていた——地球上でほんの数えるほどしかない、デオキシリボ核酸を破壊できる物質で」

「アルコールで破壊されるんじゃありませんでしたっけ」プラスキーが訊く。

「されないよ、ルーキー。ＤＮＡを抽出し保管するのにアルコールを使うくらいだぞ。通常の漂白剤でも破壊されない。私が書いた教科書くらいは読んでおけ」

「読みましたよ。酸素系漂白剤のことなんてどこにも書いてありませんでした」

「おっと、そうだった」ライムは口ごもった。「第八版で新たに書き加えた」

「新しい版が出てたんですか。僕が持ってるのは第七版です」

　ライムはぼそぼそと続けた。「まだ発売前だ。きみにも一冊送るよう手配しておく」

　プラスキーは言った。「ＤＮＡをそこまで気にしているのは、ＣＯＤＩＳに登録されてるからかな」

　統合ＤＮＡインデックスシステム《ＣＯＤＩＳ》はＦＢＩが管理するＤＮＡのデータベースで、全国の法執行機関に公開されている。犯罪者のデータだけでなく、（政府機関の仕事に応募したり、銃の隠匿携帯許可証を申請したりした）一般市民のデータも登録されている指紋のデータベースとは異なり、ＣＯＤＩＳに登録されているのはほぼすべてが法を犯した人物のデータだ。

「ありうるね。しかし、ロックスミスのように利口な犯人は、遺留品をできるかぎり残さないようにするのが当然と考えている者が大半だ」

「それにはグラスを持ち帰るのが一番確実だよな」クーパーが言った。

　サックスが言った。「被害者が確実に目にするようにしたかったんだと思う。プライバシーを侵害された嫌悪感がいっそう強く残るから。犯人は被害者の心の傷を可能なかぎり深くしようとしてる。サディスティックな一面があるのね、きっと」

　プラスキーが言った。「とすると、そのグラスは物的証拠として役立たずってわけだ」

「誰もそうは言っていないぞ、ルーキー。メル、漂白剤の詳細を教えてくれ。炭酸ナトリウムと過酸化水素の混合比は？」

クーパーが混合比を答えた。

ライムは溜め息をついた。「となると、たしかに役立たずだな。混合比からいって、どこの店でも置いている酸素系漂白剤だ。これが珍しい比率だったら、犯人が自分で混合したと推論できただろう。そしてその事実から、理系の学位や専門知識を持っているという推論も成り立ったはずだ。しかしどうやら……」ライムはもどかしげにグラスを指し示した。「その漂白剤から導き出せる結論は、犯人は現金を持っていて、ホームセンターかドラッグストアに買い物に行ったことがあることくらいだ」

電話が鳴り、サックスが応答した。

「ロン？　こっちはスピーカーモードになってる」

「よう。リンカーンにも挨拶したいところだが、そこにはいないはずだものな。いまごろは休暇旅行としゃれこんでるんだろう」

ライムは大きな声で言った。「やあ、ロン。きみも共犯者の一人と聞いた」

セリットーの含み笑いが聞こえた。「いまのは聞かなかったことにするよ。ウィテカー・メディアの法務部と連絡がついてね。ダグラス・ヒューバートって法務統括責任者と話ができた。具体的な名前はすぐには出なかったが、『デイリー・ヘラルド』やテレビ局に敵意を抱いてる可能性がありそうな人物のリストを作ってくれている。かなり長いリストになりそうだ。あの新聞を快く思っていない人間は多いらしいな」

「不満を抱いている従業員は」

「それも調べると言ってた。ヒューバートによると、会社の親玉、アヴェレル・ウィテカーは、会社を売却して引退する気でいるそうだよ。買い手候補がロックスミスを雇ったって線もありそうだよな。買収価格を下げるために事件をリークしたのかもしれん。調べてみる価値はありそうだ」

「調べてみるよ、ロン」

「そっちはどうだ、何か見つかったか」セリットーが訊く。

「まだだ」

「そうか。何かわかったら知らせてくれ」

通話を終え、ライムは言った。「分析を続けよう」

サックスとクーパーは、カーペットや犯人が手を触れた品物から採取したサンプルを調べ、現場には本来ないはずの物質、すなわちロックスミスが残したと思われる微細証拠を探した。

「乾いた血痕がまた見つかった。今度は寝室の前のカーペットに付着していた。アナベル・タリーズの現場で見つかったサンプルと一致する」

「となると、奴が踏みつけた血液はそこそこの量だったことになるな。靴底をどこかになすりつける程度のことはしたかもしれないが、そこまで真剣に拭き取らなかった。よし、ほかには？」

プラスキーが新たな発見をホワイトボードに書きこんだ。ライムはホワイトボードを見つめた。

・〈ヴィクトリアズ・シークレット〉の青いパンティと、〈ツヴィリング・J・A・ヘンケルス〉の包丁1本が盗まれた。
・『デイリー・ヘラルド』紙、第3面、2月17日付。アナベル・タリーズの自宅に残されていたものと同一。やはり被害者の口紅を使って書かれたメッセージも同じ。〝因果応報——ロックスミス〟。
・煉瓦の塵。
・血痕。タリーズの自宅で発見された血痕とDNAが一致。
・石灰岩
・砂岩
・アスファルトの微片
・エンジンオイル
・ごま
・酸素系漂白剤

「副次的な現場はどうだ」ライムは訊いた。

サックスとクーパーは次にベクテル・ビルで採取された証拠を分析した。

・足跡、サイズ11。アナベル・タリーズの自宅で発見されたのと同じトレッドパターン。
・砂岩
・石灰岩
・エンジンオイル

・洗剤
・真鍮の微粒
・つぶれたハエの死骸

サックスが言った。「侵入ルートからはこれといって何も採取できなかった。通用口、階段室までの通路、階段そのもの。脱出ルートは――」ふっと鼻を鳴らす。「裏手の窓。ガラスを割って、裏の路地に飛び下りて、ホースの水を全開にしたの。一面が水浸しだった」

水は、火に負けないくらい徹底的に微細証拠を破壊する。

ライムは溜め息を漏らした。「証拠から何がわかった？　犯人はニューヨーク市街をうろついているということだけだ」

腹が立った。サックスや捜査チームの面々は解雇のリスクを承知のうえで証拠をここに持ちこんだのに、それに報いる成果は何一つない。

「もっと証拠が要る」

「思い出したことがある」サックスが言った。「誰かに見られてるような気がした」

灰色のキャデラックの件、そのドライバーがサックスや現場にいくぶん行きすぎた関心を示していたことを話す。

「断言はできない。単なる偶然かもしれないから。でも、あれは現場近くに留まっていた犯人じゃないかと思う。自分を追っている人間を見ておこう、どんな捜査をしてるか確かめておこうと考えたのよ」

「ベクテル・ビルの件があるからだな」ライムは言った。

サックスがうなずく。「外から気づかれにくい建物にひそんでこっそり偵察してたわけでしょう。犯行後も同じ手を使ったんじゃないかしら――捜査を偵察するのに。車のウィンドウは汚れてた。なかから外は見えるけど、外から見た車内は真っ暗よ。もう一度現場に行ってみる。ひょっとしたら今度こそ、何かケアレスミスをしてるかも」

友よ。ふたたびニューヨークの話題だ。ロックスミスと名乗る狂人が現れたというニュースはもう聞いただろうか。この狂人はレイプと殺人を目的に市民のアパートに忍びこむという。いや、あるいはマスコミが〝狂人〟

扱いしているにすぎないのかもしれない。噂によると、この男は〈暗黒政府《ヒドゥン》〉に雇われている。社会にいっそうの破壊をもたらさんと、ニューヨーク市に恐怖の雨を降らせている〈暗黒政府〉の手先なのだ。

この男は市庁舎に後ろ盾を持っているという噂は事実なのか。ニューヨーク市警は世界一優秀であるというのが本当なら――当人たちはそのつもりでいる――なぜまだこの男の犯行を止められずにいるのか。

なぜかといえば、市警にも〈暗黒政府〉は浸透しているからだ。市警はロックスミスの検挙を望んでいないからだ。

ビッグ・アップルに暮らしている諸君に告ぐ。真夜中に小さなかちりという音が聞こえたら、足音が、息遣いが聞こえたら、その部屋にいるのはきみ一人ではないかもしれない。ロックスミスと〈暗黒政府〉がきみを狙って来たのかもしれない。

警察は果たして味方なのか。奴らの一員ではないのか。

天に祈り、戦いに備えよ！

我が名はウェルム。ラテン語で〝真実〟を意味し、私のメッセージはまさしくそれだ。これを受けてどう行動するか、その判断はきみたちにゆだねられている。

27

今日はラビリンスがブリックを追い回している。

ブリヤックは二匹の様子をながめて微笑んだ。

キーウにいたころ、十代だったヴィクトールは犬を飼っていた。テリアのミックス犬で名前はレット。新世界に移住したとき何よりつらかったのは、レットとの別れだった。ブリヤック少年は街中を五キロ近く歩いて、いとこのサッシャに犬を託した。サッシャはレットをかわいがっていたし、サッシャなら愛情を注いでくれるだろうと思えた。

そのとき正面ゲートに来訪者ありと知らせる音が机上の電話から聞こえた。過去と現在にかかわらず、動物たちはブリヤックの思考回路から消えた。

「はい？」

「アーロンです」

まもなく私道に男が現れ、ガレージの前からこちらへ大股に歩いてくるのが見えた。男はダークスーツに白いシャツを着てピンク色のネクタイを締めている。顔立ちから、複数の人種の血を引いているらしいとわかるが、肌の色は、ブリヤックのそれと同じくらい明るい。近ごろはめったに見かけない種類の帽子をかぶっていた。ベレー帽だ。色は黒だった。百八十センチを超える長身で、胸板が厚く、肉づきがよい。ただし太っているわけではなかった。とにかく体がでかい、それだけだ。

ブリヤックは、複数の情報源を確保している。トラクターや屑鉄同然の重機を装って競り売りしている情報は、そこから集まってくる。アーロン・ダグラスは間口はせまいが間違いなく有用な情報ルートの持ち主だ。また組織のなかでもっとも頭の切れる男であることも間違いない。

「自分で考えたのか」型破りな情報収集法をダグラスから初めて説明されたとき、ブリヤックはそう訊き返したものだ。「いやはや、大した頭脳だな」

特殊な仕事をダグラスにまかせる場面は少なくない。計画の立案から実施までを一任する。ダグラスは、ブリヤックのリスクが最小限になるような解決策をかならずひねり出す。問題は落着し、その件でブリヤックに疑いがかかる気遣いはせずにすむ。

ダグラスは、いわば防火壁だ。アーロン・ダグラスを告発する検事や刑事はいない。なぜなら、ブリヤックはそういった検事や刑事の情報も握っているからだ。

ブリヤックの邸宅には入口が二カ所ある。ゲートを入ってから私道は二つに分かれ、右に進むと正面玄関が、左に進むとブリヤックの事務所の入口がある。妻のマリアは外出中だが、約束事をわきまえている。事務所前に車が駐まっていたら、このブロックを一周して少し時間をずらすよう言ってあった。いま、事務所前にはダグラスの灰色のキャデラックが駐まっている。

話はすぐすむはずだ。

ダグラスが事務所の前に来てドアをノックした。

ブリヤックは立ち上がってダグラスを迎え入れた。事務所に誰か来ると毎回するように、棒状の探知器を使って録音機器や発信機を身につけていないことを確認した。ダグラスは何も持っていなかった。手下や下請けの者たちも、携帯電話や銃は車に置いてくることという約束事をわきまえている。

「よく来てくれた」

ダグラスはベレー帽を取ってジャケットのポケットにしまった。ベレー帽はいまどき珍しいが、それをかぶっていると、兵士になった気分がするのかもしれない。

「ミスター・ブリヤック。無罪評決、おめでとうございます」ダグラスはそう言い、追いかけっこをやめて毛《け》繕《づくろ》いを始めた猫を見た。その目つきから察するに、動物を飼った経験はないのだろう。ダグラスはブリヤックの勧めに従い、大きな体をソファに沈めた。

祝福の言葉がきっかけではあったが、裁判を思い出したとたん、マッチが擦られる音が聞こえたような気がして、怒りがふたたび燃え上がった。

「危ないところだった。本当にきわどかったよ。世間はどんな風に言っている？　マーフィーはなぜ殺されたか」

「一年前のカージャックの報復だろうとか、セルジュ・ロンブロウスキーの女房と寝たせいだろうとか」

「弁護士のコフリンは、そこまではやりたくないと言ってね。真犯人を見つける仕事は警察にまかせておけばいいと」ブリヤックはにやりとした。「それにしても、ロンブロウスキーの女房はよほど欲求不満がたまっていたんだろうな。だってそうだろう、レオンはあんな顔をしているんだ」紅茶を一口飲む。「で、〝ケミスト〟の件で進展は？」

「いくつか情報を入手しました。ケミストの妻は市警の刑事で、例の奇っ怪な事件――ロックスミスとかいう男が起こした事件を担当しています」

「ほう、結婚しているのか」

「はい」

「しかしケミストはたしか……」ブリヤックは口ごもった。政治的に正しい言葉がとっさに出なかったわけではない。単にケミストの体の状態を指す言葉を思い出せなかっただけだ。

「四肢麻痺《クワドリプレジック》」ダグラスが言った。「ヨーロッパでは〝テトラプレジック〟と言うらしいですね。四肢麻痺だからといって、結婚できないわけじゃない」

「それはそうだ」

既婚者か。それは興味深い事実、ひょっとしたら使える事実だ。

「で、そのロックスミス事件というのは？」

「犯人がそう自称しているんです。マスコミが勝手にそう呼んでいるだけかもしれませんがね。女の部屋に侵入するんですが、部屋にあるものの位置を変えただけで引き上げていく。市内にあるどんな錠前でも三十秒で開けられるとか」

「変質者か」

「ええ。ただ、レイプや暴行はしない。いまのところ被害者を殺してはいません」

「ほう。窃盗が目的か」

「いいえ。被害者の心に傷を残すだけです」

手間をかけ、リスクを冒す……一セントの稼ぎにもならないのに？　どうかしている。

「動機は何だろうな」

「わかりません」ダグラスは肩をすくめた。「朝から妻のほうを――アメリアを尾行しました。そうだ、写真を撮ってあります。現場で撮影しました」

「美人だな」

ダグラスはまた肩をすくめた。これまでダグラスから女の話を――それをいったら男の話も――聞いたためしは一度もない。セックスに無関心なのだろうか。家族という弱点を握れない数少ない相手の一人がダグラスだった。

しかしブリヤックは、ダグラスの別の秘密を握っている。

「いまちらっと言いましたが、女房の名前はアメリアです。たいがいは鑑識の仕事をしている。うちの事件の捜査に関わっているんじゃないかと思って午前中いっぱい尾行してみました」

「向こうに気づかれなかったか」

「ええ。ただ、車は見られたかもしれないので、私用のSUVに乗り換えました」

「残る大きな疑問はこれだな。ライムは――女房のほうもだな――私の身辺を嗅ぎ回っているのか」

「調べているようですね。尾行してわかったんですが、アメリアはライムの仕事場と自宅を兼ねているタウンハウスに戻りました。そこにライムのラボがあって――」

「ラボの話ならもう、いやというほど聞かされた」ブリヤックは憎悪のこもった声で言った。「セントラルパーク・ウェスト三百番台のブロックに自宅があるんだろ」

ダグラスはうなずいた。ブリヤックがそれ以上何も言わないとわかると、先を続けた。「ただ、奇妙なことが一つありまして。そのブロックにクルーザーが駐まっていました」

「ランド・クルーザーか？　トヨタの」

「いや、警察のパトロールカー《クルーザー》です。確認できたのは、二人乗っていることだけでした。しばらくすると、別の男が一人、ライムのタウンハウスから出てきて車で立ち去った。するとアメリアが現れて、パトロールカーの二人に合図した。二人はトランクから出した箱を抱えてタウンハウスに入っていった」

「箱？」

「ニューヨーク市警の証拠物件が入った箱です。袋が見えました。保管継続カードも」

「それが私に関係すると思う理由は」

ダグラスは、なぜわからないのかと言いたげな目でブリヤックを見た。「だって、聞いているでしょう……ああ、そうか。あなたはニュースを見ないんでしたね」

ブリヤックは商品の質に妥協を許さない。事実に裏打ちされた情報、確かで信頼のおけるデータしか販売しない。憶測や街の噂、当て推量には興味がない。

メディア……

ダグラスが先を続けた。「ライムは解雇されました。もう市警の仕事は請け負っていない」

「解雇の理由は――」

「あなたの裁判でしくじったからです。おかげで市長の支持率が低下したんです。つまりライムと女房が何をやっているにせよ、ニューヨーク市警の正式な捜査ではありえない。あなたがおっしゃったとおりのようですね――検事局を調べた奴が拾った会話の意味は。あなたの首を取る気でいるようです」

「あれは傲慢な人間だ。そのうえ解雇された。私を倒す理由がまた一つ増えたわけだ」

ブリックが近づいてきた。ブリヤックはかがんで抱き上げようとしたが、猫はぷいと行ってしまった。ジェームズ・ボンド映画で見た、猫を抱いた悪役が思い浮かんだ。あの猫は膝におとなしく座り、気色悪い手でなでられていた。ただしあの猫は種類が違った。メインクーンは自立心旺盛だ。メインクーンをなでられるのは、猫のほうがなでられたいと思っているときに限られる。それ以外のときは、試すだけ無駄だ。

ブリヤックは紅茶を口に運んだ。ダグラスを雇うと決めた日、ブリヤックは飲み物を勧めたが、ダグラスは断った。二度目に来たときもやはり断った。以来、ブリヤックは勧めるのをやめた。

ブリヤックは言った。「裁判はかなりのストレスになった。しばらくは静かに過ごしたい。マリアはマッサージに通っていてね。ストレスを感じると、パームビーチのマッサージ師のところに出かけていく。静かに過ごせるなら、何だってするのに……」

たとえ検事に聞かれていたとしてもしっぽをつかまれないような話し方がすっかり板についていた。

一方のダグラスは、ブリヤックの言語を的確に解釈するスキルを習得している。まるで暗号のようだが、鍵さえ知っていれば、その意味は誤解のしようがないほど明らかだ。

ブリヤックはダグラスに暗黙のメッセージを送っている。その翻訳はさほど難しくない――「有能で口の堅い殺し屋《マッスル》を探し、ライムとその妻の問題をブリヤックに疑いがかからない形で〝解消〟せよ」。

「俺にもなじみのマッサージ師がいますよ」ダグラスが言った。「やってもらうとすっきりする。いまなら予約できると思います。すぐ連絡してみますよ」

「いいね。ぜひ頼みたいな」ブリヤックは伸びをして立ち上がり、猫二匹にちらりと目をやった。「そろそろ食わせてやらないとな。ペットは飼っているのか、アーロン？」

ごく短い間があった。

個人情報を明かすのは果たして賢明かと迷っているのか？

「いいえ」

「人生が格段に豊かになるぞ」

「覚えておきます」

28

サックスがフォード・トリノを東九七丁目の歩道際に停めようとしたとき、視界の隅を白い色がかすめた――レクサスのＳＵＶが交差点で唐突に向きを変え、西に向かう交差道路に入って消えた。

ライムのタウンハウス近くでも同じ車を見かけたような気がした。サックスを尾行していたのだろうか。現場で見かけた灰色のキャデラックには注意していたが、ひょっとしたら二台態勢で監視されているのかもしれない。

誰に？　どうして？

だが、いまできるのは、警戒を怠らずにいることくらいのものだ。

　ベクテル・ビルの少し先に車を駐め、〈公務中〉と書かれたニューヨーク市警の駐車禁止除外カードをダッシュボードに置いて車を降りた。日陰に身をひそめて目当ての建物へと戻りながら、せわしなく周囲に視線を巡らせ、灰色のセダンや白いSUVが近くに来ていないか――ほかにも通行人を装った見張り役がいないか――確かめた。数軒手前でいったん立ち止まってベクテル・ビルに目を凝らして危険の有無を吟味した。

　サックスが探しているのは、あくまでも危険人物だ。建物が崩壊寸前であることは、いまさら確かめるまでもない。三階建てのビルの前面に張られた石材は、表面に細かな穴が開いていてすすで汚れている。〈ベクテル〉の文字が刻まれた軒下の蛇腹《コーニス》には、水平のひび割れが走っていた。ちょっとでも強い風が吹きつけたら、それだけで下半分が壊れて地上に降ってきそうだ。ほとんどの窓はガラスがなくなっている。北側の壁の一部は崩れ、その破片が隣の空き地に散らばっている。なかの床には天井や壁が剥がれ落ちた大きな塊が転がっていた。

　建物の内部で動くものはない。

　サックスは通信指令本部に無線連絡した。「バッジナンバー五八八五のサックス刑事です。現在地は東九七丁目四九九番地。どうぞ」

「了解、五八八五」

　モトローラの無線機のスピーカーをオフにした。タイミング悪く雑音が鳴り出したために命を落とした警察官は数知れない。

　正面エントランスの落書きだらけの両開きの扉は釘づけされているが、隣の空き地側の入口からなかに入れる。キャリー・ノエルのアパートを偵察に来たロックスミスも、おそらくそちらから入ったのだろう。

　サックスは錆の浮いた大きな警告板をくぐった。


危険。立入禁止。

曲芸師のように体を曲げて金網のゲートを通り抜けた。

関節炎を患う脚に鋭い痛みが走った。治療を受けて少し改善したとはいえ、ふだんはしない動かし方をするたび、自分の関節の怒りっぽさをいやでも思い出すことになる。

サックスがこの建物に来たのは、ロックスミスが犯行後にここに立ち寄ったことを裏づける証拠を集めるためだが、タイベックのカバーオールは身に着けていなかった。暗い建物のどこかにいまもロックスミスがひそんでいる恐れがあることを考えると、真っ白な服を着るのは得策とはいいがたい。といっても鑑識課員のたしなみとして、黒いラテックス手袋をはめ、長い髪を野球帽に押しこみ、ブーツに輪ゴムをかけてはいる。靴に輪ゴムをかけておくのは、容疑者の足跡と区別するためだ。赤く長い髪が証拠にまぎれこんだとしても、容易に排除できる。いま着ているジャケットの繊維にしても同じことだ。

なかに入り、崩壊しかけた壁とその前の瓦礫《がれき》の山の近くで足を止めた。

耳を澄ます。

水の滴る音。建物が落ち着くときの、軋むようなかすかな音。

息遣いや足音は聞こえない。

ジャケットのポケットから小型の黒い懐中電灯を取り出してスイッチを入れ、左手に持った。いつでも銃を抜けるよう、右手は開けておく。懐中電灯の光が一階のロビーをさっと舐める。数時間前に見たときと変わったところはなさそうだ。物音を立てないようにしながら、キャリー・ノエルのアパートを偵察したときロックスミスが立っていた窓の前に移動した。

無事に立っている壁に陶磁の薄い銘板がある。一世紀ほど前、この建物は家庭向け電化製品の工場だったようだ。しかし現在は、まったく別の用途に使われている。床には注射器やクラック吸引用のガラスパイプが散らかり、段ボールを解体して作ったホームレスの寝床もあった。寝床のそばには薄汚れた布きれの小山。空のビール缶や酒瓶もある。費用対効果がもっとも高いのは、どうやらウォッカのようだ。

広々としたロビーの床のあちこちに懐中電灯の光を向けた。まもなく、サックスが最初にここを捜索したあとやはり何者かがここに来たという証拠が見つかった。キャンディ――〈ジョリー・ランチャー〉のグリーンアップル味――の包み紙が落ちている。

ロックスミスだろうか。薬物中毒者にも甘いもの好きはいるだろうが、警察の黄色いテープが張られた建物をわざわざ今夜の寝場所にしようと考える者はあまりいないだろう。

包み紙を拾って証拠品袋に収めた。粘着ローラーを使い、包み紙が落ちていた周辺の微細証拠物件も集めた。粘着紙を破り取り、別の袋に入れる。

捜索を続けた。ゆっくりと移動しながら、サイズ11のランニングシューズの跡がないかと目を凝らす。ロックスミスがこの建物にひそんで捜査の様子を偵察したのなら、表通りに面した窓ではなく、サックスや鑑識の人員が車を駐めて仮の拠点としていた建物の西側の窓から外をのぞいたはずだ。

西側の窓を調べよう。だがその前に、もう一つ確認しておいたほうがよさそうだ。この建物に住人は本当にいないのかどうか。もしかしたら、ロックスミスを目撃した人物が誰かいるかもしれない。

サックスは、陽射しの届く表通り側を離れて建物の奥に向かった。奥へ行くほど暗く、懐中電灯の光だけが頼りだ。ときおり足を止めて聞き耳を立てた。足音や息遣いが聞こえないか。誰かに踏まれた床板が不満げに軋む音が聞こえないか。

拳銃の安全装置が解除される音は、折畳みナイフの刃が開かれる音は聞こえないか。

29

その男は、懐中電灯の光がゆっくりと左右に動く様子をベクテル・ビルの暗がりの奥から見守っていた。

懐中電灯を持った女は立ち止まって首をかしげ、耳を澄ました。まもなくまた動き出した。細心の注意を払っている。こんな場所では当然だろう。歩いては立ち止まり、立ち止まってはまた歩き出す。

ライル・スペンサーは大柄な男だ。身長は百九十センチを超え、体重は百キロを超えている。その体の大きさは幼い時分から大いに役に立ってきた。筋肉は裏切らない。筋肉は力だ。

細長い顔は端整で精悍《せいかん》な印象だ。肌は白く、やや離れぎみの目は黒い。灰色を帯びた金色の髪は短く刈りこまれている。たくましく盛り上がった筋肉は、バーベルを使う昔ながらのトレーニングの賜物だ。なぜかエクササイズマシンは邪道に思えた。手は大きく、指は長い。親指とほかの二本の指だけを使って大の男の手首を折ったことがある。

不法侵入の後ろめたさに、この建物の薄気味の悪さも手伝って、何年も前の記憶が蘇ってきた。あのときもこちらが先に女を見つけ、狙い澄ました一発を後頭部に撃ちこんだ。二発目も命中したが、女は最初の一発ですでに事切れていた。

スペンサーは暗闇に目が慣れるのを待ち、おおよそ女の背後に向けて移動を始めた。一歩ごとに足を下ろす場所を慎重に確かめた。

女はかつて製造機械が設置されていたスペースの南西角で何かを調べている。何を見つけたのだろう。いずれにせよ好都合だ。あの角で見つかったものが何であれ、女がもうしばらくそちらに気を取られていてくれれば、背後に回る時間を稼げる。スペンサーは近くの床に目を走らせた。長さ五十センチほどの鉄パイプがある。音を立てずにそれを拾った。

何年も前には頑丈なオーブンや冷蔵庫や食洗機が並んでいた薄暗いショールームを横切った。当時の家電はどれも白だったに違いない。ひょっとしたら淡い緑やピンク色の製品もあっただろうか。二十世紀なかばごろは、そういったパステルカラーの家電が人気だったはずだ。

ベクテル株式会社
この国の主婦を家電で応援
一九二五年創業

暗い通路、濡れた石のにおい、かびのにおい。

射殺した女の血のにおいが鼻腔に蘇る。その夫の血のにおいも。彼はあの日、夫婦の両方を殺した。

足音を忍ばせて進み、女の懐中電灯の動きを目で追った。壁を照らし出す光の直径から、女のおおよその位置がわかった。女はさっき見つけた何かをいまも調べている。南西の角にもうしばらくいてくれるとありがたい。

ライル・スペンサーは体は大きいが、動きは機敏だ。身長の大半を胴ではなく脚の長さが占めている。一歩で稼げる距離は大きい。

さて、どの手でいくべきか。

といっても、選択肢は一つしかなかった。

背後から襲う。

懐中電灯の光の輪は床の上をゆっくりと動いている。女はスペンサーがいる入口に背を向けて立っているはずだ。

よし、いけ。スペンサーは自分にそう宣言し、足を踏み出した。

30

ライル・スペンサーの世界に白い光があふれた。

「その鉄パイプを床に置いて。早く。私は銃を持ってる。迷わず撃つわよ」女の声は剃刀のように鋭い。

スペンサーは振り返った。女が懐中電灯のまぶしい光をこちらに向けていた。

そうか、やられたな。スペンサーは視線を横に向けた。女が持っていると思っていた懐中電灯は、床に無数に落ちているレジ袋で縛られ、骨組みだけ残った機械からぶら下がってゆらゆら揺れていた。女がいま手にしている光は懐中電灯のそれではない。携帯電話の懐中電灯アプリの光だ。

スペンサーは観念して首を振り、まっすぐこちらを見つめる銃口を冷静に見つめ返した。

鉄パイプは、打席に向かうバッターが無頓着に持ったバットのように、下を向いたまま前後に揺れている。

「私は警察官です。その鉄パイプをいますぐ床に下ろして。一歩でも動いたら撃つわよ」

この女なら迷わず撃つだろう。

前に。後ろに。鉄パイプが揺れる。

銃を握る女の手は微動だにしない。グロックのなかでも大型のモデルだ。軽い銃でないことはスペンサーもよく知っていた。

前に。後ろに。

「早く」ほかの警察官ならわめくところだろうが、女の声は氷のように冷たく落ち着き払っている。これが最後の警告だろう。

スペンサーはもう一瞬だけためらった。それから手を放した。鉄パイプがコンクリートの床にぶつかって跳ね、くぐもった鐘に似た音が二度鳴った。

僕はアッパーイースト・サイドの通りを歩いている。一ブロック先に、これからピッキングする予定の車が見える。

その車のメーカーと種類を見た瞬間、一七〇〇年代末にシリンダー錠を考案したイギリスのジョセフ・ブラマーを思い出した。ブラマーのシリンダー錠は完成度が高く、現在でもほぼそのままの形で利用されている（ブラマーは、シリンダー錠のピッキングに成功した者に多額の懸賞金を出した。成功者が現れたのは、それから六十七年もたってからだった。一八五一年のロンドン万国博覧会で、僕が崇拝するアルフレッド・C・ホッブスがついに成功したのだ）。

ブラマーが発明した錠はよく売れたが、需要に供給が追いつかず、なかなか利益が上がらなかった。そこで天才発明家ブラマーは（ほかに水圧ポンプ、水洗トイレ、紙幣に自動で番号を打つ機械などを発明している）、新たな発明をして事業を好転させた。組立ラインだ。

自動車王ヘンリー・フォードは、この組立ラインから閃きを得て、工場に流れ作業を導入したとされる。

その工場で大量生産されたのがフォードのモデルTで、いま僕がピッキングしようとしている車はその末裔《まつえい》だ。

自動車の錠を破るには、トライアウト・キーを使う。見た目はふつうのピン・タンブラー・キーだが、扁平な形をしている。僕が持っているのは十五本セットだ。ジャケットのポケットに入っていて、僕はポケットに手を入れて鍵をまさぐりながら車に近づく。

はい、お巡りさん、僕は犯意を持ってピッキング工具を所持しています……念のため申告しておきますが。

レークピックやテンションレンチを使ったほうが、車のロックは短時間で開けられる。シリンダーをデントプラーで引き抜いても一瞬のうちに終わるが、それよりさらに早く開く。だが、この条件だと、その二つの方法は使えない。トライアウト・キーを使うときは、正規の鍵で開けるときと同じように、片手で差しこんで左右に回す。その様子を誰かが見ていたら何をやっているのかと不審がられるだろうが、電話で話しながら意味もなく鍵をもてあそんでいるふりをすれば怪しまれずにすむ。

片手で携帯電話を取り出す。もう一方にはトライアウト・キー。通りの左右を確かめる。無人ではないが、混み合っているわけでもない。だが何より肝心なのは、この車の持ち主はいまどこか別の場所にいて、すぐには車に戻ってこないということだ。

二本目のキーでドアが開いた。ハンドルに盗難防止のバーが取りつけられていない。珍しいな。この種の車はちょっと目を離せば盗まれてしまうだろうに。錠や防犯装置の困ったところはそれだ。盗難に遭う恐れは誰にだってある。どんなに対策をしても盗難は完全には防げない。盗難に遭いたくなければ、結局のところ、自分の車や家を隣の車や家よりほんの少し盗まれにくくすればいい。

ダッシュボードの下側に盗難防止のカットオフスイッチがきっとあるだろう。ひょっとしたら二つ。もしかしたらリモコン方式かもしれない。

だが、あったところで問題じゃない。車を盗みに来たわけではない。僕はいま、なかなかの高級車を持っている。

僕の目的は一つだけだ。数分後には探し物が見つかった。グローブボックスにしまってあるかと思ったが、運転席側のサンバイザーの裏にゴムバンドで留められていた。必要な情報を暗記し、十秒後にはドアを閉めてロックし直し、頭のなかで番地をそらんじながら通りを歩き出していた。

こいつはグッドニュースだぞ。

新聞によると、リンカーン・ライムはアッパーウェスト・サイドに住んでいるが、たったいま記憶に刻みつけたのはブルックリンの住所だ。つまり鑑識課のアメリアはリンカーン・ライムの妻ではあるが、きっと週のうち何日かは一人で夜を過ごすわけだ。

さっき僕が描いた夢想は、現実に根ざしていた。

アメリアは、一人で眠るための部屋を持っている。

31

ベクテル・ビルの朽ちていまにも崩れそうな工場《こうば》で、サックスはスペンサーの運転免許証と社員証を返した。

ライル・P・スペンサー、四十二歳は、『デイリー・ヘラルド』の発行元であるウィテカー・メディア・グループの警備部長だという。サックスの姿がはっきりと確認できなかった——街着姿の女というところまでしか見分けられなかった——ため、薬物の密売人か常用者かもしれないと思ったらしい。

「またはロックスミスか」スペンサーの声は低く豊かでよく響いた。

「ロックスミス？」

スペンサーが訊き返す。「いや、だって、男だという確証があるんですか」

興味深い視点だ。男というのは推測にすぎない。

「サイズ11の男物の靴の跡はあった。あなたの質問に答えると、そうね、男だという確証はいまのところない」

「私はここから出ようとしていただけですよ。おたくの後ろに見えていたドアから。出たらすぐ警察に通報するつもりだった。侵入者がいると」

「それなら、その鉄パイプは？」サックスは床をちらりと見た。

「万が一に備えて」

なぜ銃ではなかったのかとサックスは尋ねた。

「銃は持っていません」

「警備の仕事をしてるのに、携帯許可証がないの？」ニューヨーク市では隠匿携帯許可は簡単には下りないが、職業上の必要が認められれば例外として認められる。

「ニューヨーク全域を統括する立場ですから。現場にはほとんど出ません」

スペンサーは続けて、今日のようにまれに現場に出るときは防弾チョッキなどの個人用防護具を着けているし、自分にはそれで充分なのだと説明した。

たしかに、この巨漢を見たら、それだけで相手は怖じ気づくだろう。腕も胸回りも脚も、とにかく重量級だった。

「ここが事件現場で立入禁止だということは知ってますよね」

スペンサーは肩をすくめた。「厳密にいえば、事件現場に指定された場所に入ること自体は犯罪ではありません。不法侵入には当たるでしょうが、それを告発できるのは不動産の所有者だけだし、このビルの所有者はどうやら破産の申請やら何やらで忙しいようだ。警察の厄介になるとしたら、証拠を改竄した場合だけでしょう。真実を隠すこと、あるいは訴訟や捜査に使えない状態にすることを目的に証拠を改変、破壊、隠匿、移動したような場合だけです」

法律の条文をほぼそのまま暗誦《あんしょう》してみせた。それだけで、ライル・P・スペンサーの素性にだいたいの見当がついた。

「その話はひとまず措《お》くとしましょう」サックスは言った。「ここで何をしてたの?」

二件の家宅侵入事件の両方の現場に『デイリー・ヘラルド』が残されていたと聞いて、上役から調査を指示されたのだとスペンサーは説明した。「この男の——犯人は男だと仮定して——この男の手口からして、秩序型の犯罪者と思われます。となると、侵入前に目当ての建物の下調べをしたはずです。ウェストサイドの一件目の現場、アナベル・タリーズのアパートの周辺には、偵察に向いた建物は一つもありませんでした」

「真向かいのデリにいたのかもと思って行ってみたけれど、もうテーブルを片づけたあとだった」

スペンサーはうなずき、あたりを見回した。「しかしここは、ゆうべの犯行前の待機場所にぴったりだ」

「一件目の現場に煉瓦の塵が残ってた。それを手がかりにここを割り出したの」

「なるほど。ここで犯人の靴の裏に付着して、一件目の現場まで運ばれた。それを手がかりにこのベクテル・ビルに目星をつけた、と。やりますね」スペンサーは感心した様子で言った。「しかも、犯人は事件後に舞い戻った」

「キャンディの包み紙。あなたも見たのね」サックスは訊いた。

「鑑識の人間なら、一度目の捜索でかならず見つけたはずです。そのあとに犯人が落としたんだとすれば、ここから捜査の様子をうかがったんだろうな。自分を追っているのがどんな人間か見てみようとした」

「私もそう考えて、また来てみたの。あなたはどこの警察に——?」

「オールバニーです。海軍を除隊したあとパトロールから始めて、刑事に昇格しました。しかし家族のことを考え、安全を優先して民間の警備の仕事に移りました。給料は倍になったし、いまのところ撃たれずにすんでいる」スペンサーの目がサックスの腰に下がったグロックに動いた。

「海軍では軍警察に?」

「いや。特殊部隊です。ネイビーシールズ」

「この建物全体を見てみた?」

「一階だけです。この建物には上の階に行く安全な手段がない。それは犯人にとっても同じだったはずです。キャンディの包み紙のほかには、足跡も証拠物件も見当りませんでした」

「あなたの雇い主――社長のミスター・ウィテカーは、ロックスミスの正体に心当たりがあるのかしら」

「私も訊いてみましたが、心当たりはないそうです」

サックスは言った。「会社の法務部とはもう話をした。脅迫めいた電話や社内から出た苦情のリストを作ってもらってる」

「聞いています。ダグ・ヒューバートの部下が担当しているはずです。申し分のない仕事をする人たちですよ」

「お願いしたら、アヴェレル・ウィテカーとの面会を取り次いでもらえる？」

「ええ。かまいませんよ」

二人はロビーを隅々まで確認して回った。ロックスミスの痕跡は、建物の奥側では一つも見つからなかった。スペンサーは、床に厚く積もった赤煉瓦の塵を踏まないよう、砂利が浮いたところだけを伝い歩いた。

サックスはスペンサーの目を観察していた。石の小山の陰からネズミが鼻をひくつかせて顔をのぞかせたとき、スペンサーはすばやく反応して警戒態勢を取った。ネズミは侵入者二人をじっと見つめたあと、立腹した様子でゆっくりと退却した。

二人はロビーに戻った。サックスはまつわりついてくる不安から逃れるようにそのまま外に出た。建物がいまにも崩壊して生き埋めにされるのではないかと恐ろしかった。

サックスは言った。「そうだ、もう一つ質問が」

スペンサーが先回りして言った。「侵入事件の発生時刻は？　今日の早朝でしたか」

「午前四時ごろ」

「ウィテカー・タワーに部屋を借りて住んでいます」メモ帳とペンを取り出し、名前と電話番号を書きつけた。そのページを破り取ってサックスに渡す。「タワーの警備主任です。ワイヤレス式の入館記録システムの記録や監視カメラの録画を見せてくれると思います。ゆうべは午前一時に部屋に帰って、午前六時に出勤しました」

サックスはメモをポケットにしまった。

それからスペンサーは、サックスをからかうように言った。「で、質問というのは？」

32

「しびれるなあ。これぞマッスルカーですね」

　サックスの赤いフォード・トリノ・コブラの助手席に収まったライル・スペンサーが言った。二人は、サックスがベクテル・ビルで採取した証拠を届けにライムのタウンハウスに向かっていた。そのあと雲を衝《つ》くばかりのウィテカー・タワーに行き、メディア帝国の王に謁見《えっけん》する予定だ。

「馬力は」スペンサーが訊く。

「四百五」

「そりゃすごい」

「車に詳しいのね」

「Ｆ１のレースは欠かさず見ていますよ」そう応じたスペンサーの口調は、暗にこう言っていた――〝この世の全員が見ていますよね？〟「オールバニーにいたころは、自分でもショールーム・ストックに出ていました。何の話か、あなたに説明する必要はなさそうだ」

　アメリア・サックスは黙って微笑んだ。

　ストックカー・レースには多種多様なカテゴリーがあり、レース場のタイプもまた多種多様だ。〝ストック〟の語源は、誰もが想像するとおり、自動車販売店の在庫《ストック》車を改造なしで走らせていたことだ。その後、レースを主催するさまざまな団体――最大の一つがＮＡＳＣＡＲ――が改造車の出場を認めるようになった。〝ショールーム・ストック〟は、量産市販車とほぼ同じ車両をベースに、ロールケージなど少数の安全装備のみを追加したレースカーで競われる。

　サックスはスペンサーの視線を感じながら四速ＭＴのシフトレバーを操作して三速に落とし、それから二速に叩きこむと、わざと横滑りしながら角を曲がった。トリノ・コブラはわずかの遅れもなく反応した。

　スペンサーがうなずきながら言った。「まあ、見てのとおり、この体格はレーサー向きじゃありません。何が困るって、ロールケージつきの車に収まらないんですよ。ステアリングコラムを短くしてスペースを稼ぎたくても、規定違反だと言われちまう」スペンサーはダッシュボードを軽く叩いた。「この車で何度かレースに出ましたよ」

「トリノでってこと?」

「そうです。トリノ・タラデガ」

サックスは小さな笑い声を漏らした。「嘘よね」

「本当です」

ストックカー・レースが人気を集め始めた時代のもっとも有名な車といえば、一九六九年型トリノ・コブラの特別仕様車だ(のちにタラデガ・スーパースピードウェイにちなんでトリノ・タラデガと命名された)で、六九年と七〇年シーズンのNASCARレースを席捲した。

「いまもレースに出てる?」

「いいえ。いまは自分の車も持っていません。ニューヨークに引っ越してきてすぐ、持っていたSUVを売っちまいましたから。一日で四回も駐車違反を取られた。車が必要なときはレンタカーを借りることにしています」

その口調はどこか悲しげだった。運転の楽しみが忘れられないのだろう。サックスにもその気持ちが理解できる。ピストンのパワー、エンジンのうなり、スピード。いつスピンするか、いつ操縦不能になるかわからないぎりぎりのスリル。人馬一体の陶酔感。一度味わったら、とうてい忘れられない。

サックスは言った。「この件が片づいたら、この車を貸すからひとっ走りしてきて」

スペンサーが目を輝かせた。「考えてみます」

運転手が携帯電話でメールでもやりとりしているのか、隣の車線を走っていたタクシーがふらふらとこちらに寄ってきた。急ハンドルを切ってそのタクシーをよけたとき、サックスの視界の隅で、スペンサーの左脚がわずかに前に伸び、右腕が後ろに動いた。クラッチを踏みこんでシフトダウンする動作を、おそらく無意識にだろう、スペンサーもしていた。

十分後、ライムのタウンハウスに着いた。

スペンサーが言った。「私のアリバイを確認したほうがいいのでは」

サックスはシフトレバーを一速の位置に入れてエンジンを切り、パーキングブレーキをかけた。それから自分の携帯電話を指先で叩いた。「それはもうすんでる」ロン・セリットーにメッセージを送り、ウィテカー・タワーの警備室に問い合わせてもらっていた。

「早いな」

「時間との勝負だから。あなたを信じていいのか、それともいますぐ逮捕したほうがいいのか、確かめておく必要があった。ここで待ってて、五分で戻る」サックスは車を降りてから向きを変え、開いたままのウィンドウからスペンサーのほうをのぞきこんだ。「一つお願いがあるんだけど」

「うちの会社に敵意を抱いている人間がいるとわかったら、たとえそれが社員の一人であろうと、すぐにあなたに知らせますよ」

「ありがとう。となると、私が頼みたいことは二つあることになりそう。一つはいまあなたが言ったこと。もう一つは、さっき採取した証拠をここに持ってきたことを誰にも言わないでほしいの」

「ここ、とは？」スペンサーはライムの壮麗なタウンハウスを見上げた。

「夫とこの家に住んでるの」サックスは答えた。「夫というのは、リンカーン・ライム。科学捜査官よ。元はニューヨーク市警にいた」

「ちょっと待ってくださいよ。あのリンカーン・ライムの奥さんってことですか」

サックスはうなずいた。

「驚いたな」スペンサーの顔に驚きと困惑が一緒くたに浮かんだ。まもなく、にやりと笑って言った。「証拠って？　証拠と言われても、何の話かわかりませんね」それから肩をすくめた。スペンサーの肩はおそろしくたくましい。その肩を上下させただけで服の縫い目が弾《はじ》け飛んでしまいそうだ。「どうも忘れっぽくてね。一度、医者に診てもらったほうがいいと思うんですが、予約を取るのを忘れてしまう」スペンサーは真顔でそう冗談を言った。

サックスはポケットから黒いニトリル手袋を出してはめた。「口止めする理由を訊かないの？」

「内緒の捜査を進めていて、それをお偉方には知られたくないんでしょう。市警内の腐敗が心配だからかもしれないし、権力争いに巻きこまれたくないのかもしれない。あるいは、敵に回しちゃいけない人物を敵に回しちまったのかもしれない。私もさんざん経験したことですから」サックスの計算では昨夜せいぜい四時間しか眠っていないライル・スペンサーはあくびをし、小さな車のなかで大きな体をできるかぎり伸ばすと、筋肉が盛り上がった胸の前で腕を組んで目を閉じた。

33

「こちらに税効果をまとめました」いかにも税効果に詳しそうな外見をした男が言った。

男の肌は異様に白い。来る日も来る日もオフィスでパソコンや計算機とにらめっこをしているせいだろう。灰色のスーツに白いシャツ、清潔感あふれるヘアスタイル。年齢は四十代か。めがね《グラス》をかけているが、この男の場合、眼鏡《スペクタクルズ》と古風に呼ぶのがふさわしいだろうとアヴェレル・ウィテカーは思った。

二人はいま、ウィテカー・タワーの最上階にあるウィテカーのホームオフィスにいる。タワーはきらびやかなパーク・アヴェニューに面していた。

会計士は分厚い書類の上に手を置いている。それがばね式のトリガーが仕込まれた爆弾で、いったん置いた手を持ち上げようものなら、周囲のあらゆるものが吹っ飛ぶとでもいうようだ。

その書類の束は、事実、すべてを吹っ飛ばしかねない爆弾だった。

ウィテカーは言った。「ありがとう、ジョン。目を通しておくよ」

実のところ目を通す気はなかった。これから何が起きるかは正確に知っているし、税の効果であれ何であれ、どのような結果が待っているかも正確に知っている。しかし、ウィテカー個人と会社の利益を計るのは、ジョンの――そして十二名から成る彼のチームの――仕事のうちだ。愚かな決断を下そうとした顧客を引き止めるのも。

だが、何かを愚かと考える者もいれば、気高いと見る者もいる。

ウィテカーは言った。「ラングストン&ホームズから、来週には書類がそろうと連絡があった」

一瞬の間。「あー……わかりました」

その反応はまるで、ウィテカーがいまから高低差一千メートルの絶壁を懸垂《けんすい》下降すると宣言したかのようだった。

日没後に。それも嵐のなか。

会計士が帰っていくと、ウィテカーはステッキを手にした。シャフトは黒檀《こくたん》でできていて、グリップは女の頭部をかたどった真鍮の彫刻だ。医者からはもっと軽くて先にゴムがついた品を勧められたが、ウィテカーはこれを選んだ。グリップの女の顔立ちがメアリーに似ていたからだ。

立ち上がり、足を引きずって窓の前に立つ。一方の壁に飾られたアンティークの鏡に映った自分の顔が映っていた。やつれた土気色の顔。それとは不似合いな、一筋の乱れもなく整えられた白い豊かな髪、存在感のある鼻、魔法使いを思わせる眉、その下の黒い石のような鋭い目。すぐに目をそらして窓の向こうを見やった。この景色のなかに、おそらく三十万の人々が暮らしている。

おまえはこのなかのどこにいる？

パソコンの前に戻り、立ったままパスワードを入力してメールソフトを起動した。

またしても心が沈みこんだ――返信を本心から期待していたわけではないとはいえ。

それでも、望みは抱いていた。祈るような気持ちでいた。

いったいどこにいる？……

キットへ

お願いだ、息子よ。どうか話を聞いてくれ。私は間違いをした。おまえの言い分に耳を貸そうとしなかった。おまえにひどい仕打ちをした。正直に認めるよ。あのときは知らなかった、だから許してくれなどと言うつもりはない。あのころから自分のしていることの意味を知っていた。許されない行為だと理解していた。罪悪とわかっていた。知らなかったという言い訳は通じない。しかし、いま私は一からやり直そうとしている。すべてをゼロに戻そうとしている。償いのための時間はあまり残されていないが、可能なかぎり償いたいと本心から……

メールはそんな調子で延々と続いた。

だが、待てど暮らせど返信はない。

最後に交わした会話を思い出す。ドネッリの店のバーエリア。気取った連中が集まる気取った店。常連客のほとんどはメディア界の王族と名士だ。

ウィテカーも常連の一人だった。彼にとってあの店は単なる行きつけにすぎなかった。

しかし、息子のキットは父親の職業によい感情を抱いていない。それを思うと、キットと会うには最悪の場所だった。おまけにキットは、ジーンズにフランネルのシャツというくだけた身なりで現れた。あの店では、ウェイターでさえもっときちんとした服装をしている。店の選択を誤ったなとウィテカーは思った。

会話は快調に走らず、たびたびエンストを起こした。何年も前、家族で出かけたサファリツアーで乗った泥まみれのレンジローバーのように。

理想家で活動家のキットには、ウィテカー・メディア・グループ流の〝ジャーナリズム〟――キットは細い指で空中にクォーテーションマークを描いた――からの脱却を拒む父親の理屈がやはり理解できなかった。

ウィテカーはあやうくこう言いかけた。おまえがいい学校を出られたのも、充分すぎる額の信託財産に恵まれているのも、会社のおかげなんだぞ、と。

幸い、ウィテカーはその言葉をのみこんだ。それでも、あの気まずい食事のあいだに何らかの変化が起き、あとにはおそらく埋め戻し不可能な深い溝が残された。

あれから八カ月、父子はひとことたりとも言葉を交わしていない。


ウィテカーはようやく勇気を奮い起こし、つい数日前、メールを書き送った。

キットへ
お願いだ、息子よ。どうか話を聞いてくれ……

そして、恥知らずにも、ウィテカーはそのメールに次のような一文をまぎれこませた。〝残念ながら、医者から心の準備をしておけと言われている〟。

この切り札を出すとは、自分はよほど焦っているらしい。


会社の解散を決意した一番の理由はおまえだ。自分がいかに至らない父親だったか、ようやくわかった。夫としても兄としても失格だ。社員を人として尊重せず、記事で取り上げた人物を尊重しなかった。家族を尊重しなかった。なかでもおまえにはひどいことをしてしまった。おまえを失って、自分が何をしてきたかやっとわかったのだ。お願いだ、一度だけでいい、ゆっくり話を聞いてもらえないか……


どこにいる？

携帯電話が振動した。病気になって以来――病気がかくれんぼをやめて表に出てきて以来――突然の大きな物音に敏感になった。

発信者番号を確かめる。

「ジョアナか」

姪のジョアナの低く落ち着いた声が聞こえた。「例の女性刑事が来た。スペンサーが連絡してきた刑事」

「わかった。すぐに行く」

溜め息が出た。警察が来た……市民を震え上がらせている男の件、『デイリー・ヘラルド』を残して回っているという男の件で……

悪行の報いだ。報いが二倍になって返ってきた。

いや、二倍どころではすまないか……

ウィテカーはステッキを握り直し、メアリーの瞳を思い起こさせるブルーを基調とした贅沢なペルシャ絨毯《じゅうたん》を踏んでゆっくりと歩き出した。

34

幅広の艶やかなマホガニー材のドアがゆっくりと開き、その奥のホームオフィスと思しき部屋から男が現れた。

男は真鍮のグリップがついた黒いステッキに頼っていた。老人というほど高齢ではない。六十代後半か、せいぜい七十代初めだろうとアメリア・サックスは見積もった。美青年の面影《おもかげ》を残す顔は、頬が痩せて虚弱な印象だ。たるんだ肌は土気色をしている。心臓が悪いのではなく、おそらく癌《がん》だろう。それでも身だしなみには気を遣っているようだ。髪は一筋の乱れもなく整えられ、髭もきれいに剃られている。フローラル系のコロンの香りが漂っていた。ダークスーツと白いシャツはいまの体にきちんと合った。炉棚や壁の写真を見れば、急激に体重が減ったらしいとわかる。余命わずかと宣告されながらも、最近になって服をあつらえたか購入するかしたのだろう。病との闘い方は人それぞれだ。

アヴェレル・ウィテカーは、サックスがいま初めて会ったばかりの二人――ウィテカーの姪のジョアナとその婚約者のマーティン・ケンプ——に愛情のこもった目を向けてうなずいた。そのあと、ライル・スペンサーにもうなずいた。

ほかにもう一人同席していた。ウィテカーの身辺警護を任務とする武装警備員アリシア・ロバーツだ。がっしりとした体格のブロンド女性で、髪を団子にまとめ、ダークスーツを着ている。元軍人らしいたたずまいだ。

サックスは自己紹介してウィテカーの乾いた力強い手を握った。ウィテカーは腰を下ろし、ペイズリー柄のポケットチーフを直してから、身ぶりで全員に椅子を勧めた。サックスはクリーム色の革張りの椅子に座った。しばらく前、ある容疑者を追ってライムとともにイタリアに行ったとき、最高級の椅子に座る機会があった。この椅子の座り心地はそれに負けていなかった。

ライル・スペンサーが腰を下ろすと、椅子が大きく軋んだ。

この部屋はウィテカー・タワーの住居階にある。タワーの大半はオフィス向けで、ウィテカー・メディア・グループの新聞、テレビ、ラジオの本社が入居しているが、上から十フロアは住居区画になっている。広々としたリビングルームの内装は、控えめで優雅な雰囲気だ。一方の壁にピカソの絵画が飾られていた。もう一枚、点描画法で有名な画家——サックスは何度聞いても名前を覚えられない——の作品もある。北に面した壁は一面が窓になっていて、ブロンクスと——六十四階という高さを考えれば、おそらくそのさらに向こうの——ウェストチェスター郡まで一望できた。

このリビングルームだけで、ブルックリンにあるサックスのタウンハウス全体が難なく収まってしまいそうだった。

ウィテカーが口を開いた。「ロックスミスと自称する男、うちの新聞を現場に残すという男だが、これまでのところ人を殺してはいないのだね?」

「昨日と今日の二件の事件では殺していません。部屋に侵入し、ものを移動して、自分が来たことを被害者にわからせる。それだけです」

「いやだ、気持ち悪い」ジョアナが言った。

「微量の血液は検出されていますが、暴力行為の直接の証拠は一つも見つかっていません」

サックスは内ポケットからメモ帳を取り出し、ボールペンをかちりと鳴らした。ソニーのデジタルレコーダーを軽く持ち上げ、全員がうなずくのを確かめてから〈録音〉ボタンを押す。「被害者の証言によれば、いずれもこちらの新聞やテレビ局とつながりはありません。犯人が現場に『デイリー・ヘラルド』を残す理由はわからないと話しています」サックスは被害者二名の名前を挙げて尋ねた。「聞き覚えはありますか」

一家が顔を見合わせる。「ないな」ウィテカーが答え、ジョアナは無言で首を振った。マーティン・ケンプもやはり首を振る。

サックスは続けて、市警から法務部に依頼した、会社を脅すような手紙や苦情を寄せた人物のリストはいつごろできあがりそうかと尋ねた。

ウィテカーが答えた。「あと一時間ほどでできるとダグから聞いている」溜め息。「かなり大きなデータになりそうだ。うちは長年のあいだにずいぶんと大勢を怒らせてきたからね。社員の機会均等の問題もある。ウィテカー・メディアは、決して多様性が高くて誰もが働きやすい職場ではなかった」

ジョアナが言った。「でも、うちとは関係ないってことも考えられるわよね。レーガン大統領暗殺未遂の犯人と同じで。ジョン・ヒンクリーだっけ？　あの犯人は『ライ麦畑でつかまえて』にかぶれて事件を起こした」

ジョアナは黒に近い褐色の長い髪をきっちりと一つにまとめている。髪の量は多くなく、来客を見ようと顔を動かすたびにポニーテールが揺れた。一本につながっているような濃い眉の下の灰色の目は鋭く、表情は硬い。濃い紺色のスーツは男物のようなデザインだ。顔の輪郭はえらが張っていて、大きな鼻が目立った。ジョアナの堂々とした様子、社会一般を含めた他人の圧力に屈して輪郭を化粧でごまかそうとしない様子に、サックスは好感を抱いた。

サックスは言った。「無関係であることも考えられます」続けて、ロックスミスは『デイリー・ヘラルド』を一種の象徴に利用しているのではないか、人々の生活に土足で踏みこむマスメディアに対する抗議の意をこめているのではないかという自分の考えを説明した。

「なるほど」ウィテカーが悲しげに言った。「だから他人の家に侵入するわけか——我々マスコミが侵入するように」

サックスは肩をすくめた。「ちょっと思いついただけです。単に誤導の道具として使っている可能性もありますし」

「どういう意味ですか」マーティン・ケンプが訊いた。FM番組の司会者になれそうな声をしていた。

「目的はまったく別のところにあって――つまりウィテカー・メディアを巻きこむ意図はないのに――『デイリー・ヘラルド』に注意を向けさせようとしているのかもしれません」

「まったく別の目的とは、たとえばどんな」ウィテカーが訊く。

「まだ何とも言えません。ところで、会社を売却する予定だとか。会社の評判を落として買収価格を引き下げようと、買い手候補がロックスミスを雇った可能性は考えられないでしょうか」

ウィテカーは笑った。サックスの耳にその笑い声は憂いを帯びて聞こえた。「買い手候補か……刑事さん、ウィテカー・メディアという会社について少し説明しておいたほうがよさそうだ。うちが提供する〝ジャーナリズム〟は、『ニューヨーク・タイムズ』あたりの一流紙のレベルには遠く及ばない」

「アヴェレル」ジョアナが優しく言ってウィテカーの膝にそっと手を置いた。

「いや、刑事さんには話しておいたほうがいい」ウィテカーは肩をすくめた。どこかに痛みが走ったか、小さく顔をしかめた。「シャーロット・ミラー。たくさんのうちの一つの例だ」

その名前には聞き覚えがあるが、どこで聞いたのか思い出せないとサックスは言った。

「一年くらい前の話だ。アラバマ州選出の下院議員マーヴィン・ドイルの補佐官だった女性だよ」

議員の名前にも聞き覚えがあったが、サックスは何も言わず、ウィテカーが先を続けるのを待った。

「よくある卑劣な事件の一つでね。議員が暴行を働いた。飲み物に薬物を混ぜるか何かして。警察が捜査したが、起訴に足る証拠は挙がらなかった。しかしシャーロットはあきらめなかった。議員を名指しして被害を公表しようとした。私は金を払って独占報道権を獲得した。記者を取材に行かせた。連載記事にすると約束した。だが、記事は掲載されなかった」

「どうして？」

「私が握りつぶしたからだ。〝バイ＆ベリー〟という手法を知っているかね」

「いいえ」

「新聞やテレビ局が、掲載や放映の意図がないまま独占権を獲得することだ。そのネタとネタの提供者は永遠に埋《ベリー》もれる。ほかの社に売りこみたくても契約があるからできない。シャーロットにも同じようにしたわけだよ」

「議員を守るためですか」

　ウィテカーはステッキの女性をかたどった真鍮の彫刻に陰鬱な目を向けていた。「そのとおり。ドイルは議会における我々の味方だった。メディア企業が視聴者のデータを収集販売するのを容易にし、かつ訴訟を起こされにくくするような法案を支持していた」

　サックスの記憶が蘇った。「関係者の誰かが亡くなったのではありませんでしたか」

「その数カ月後、ドイルは別の女性をレイプしようとした。今度はインターンだ。激しく抵抗されて、そのインターンを殺してしまった。過失致死だ。もしシャーロットのときに報道していれば、その事件は起きなかったかもしれない」

　部屋は静まり返った。これだけ高いところにいると、地上のクラクション一つ、トラックのエンジンの低いうなり一つ聞こえない。

「アヴェレル、そのくらいに」ケンプが静かに言った。

　しかしウィテカーは話をやめなかった。「記事の質の問題もある。クォーテーションマークつきの〝質〟だ。『デイリー・ヘラルド』の記者がヴァージニア州に取材に出かけた。ある高校で歴史の授業中に教師が悪魔崇拝の儀式を行っているという噂があってね。教室で性行為をしたり、動物を生贄《いけにえ》にしたりしているという話だった。その記事を読んだノースカロライナ州在住の男がその高校に押しかけて銃を乱射した。問題の女性教師と女生徒一人が死亡し、三人が負傷した」

　サックスはかぶりを振った。

「その噂がなぜ広まったと思う？　その教師はセーレムの魔女裁判を教えようとしていた。それだけの話だった。歴史上の教訓を授業で取り上げただけなのに、記者は悪魔崇拝という稼げるネタの誘惑に屈した。編集長もゴーサインを出した。記事の掲載後、その教師は同性愛者だったが、一部の生徒の家庭は同性愛を認めていなかったとわかった。噂の発端はその生徒たちで、事実無根もいいところだった。記者は、噂を否定する教師の言葉を引用したが、乱射犯は意に介さなかった。私は編集長がゴーサインを出したと言ったが、その編集長に白紙委任していたのは私だ」

　ウィテカーは重苦しい表情で続けた。「そういったできごとが積み重なった結果なのだよ。一月《ひとつき》前に決めた——この帝国を葬り去ろうと。きみの質問にずいぶんと長い答えを返すことになって申し訳ないね、刑事さん。だが、私には会社を売却するつもりはない。買い手候補などいないのだよ。売り物は印刷機やトラック、パソコンくらいのものだ。会社は清算する。残った金はすべて、ジャーナリズムの倫理向上を目指す団体の設立資金にする」

　サックスはメモを取った。それから顔を上げた。「別の動機が見えてこないかぎり、『デイリー・ヘラルド』の行いに対する報復と考えて捜査を進めるしかなさそうです。〝因果応報〟というメッセージもありますし」

　ライル・スペンサーが口を開いた。「ちょっと考えていたんですが——残されていたページが事件ごとに違っていたなら、『デイリー・ヘラルド』かウィテカー・メディア全体に何か恨みを抱いているとも考えられます。しかし、どちらの現場にも同じページを残している。となると、そこに載っている記事のどれかが関係しているんじゃないかと」

　サックスもまさに同じ点について尋ねようとしていたところだった。第三面の写真をまた携帯の画面に表示した。

極秘報告書を独占入手——「ＡＩＤＳはロシアの研究所で作り出された」

上院議員事務所のインターン、隠し子を妊娠

衝撃！　あのセクシー女優の離婚は無効だった——逮捕間近か

女性蔑視グループに批判の嵐

選挙戦への影響は？——ＩＴ企業が連邦政府による違法盗聴の証拠を入手

ウィテカーが言った。「ダグからこの件を聞かされて以来ずっと、この五つの記事のことをあれこれ考えていた。ＡＩＤＳの件は関係があるとは思えない。ロシアならおそらく、おまえたちがＡＩＤＳウイルスを作り出したのだろうといわれたら、たとえ濡れ衣であろうとそのとおりと胸を張るだろう。二つ目の見出しに嘘はないが、上院議員の隠し子ではない。その点は記事のどこかで明確にしている。三つ目は——この女優が提出した離婚申し立て書類には偽りがあったし、取り調べを受けたのも事実だが、起訴はされていない。そもそもマスコミに執拗に追い回されるほどの違反行為ではない。最後の一つも、関係ないと思うね。自動車雑誌の『カー＆ドライバー』から『ウォール・ストリート・ジャーナル』まで、ＦＢＩの違法盗聴の証拠を一つも握っていない媒体などまず存在しない。何をいまさらと言うしかない」

「では、四つ目ではないかとお考えなんですね」

「可能性はある。〈アポロズ〉という団体を取り上げた記事だ。ネアンデルタール人なみに頭の古い男どもの寄り集まった反フェミニスト団体でね。女は家庭を守るべきだとか、そういう考えで凝り固まった連中だ。彼らにいわせると、〝しつけのために〟妻を殴るのは容認される行為だそうでね。要するに、何であれ妻に気に入らない点があれば殴ってかまわないと考えているわけだ。夫のセックスの求めに妻はつねに応じるべしとか」

「この記事だと思う理由は？」

ウィテカーは顔をしかめた。「これもやはり、ジャーナリズムとは何かという問題だね。この記事を書いた記者は……お世辞にも勤勉とは言いがたい。証言をいくつかでっち上げた。問題のある団体なのは確かだが、記事では実際以上に悪く書かれている。猛反発が広がって、アポロズのメンバーが攻撃される事態に発展した——現実の世界でね。記事に名前が出たメンバーに対する嫌がらせ行為や暴行が続いた。幹部の一人は撃たれて、体に麻痺が残った」

「つまり、ロックスミスはアポロズのメンバーとも考えられる」

「アポロズに雇われたのかもしれない」スペンサーが指

摘した。

ウィテカーは肩をすくめ、このときもまた顔をゆがめた。癌の痛みだろうか。もしかしたら関節炎かもしれない。アメリア・サックスは関節炎のつらさをいやというほど知っていた。

サックスは言った。「その記者が取材した全員の名簿をいただけませんか。記者の名前と連絡先も」

「手配しよう」ウィテカーが言った。

卑しむべき団体ではあるようだが、犯罪は犯罪だ。

ウィテカーが尋ねた。「ソーシャルメディアの投稿もあったね。次は誰かと書いていた。とすると、このあともまだ犯行を重ねるつもりでいるのだろうか」

「その前提で捜査しています」

ジョアナはつかのま目を閉じた。「犯人がいるときに被害者が目を覚ましてしまったらと考えると」

サックスは言った。「犯人の男」――犯人は男と決まったわけではないと言っていたことを思い出し、スペンサーのほうをちらりと見て付け加える――「または女の狙いは、会社だけではなくあなた個人である可能性も念頭に置くべきでしょう。危険な兆候に用心してください。尾行されていないか、観察されていないか」炉棚のほうを指し示して、サックスは続けた。「あの写真の女性は奥さんですか」

ウィテカーが答える。「そうだ。メアリーは何年か前に亡くなっている」

「若い男性はどなたでしょう」

「息子のキットだ」大きく息を吐き出す。「疎遠になっている。八カ月くらい前から連絡が途絶えている」

ウィテカーの目にこれまでとは違った悲しみが浮かんだ。サックスはジョアナとケンプに尋ねた。「お二人はキットと連絡を取り合っていますか」

二人は首を振った。

サックスはキットの携帯電話番号を控えてから訊いた。「勤務先の電話番号はわかりますか」

短い沈黙があった。やがてジョアナが言った。「キットがどんな仕事をしているのか、私たちは知らないんです。風来坊っていうの？　連絡が取れていたころから仕事を転々としてるのよ。環境保護の仕事をすると言っていたかと思うと、商用ドローンの運行会社を始めるとか言い出して――」

ケンプが言った。「あとは、石油やガスの採掘権をリースする会社とか。動画製作やパソコン関連の仕事とか」

ウィテカーが言った。「どれもうまくいかなかったのだろう。いま何をしているのか見当もつかない。信託財産を取り崩して生活しているとしても驚かないよ」

「ソーシャルメディアはやっていますか？」

ジョアナが言った。「アカウントは一つももっていない。そういうサービスは信用できないからって言ってる——言ってた」

サックスは、ジョアナとケンプもやはりウィテカー・メディアで働いているのかと二人に尋ねた。ジョアナは社員だが、メディア事業には関わっていない。会社の慈善事業の運営に携わっている。ケンプはウォール街で不動産関連の仕事をしている。

この二人にはウィテカーや『デイリー・ヘラルド』の記者たちほどの危険はないだろう。それでもサックスは念のため用心するよう助言した。

携帯電話の着信音が鳴り、スペンサーがメッセージを確かめて返信した。「ダグ・ヒューバートからです。要注意人物のリストができたそうです。いつでも取りに来てほしいと。案内しますよ」

サックスは三人に名刺を渡した。「何か思い出したら、連絡をください」レコーダーとメモ帳とペンをポケットにしまい、スペンサーとともに出口に向かった。二人とも無口な女性警備員のアリシア・ロバーツに一つうなずいて部屋を出た。

玄関ホールの手前まで来たところで、背後から呼び止められた。「ちょっといいかな、刑事さん」ウィテカーがステッキにすがりながらゆっくりと追いかけてきた。スペンサーにちらりと目をやる。その意味を察してスペンサーは言った。「私は玄関のほうで待っています」

ウィテカーが言った。「刑事さん、その……会ったばかりでこんな話をするのもなんだが、私にはあまり時間が残されていなくてね。それなのに一人息子と連絡一つ取れなくなってしまった。私は理想の父親ではなかった……いや、それどころか父親として最低だった。息子を取り戻したいと思っている。償えるものなら償いたい。もしあの子と連絡が取れたら、そう伝えてもらえないだろうか。筋違いなお願いだ。だが、そこをなんとか……」

「伝えます」

ウィテカーがほっとしたように表情を和らげた。すぐに顔の向きを変えたが、涙らしきものが光っているのがちらりと見えた。


「すみません」

サックスは、ウィテカー・メディア・グループの正面エントランスがあるウィテカー・タワーの北側に向かってパーク・アヴェニューを歩いていた。ライル・スペンサーも一緒だ。

ウィテカー・タワー前で抗議活動をしている人々のあいだをすり抜けたところだった。掲げられているプラカードの大半にはフェイクニュースを糾弾する文言が書かれていたが、雇用の多様性を訴えるものもちらほらまじっていた。

サックスは声のしたほうに振り返った。

ブルージーンズに黒いウィンドブレーカーを着た男だった。貧相な顔に黒い巻き毛。もみ上げを伸ばしている。その風貌はイタチを連想させた。

「すみません、サックス巡査」

サックスは立ち止まってその男のほうに向きを変えた。

イタチ男はスペンサーの巨体をじろじろ見ながら近づいてくると、サックスに向かって早口に言った。「その目つき。考えてることはわかりますよ。答えはノー。あなたとは初対面です。おまわり《コップ》としちゃ有名人ですよね。あっと、〝コップ〟呼ばわりはいけないのかな。別に差別語とかじゃありませんよね？」男は一方的にまくし立てた。「シェルドン・ギボンズです。『インサイドルック・マガジン』編集部所属」そう言って記者証をこちらに向けた。〝ギボンズ〟か。イタチにテナガザル《ギボン》ときた。

「そっちの人は相棒ですかね」

サックスもスペンサーも答えなかった。

「ご用件は？」

ギボンズが言った。「いけね。サックス刑事でしたね。さっきはサックス巡査って呼んじまった」

もうしばらくは丁寧な態度を崩さないつもりでいたが、これまでだ。サックスは首をかしげてギボンズをじっと見つめた。

ギボンズは、サックスが使っている機種と似たデジタルレコーダーをこれ見よがしに突きつけてきた。

「ロックスミスの件でアヴェレル・ウィテカーと会ってきたんですかね」

サックスは言った。「それ、見せてもらってもいいかしら」

ギボンズが眉をひそめる。「え、何を？」

「そのレコーダー。見せて」

「かまわないけど」ギボンズがレコーダーをよこす。

サックスは〈停止〉ボタンを押してから返した。

ギボンズが共犯者めいた笑みを浮かべた。感心したような表情にも見えた。

サックスは言った。「用件は何？」

「ウィテカー・メディアは僕の持ち場の一つでしてね。ロックスミスの件でアヴェレル・ウィテカーと会ってきたのか、それが知りたいんですよ」

「どうしてウィテカーと会ったと思うの？　こんなに大きなビルなのに」

「いま南のエントランスから出てきたじゃないですか。そっちにはエレベーターは一つだけで、しかもウィテカーのペントハウスに直行する」

サックスは黙っていた。

「教えてくださいよ。特ダネです。他人の部屋に侵入し、ウィテカーの新聞を置き土産にする男。『バットマン』の悪役《ヴィラン》みたいじゃないですか。マスコミに恨みを抱いたヴィラン。どういう見立てなんですかね。元社員のなかにロックスミスがいると疑ってるとか」

「お話できることはありません。捜査に関してはノーコメントです。何についても」

「ウィテカー個人も狙われてるんですか。姪のジョアナは？　ジョアナは来てましたかね。おじさんをしょっちゅう訪ねてるみたいですが」しらじらしい笑み。「ロックスミスの狙いはジョアナの慈善事業ってことも考えられそうですね。巨額の資金をプールしてるようだから」

「ノーコメント」サックスは繰り返した。

ギボンズは名刺を差し出した。「僕はありのままの事実しか書きませんから、サックス刑事。おまわりをボロクソに言ったりしません。事実をそのまま伝えます。一部の媒体とは違ってね」そう言ってウィテカー・タワーに顎をしゃくる。「ウィテカーとジョアナの命が狙われているとしたら、それは伝えるべきニュースです。記事にしたい。ちょっとくらいヒントをくれたっていいじゃないですか。だってわかりませんよ、僕の記事がきっかけで目撃証人が名乗り出てくるかもしれない」

「さよなら、ミスター・ギボンズ」サックスは名刺をポケットにしまった。いまここで捨てようものなら、一悶着起きるだろう。

　スペンサーとともにふたたび北側のエントランスに向けて歩き出す。サックスは途中でギボンズがいたほうを振り返った。記事のネタを求めてまた抗議者に声をかけて回っているのだろうと思ったが、今日は取材をあきらめたのか、彼の姿はもうどこにもなかった。

35

　案の定、ロックスミスはベクテル・ビルに舞い戻っていたようだった。

　サックスは二度目の現場検証を行い、そこでライル・スペンサーというウィテカー・メディアの警備部長と偶然に遭遇した。メル・クーパーはいま、サックスがベクテル・ビルから持ち帰った証拠の分析を始めようとしていた。

「おいメル、戦利品は何だ？」

「ジョリー・ランチャーの包み紙」

「犯人の遺留品と考える根拠は？」

「微量の洗剤が付着してる。前に見つかった洗剤と成分が同じだ。ほかにグラファイトを検出した――錠前師や鍵師が使うグレードのものだよ」

「指紋は。ＤＮＡは」

「ない」

「包み紙を慎重に剝がしてから飴玉を口に放りこんだことになるな。前歯ではさんで破ってくれていたら、何らか検出できただろうに。ところでその飴玉だが、珍しい商品か。販売ルートがかぎられているとか。手がかりになりそうか」

　クーパーはパソコンの前に屈みこんでキーを叩いた。

「アメリカで売上ナンバーワンのキャンディだそうだよ。毎年、千二百万ドル分を売り上げてる」

　ライムは溜め息をついた。

「ハロウィーン時期だけで、重量にして四十五万キロ分が売れるそうだよ」

「大いに参考になったよ、メル」ライムは辛辣《しんらつ》な調子で言った。「売上高を聞いた時点で、何の参考にもならないことは充分にわかった。重量の情報は蛇足もいいところだ」

クーパーは動じる様子もなく続けた。「包み紙が落ちていた周囲の床からアメリアが採取したサンプルを調べたら、ホウ素と胴と鉄が検出された。建物のほかの場所で採取した対照試料にはまったく含まれていないから、犯人が残したものと考えていいだろうな」

「一覧表に書いておいてくれ」ライムは、臨時に筆記係を務めているトムに指示した。トムがホワイトボードに書きこむ。

重要な手がかりになるだろうか。

何とも言えない。いまのところはまだ。クーパーが挙げた三つは、製造業の工場ではありふれた物質だ。

証拠が少なすぎる……

ライムの頭には、昨日のサックスの言葉がまだこびりついていた。

新聞は単なる誤導かもしれない。犯人の真の目的とは無関係だということ。手品師の誤導と同じで、みんながそれに注意を取られている隙に、陰で何かまったく別のことをしているのかも。

ライムはロックスミスの分身《ドッペルゲンガー》のごとき男――〝ウォッチメイカー〟の思考回路で事件を検討してみようと試みた。

歯車はどう嚙み合う？

新聞、ナイフ、堅固な錠前、ランジェリー。互いに共通点のない、ランダムに選ばれたと思しき被害者二人。数日経過したヒトの血液……

いったいどんな装置を組み上げようとしている？

考えても答えは出そうにない。ライムは低俗な新聞に掲載された写真を何気なく見やった。心は、ついさっき気が進まないながらも訪れたのと同じ場所へと漂った。ロックスミスの動機は何か。『デイリー・ヘラルド』を――ひいてはウィテカー一家をターゲットとして、これほど複雑でリスクの高い事件を続けて起こしたのはなぜか。

「ウィテカー一家の来歴は？」ライムは訊いた。

クーパーはよく知らないと答えた。ウィテカー・メディア・グループの顧客ではないせいもある。購読紙は

『ニューヨーク・タイムズ』と『ウォール・ストリート・ジャーナル』だし、クーパーもガールフレンドもテレビのニュース番組はほとんど見ない。ＮＰＲのラジオ番組やポッドキャストを聴くことが多い。

　ニュースに関して、トムの習慣も似たようなものだった。

「調べてみるか？」

「いやいい。それは私が調べる」ライムはインターネットにアクセスし、高校生レベルのリサーチを始めた。三十分ほどかかって、ウィテカー一家とそのメディア帝国の歴史をおおよそ把握した。

　アヴェレルとローレンスの兄弟の父親は、ニューヨーク郊外で地域紙をいくつか発行している新聞社とラジオ数局を経営していた。当時はぎりぎり黒字といったところだった。アイビーリーグの大学を（学業とスポーツの両面で優れた成績を収めて）卒業した兄弟は、いずれも強い上昇志向の持ち主だった。父親が経営する規模も利益もぱっとしない会社には見向きもせず、ジャーナリズムとは無関係のキャリアを歩み始めた。アヴェレルは製造業へ。ローレンスは投資の世界へ。

　しかし父親が死んで新聞社の経営権を相続した二人は、せっかくのチャンスを生かさない手はないと考えた。ウェストチェスター郡の都市計画委員会の定例会議や、オペレッタやモダンダンスの公演を取材して報道するというビジネスモデルは、兄弟にとって退屈きわまりなかった。

　大改革が必要だった。アヴェレルのこんな言葉が残っている。「『ニューヨーク・タイムズ』のモットーは〝印刷に値するすべてのニュースを〟だ。『ローリング・ストーン』は〝届ける価値のあるすべてのニュースを〟だ。それならうちは、〝人々が求めているすべてのニュースを〟届けよう」

　一夜にしてほぼ全社員が解雇され、地域紙もすべて売却された。そして全資金を投じて印刷版とオンライン版の両方を発行する全国紙『デイリー・ヘラルド』が創設された。『ヘラルド』は典型的なタブロイド紙だが、ある一つの特徴が際立っている――紙面にいっさいの政治色がない。党派に関係なくあらゆる広告主や読者を獲得したいからだ。記者はおのずと有名人やスキャンダルの世界に注力することになる。いや、そうせざるをえなかった。

第一号から——第一面の全段抜き大見出しを掲げて報じられていたのは、恋人を同居させるために実母を家から追い出した俳優のスキャンダルだった——『デイリー・ヘラルド』は売れに売れ、巨額の金が会社に流れこんだ。

数年前、ウィテカー・メディアは経営が傾いたテレビ局を買収し、新たに〈WMGチャンネル〉として『デイリー・ヘラルド』と同様の低俗ではあるが大衆を惹きつける番組の放送を開始した。

グーグル検索して大量に表示されたなかから選んでざっとながめた記事には、アヴェレルと妻のメアリー、息子のキットの写真を掲載したものも少なくなかった。ローレンスと妻のベティ、娘のジョアナの写真もほぼ同じくらい見つかった。スポーツ選手のような体つきと鋭い目をしたアヴェレルは、見るからに大実業家あるいは冷酷な検事といった印象を与える。一方、アルコール依存症のローレンスは陰気で清潔感に欠け、服装にもセンスがない。妻二人はどの写真を見ても資金調達のパーティにそのまま出席できそうな出で立ちをしていた。キットはいつも不機嫌そうで、服装はカジュアルだ。ジョアナは母親にそっくりで、カメラに笑顔を向け、写真によってはベティと同じようにフォーマルなドレスで着飾っていた。

暮らしぶりは派手だった。住まいはまるで宮殿だ。ベティとジョアナが自宅で開催したパーティの様子を撮影した一連の写真を見ると、会場となった温室はライムのタウンハウスより広かった。ウィテカー・メディアは経済誌『フォーチュン』が毎年発表する売上高上位五百社の常連になった。兄弟とその妻は、ホワイトハウス記者会主催の夕食会やアカデミー賞授賞式、マンハッタンで開催される準正装の晩餐会など、華やかな社交イベントを渡り歩いた。

だが、黄金期はやがて終わりを迎えた。

ベティが心臓発作で急死し、自らをウォール街のやり手投資家と評価していたローレンスは、それが幻想にすぎなかったことを思い知る。負債は膨れ上がり、ローレンスは保有していたウィテカー・メディアの全株を兄に売却してかろうじて破産を免れた。アヴェレルはローレンスを解雇せずに高額の報酬を支払い続け、『デイリー・ヘラルド』の駆け出し記者だったジョアナは破格の昇進を果たして慈善事業部門のトップに据えられた。ほかにもアヴェレルは別荘一棟とクルーザー一隻を親子に譲渡した。

数年前にはメアリーが癌で死去した。そのころを境に、キットは父アヴェレルやいとこのジョアナ、その婚約者のマーティン・ケンプと明らかに距離を置くようになった。

近年、帝国にほころびが見え始めた。虚報や誤報が相次ぎ、暴力事件や自殺、殺人にまで発展したことはライムも新聞で読んで知っていた。

アヴェレルと経営幹部に対する不満も表面化した。アヴェレルは責任ある地位に女性を登用することに難色を示し——社員の気が散る原因になると考えていた——会社が唱える雇用の多様性は看板倒れだった。あるライバル紙は「ホ、ワ、イ、トカー・メディア・グループ」と揶揄《やゆ》した。

最近になってようやくアヴェレルは目が覚めたか、帝国を解体してその利益で財団を設立しようと決意した。報道における倫理およびマイノリティ教育を促進し、監視団を設置して全世界のジャーナリストに対する脅威を取り締まるという目標を掲げる財団だ。〈アヴェレル・ウィテカー、一八〇度の大転換〉。そんな見出しもあった。

ライムはネット接続を切った。

「何かわかりました?」トムが訊いた。

「あまり参考にはならん」ライムはロックスミス事件の証拠物件一覧表に目を走らせながら答えた。ロックスミスの狙いはやはり誤導なのだろうか。そんな問いがこのときもまた頭をよぎった。

隣のボードに目を移し、今度はヴィクトール・ブリヤック関連の一覧表をながめた。

ヴィクトール、おまえたちはいまごろ何を企んでいる?

もちろん、考えたところで答えは出ない。そこでリンカーン・ライムはその疑問を頭から追い払い、ロックスミス事件の黙して語らぬ一覧表に向き直った。

36

「テキサス州オースティン」アーロン・ダグラスは言った。「世界一うまいフードトラックが集まる街って触れこみだな。少なくとも多彩だってことになってる。しかし、そいつは嘘っぱちだ」

　ダグラスとアーニー・カヴァルは、マディソン・アヴェニュー沿いの八〇丁目から九〇丁目あたり――高級住宅街のなかの高級住宅街――の交差点に立っていた。アーニーは長駆のダグラスを困惑顔で見上げた。話の道筋が見えない。それでも黙って傾聴した。このアーニーこそ、ダグラスがブリヤックに話したなじみの〝マッサージ師〟だ。言い換えれば、アーニーの正体はマッサージ師ではない。

　ダグラスが話を続けた。「ニューヨークのほうが上だからさ。ニューヨークには、ラーンゴシュのフードトラックがある――ほら、いろんな具をのっけたハンガリー風の揚げパンだ。あんなに美味いものはそうそうない。ほかにはタコスに韓国風の丼物。ギロピタにエンパナーダ、ププーサも食える。ププーサってのはエルサルバドルのパンケーキでな、コーンミールで作ったやつが最高に美味い。ニューイングランド名物ロブスターロールもいいが、ちょいと高めだし、マヨネーズのとりすぎが気になる」

　アーニーは小柄ではあるが筋肉の塊のような体をしている。白いシャツにデニムの白いベスト、タイトなジーンズにカウボーイブーツ。人を踏みつけるのには向いていそうな靴だなとダグラスは思った。右手には指輪が三つ。ごつい指輪だ。こっちはパンチの威力を増すためか？

　ダグラスはふだんどおりの服装だ。映画『マトリックス』の敵役を思わせる、ダークスーツに白シャツにネクタイ（いまのネクタイの色は、映画とは違って淡いブルーだ）。ただし目下はネクタイは見えなかった。襟もとにナプキンをたくしこんであるからだ。ダグラスはいまメープル風味のテンペ・バーガー――スペルト小麦のバンズにテンペとケール、トマト、アイオリソースがはさんである――を食べているところだ。豪快にかぶりついていると、ときおり具があふれてスーツの前を転がり落ちる。

アーニーの目は、ボリュームたっぷりのバーガーをじっと観察していた。

「おまえも何か食えよ」ダグラスはフードトラックのほうに顎をしゃくった。このトラックにはもう一つ得意メニューがある。バーベキューソースを添えたアーティチョークとレンズマメの揚げ団子だ。ダグラスはヴィーガンではないが、ヴィーガン料理には絶品が少なくない。

アーニーは首を振った。

ダグラスは黒いベレー帽の具合を直した。なぜみなベレー帽をかぶらないのか理解できない。快適で、スタイリッシュで、邪魔なときは簡単にしまえる。

「目当てのフードトラックがどこにいるか知りたけりゃ、アプリを使うか、ネットで調べるかしかない。まるでゲームだな」

「へえ、そうなのか」

このフードトラックは、ヴィクトール・ブリヤックが経営している十台のうちの一つで、料理の売上ももちろんあるが、むろん、狙いはそれではない。売り物になる情報を集める気のきいた方法をブリヤックがつねに探していることは、組織の者なら誰でも知っている。フードトラック方式を提案したダグラスの評価は一気に上がった。

自分で考えたのか。いやはや、大した頭脳だな……

そのとおり、ダグラスは頭が切れる。少なくともこのアイデアは天才級だ。フードトラックは偵察と情報収集にうってつけだ。路上にフードトラックがあっても怪しまれない。運転手はありとあらゆる情報をかき集められる。写真も好きに撮れる。

ダグラスはこの任務——フードトラックの安全確認と情報収集の管理——をとりわけ気に入っていた。食べることが大好きだからだ。市内のトラックを巡回し、電話でのやりとりには向かない極秘情報を集め、必要があれば運転手の身の安全を確保する。ついでに無料の食事にありつく。日に五度は食べている。

「ああ、あの女だ」

アメリア・サックスと特大サイズの男——やはり『マトリックス』風のダークスーツ姿——がウィテカー・タワーから出てきた。男は大判の紙ばさみを抱えている。別の痩せた男が二人を呼び止めた。ダグラスの見たところ、男の笑みは作り物だ。短いやりとりがあって、アメリア刑事と連れの男は歩道をふたたび歩き出した。

「ちゃんと見たか」

「見た。あのバカでかい男は何だよ」

「さあな」

ダグラスはバーガーを食べ終え、顔を拭った。ダグラスの食事の後片づけは、包装紙を丸めて手近なくず入れに放りこむだけで完了だ。ポケットからボトルを取り出して水を飲む。短時間で胃袋に流しこむような食習慣は健康的とはほど遠い。とはいえ、ダグラスの日常でもっとも不健康ではないのが食生活だ。

アメリア刑事が車を発進させてUターンをし、フードトラックに一瞥をくれることなくすぐそこを通り過ぎた。

みんなそうだ——腹が減っているのでないかぎり。

「やると五千ドル？」アーニーが訊く。

「そう、五千だ」

アーニーは迷っているような顔をした。「聞いたかぎりじゃ、かなり危なっかしい話だよな」

「人生なんか危険だらけだ。俺がいま食ったバーガーにだってサルモネラ菌がくっついてたかもしれない。値上げ交渉はしない」

溜め息。アーニーは言った。「やるよ」

「終わったら、全部きれいに忘れてくれ」

「ときどき、うちの母ちゃんの誕生日も忘れちまう」

「俺は冗談で言ってるんじゃないぞ」五千ドルには、たまに鞭を鳴らす権利分も含まれている。

「わかった。わかったって。終わったらみんなきれいに忘れるよ。で、いつどこで？」

「それは追々決まる。人気《ひとけ》のない場所じゃないとな。目撃者がいちゃ困るんだ」

「さっきの女、おまわりには見えないよな」

「見えないな。ほら、前金だ」ダグラスは封筒を差し出した。「千ドル。もう千ドル入ってるから、それでおんぼろのバンを調達しておけ。別のナンバープレートも用意しろよ。ただし、まだ付け替えるな。仕事にかかる寸前に替えろ」

「こういう仕事には慣れてるんだよ。どのくらいのサイズのバンがいい？」

車の大きさはおそらく関係ない。アーニーにそう答えてから、こう続けた。「丸二日、空けておけ。ほかの仕事は断れ」

「それはちょっと――」

「ほかの仕事は断れ」

「そこの仲間と仕事の話がある」アーニーがあわててうなずく。

アーニーはあたりを見回した。

「運転手だよ」ダグラスはぴしゃりと言った。「フードトラックの」

「あ。そっか。ところでいま思ったんだけどさ、白いバンにしよう。バンで一番ありふれてる色は白だもんな。あんたはどう思う？」

「いい考えだ。さ、ほら、行け」

アーニーが行ってしまうと、ダグラスはフードトラックの運転手にバーガーは実に美味かったと伝え、キューバンコーヒーをもらった。

甘くて濃いコーヒーを一口味わってから運転手に礼を言った。運転手が封筒をよこす。スパイ活動の成果だ。引き換えに現金が手渡された。トラックから料理のいいにおいが漂った。ダグラスは食べるのは好きでも料理はからきしだめで、しかもいまは独り身だ（結婚するのは得意だが、結婚生活を続けるのは苦手なのだ）。

「今日の売上ナンバーワンは何だ？」

「クレオール風豆腐《トーフ》のグリルですね」

「それを一つ、持ち帰り用に包んでくれ。今日の晩飯にする」

37

僕は安全安心なアトリエに戻っている。

着替えをし、ピーナツバターをはさんだチーズクラッカーをつまみ、カフェイン抜きのコーヒーを飲む。

アナベルとキャリーの家から失敬してきた包丁をながめる。どちらも機能性を重視したデザインで、よけいな装飾はない。刃の鋭さではキャリーの包丁が上だ。パンティもある。一方は青、もう一方はピンク。でも、下着には包丁ほどそそられない。

包丁と下着は作業台の隣のテーブルに並んでいる。『デイリー・ヘラルド』も二部。この二部の第三面はまだ破り取られていない。

実に人騒がせな新聞だ。

　ポケットのなかの自分のナイフの重みを確かめる。真鍮でできた芸術品。

　しばらくコンテンツを適正化する業務にいそしんだ。まずは全米トップ40の歌を口パクする女の動画を吟味する。なかなか上手じゃないか。オートボットがこの動画を僕に送ってきた理由は、暴力や性を扱ったコンテンツだからではなく、著作権侵害だからだ。投稿者は米国作曲家作詞家出版者協会《ASCAP》や放送音楽協会《BMI》なんかの著作権管理団体とのあいだで包括ライセンス契約を結んでいない。つまり、この女には〝歌う〟権利がないわけだ。僕は数日の猶予を与えることにした。女の首筋に、ガン化しそうなほくろがあるのに気づいたからだ。あまり深入りしたくないから、ふつうのユーザーと同じようにログインし直してから、動画のコメント欄に「病院で検査してもらったほうがいいよ」と書きこんだ。

　うちの母親は同じ病気で死んだ。

　さらに何本か動画を見て、神のまねごとを続けた。

削除……

ログイン……

保留……

　僕らモデレーターは、法律または悪名高き〝コミュニティ規準〟に違反している動画を何時間も何時間もながめて過ごす。〝コミュニティ規準〟は不思議なフレーズだ。サイバースペースには、倫理観がおそろしく高いものから吐き気がするほど腐敗したものまで、無数のコミュニティが存在するはずだからね。会社からはガイドラインが送られてきているが、何がコミュニティ規準に適っているかの判断は僕に一任されているも同然だ。

　僕は神のまねごとと呼んでいる。事実、これは神のまねごとだ。〝いいね〟や共有《シェア》の数を稼ぐことしか頭にない動画の投稿者のなかには持ってる動画を片っ端から投下してくる奴がいて、神のごとく裁きの電光を下すしかない場面もある。

　処刑動画は何百本も見た。自殺未遂、レイプ、児童の身体的虐待に性的虐待、薬物を静脈注射して過剰摂取で死ぬ中毒者、爆弾の作り方を懇切丁寧に教えるサバイバリスト、動物虐待、ヘイトスピーチ、革命の扇動。政治家や学者や無知な田舎者が、頭はいいほうだがその分野の専門家ではない僕にでも明らかなフェイクとわかる事実《ファクト》を開陳する動画も数えきれないくらい見た。

何時間も。何十時間も。

どこまで見ようと終わりは見えない。

僕の会社〈ヴューナウ〉は、ＹｏｕＴｕｂｅほど大きくないし、巨大テック企業の子会社でもないが、吹けば飛ぶようなプラットフォームというわけでもない。毎分二百時間分の新しい動画がアップロードされていて、一日当たり四十億の動画を数千万のユーザーが視聴する。今日、〈ヴューナウ〉で視聴可能な動画を全部視聴するには、ノンストップで見続けても数千年かかる。

とにかくすごい量だ。

どのソーシャルメディア・プラットフォームにもコンテンツ・モデレーターがいる。

僕らは最前線で戦う歩兵だ。前に誰かから聞いた大学院生たちのような。歴史上初めて臨界に達したシカゴ大学の原子炉シカゴ・パイル一号近くで待機していた大学院生、大ハンマーを渡され、核分裂反応が手に負えなくなったらシカゴ全体が溶けてなくなる前に原子炉を叩き壊せと指示された大学院生だ。

死の任務を与えられた男たちがいたというのは、単なる伝説かもしれない。だが、僕らは現に死の任務を与えられている。

プラットフォームによっては、モデレーターを地球のどこかにある窓のない小さな地下室に閉じこめていたりする。その場所はマニラやインドが多い。そういったモデレーターは、以前は南アジアに点在するコールセンターで働いていたが、怒りをぶつけてくるユーザー、英語のなまりを侮辱するユーザーにうんざりしたあげく、大挙してモデレーターに転職した――この職歴がテック業界のもっといい仕事への踏み台になるだろうと期待して。

だが、実際に踏み台になることなんかほとんどない。モデレーターの仕事が何かへの近道になるとしたら……鬱病くらいか。僕らが一日十時間も見つめている動画は、スポンジケーキの作り方の紹介じゃない。スノーボードの動画でもない。僕らの仕事はよくないものを根絶することだ。ただの〝よくないもの〟じゃない。おそろしく有害な動画だ。見なかったことにしたくてもできないような動画、頭にいつまでもこびりついて心をむしばむような動画。

自殺したモデレーターを僕は四人知っている。自殺未遂なら二十人以上。結婚生活が破綻した奴ら、肝硬変で肝臓が肥大した奴らもいる。〈ヴューナウ〉にはカウンセリング室が設けられている。でも誰も利用しない。チェックしなくちゃならない動画が何十億時間分もあるんだ。カウンセリングなんか受けている暇はない。

　もともと温和な人でも、モデレーターの仕事を数カ月続けただけで凶暴な人間になる。

　僕はどうか。

　この仕事は僕に何の影響も及ぼさない。

　僕は生まれついてのコンテンツ・モデレーターだ。リアルの世界のできごとであれ、高解像度モニターを通して見るできごとであれ、何を目撃しようと僕は動じない。

　昔から〝のぞく《ピーピング》〟という動詞が嫌いだった。〝のぞき《ピーピング》・魔《トム》〟というフレーズになるとますます滑稽《こっけい》に思えて、自分では絶対に使わない。伝説によると――いや、歴史上の事実なのかもしれない（誰にもどちらとも断定できない）が――トムというのは、イギリスのコベントリーでゴダイヴァ夫人が全裸で馬に乗って街を横断したとき、唯一その姿をのぞき見した仕立屋だ（ゴダイヴァ夫人は、領民に重税を課す夫の伯爵に抗議して裸で街に出るはめになったと伝えられているが、そんな話、控えめにいっても眉唾物だろう）。まず状況設定がいくぶんおかしい。だって、夫人は外にいた。トムは自分の店の奥からこっそり外を見たのであって、穴や何かに目を当ててなかをのぞいたのではない。

　仕立屋トムは、神だか運命だか何だかによって視力を奪われた。しかし、トムが罰せられる根拠になる掟や法はなかった。現代の基準で考えれば、のぞき行為は不法侵入やプライバシーの侵害のうちに入るが、何にせよ、仕立屋トムの伝説には〝のぞく《ピーピング》〟ではなく〝チラ見《ピーキング》〟くらいの表現を使うべきだろう。いまや法律の適用範囲は拡大し、リベンジポルノや画像・動画の無許可投稿のほか、ドローンを利用した偵察やウェブカメラへの侵入も含まれるようになっている。

　子供のころの僕は、自分の行為は道徳に反しているし、世間からすれば気味が悪く、恥ずべき種類のもので、しかもそのとき他人の所有地に侵入していれば犯罪と見なされることを理解していた（よだれを垂らさんばかりのいやらしい笑みを浮かべながら誰かをじろじろ見たとしても、立っている場所が歩道なら、どんなに長いあいだそうしていようと罪にならない）。でも、よくないとわかっていてもやめられなかった。もっともっと近づかずにはいられなかった。そのころ家族で住んでいたのどかな郊外の町の、あちこちの民家にこっそり近づいては窓からなかをのぞいた。何百回ものぞいた。その犯罪行為には困った点があって、相手が見える距離まで近づくと、相手からもこっちが見えてしまう。木の枝にぶら下がったり、ごみ入れの上に危なっかしく立ったり、僕が大胆になればなるほどリスクは大きくなり、警察に通報される回数は増す。

日ごろから過労ぎみの警察官はみな、僕は変質者ではあるかもしれないが人に危害を加えるようことはなさそうだと考え、事件化するには及ばないと判断した。そのうえで処罰と再教育をうちの親父に一任した。

業界の大物を自称する親父は道徳意識に欠けていて、息子が悪事を働いたこと自体は気にしなかった。親父が心配したのは、世間体の悪さや自分の評判に傷がつくことのほうだった。息子がしでかした悪さが万引だったら、あるいはマリファナを密売したとか未成年なのに飲酒したとかだったら、若気《わかげ》の至りと受け流していただろう。しかし、僕の行為に変態じみた要素があったこと、警察が関わり合いを避けて処罰を自分にゆだねてきたことで、追い詰められた心境になったんだろうな。自分の手で裁きをつけ、僕を監獄に送りこもうと決めた。また妙なことをしてみろ、次からは自宅で〝独房監禁〟だぞと僕に言い渡した。

ただの外出禁止じゃない。家から出ずにいるかぎり自由に動き回れるような甘い処分ではなかった。初めは寝室に閉じこめられた。次は食料庫。その次はバスルーム、その次はクローゼット。防虫剤のナフタレンの強烈なにおいとスギ材のにおいでハイになった。親父は排泄《はいせつ》用にバケツを一つ置いていった。

二度目か三度目に監禁されたとき、錠をピッキングすれば逃げられるとわかった。家のなかの錠はどこのホームセンターでも売っているようなやつばかりだったから、ナイフの刃やまっすぐに伸ばしたハンガーの針金で開けられた。僕の寝室のドアには箱錠がついていた——昔ながらの鍵形の穴があるような、何百年も前に考案された類の錠だ。ほかの錠に比べると難度が高かったが、それでもなんとかピッキングした。

最初は一時間かかった。次は五分でできた。

どこか行きたいところがあるわけではなかったが、出ようと思えば出られると知っていることが肝心だった。

　やがて転換点が訪れた。

　僕はある有名な弁護士の家をのぞいているところを見つかった。弁護士の娘は、僕がバスルームの窓の外から全裸の自分をのぞいていたと涙ながらに訴えた。弁護士は即座に僕らの家に押しかけてきて、なかに入るなり、僕とうちの親父に詰め寄った。何度も否定したが、僕は情けなくて涙が出そうになった──何が情けないって、もちろん、〝見つかったこと〟がだ。

　弁護士は、僕の顔などろくに見もしなかった。たった十三歳の小僧など、どこに漂うか、誰に感染するかさえ自分じゃ決められないウイルスだとでもいうみたいだった。

　弁護士の怒りの矛先は、うちの父親一人だった。

「おたくのせがれは変態だ」弁護士は言った。それは絶対に違う。僕の執着の対照は、そのときもいまも、セックスじゃない。人と違ったやり方で他人の内側に入りたいだけだ。すぐ隣の寝室で口喧嘩をしている弁護士とその妻をのぞいていたとき、バスルームに入ってきて服を脱ぎ出したのは娘のヘザーのほうだ。僕に言わせれば、悪いのはヘザーだ。あの場でその主張を持ち出すのはどうかと思っただけで。

　弁護士は、自分の顧客は有力な労働組合ばかりだと言った。顧客は〝コネ〟を持っているとも言った。無害なその言葉は不吉に響いた。何が言いたいかわかるなとうちの親父に訊いた。せがれにちゃんとした罰を与えないと、あんたの商売に〝差し障りが出る〟かもしれないぞ。弁護士の口調は、暴力の行使もありうるとほのめかしていた。

　親父の目は、大のおとな二人を前に小さくなっている僕を見ていたが、言った言葉は弁護士に向けられていた。

「心配はいらない。責任は取らせる」

　その言葉どおり、僕はしっかり責任を取らされた。

38

　ライムは顔を上げ、サックスとともに居間に入ってきた男を見つめた。

　堂々たる体格の男だ。生まれついての兵士、あるいはレスラーといったところか。男もライムを見ていた。あの表情は何だろう……怖じ気づいているようにも見える。なぜだろう。ライムより優に五十キロは体重がありそうな、まさに筋肉の塊といった人物なのに。

まもなく男の視線は、間仕切りの奥のクリーンエリアに向いた。怯えた表情は畏敬《いけい》のそれに変わった。

サックスがライムをライル・スペンサーに紹介した。なるほど、さっき話に出た警備部長というのはこの男か。

スペンサーは分厚い紙ばさみを置いた。「視聴者や社員からウィテカー・メディアに寄せられた苦情や脅迫の資料です」

「こんなに？」文書は五百通くらいありそうだ。

スペンサーが言った。「これでも直近一年分だけで」

サックスが言う。「分析にはまずスキャンが必要ね」

ライムの自動ページめくり機は、綴じた本のページをめくるのには向いているが、ばらばらの文書を一枚ずつ送りながら目を通すのには使えない。携帯に着信があって、サックスはそれに応答した。

「メル・クーパーだ」クリーンエリアの奥からクーパーが自己紹介した。

「ライル・スペンサーです」

リンカーン・ライムは紹介役を失念することが多い。

スペンサーはラボをながめ回して言った。「設備が充実していますね――きっともう聞き飽きていることでしょうが」

「たいがいの分析はここでこなせる。もっと高度な機器が必要な場合は、外部に委託する」

スペンサーが言った。「最初の勤務先では、郡全体を合わせてもここまでの機器はそろっていませんでした。ほとんどの分析は州の科学捜査研究所に頼んでいましたね。忘れたころにようやく結果が返ってきたものでした」

「アメリアから聞いた。以前は警察にいたそうだね」

「刑事でした。オールバニー市警の」

ライムと同様、スペンサーも警察を辞めたあと類似の職業に就いたわけだ。ただしスペンサーの場合は自ら進んで転職したのだろう――より高い給料とより低いリスクを求めて。

通話を終えたサックスがこちらに来た。

「キットのアパートの管理人からだった」

キットとはアヴェレル・ウィテカーの息子だ。ライムはついさっきネット上の写真で見た、頬骨の尖った顔とひょろ長い手足をした青年を思い浮かべた。ここ数日、誰もキットの姿を見ていないという。アパートの管理人がそれを知っているのは、キットの郵便受けが満杯になっていると配達人から管理室に苦情が入ったからだ。

「事件と関係していると思うか」ライムは尋ねた。

サックスが答えた。「侵入事件の現場二カ所で『デイリー・ヘラルド』が発見されたのをきっかけに、ロックスミスか、女性蔑視グループ〈アポロズ〉か、もしかしたらほかの誰かがウィテカーの息子を拉致した——筋は通ってる」

サックスはスペンサーに訊いた。「キットは家族とほとんど交流がなかったのよね」

「ええ、私が聞いているかぎりでは」

ライムは言った。「勤務先は」

何の仕事をしているのか、家族も把握していないのだとサックスは言った。わかっているのは携帯電話の番号一つとメールアドレス一つだけで、いずれからも返事がない。

「陸運局のデータベース」ライムは言った。

サックスがネット接続し、州のセキュアなウェブサイトから陸運局のページに入り、ユーザーＩＤとパスワードを入力した。

「所有している車はアウディＡ６。ナンバーをＬＰＲに登録しておく」

ニューヨーク市警では、パトロールカーに搭載されたカメラを利用してナンバー自動読取システム《ＬＰＲ》を運用している。巡回中、カメラは車のナンバープレートを自動で認識して撮影し、それぞれに撮影日時と場所も記録する。日々、エクサバイト単位のデータが蓄積する。轢き逃げ車両、容疑者や指名手配犯の名義で登録されている車両などの発見に大いに役立つ一方、数百万の一般市民の情報が収集され記録される仕組みであることが議論の的にもなっている。人権団体はプライバシー侵害の懸念ありとして反対を表明していた。

その不安は理解できる。しかし、ライムはＬＰＲシステム擁護派だ。システムのおかげで解決できた事件が五つか六つある。

「要注意ナンバーとして登録した。どこかでカメラにとらえられたら、私に連絡が来る」

スペンサーが言った。「これからミスター・ウィテカーと会議の予定があるので、これで失礼します」それからライムのほうに顔を向けた。「白状します。資料は配達業者に届けさせてもよかったし、アメリアに預けてもよかったんですが、こうして自分で来たのは、実を言うと、あなたに会ってみたかったからです。オールバニー市警の図書室にあなたの本があって、ずいぶん勉強させてもらいました」

「そうか」ライムは言った。

スペンサーは玄関に向かいかけたところで足を止めた。

「アメリアから、ロックスミス事件の話は聞きました。極秘捜査だとね。もし訊かれたら、あなたは捜査にかかわっていないと答えます」

「ありがとう」

サックスにうなずいてから、スペンサーは玄関を出ていった。

「身元は確認ずみ」サックスが言った。

「そうだろうと思っていた。どんな経歴の人物だ？」

「それが、よくわからないの」サックスが答える。「何かあったのは確か。軍時代じゃない――ちなみにシールズだったそうよ。もっと最近に何かあったみたい。オールバニー市警にいたときだと思う」ベクテル・ビルで出くわしたとき、スペンサーはビルを出るところだったようだが、人の脳天をかち割るのに使えそうな鉄パイプを持っていた。「不思議なのよ。私は銃口を彼の胸に向けて、警察だと言った。携帯電話のライトをいきなり浴びせたから、視界が飛んで何も見えなかったはず。なのに鉄パイプを手放そうとしなかった。ぼんやり突っ立ってたのよ」

「〝ヘッドライトに目がくらんだシカ〟の状態だったとか」

「違う。私に向かってこようとしたのかなって気がした。銃口を向けられて、あんなに平然としてる人は初めて」

「どうしてだろうな」

「頭に傷痕がある。見た？」

「いや」

「銃撃戦で負傷したんじゃないかと思う。そのときの恐怖が蘇ったのかも」

科学者で鑑識の専門家であるライムも、警察時代に何度か暴力にさらされたことがある。だが深刻な傷を負ったのは一度だけで、その原因は、皮肉にも、銃撃などではなく純粋な事故だった。建設現場を捜索中に梁《はり》が落ちてきてライムの首を直撃したのだ。銃撃戦のパニックや音、混乱、恐怖はライムには想像できない。銃撃戦を何度も経験しているサックスから、撃ち合いは平均すると三秒から七秒で終わるものだが、そのさなかは何分も続いているように思えるという話を聞いたことはある。

サックスが言った。「警備の仕事がしたくてやってるわけじゃないと思う」

「給料がよいのだろうな」

「家族がいるような話をしてた。きっとお金がほしいのよ。だけど私たちと同類だわ。根っからの警察官。刑事に戻りたいと思ってる」

次の瞬間、ライムの目は分厚い紙ばさみに吸い寄せられ、ライル・スペンサーも、スペンサーのなかにいる天使あるいは悪魔も、朝日に照らされたもやのように消えた。

「分析に回せる新たな物的証拠はなさそうだ」そうつぶやいてクリーンエリアに恨めしげな視線を向けた。「苦情と脅迫の手紙にでも目を通すか。いったい何通ある？　二百万か。三百万か。トム。おいトム！　文書のスキャンを頼む。急げ！」

39

心配はいらない。責任は取らせる。

僕を病院に入れたってよかった。金ならあったんだから。

だがうちの親父はそうはせず、代わりに鍵師を呼んだ。鍵師に見せられた錠の高いほうから三つを選び、地下室に二つあったドアの錠を交換させた。一つは家の一階に出るドア、もう一つは庭に出るドアだった。

新しい錠は、ふつうとは逆向きに取りつけられた。外からはつまみをひねるだけでドアが開く。でも内側にいる人間は——要するに僕だ——鍵がなければ開けられない。鍵は全部、親父が持っておく。その依頼内容を聞いて鍵師は戸惑い、作業を始める前にいくつか質問をした。

しかし、交換手間賃と別に百ドル札を十枚渡されると、それ以上は何も訊かなかった。

うちの家は屋敷と呼ぶのがふさわしいくらいでかかったが、地下室はそうでもなかった。六×九メートルくらいの広さで、便器とバスタブがついたバスルームがあり、床と壁は板張りだった。天井には板が張られておらず、黒く塗った梁とパイプがむき出しだった。

ベッドが一台。壁にもたれた三本脚の鏡台つきの箪笥《たんす》が一つ。基本のチャンネルしか入らないテレビ。パソコンはなかった。僕が助けを求めるメールを誰かに送るんじゃないかと親父が心配したせいだ。実際、送れるものなら送っていただろう。食事は日に三度、階段のてっぺんに置かれた。洗濯物を入れる袋も用意された。

親父は本気で僕を〝収監〟するつもりだった。着替えや本、ゲームなど、必要だと思うものをまとめろと言った。学校は健康上の理由で休むことになったが、自習して、学期末の試験は受ける予定になっていた。

僕は命令に従い、着替えや何かが入った箱を二つ抱えて自分の部屋から地下牢に下りた。

「自分の人生だけなら好きなようにだいなしにすればいい。だが、私は仕事に人生を賭けてきた。それを危険にさらすような真似は許さん」

親父は続けて、こんな結果になって残念だ、しかし行動には責任が伴うのだよと言った。前半は大嘘だ。後半については、心底そう思っていたのは確かだ。

地下室は、寒すぎるか暑すぎるかの両極端で、いつも湿っぽかった。孤独が心を毒した。静寂は耳を痛めつけ、退屈はコショウのように喉を痛めつけた。薄っぺらなテレビ番組は僕の精神を殺した。たぶん脳細胞も。本を開いても、興味が続かなかった。

ときどき大声で叫んだ。泣いた。隅っこの暗がりで何時間も膝を抱えて過ごした。いっそ死のうかと思った。一番効率のいい死に方は何だろうと考えた。

僕の正気――と命――を救ったのは、錠だった。

デウォルト345、モーガン・ヒル、ストッダード。難攻不落の優雅な錠は、僕の地下世界の中心になった。荷物の箱から安全ピンを探し出し、一つずつピッキングを試みた。やり方なんてまるで知らなかったから、結局は開けられなかった。針金のハンガーで寝室のドアを開けたときの達成感は忘れていなかった。でも、新しい三つの錠が相手では、ラッチがかちりと音を立てて引っこみ、僕を解放してくれるあの瞬間の、温かくてすてきな感覚を一度も再現できなかった。

錠を何時間も見つめた。裏庭に面したドアの錠は、ベッドの足の側のすぐ向こうにあった。何時間もそうやっていると、錠がひとりでに動き出すように見えた。大きくふくらんだり、縮んで黒い穴になったり、揺れ動いたり、きらきらと光を振りまいたりもした。

僕は錠に話しかけるようになった。錠の返事がたしかに聞こえたと思った。三つがそれぞれ別の人格を持っていた。

五カ月たって、親父は僕を釈放した。母親の抗議についに屈したんだと思う。母親は親父を怖がっていたが、僕の収監には断固として反対した。上の階から二人の話し声が聞こえた。何を言っているのかは聞き取れなかったが、声の調子や会話のリズムから、口論しているのはわかった。釈放のとき、親父はいかめしい顔で警告をよこした——またのぞきをしたら、次も地下室行きだぞ。

僕は神妙にうなずいたが、改悛《かいしゅん》の情なんかかけらもなかった。

一人きりで過ごしたあいだに、自分の本当の姿が見えるようになった。自由を奪われて——それに続く試練に耐えて——わかったんだ。僕に安らぎをもたらしてくれるのは、のぞき行為だけだと。

あのおぞましい数カ月を経て、もっと利口に立ち回らなくちゃだめだってことも痛感した。二度と地下牢行きにならないよう対策を立てなくちゃいけないことも。

古本屋で『ロックピッキング大全　第10版』を買った。ピッキングに関してこれほど広範囲に網羅した本はほかにない。ホームセンターでロックピッキング用の工具も買った。店でふつうに買えるなんて驚きだった。

僕を閉じこめていた三つの錠は、スキルを磨く教材として最適だった。『大全』ではピッキングがほぼ不可能な錠と紹介されていたモーガン・ヒルのピンタンブラー錠を初めてレークピックで開けた日のことはいまもよく覚えている。天にも昇る気持ちだった。数週間後には、どの錠も数分で開けられるようになっていた。

これでもう、何物も僕を閉じこめておけない。

〈訪問〉を再開した。ただし、前よりずっと利口で用心深くなっていた。出かけるのは夜が更けてから、親父とおふくろが寝静まってからにした。黒ずくめの服を着て、身を隠すところのある住宅にしか近づかないようにした。

何が見えるかは関係なかった。ありふれた日常風景しか見えない日もあった。ソーダを飲んでいる女の子。編み物をするおばあちゃん。ビデオゲームに夢中の少年。汗みずくで一心不乱に交わっている男女。口喧嘩中の男女。

のぞき見以上の行為に及んだこともあった。ある晩、収監の発端を作ったあの弁護士の妻の車のバックシートに、コンドームを置いておいた。どう解釈するかは本人たちしだいだが、何にせよ、どちらにとってもめでたい結末にはならなかったはずだ。

責任は取らせる……

僕の邪魔をしたほかの連中も〈訪問〉した。ドアの外にナイフを置いた。窓際に人形を置いたこともある。何が気に入らなかったのか僕を大声で怒鳴りつけた男のメルセデスのリアフェンダーの右側に、鉤《かぎ》十字を落書きしたこともある。あの男はきっと、道行く人が自分をじろじろ見るのはどうしてだろうと首をひねり、勤務先に着いたところでようやくその理由に気づいたことだろう。

そういう〈訪問〉は、報復だ。ほかの〈訪問〉は？ただ気分がすかっとする、それだけだ。

やがて大学に進んで――親父の金がものを言って、一流大学に入れた――ようやく家を離れて独り立ちした。

治す努力を始めた。といっても表向きだけで、薬がほしいだけだった。のぞきの衝動をコントロールしたかった。医者にはいろんな作り話を聞かせた。のぞきではなくビデオゲームに依存していることにした。ただし地下牢に閉じこめられたときのことはありのままを話した。それを聞くと、精神科医はみな眉を吊り上げた。

ドクター・パトリシアはいつもベージュの冴えない服を着ていて、性的な魅力はまるでないが、人を引きつける独特の魅力にあふれている。三十五歳といわれればそうだろうと思えるし、六十歳といわれたとしても納得がいく。

「転職を考えたりは？」いつだったか、ドクターにそう訊かれた。

僕は本当のことを話した。親父と違って、仕事を生き甲斐にはしたくない。「僕は蝶なんだ」そう言った。本当さ。それから付け加えた。「ひらひら飛び回るのが性《しょう》に合ってる」

「まだ若いものね。時間はたっぷりある。でも、自分にこう尋ねてみて。どんな仕事をしてみたいだろう、どんな仕事なら楽しみながら生活費を稼げるだろうって」

考えてみるよと僕は答えた。

それから、有能な精神科医らしくドクターは訊いた。

「アレクサンドラは元気？　うまくいってる？」

「順調だよ」

ドクター・パトリシアの診断は、不安障害と抑鬱症だった。ＡＤＨＤの気《け》もいくらかある。でも、どれも治療可能だ。ウェルビュートリンという薬を出してくれた。ほかの抗鬱剤に比べて性欲減退の副作用が少ないらしい。ロシア美人の彼女との関係を気遣ってくれたんだろう。

最後の診察のとき、ドクターは身を乗り出して力をこめた。「どうしてもやらなくちゃいけないことが一つある。あなたを地下室に監禁したお父さんと対峙《たいじ》する必要があると思うの。一度お父さんときちんと話し合うべきよ。地下室での経験がどんな負の影響を残したか、お父さんに打ち明けてみなさい。お父さんは許してくれと懇願するかもしれない。和解できるかもしれない」


考えておくと僕は言った。ドクターの助言を心の奥に大事にしまい、その後もときどき引っ張り出してきては埃を払った。

携帯電話で時刻を確かめた。まだ夕方にもならない。〈訪問〉は、どうしたって真夜中すぎになる。でも、見たい、のぞきたい、隙あらばそれ以上のことをしたい衝動を抑えられなくなるときもある。

誰かを傷つけてやりたくなる。

傷つけるのは快感だから。

シャワーを浴びて身支度をした。ナイフを手に取る。頼りになる武器、役に立つ道具というだけじゃない。僕にとって思い出深い品物でもある。

これをくれたのは僕のピッキングの師匠、デヴ・スウェンセンだ。機械を使ってデヴが作ったナイフだった。真鍮の武器は珍しい。似ているがもっと丈夫な素材である青銅と比べると、武器に使われる例は少ない。研磨しても剃刀の刃みたいに鋭くできないからじゃない。すぐに切れ味が落ちるからだ。使うたびに研ぎ直さなくちゃならない。

ナイフをポケットにしまう。

ええ、おまわりさん、持ち歩くときは外から見えないようにしています。刃渡りも法律が定める範囲内です。

メッツの野球帽をかぶり、サングラスをかけ、レインコートを着た。ちゃちだが大事な土産物のキーホルダーを持って外に出る。そしていつもどおり、錠をすべてきっちりと締めた。

40

もしかして、尾行されている？

まさか……

ううん、そうかもしれない。

学校までの四ブロックの道のりの半分くらいを歩いたところで、その男に気づいた。車のクラクションの音が聞こえて何気なく振り返ると、その男はわずかに視線をそらした。それまでずっと彼女を目で追っていたようだった。

さらに一ブロック歩いたところで、また男のほうをさりげなく振り返った。このとき疑いを深めた理由は、男との距離がさっきと変わっていないことだった。あの男は、同じ距離を保つためにわざと歩くペースを落としたのだろうか。

マンハッタンで暮らす女、とくに独身の女の例に漏れず、テイラー・ソームズは危険を察知する能力に優れている。黒に近い茶色の髪をしたソームズは、容姿に自信がないわけではない。服はいつも、体のラインを引き立てるデザインを選ぶようにしていた。体形を維持するための努力を怠らず、その甲斐あってスタイルには自信があった。ただし、過剰にセクシーに見せたり露出したりはしない。じろじろ見られがちだが、それ自体は気にならない。男であれ女であれ、魅力あるものにはとっさに目を向けるものだ。ただし、誰かの視線が一線を越えた瞬間、ソームズはそれを鋭敏に察知する。

だがこの男の場合は見分けがつかなかった。サングラスがその邪魔をしていた……

学校に着いた。学校には娘を迎えに来た。ルーニーはチェス・クラブの活動があって放課後も居残っている。ソームズは校内に入らず、昇降口の外で待つことにした。さっきの男が本当に自分を尾行しているのか確かめたい。

男は角の韓国系の惣菜店に入った。寸前にポケットから携帯電話を出すのが見えた。

店でゆっくり電話をかけるつもり？

それとも、そのふりをしているだけ？

ソームズは男の様子を思い返す。雨降りでもないのにレインコート。曇っているのにサングラス。目深にかぶった野球帽。年代は、どちらかといえば若い。よだれを垂らしながら女をつけ回しているというより、単なる挙動不審者と見えた。とはいえ、場所が場所だ。学校の近くをうろつく〝不審者〟となると、いっそう由々しい意味を持つ。

なんとも判断がつかない。

悪意のない人に警察をけしかけるようなことになったら申し訳ない。

そうよとソームズは思い直す。問題は私のうぬぼれよね。

それでも、ソームズのレーダーはたいがい正確だ。

ちょっと待って。惣菜店の乳白色のプラスチック窓越しにこちらを見ているのは、さっきのあの男だろうか。

中学生の子供を迎えに来ているほかの母親と軽くおしゃべりをした。新しいメールやメッセージがないか、携帯電話をチェックする。

背後から男の声がした。「ルーニーのお母さんですよね。こんにちは」

その父親は、学校の大きな赤煉瓦の建物から出てきたところだった。高級そうなスーツの胸に、学校が発行した〈ビジター〉のシールを貼ったままだ。

「ベンです」互いにうなずく。「メーガン・ネルソンの父親です。先月お会いしましたよね。ＰＴＯ（学校ごとに組織運営されるＰＴＡに似た団体）の会合で。ほら、二大派閥に分裂する前の会合です」

ソームズは首を振って笑った。中等学校の保護者のあいだで繰り広げられる権力闘争は、王政転覆を狙うクーデターのような手に汗握るドラマだ。

「メーガンはルーニーと同じクラスでしたっけ。ごめんなさい、覚えていなくて」

「いや、うちのは六年生です」

ソームズはまた惣菜店のほうを見た。ストーカーは店を出て消えたか、店のさらに奥に入ったかしたようだ。

ベンが言った。「先日の体操競技会、メーガンと一緒に見ましたよ。ハンターで開催された競技会です。メーガンは、〝ルーニーってめっちゃヤバい〟と興奮してました」ベンは十代の子供のスラングを引用して笑った。

ソームズは微笑んだ。「本当に？　うれしいわ。メーガンも体操の選手なのかしら」

「やりたかったみたいですがね、骨太なタイプで。しかも背が高すぎる」

娘はスポーツは苦手だが、歌やダンスに才能があるのだとベンは続けた。「家族のエンターテイナーです」そう言って笑う。「メーガンより上がいるとすれば、別れた妻くらいで」

そこでベンはソームズの背後に目をやった――韓国系の惣菜店のほうに。

「何か？」ソームズは尋ねた。

「いや。ただ、男が一人……私をじっと見ていた」

「サングラスの人？」

「そう。粋がった感じの奴。すぐに店のなかに引っこみました」

「レインコートを着て、野球帽をかぶってませんでした？」

「ええ、当たってます」ベンが言った。

「その人なら、私を見ていたんだと思う」ソームズは怪しい男に尾行されたようなのだと話した。

「それは怖いな……私が行って追い払いましょうか」

「いいえ、それはだめ」

ベンはとまどったような笑みを浮かべた。

「以前、ストーカーが身近にいたから。別れた夫です」

このベンという人は信用できそうだとソームズは思った。

「夫がストーキングした相手は私じゃなくて、自分の秘書でしたけど」

ベンは裸の薬指にそっと手を触れた。「もう五年です」

「私は三年」

ベンは端整な顔立ちをしていた。生え際からうしろにとかしつけた豊かな黒髪には、年齢に似合わない白髪がまじっている。ソームズは昔から男性の若白髪をセクシーだと思っている。それにベンのスーツはまさしく一級品に見えた。経済力がある証だ。

「警察に通報します？」

「いいえ。きっと何でもないでしょうから」

しばし沈黙が流れた。ベンは通りの先を見つめている。

考えをまとめているのだろう。案の定、ベンはこう言った。「あの、いきなりこんなことを言っていいかわかりませんが……」不思議なもので、どんなにハンサムな男でも初めて異性を誘うときは照れくさそうにする。「ブロードウェイはお好きですか」

「もちろん」

「メーガンが『アニー』に出演するんです」ベンは学校のほうに顎をしゃくった。「学期末の学芸会で。一緒に見に行きませんか」

ベンがよりによってブロードウェイを引き合いに出したのがおかしくて、ソームズは笑った。「ええ、ぜひ」

ベンが顔の向きを変えて通りの先を見た隙に、ソームズは彼の体にさっと目を走らせた。スポーツ選手のように引き締まっている。

灰色になりかけた髪も、やはりセクシーだ。

最後に異性と外出したのはいつだったか。自分の記憶力のよさがいまは恨めしい。

それから、惣菜店のほうをまた見やった。

空想の産物か、現実の危険か。

世間には頭のおかしな人がたくさんいる。ニューヨークのように人口密度の高い街ではなおさらだ。『ニューヨーク・タイムズ』の記事を思い出す。真性のソシオパスは何人くらいいるのか。かなりの数に上る。その記事によれば、大多数のソシオパスは害のない人々だが、理由もなく突然キレる者も一部にいる。

「やっぱり九一一に通報しましょうか」ベンが言った。

ソームズは小さく笑った。「心を読まれたみたい。でも、平気です。どのみちもうどこかに行ってしまったみたいだし」

「お住まいはこの近くでしたっけ」

「四ブロック先です」ソームズは南の方角にうなずいた。

「送りましょう」

「あら、いえ、そこまでしていただかなくても。それにメーガンを迎えに来たんでしょう」

「今夜は元妻の家に行く予定ですから。私は荷物を渡しに来ただけで。私が一緒にいるのを見たら、その怪しい奴も私がボーイフレンドか何かだと勘違いして退散してくれるかもしれませんよ」

恐ろしい考えがソームズの頭をよぎった。サングラスの男が本物の危険人物だったら。常人には理解できない怒りに駆られてベンに嫉妬し、ベンを襲ったら。

「遠慮しないでください。それに断ると、私があなたを尾行しますよ」

ソームズは微笑んだ。

しばらく立ち話をしていると、ルーニーが昇降口から出てきた。髪をポニーテールに結ったほっそりとした少女は、大きなバックパックを肩にかけていた。

「こちらはミスター・ネルソンよ。六年生のお嬢さんがいらっしゃるの」

「メーガンだ。知ってるかい？」

「うん、たぶん」

ストーカーの話をして娘を怯えさせたくない。そこでソームズは、ミスター・ネルソンのお宅も同じ方角だから一緒に帰ることになったとだけ話した。

その真っ赤な嘘を耳にして、ベンはソームズに向けてこっそりウィンクをした。

「いいよ」ルーニーが言い、三人は歩道を歩き出した。

「荷物、持ってあげよう」ベンがバックパックに顎をしゃくる。

「いいの？」

「もちろんさ」ベンはルーニーの肩から重たいバックパックを取って自分の肩にかけた。

三人は南に向かった。

「で、ルーニー、体操のどの種目が一番好き？」

41

「えー、迷っちゃうな」ルーニーは僕に答える。「平均台かな。段違い平行棒も好き」

僕はルーニーにうなずいてみせる。

アレクサンドラから聞いたとおりのことを言ってもよかった——ロシアの女の子はみんなバレエか体操を習う。だが、やめておいたほうがよさそうだ。

改めて見ると、テイラーもルーニーも、スラヴ系にも見える顔立ちをしている。

二人のうちでは娘のルーニーのほうが美人だ。母親は妬《ねた》んでいない。いまのところはまだ。もうじき嫉妬が始まるだろうと僕は思うけどね。

二人と並んで歩きながら——ベン・ネルソンを演じるのはなかなか楽しい——きれいなテイラーと痩せっぽち

のルーニーを横目で観察した。本当のことを知ったらどんなに驚くだろう。

　錠をピッキングするのに似ている。僕はテイラーをアパートから尾行し、尾行されていることにわざと気づかせようとした。ついにはタクシーの前にわざと飛び出してクラクションを鳴らさせた。それでようやくテイラーは振り返って僕に気づき、そこから怪しみ始めた。

　数分後にまた振り向いたのを見て、完全に引っかかったとわかった。

「今度の合宿のこと、ミスター・ネルソンに話してあげたら」

「合宿！」ルーニーは目を輝かせた。「サイコーなんだよ。ウィルミントンで合宿があるの。有名な場所でね。東海岸全体から、百人集まるの。ジェナ・カーソンが練習してた場所なんだって」

「へえ、あのジェナ・カーソンが」僕はいかにも感心したように言う。

　テイラーが学校に着いたところで、僕は韓国系の惣菜店に入り、コートとサングラスと野球帽を脱いだ。どれも安物で、捨てても惜しくない。そこの店員に一ドルで分けてもらったごみ袋に脱いだものを押しこんだ。下にはブルックス・ブラザーズのスーツを着ていた。

　テイラーがよそを見ている隙に店を出て、五年生から八年生が通うホーソン中等学校の裏手に回り、くず入れにビニール袋を押しこんだ。学校の通用口のスティール・テックの錠を三秒でピッキングした。保護者用の〈ビジター〉シールを胸に貼り、階段でメインフロアに上って昇降口から外に出た。

ルーニーのお母さんですよね。こんにちは。

　そして、サングラスをかけた変質者に尾《つ》けられたのではというテイラーの不安を煽った。ストーキングされているかもしれないと疑っているところに他人から同じことを指摘されたら、もう疑う余地はない。ストーキングは既成事実になる。

　申し訳ないくらい簡単だ。

「ミスター・ネルソンの娘は何のスポーツをやってるの」ルーニーが訊いてくる。

　僕は答える。「メーガンは私の側の血を引いたようでね。運動はまるでだめなんだ。その代わり、お芝居が大好きだ。私も少しだけ経験がある」

「へえ、かっこいい」今度は平均台が得意なルーニーが感心する番だ。

テイラーがうっとりと僕を見上げる。

「体操の競技会を見たよ。きみは本当にすごいな。完璧な演技だったね！」

ルーニーが恥ずかしそうに微笑む。頬が赤らんでいるように見えた。

テイラーがおしゃべりを始める。砂利の浮いた湿っぽい歩道を二人と並んで歩きながら、僕は有頂天になった。この女二人の生活に入りこむ鍵のピッキングに成功したのだ。

気づくと、テイラーが黙りこんでいる。不安そうな様子だ。僕を怪しんでいるのかもしれない。隣を歩いている男の正体に気づいていないし、研ぎ澄まされたナイフをポケットに持っているなんてことは知らないだろうが。

それからふと思った。さっきのストーカーが欲求不満を募らせ、ほかの誰かを襲ったりしないかと心配しているのかもしれない。

自分が暴力やレイプ、殺人で終わるような一連のできごとのきっかけになったかもしれないと思って、後悔にさいなまれているのだろうか。

気にするなよ、と僕は内心でテイラーにささやく。その程度の後悔の念なんか、これからきみが感じることになる痛みに比べたらちっぽけなものだよ。

同じことは、ルーニー、きみにも当てはまる。

ルーニーは右の後ろポケットから携帯電話を出し、ジェナ・何とかっていう有名な体操選手の動画を僕に見せる。

「すごいね」

「あたしいま、このルーティンを練習してるんだよ」

「ミスター・ネルソンとメーガンを次の大会に招待したら？」

「そうだね。うん。そうする」

通りを横断した。テイラーは前方を指さして言った。

「少し先のあのアパート。あそこに住んでるの」

僕は頭のなかで応える──知ってるよ。

友よ。西海岸の我が家から、続報を伝える。以前の私の投稿を覚えているだろうか。政府が全国で実施中のインフラ整備プロジェクト向けに購入している、カリフォルニアに本社のある有名企業のスチール製品の件だ。この有名企業では、東欧から輸入した銑鉄《せんてつ》を使って橋やハイウェイの桁を製造している。思い出しただろうか。

　北カリフォルニアのある建設現場で、基準を満たさない銑鉄で製造された桁が折れ、作業員二名が重傷を負ったとの報告が入った。何を建設中に起きた事故か。高低差六十メートルの谷に架かるハイウェイの橋だ。

　今度、車で橋を渡ることがあったら、自分に尋ねるといい。この橋を支える桁の強度は、きちんと基準を満たしているのか。

　これは最悪の種類の不正だ。

　ワシントンDCの総務庁は、なぜ何もせずにいるのか。〈暗黒政府《ヒドゥン》〉に操られているからに決まっている！

　天に祈り、戦いに備えよ！

　我が名はウェルム。ラテン語で〝真実〟を意味し、私のメッセージはまさしくそれだ。これを受けてどう行動するか、その判断はきみたちにゆだねられている。

42

明日は我が身……

アレコス・グレゴリオス殺害事件の捜査チームを率いる二名の刑事のうちの一人、タイ・ケリー刑事は、古い体育館の両開きのドア口に立った。体育館はホームレス用シェルターに模様替えされており、明るくて衛生的ではあるが、消毒剤のにおいが鼻の奥にべたりと張りついた。ここに保護されているのは男性のホームレスだけだ。無用のトラブルを防ぐため、市のニューヨーク市ホームレスサービス局（ＤＨＳ）はシェルターを性別で分けている（ＤＨＳと聞けば国土安全保障省が最初に頭に浮かぶだろうが、それとはまったくの別組織だ）。衝動をコントロールする能力については、住む家がある人もない人も変わらない。一つ明らかに違うのは、家がない人にはドアを閉ざして鍵をかけるという自衛の選択肢がそもそもないことだ。

　ケリーの相棒で、捜査チームを率いるもう一人の刑事がすぐ後ろに来て、だだっ広い空間に目を走らせた。

「思ったより清潔ね」クリスタル・ウィルソン刑事はほっそりとした腰に手を当てて言った。今日の二人は偶然にもそろってダークグレーのスーツを着ていた。ウィルソンはなかに黒いセーターを、ケリーは淡いブルーのシャツを合わせている。どちらも髪の色は漆黒だが、ケリーのそれは薄くなりかけていて、ウィルソンのほうはきっちりとコーンローに編んである。ウィルソンがこれまでシェルターを見たことがなかったらしいと知ってケリーは驚いたが、考えてみればウィルソンはずっと第一一二分署勤務だ。第一一二分署の管轄にシェルターは一つもない。

このシェルター〈デロイト・ハウス〉はマンハッタン西部の別の分署の管轄区内にあり、この界隈には公認と非公認のシェルターがいくつか集まっていた。

ウィルソンが言った。「ベッド番号は――Bの86」

まるでビンゴ・ゲームの次の当たり番号を読み上げているかのようだ。ウィルソンの耳にも同じように聞こえただろうか。

しかし状況を考えて――場所柄、そしてここに来た目的を考慮して――どちらも口には出さなかった。

大勢の目が二人を追っていた。あちこちで手があわただしく動き、さまざまな品物が視界から消えた――武器、ドラッグ、アルコール。ニューヨーク市のシェルターでは持ちこみが禁じられているが、だからといって現実に武器やドラッグやアルコールがシェルター内に存在しないわけではない。人手と安全対策の不足に悩むシェルターであればなおさらだ。所持品検査には意味がないことをケリーは経験から知っている。利用者が禁制品を見せびらかしたり、ほかの利用者を威嚇したりしないかぎり、放っておくのが得策だ。

心の支えを一つくらい残しておいてやれよ。ケリーはそう思う。

何といっても、明日は我が身なんだから……

マイケル・ゼイヴィアは、三十歳にも四十五歳にも見える男だった。ベッドの端に座り、唇を噛みながら――おそらく精神治療薬の作用だろう――何やらぼそぼそつぶやいていた。同じような利用者はほかにもいる。ゼイヴィアは体格がよかった。Tシャツの袖から伸びた腕は、脂肪もついているが、たくましかった。伸び放題の顎髭はもじゃもじゃしている。みすぼらしい革靴を履いていた。アレコス・グレゴリオス殺害犯のそれとは違い、左右がちゃんとそろっている。しかし、手がかりは手がかりだ。何の情報もないよりずっといい。

タイ・ケリーは立派な体格の持ち主で、濃い眉は一本につながっている。高い位置で弧を描く眉のはるか下に並んだ目は鋭い。怒りをためたボクサーのような顔つきだ。一方のウィルソンは小柄で、おもしろがっているようにも不思議そうにも見える表情はいつも穏やかだ。全体として一級《ファーストグレード》刑事というより、小学一年生《ファーストグレード》を受け持つ教師のようだ。ケリーは話をする役をウィルソンにまかせた。

「ミスター・ゼイヴィア。私はウィルソン刑事、こちらはケリー刑事です」それぞれバッジを提示した。ちょうどそのとき体育館のどこかから「失せやがれ！」という怒鳴り声が聞こえたが、天井近くを漂っている目に見えない何かに向けて発せられたものらしい。

ゼイヴィアは低いうなり声を漏らし、二人の全身をざっとながめてから言った。「しょうがない」

「この前の火曜の夜、どこにいらしたか教えていただけますか。覚えてます？　午後九時ごろですが」

ゼイヴィアはまた唇を噛みながら二人を見た。何かつぶやく。

「何とおっしゃいました？」

ゼイヴィアは黙りこみ、手の爪をいじった。

「どこにあるって話だっけ」ケリーはウィルソンに聞いた。

ウィルソンが答える。「ベッドの下」

ケリーは床に片膝をつき、折畳み式ベッドの下に小型懐中電灯の光を向けた。くそ。うちの床よりよほどきれいだぞ。

第一一二分署の刑事たちは、被害者宅から半径およそ八キロ以内にある十数カ所のシェルターにメールを送り、被害者グレゴリオスの息子が目撃したホームレスの男の人相特徴と一致する白人の利用者のなかに、万能薬に見せかけたチェリー香料入り二酸化塩素のボトルを所持している者がいないかと問い合わせた。

するとメールを見たデロイト・ハウスの所長から第一一二分署に宛てて、チェリー香料入り〈ミラクル・セーヴ〉のボトルを見たと電話があった。

グレゴリオスの着衣から微量の二酸化塩素が検出され

たとの報告をリンカーン・ライムから受けたあと――被害者宅からは押収されなかった――ケリーは二酸化塩素について調べた。本来の用途のとおり殺菌消毒剤として使われるほか、一部の愚かな人々がやるように医薬品として飲用すると、腎不全や嘔吐、粘膜のただれといった症状を引き起こす。自閉症が治るとして小児の浣腸剤に使われる例まであり、多数が重傷を負い、数名の死者も出ている（言ってくれれば喜んでそういう事件を徹底捜査するのに、とケリーは思った）。

「ミスター・ゼイヴィア、あなたのロッカーを見せていただいてもかまいませんか」

一か八かの賭けだった。二酸化塩素がロッカーから発見され、殺害の現場で検出されたものと結びついた場合、弁護人は、捜索は憲法違反であると抗議するに決まっている。なぜなら、ゼイヴィアの現在の精神状態を思うと、捜索に同意したとは見なせないからだ。

一方で、事件の残虐さを考えれば、ゼイヴィアが犯人であるなら、身柄を確保しなくてはならない――それもいますぐに。

「しょうがない、しょうがない、しょうがない……」

ウィルソンは隣の空きベッドに腰を下ろしてゼイヴィアと向かい合った。「ミスター・ゼイヴィア？」

次の瞬間、ケリーは動きを止めた。「もういい。手袋をはめろ、押収しよう」

「だけど……」ウィルソンが異議を唱えようとした。〝相当な根拠〟がないと考えているのだろう。夜間にロースクールに通っているウィルソンの頭には、おそらくもう一つ、憲法修正第四条（動産の不法な捜索と押収の禁止）が浮かんでいるに違いない。

「ここにある。捜索するまでもない場所に」

ベッドのスプリングのあいだを懐中電灯で照らす。マットレスの下に何かが押しこまれているのが見えた。青いラテックス手袋をはめ、奥に手を入れてそれを引き出す。血で汚れた財布だった。

アレコス・グレゴリオスのものだ。

ウィルソンがロッカーを開けた。左右ふぞろいの靴の下に、ボトルが見える。片方がアディダスでもう一方がナイキのランニングシューズを持ち上げると、その下に刃渡り二十センチほどの血がこびりついたナイフとミラクル・セーヴのボトルがあった。

大きな赤い文字で書かれた説明文には、この薬はさまざまな身体症状のほか〝あらゆる種類の精神疾患および認知症への効果が確認されています〟と謳われていた。

43

電話のスピーカー越しにロン・セリットーが言う。

「例のアポロズって団体が第一容疑者だな」

セリットーが続けて説明したところによると、団体幹部から事情を聴くために人員を派遣したが、『デイリー・ヘラルド』に告発記事が掲載された直後から全幹部が行方をくらましており、これまでのところ所在がまったくつかめない。「それでも脅迫の投稿は懲りずに続けている。なかでも〝選ばれし者〟ってハンドル名の奴は、ウィテカーを斬首せよと煽りまくってる」

その投稿者のＩＰアドレスを追跡したが、ヨーロッパのプロキシサーバーまでしかたどれなかった。

セリットーが続けた。「行動科学課から報告が上がってきていてね。プロファイルから判断して、犯人はアポロズの関係者だろうと言ってる。ロックスミスは下着を盗んだだろう。それが女を性の対象として見ていることを示している。でもって、包丁も盗んでる。これは人を殺したいという潜在的な欲望の表れなんだとさ」

「とうに顕在化しているように思えるがね」というのがライムの意見だった。

セリットーはさらに続けて、告発記事を書いた記者と、その取材と記事掲載を承認したデスクは、二人ともすでにウィテカー・メディアを退職しており、市警からの電話にもだんまりを決めこんでいると話した。ニューヨーク市外に転居もしたという。

ウィテカー・メディアの法務部から届いた紙ばさみには、社内から出た苦情と社外からの脅迫の手紙が合計四百九十五件入っていたが、もしやロックスミスではと思わせるような人物は浮上していない。

従業員の苦情の大部分は雇用の機会均等や多様性、差別に関するものだった。残りのいくつかは労働安全衛生に関する苦情だ。『デイリー・ヘラルド』の記事で取り上げられた人物から届いた脅迫めいた手紙は名誉毀損で訴える可能性をほのめかしており、その大半は弁護士から送られてきていた。ロックスミスの不法侵入の動機がウィテカー・メディアに対する攻撃だとするなら、その発端はおそらく、弁護士から本名入りの書面が送られてくるような種類のトラブルではないだろう。ほかの手紙は、『デイリー・ヘラルド』が報道機関として犯した罪に端を発しているが、記事を撤回すれば解決するような小さなトラブルばかりだ。

「時間の無駄だ」ざっと目を通したライムはそうつぶやくと、ライムの初期設定――物的証拠が関与しない事件解決手法、たとえば心理プロファイリングといった手法をことごとく疑問視するモードに戻った。

セリットーが続けた。「証拠分析の面だと、クイーンズの本部からは報告一つない」

ニューヨーク市警の鑑識本部には、キャリー・ノエルの自宅で採取された物的証拠はひととおりそろっているはずだが、ロックスミスがベクテル・ビルを再訪した際の遺留品は届いていない。本部の鑑識技術者は一流ぞろいではあるが、ロックスミス事件は彼らが扱っている数ある捜査の一つにすぎない。一方のライムは、ロックスミス事件の捜査だけに専念できる――違法ではあっても。

「というわけで」セリットーがうなる。「間違っても逮捕なんかされないでくれよ。あれやこれやに関して頼れるのはおまえ一人なんだから」

「きみの言う〝あれやこれや〟とは、当を得た科学分析のことか」

「俺は真剣に憂えてるんだ、リンカーン。連中は、誰かの首を飛ばしたくてうずうずしてる」

「陳腐な表現だ」

サックスが言った。「ちゃんと用心してるから」

セリットーが嘲るように言った。「世の中には絶対に避けられないものがある。わかるか」

「ふつうに考えたら、正解は〝死と税金〟だろうね。だがそれも陳腐な決まり文句だ」

「俺たちがロックスミスを挙げたら、誰だって疑問に思うだろう。どうやって捕まえたのかってな。クイーンズ本部からの成果はゼロなんだぞ。つまりだ、リンカーン。全世界の目がおまえに集中することになる」

「また一つ陳腐な表現を引っ張り出して答えるなら――〝そのときまた考えよう〟」

「たしかにそうだが、〝備えあれば憂いなし〟だよ」

「おっと、これは一本取られたな、ロン」

二人は電話を切った。

セリットーの言うとおりではある。しかし、背に腹は代えられない。愛してやまないらしいナイフを使って誰かを傷つける前に、ロックスミスをつかまえなくてはならない。

サックスに電話がかかってきて、相手の話を聞きながらメモを取った。そのあと整理した内容をホワイトボードに書き、数字の22を26に書き換えた。

R・プラスキー、隣接3州の鍵師／鍵師養成学校に問い合わせ
26件問い合わせ済み、ロックスミスのプロファイルに一致する人物との関連なし

ライムは訊いた。「メル？　ジョリー・ランチャーの包み紙からグラファイトが検出されたな。あの分析はすんだか」

問題の物質が錠前師や鍵師が使うグレードであることまでは確認していたが、分析はまだだった。クーパーがさっそくとりかかる。

ライムは液晶モニターに何枚か表示されていた微細証拠の拡大写真を見つめた。濃い黄色の金属の粉末状のかすを映した画像がライムの注意を引いた。

「どうしたの？」サックスがその視線に気づいて尋ねた。

「真鍮のかす。おそらく機械加工の際に出たものだろう。金属からひとりでに切削かすが出ることはない」

サックスがぱちんと指を慣らす。「鍵の加工機械」

「ホームセンターか金物店で働いているのかもしれない。それも手がかりの一つではあるが、いますぐ一帯のすべての店を調べるには手が足りない。地域を絞りこむ参考になる新たな手がかりが出てくるまで、頭の片隅に置いておくとしよう。だが、ロックスミスが自宅に加工機械を持っているとしたら、それも一つの手がかりだよ、サックス。鍵の加工機械は珍しいものなのか。高価なのか。そうだと期待しよう。鍵の加工機械のメーカーはいくつあるのか、個人向けの販売記録があるのかを知りたい」

サックスはロン・セリットーに電話をかけ直して要望を伝えた。短いやりとりのあと、電話を切る。セリットーは即座に人員を確保して調査を開始させるだろう。

ライムは証拠物件一覧表に向き直った。

ロックスミスは頭がよく、計画性があり、用心深い。警察の捜査法に詳しく、こちらの手の内を研究している。

またウォッチメイカーを連想した。ロックスミスはウォッチメイカーの後継者と呼ぶにふさわしい……だがライムはすぐに考え直した。それではまるでウォッチメイカーが現役を退き、ロックスミスが跡を継いだかのようではないか。ウォッチメイカーはまだまだ現役なのだ。もちろん、〝ビジネス〟のいずれかが失敗してウォッチメイカーが命を落とした可能性はゼロではない。しかしライムにはそうは思えなかった。ウォッチメイカーはいまも生きていて……新たなビジネスを次々起《た》ち上げて活躍しているに違いない。

イギリスの諜報機関発の情報——ＦＢＩを通じてライムに伝えられた情報は、ウォッチメイカーの新しいビジネスに関係しているのだろうか。伝えられるところでは、正体不明の人物Ｘが正体不明の人物Ｙを雇い、人物Ｚの殺害を狙っているという。

そして、イギリスの情報によれば、人物Ｚはちょっとした有名人——リンカーン・ライムその人だ。

サックスが携帯電話に届いたメッセージを確認して言った。「鍵の加工機械の件だけど。あまりいいニュースじゃない」

「さては、一千ドルも出せばその辺の小売店で誰にでも買えるんだな。ロックスミスはおそらく現金で購入したから、追跡のしようがない」

「そんなところ」

「くそ」

サックスは携帯電話の画面をスクロールした。電話番号を見つけたのだろう、電話をかけ、スピーカーモードに切り替えた。呼び出し音が流れ始めた。

「もしもし？」

「ライル？」

「アメリア」スペンサーが言った。

「リンカーンとメル・クーパーが一緒です」

「捜査に何か突破口でも？」

「特に何も。法務部からもらった苦情にもこれといったものはなかった。捜査の指揮を執ってる刑事は、アポロズに注目してるけど、確かな情報はまだない。いま電話したのは、ウィテカーの息子さんと連絡がついた人がいないかと思って」

「いまミスター・ウィテカーやジョアナと一緒ですよ」スペンサーがサックスの問いを繰り返しているのが聞こえた。ウィテカーとジョアナ、それにジョアナの婚約者のマーティン・ケンプの答えは〝ノー〟だった。

「キットのアパートを調べてみたいの。そこにいる誰かが合鍵を持っていたりしない？」

三人の誰も持っていなかった。

「アパートに管理人はいるのかしら」サックスは尋ねた。ジョアナの声が聞こえた。「住み込みの管理人がいる」

サックスは三人に向けて言った。「安否確認の令状を申請します。スペンサー、明日の朝、時間はある？」

「何時ごろ？」

「九時では？」

「では、現地で九時に」

通話を終えた。

サックスは首を振った。「無事だといいんだけど。喧嘩をしたらしくてね、お父さんのウィテカーが仲直りしようとしたところで、キットと連絡が取れなくなった」

「喧嘩の原因は何だ」ライムは何の気なしに訊いた。

「お父さんの新聞のスキャンダル体質に我慢できなかったみたい。それに、役員に女性がほとんどいなくて、女はミニスカート姿でカメラの前に座っていりゃいいんだという考えのメディア帝国にも」サックスはウィテカー・メディアの法務部から届いた紙ばさみに顎をしゃくった。

だが、ライムはウィテカー・メディアの経営方針と実状に興味を覚えなかった。ライムの目は、ホワイトボードの一覧表やモニターに表示された現場写真を見つめ、ラボのクリーンエリアにこれからキッチンで処理されるのを待つ食材のように並んだ証拠袋を見つめた。

このなかに、何か手がかりがあるはずだ。

何か一つくらいあるはずだ……

ライムは写真にまた視線を戻した。一枚が目を引いた──ベクテル・ビルの現場でサックスが撮影した写真だ。

「メル」ライムは尖った声を出した。「頼みたい仕事ができた」

「何だ？」

「検死解剖だ」

クーパーは動きを止め、それから咳払いをした。「えーと、リンカーン、俺は解剖はできない」その声は不安げだった。

「きみの底力を発揮できるめったにない機会だぞ」ライムは重々しい声で言った。「一度だけ頼まれてくれ」

44

僕はアトリエに戻っている。

そして宝物、ロンドン塔のキーホルダーを見つめている。

僕にとってロンドン塔は昔から大事な場所だった。鍵の儀式があるからね。

ロンドン塔では、毎晩九時五十三分になると、ロンドン塔の衛兵《ヨーマン・ウォーダー》――いわゆる〝ビーフイーター〟が城壁と塔の鍵をかけ、血の塔《ブラディ・タワー》まで行進する。門番の誰何《すいか》に答えて衛兵長が自分は女王の鍵を持っていることを告げ、通せと言う。鍵の儀式は午後十時きっかりに終わる。およそ七百年の長きにわたって毎晩欠かさず行われている。

僕は堅めの折畳み式ベッド《フトン》に横たわり、テイラー・ソームズについて考える。

彼女の苦しみについても。

といっても身体の痛みではない。

もっととらえがたい種類の痛みだ。

なかなか癒えない痛みでもある。真鍮のナイフではらわたを切り裂いて与えられる痛みは、あっという間に過ぎてしまう。

僕が与えた痛みは、もっとずっと手応えのあるものだ。

僕とアパート前で別れ、ルーニーと一緒に階段を上っていくあいだ、テイラーは予期せぬ幸運に華やいだ気持ちでいただろう。

この街で信用できる男と出会う確率はおそろしく低いのに、自分はやってのけたのだ！

〝ベン・ネルソン〟はあらゆる条件を満たしている。五年前に離婚したということは、夫婦間のごたごたはおおよそ過去のものになっているはずだ。自分の子供と同年代の娘がいる。しかも紳士で、ビール腹ではない。自毛はまだたっぷり残っている（僕は髪をまばらに灰色に染めておいた。白髪が少し出始めたくらいの男がテイラーの好みだとわかっていた）。経済力もある（ブルックス・ブラザーズのスーツ――男の価値は金じゃないと言う女もいるが、嘘つきだ！）。ユーモアのセンスも備えている。それに、どうやら変質者じゃなさそうだ。僕はおっぱいや脚をじろじろ観察したりしなかった。いやまあ、おっぱいのほうは、テイラーがよそを見ている隙に観察した。僕だって人間の男だからね。

そのうえ騎士道精神にもあふれている。二人を家まで送り届けてストーカーから守ったんだから！　しかも痩せっぽちのルーニーのバックパックまで持ってやった。

ベンは理想の男だ。

その先走った歓喜は、しかし、まもなく雲散霧消する。僕からは電話しない。僕のプリペイド携帯はすでにバッテリーを抜かれ、いまごろは埋め立て地に向かっている。つまりテイラーが勇気を奮い起こして僕に電話をかけたとしても、通じない。きっと僕の勤務先の名前を思い出そうとするだろう。まあ、せいぜいがんばってくれたまえ。適当にでっち上げた勤務先なんか、僕でさえもう忘れてしまった。

テイラーは次に、ホーソン中等学校に問い合わせるだろう。

しかし、保護者の名簿にベン・ネルソンという名前はない。娘のメーガンの名前もどこにもない。

テイラーは――そう、遅くても明日の夜くらいには――裏切りの焼けるような痛みを感じ始めるだろう。ひょっとしたらと期待した関係が、いまや胸を焦がす炎になる。

そのうえ哀れなテイラーは、底なしの恐怖も感じるだろう。

なぜなら、ルーニーが泊まりがけで合宿に行っているあいだに僕と顔を合わせる機会があったら、一杯いかがと誘ってみようと考えていたはずだからだ。それをきっかけに関係が発展して……と期待していたはずだ。

力で組み伏せるレイプもあれば、嘘で黙らせるレイプもある。

それにだ、ベンという男は娘にも会った――変わった名前の小柄な少女、平均台に立てば難度の高いルーティンを優雅にこなす少女にも。

通学鞄を預かろうと言って、娘の肩にまで触れた！

信じられない……

そう思って泣きたくなるだろう。

勝利のなんと美味なことか。食べかけのクッキーが載った皿をベッド脇に見つけたアナベル・タリーズ、目を覚ました瞬間にマダム・アレクサンダーの不気味な人形と視線が合ったキャリー・ノエル。勝利に優劣はない。

美味……

とはいえ、いまこの瞬間は何もかもがバラ色だ。テイラーとルーニーの人生は希望の旅路を順調にたどっている。

僕の愛おしい淑女たちはいま、何をやっている？

僕は詳しく知っている。テイラーは、小さなルーニーをもうベッドに入れた。ベッドには、ほんの少しすり切れた薄紫と白のカバーが架かっている。ベッドは壁際にあって、そこの青い壁にはフックが三つ並んでいる。犬のリードをかけておくためのフックだが、いまは色とりどりのリボンに下がった体操競技会のメダルが飾られている。

ルーニーはふわふわしたピンク色のパジャマを着ている。フードは取り外し可能で、きらきら輝くサテン地でできたユニコーンの角と馬っぽい耳がついている。まあ、ユニコーンと馬のＤＮＡはほとんど同じだろうからね。ルーニーのタブレット端末は、ベッドサイドのミントグリーン色のテーブルの上で充電中だ。

ルーニーの部屋は少し前まで散らかっていたが、今夜はそうでもない。ルーニーにはちょっとだらしないところがある。

しかしすぐには眠れそうにないから、おかしなパントマイムを始める――ロック音楽を聴きながら、手と腕だけで踊るのだ。

テイラーはといえば、ソーヴィニヨン・ブランのワインを飲みながら、深夜の自分だけのお楽しみ――ミント味のオレオを食べている。着ているのはスウェットスーツだ。

どうしてそんなことを知っているのかって？

テイラーとルーニーが教えてくれているからだ――スマートフォンを介して。

ルーニーはＴｉｋＴｏｋのようなプラットフォームに三十秒の動画を次々に投稿する。

テイラーは、僕の会社〈ヴューナウ〉にライブ配信のチャンネルを持っている。そこで話すのは本のことだ。テイラーは読書クラブに入っていて、図書館でボランティアもしている。寄せられるコメントの一部には返信するが、ほかはスルーだ。

驚くなかれ。誰かの寝室に正体を隠して忍びこむにせよ、今日のように街でじかに接触するにせよ、僕が〈訪問〉を成功させられるのは、そのおかげだ。

投稿動画は、人類が発明したなかで一番使える鍵の一つだ。

他人の生活をこじ開ける鍵。

テイラーとルーニーの場合、僕は手に入れたかった事実をほんの数日ですべて集めた。体操選手だということはルーニーの投稿で知った。その投稿にテイラーも何度か登場していた。ネットで軽く調査をし、知人の名前や関心のあること、仕事の詳細を突き止めた。それを糸口にさらにほかのソーシャルメディアの投稿をたぐり寄せると、知りたいことはすべてわかった。離婚裁判の記録も見つかった。ソーシャルメディアに投稿されたテイラー自身の写真には、この一年で五人の男が写っていて、どうやら独身らしいこともわかった。

なかにはきわどい写真も何枚かあって、それも大いに参考になった。

ルーニーはＹｏｕＴｕｂｅや〈ヴューナウ〉のようなサイトにせっせと投稿している。体操のルーティン、ストレッチのやり方、レシピ、メイク動画、その日の服装。おかげで僕はマスカラとラザニアにすっかり詳しくなったし、クレアーズやジャスティス、フォーエバートゥエンティーワンに行けばプチプラで服やアクセサリーをそろえられることも知った。これならもうルーニーのお父さんにだってなれそうだ。

架空の娘メーガンが出演予定の（あいにく主役ではない）学校の学芸会の予定も、投稿で知った。

加えて、学校やＰＴＯが投稿した動画から、学校の〈ビジター〉パスのデザインがわかった。高解像度の動画ではなくて細部がわからなくても、そこそこ似たシールを複製するには充分だった。ＰＴＯで意見が対立していることも動画で知った。

椅子に腰を落ち着けて何時間も何時間も動画を見ていれば、人々の家の錠や防犯アラームの種類もわかる。飼い犬がいるか、ドアに防犯バーを取りつけているかもわかるし、すぐに手に取れる場所にショットガンを置いているかどうかもわかる（ニューヨーク市では珍しいが、そういう家もたまにある）。包丁や工具箱の置き場所もわかる。カーペットの有無（これは足音を消すのに便利だ）もわかれば、その家が往来の激しい通りに面していて、物音を隠してくれるかどうかもわかる（二〇一九事件の記憶はいまも新しい）。実際に行く前にアパートの間取りも頭に入れられる。お腹がすいたとかうんちだとかぐずって僕の愉快な一夜をだいなしにしかねない幼い子供がいるかどうかもわかる。

どの店にピザの配達を頼んでいるかもわかる（冷蔵庫にマヌケなマグネットでチラシが留めてある）。かかりつけ医もわかるし、糖尿病を患っていればそれもわかる（インスリン注射の時刻のメモがある）。酒のボトルとの逢瀬《おうせ》に忙しいなら、それもわかる。

キャリー・ノエルが誰かとランチの約束をしていることは、壁のカレンダーに赤いマーカーで書きこんであったのを見て知った。

現代人は、あまりにも多くを共有《シェア》する……

大学時代、僕はダーウィンの自然淘汰《とうた》による進化論に夢中になった。

進化論とは、サルに似た生き物がヒトになる過程だと思っている人は多い。それもそうなんだが、僕の心をぐいとつかんだのは、もう少し広い視野に立った理論——種の生存だ。

理論はシンプルそのものだ。要素は四つ。

1　ある集団のなかの個体は異なる特徴を持つ。

2　その特徴は、親から子へ受け継がれる。

3　個体の一部は、ほかの個体よりも高い確率で生き残る。

4　生き残れたのは親から受け継いだ特徴のおかげであり、生き残った個体は次世代にその特徴を受け継ぐ。生き残りに向かない個体は淘汰される。

自然のなかでは、周囲の木々や茂みと似た色をしたシカは生き残りやすい。反対に、先天性色素欠乏症《アルビノ》のシカは、肉食獣に見つかりやすく、生き残れない。

これが僕の世界観だ。ネットに何も投稿しない人は、僕のような危険人物の視界に映らない。では、投稿する人は？　かわいそうなアナベル・タリーズの例を考えてみよう。アナベルはインフルエンサーだから、休むことなく投稿を続けている。キャリー・ノエルは、テレビショッピング〈ＱＶＣ〉のミニ版みたいな玩具ショッピング番組を自宅で撮影して投稿している。テイラー・ソームズとルーニーは、再婚相手や新しい友達と知り合えると期待してか、承認欲求からか、退屈や孤独からか……とにかく投稿しまくっている。

それらの個体の特徴は、ネット投稿を通じ、自ら選んでアルビノのシカになっている点だ。

だから、オオカミやコヨーテやハンターの獲物にされた場合、その死は、当人の選択の結果だといえる。

しごくシンプルな論理だろう？

45

「死因は窒息だね」メル・クーパーはライムにそう報告した。

クーパーはラボのクリーンエリアで死骸をじっと見下ろしていた。死骸は人間のものではなく、ベクテル・ビルに残っていたロックスミスの足跡からサックスが採取した微細証拠にまぎれこんでいた、ムスカ・ドメスティカ――すなわち、ありふれたイエバエだ。

クーパーは続けて説明した。ハエは筋肉が強直したため、つまり収縮したきりになったため、呼吸困難に陥って死亡した。強直の直接の原因は、筋肉を弛緩させる作用を持つアセチルコリンエステラーゼが阻害されたことだ。阻害された原因は多基質酵素の阻害であり、さらにその原因は、ある種の有機リン化合物――殺虫剤の小難しい呼び名――にある。

クーパーがさらに続ける。「殺虫剤の成分は、パラチオン、マラチオン、ジアジノン、テルブホス」

アメリア・サックスが笑った。「スーパーヒーロー映画の悪役《ヴィラン》みたいな名前」

ライムはスーパーヒーロー映画を一本も見たことがないが、サックスのいまの一言を聞いて一度見てみようかという気になった。とはいえ、論理と科学と合理的な思考を重んじるライムには、物語を支えている自然の法則の歪曲をあげつらうだけの結果になりそうな予感がした。

イエバエの死は、事件を一気に解決に導くとはいかないまでも、手がかりの一つにはなった。調べてみると、イエバエから検出されたのと同じ割合で〝ヴィラン〟すべてを含む殺虫剤は、市場に一種類しかなかった。〈フューム・アシュア〉という製品で、使用するのは、ビル一棟を対象とするような燻蒸消毒サービスを提供している専門業者だけだ。そういった業者はマンハッタンに六社あった。そのうちの一社は、警察の捜査の一環と聞いて興味津々で問い合わせに応じてくれた。電話に出た経営者によると、その殺虫剤は、全面改装ののち売却されることが決まっている古い空きビルにほぼ限定して使われている。

「マンハッタンのビルをテントですっぽり覆うわけにはいきませんが、窓やドアの目塗りならできますから。目塗りして殺虫剤を注入し、一週間くらい放置してから換気するわけです」

「アパートやオフィスビルにも使えますか」

「どんな建物でも。高層、低層を問わず」

ライムの頭のなかで鎖の輪が一つずつつながっていった。イエバエは、ベクテル・ビルに残っていたロックスミスの足跡から見つかった。取り壊しが迫ったビルをわざわざ燻蒸消毒するとはまず考えられない。とすると、イエバエはどこか別の場所でロックスミスの足の裏にくっついて運ばれてきたとするのが自然だ。その別の場所は事件を解く参考になるだろうか。それは判断のしようがないが、参考になるとの前提で考えよう。利用しない手はない。この事件では、手がかりがありすぎて困っているわけではないのだから。となると、住民はすでに退去していて、これから売りに出されるビルを探すべきということになる。ロックスミスはそこに住んでいるわけではないだろう。空きビルに無断で入りこんで住みつく種類の人間であれば別だが、ロックスミスはおそらく違う。住居ではなく、何か別の用途でそのビルと関わりがあるのだろう。次のターゲットの偵察に利用しているとか。

ここでライムの頭に別の可能性が浮かんだ。そのビルは、ロックスミスの職業と関係しているのかもしれない。

音声コマンドで携帯電話を操作する――「プラスキーにメッセージを送信」。即座に新規メッセージ画面が表示され、カーソルが点滅してライムの入力を待った。


ロックスミスと関わりがありそうな現役の鍵師を探すのに加えて、すでに廃業した鍵師も探してくれ。古い空きビル、なかでも売却が決まっている建物で開業していた者を特定したい。

まもなくプラスキーから返信が届いた。

了解。

今日はこれで店じまいとなり、三十分後、ライムはベッドに入っていた。隣のサックスはすでに寝息を立てている。ライムは目を閉じ、妻の頭に自分の頭をそっともたせかけた。シャンプーの花の香りを鼻腔に感じながら、ライムは考えを巡らせた。イエバエの死骸をよりどころとした推理は、いくらか飛躍しすぎとも思えたが、だからといって検討の価値がないと切り捨てるわけにはいかない。〝山勘〟という言葉は事件捜査のほとんどあらゆる領域に当てはまるのだから。科学捜査という風変わりで難解な分野となれば、なおさらだ。

友よ。ニューヨーク市民には同情しかない。ロックスミスはいまだ自由の身でいるが、その理由が判明した。市の上層部からの機密情報を手に入れた。ロックスミスは当局と協力関係にある。彼は市民が暮らすアパートや家に侵入し、盗聴器を仕掛けている。盗聴器が拾った音声は、ＣＩＡやＦＢＩをはじめ、ワシントンＤＣのありふれたオフィスビルの奥にひっそりと存在して極秘情報を集めている政府機関にじかに送られる。ロックスミスは本物の愚か者なのかもしれないが、あえてそのようにふるまっているのではないか。自分は安全だと思いこんではならない。過去にロックスミスは盗聴器を仕掛けているところを見つかり、住人二名を殺害している。

当局に説明を要求せよ。盗聴検知器を購入せよ。

天に祈り、戦いに備えよ！

我が名はウェルム。ラテン語で〝真実〟を意味し、私のメッセージはまさしくそれだ。これを受けてどう行動するか、その判断はきみたちにゆだねられている。

第三部

ピン・タンブラー・キー

五月二十六日　午前六時

46

朝早くにアトリエで目が覚めた。寒気がした。

二つの意味で――古い製菓会社に吹きこむすきま風が冷たくて。

もう一つ、あることを思い出して。

具体的には、あの赤毛のアメリア刑事を思い出していた。キャリー・ノエルのアパート前で、鑑識の几帳面な作業をこなすアメリア刑事の姿を。

いかにも有能そうだった。てきぱきと指示を出し、証拠物件が入った袋を丹念に点検していた。あのなかに僕に結びつくような証拠は何一つなかったはずだが、断言はできない。

いずれにせよ、運を天にまかせるつもりはない。なにしろあの女刑事とリンカーン・ライムとかいう夫は、僕がキャリーの部屋にいると突き止めたんだから。まるで魔法じゃないか。

しかし、魔法なんかじゃない。あの二人が実践しているのは冷厳な科学だ。錠や鍵には神秘性があるが――それが守っている人や物に由来するのだろう――その仕組みは自然の法則に従っている。

用心するに越したことはない。

ベッドから出た。質素なマットレスは堅めで、腰には優しい。ふだん、作業台やパソコンの前で何時間も屈みこんでいる日が多かった。そろそろエルゴノミック・チェアに買い替えようと思う。かならず買い替える。そのうちに。

バスルームでシャワーを浴びた。白と黒の六角形のタイルが冷たくて素足がじんじんする。服を着て、カフェイン抜きのコーヒーを淹れ、半分にしてクリームチーズを塗ったベーグルを食べながら、目下の問題について考えを巡らせた。

この問題が、開ける鍵が手元にない錠であるならば、最初に考慮するのはこれだ――この錠は開けねばならぬものなのか。その錠が守っている部屋や旅行用トランクや車にある何かが使えないと困ってしまうのか。答えがノーなら、それ以上考える必要はない。

しかし、錠が守っている何かが重要な意味、命に関わるほどの意味を持っているなら、その錠をピッキングするのに必要な道具を選ぶ。

いまここにある〝錠〟は――つまり目下の問題は――警察に身元を知られる危険だ。

決定的な証拠が存在する場所がある。赤毛のアメリアと車椅子のリンカーン・ライムなら、そこを突き止めかねない。

自分の不注意が恨めしい。

問題を解消するにはどうしたらいい？

ピッキングの手法は大きく分けて三つ。ピックガン、ウェーブ・レークピック、バンプ・キー。

今回の場合、手のこんだことをしている時間はない。

僕が採用したやり方は、バンプ・キーを使うような類だ。

スキルではなく力を使う。

それしかない。僕自身にリスクが及ぼうと、あるいはその過程で誰かが命を落とすことになろうと。

三十分後、僕はマンハッタンのダウンタウンの一角にいた。商業／住宅開発に向けて取り壊し中のビルがたくさんある界隈だ。

目的地はもう少し先、老朽化の進んだサンドルマン・ビルだ。その最上階に、ずいぶん前に廃業したデヴ・スウェンセンの工房がある。うちの父親のおかげでロックピッキングの深遠な世界を知った僕は、痩せてひょろりと背が高い、奔放な髪をした北欧系の男、スウェンセンの存在も知ることになった。スウェンセンはピッキングのスキルで名を轟かせてはいたが、同業コミュニティとはいっさい関わらない一匹狼だった。元はプロのスノーボーダーだった金髪のスウェンセンは癖の強い人物で、政治活動に熱心、筋金入りの自由至上主義者《リバタリアン》だった。この世のあらゆるものをあらゆる人に解放すべきだと信じていた。政府の機密であれ何であれ、秘密などあってはならない。そんなわけで、世に存在するほぼすべての錠を開けるスキルを何年がかりかで身につけた。発覚したことは一度もなかったが、数百に上る軍事施設や銀行、企業本社、報道機関、政治家や企業幹部の自宅の錠をピッキングしたとされている。ただし、そのいずれの施設にも立ち入らなかった。閉ざされていたものを開かれた場所に変えるのみで、それを達成したら、黙って立ち去った。

僕はサンドルマン・ビルの工房に通い、スウェンセンのもとで何年か修業した。僕らは友人になった。

だが、スウェンセンがやっていたのはロックピッキングだけじゃなかった。コンピューターのハッキングでも有名だった。別名を使い、政府のデータベースや個人のアカウントに侵入し、そこで見つけた情報を端から公開していた。

秘密などあってはならない……

そして三年前、不正アクセス行為の容疑で逮捕間近と知り、スウェンセンは緊急脱出用の鞄一つを抱え、そのほかのすべてを置いてノルウェーに高飛びした（真鍮のナイフは最後に会ったときもらったものだ）。警察当局は工房を捜索したが、錠前用の工具や機器には見向きもせず、パソコンや記憶装置だけを押収した。引き上げる際、警察は入口に立入禁止のテープを張っただけで、非デジタルな物品はそのまま残された。家族や仕事仲間が来て引き取るだろうと思われたらしい。しかし家族はおらず、スウェンセンの工房はそれきり忘れられた。

だが、僕は忘れなかった。

ほかに誰もいないビルの階段を上って十二階の工房に通い続けた。初めはロックピッキングに関するスウェンセンの蔵書――すばらしいコレクションだった――と、工具や機械が目当てだった。だが、しだいに奥の壁に並んでいるものに興味を惹かれた。金庫や金庫の扉だ。それまでダイヤル錠にはほとんどなじみがなかった。そこで足しげく工房に通い、スウェンセンが残していったノートを参考にして金庫破りの練習に励んだ。

しかし、僕は油断していた。食べ物や飲み物を工房に持ちこんだ。金庫を相手に練習するとき、手袋をはめていなかった。領収書を置きっ放しにした。もしかしたら郵便物まで！

というわけで今日、雨催いの曇り空の下、僕は作業員風の黄色いジャケットを着てヘルメットをかぶり、透明な手袋をし、底に密告屋の溝が刻まれていない靴を履き、八リットル入りのガソリン容器を持ってビルの裏口前の金網のゲートに近づく。南京錠は数字を合わせるタイプだから、開けるのに少し時間がかかる。二十秒かそこらで開いた。周囲を見回す。誰もいない。カメラもない。

まもなくビルの積み下ろし場に入り、メインの配電盤で電力供給をオフにして、給水も停止した。火災報知器やスプリンクラーが設置されているとしても、これで作動しない。それから強烈な臭いのするガソリンを階段の上り口の木っ端の小山に注ぐ。蠟燭用のライターで火をつけると、炎はあっという間に木っ端をのみこみ、上に向けて燃え広がった。四十分もすれば、僕が残した痕跡は跡形もなく消えるだろう。

47

キット・ウィテカーの住まいは、アッパーイースト・サイドに面して建つウィテカー・メディア本社ビルから五ブロックほどの高層アパートにあった。

サックスのフォード・トリノがアパート前に停まると同時に、セリットーが運転するニューヨーク市警の無印車両も来て停まった。車を持たない元レーサー、ライル・スペンサーは徒歩で現れた。

二人は車を降り、サックスは輝くガラスとスチールで構成された高層アパートを見上げた。

セリットーは皺を伸ばすような手つきで灰色のコートを払った。苦虫をかみつぶしたような顔をしていた。

「本部から電話が来た。妙な男の話、聞いてるか。ウェルムって名乗ってる奴だ」

スペンサーが言った。「怪しげな陰謀説をネットに上げている奴ですね」

「初めて聞いた」サックスが言う。

セリットーが続ける。「俺たちとロックスミスはぐるだって説を垂れ流してるらしくてな。何やら闇の組織の陰謀らしい。暗黒政府《ヒドウン》とかいう組織」

「〝俺たち〟って市警のこと？　ほんとなの？」

「本当さ。ロックスミスは一般市民のアパートに盗聴器を仕掛けて歩いてて、侵入したところに出くわした住人を二人殺したとか」

「盗聴器？」サックスは信じられないといった声で訊き返した。

「嘘っぱちもいいところだな」スペンサーが言った。

「まあな。しかし、市警本部と各分署に合計で七千五百五十件も苦情の電話があったらしい。市長や市警本部長は……上のほうは、頭から湯気を立ててる。いま言った七千五百五十って数字は、サリー・ウィリス第一副委員長ご本人から聞いた」

「リンカーンを捜査チームに呼び戻すくらいの勢いで怒ってる?」

「いや、ウェルムによればそれも陰謀のうちだとかでね。あいつも暗黒政府《ヒドウン》に雇われてるんだとさ。リンカーンにはさっき話しておいた」

「え、どういうこと?」

「ウェルムによると、ブリヤックが無罪になったのは、リンカーンが州知事とCIAだか何だかに協力してるからだそうでね。そんな話は誰も信じちゃいないが、それでも世間の目がリンカーンに集まっている。だから、な、おまえさんのさっきの質問に答えると、リンカーンが呼び戻されることは当面ない」

サックスは言った。「この調子だと、ロックスミスはリンカーン大統領が暗殺された夜にフォード劇場にいたとか言い出しそうね」

セリットーがうなるように言った。「一番の問題は、俺たちがロックスミスと共謀してると思われたら、目撃証人がいたとしても口にチャックをするだろうってことだな」


スペンサーがつぶやく。「そうなったら最悪だ」

三人はキットが住む建物の前で管理人と落ち合った。セリットーが令状を提示する。令状発行の根拠は、安否確認のほか、キットが重要参考人と目される事実だった。東欧訛《なまり》の英語を話す痩せ形の男性管理人は、令状を一瞥はしたが、内容には目を通さなかった。三人を十五階に案内し、銅とオーク材を使った落ち着いた内装の廊下を歩いて一五二三号室に向かった。

サックスはスペンサーにうなずいた。スペンサーはキットの固定電話にかけた。

ドア越しに呼び出し音が聞こえた。四度鳴って、音は途切れた。

「留守電が出た」

「入りましょう」サックスは言った。

管理人が進み出たが、サックスは首を振って管理人から鍵を受け取り、下がっているように身ぶりで伝えた。ドアの横に立ち、鍵を開けて、ほんの三センチほど押し開ける。それから不安顔の管理人に鍵を返した。管理人は立ち去った。

サックスはセリットーの視線をとらえた。セリットーがうなずく。サックスはグロックのそばに手を置いた。

セリットーはドアの左側に立っている。民間人であるスペンサーは三メートルほど離れたところで腕を組んで見守っている。オールバニー市警時代に何度くらい強行突入を経験したのだろう。スペンサーは点検するような目で二人を見たり、廊下の左右に目をやったりしている。その様子を見てサックスは思った――経験は豊富のようだ。

いざドアを開ける前に、サックスは銃を抜いた。緊張から出た行動かもしれない。第六感が働いたのかもしれない。セリットーはサックスをちらりと見たあと、一拍置いて自分も銃を抜いた。

サックスはドアを押し開けた。「警察です！　令状があります！　いるなら出てきて！」二人は室内に入った。銃をかまえ、銃口を左右に振る。射線上に相手が入りそうになるたび、銃口を上や下に向けた。それはまばたきのように自然な動作だった。

アパートの中心は長方形の広いリビング・ダイニングルームで、右手にキッチンがある。窓の向こうにはブルックリンが横たわっていた。眺望はサックスのタウンハウスがある南に開けていて、古ぼけた建物自体はさすがに見分けられないとしても、だいたいの場所はわかった。

面積は父親のアヴェレルのリビングルームと同等か、ほんのわずかにせまいくらいだった。

「キッチン、安全を確認《クリア》」セリットーが大きな声で言った。

一目でわかることではあったが、サックスは言った。

「リビングルーム、クリア」

いつものリズム、いつもの手順。

二つある寝室を確認する。いずれも人はいなかった。ベッドが乱れたままの寝室はおそらくキットが使っているのだろう。もう一室は、客があればいつでも泊まれる準備がされているが、しばらく使われていないらしかった。

「バスルーム、クリア」セリットーの声が聞こえた。

「もう一つのバスルーム、クリア」

リビングルームの奥に、まだ開けていないドアがもう一つある。そこもきっと寝室だろう。二人は目で合図し合ってそのドアに近づき、左右に立った――ドアだけを避けてもあまり意味がないかもしれないが。壁は石膏ボードだ。銃弾は、針がシルク生地を突き通るくらい簡単に突き破ってくるだろう。サックスの視線に応え、セリットーがうなずく。

ドアを開ける。銃をかまえる。

オフィスだ。ここも無人だった。〝クリア！〟の必要さえない小さな部屋だ。

「私はここを調べる」サックスは銃をホルスターに収め、ラテックス手袋をはめた。

セリットーも手袋をはめ、キッチンを調べると言った。

オフィスには机が一つとファイルキャビネットがいくつかあった。まず机の抽斗を調べた。事務用品、不動産の目録、ドローンのカタログ、さまざまなパソコン部品。大量の業務書類も出てきた。ほとんどは政府機関と交わした契約書や企画案の作成依頼書だった。不誠実なジャーナリズムとはまったく関係のない業界で成功を収めようという現実離れした夢をのぞき見たような気分がした。

そういえば、いとこのジョアナと父親のアヴェレルは、キットはこれだという仕事をいまだに見つけられていないようだと話していた。

ここにある夢はすべてあきらめ、いまはほかの夢を追っているのだろう。

ファイルキャビネットを端から開けていく。税金関係の書類や帳簿、投資の記録が詰まっていた。

抽斗の一つを閉めようとしたとき、なかのファイルの上端が抽斗の枠より微妙に高いことに気づいた。抽斗を閉めようとすると上端が枠にこすれる。ファイルを数冊取り出し、小型懐中電灯で抽斗の底を照らしてみた。うまく閉まらない理由がわかった。

二重底になっている。

ドラッグでも隠しているのだろうか。

サックスはファイルをすべて取り出し、ナイフを使って白いプラスチック板を持ち上げた。

「ロン。これ見て」

48

思っていたより大きな錠前だった。

ロナルド・プラスキーは息を弾ませながら――ビルの最上階まで階段を上った――長さ六十センチのバールで南京錠をこじ開けようとしている。

錠はびくともしなかった。

一歩下がる。壁に視線を走らせる。廊下のこちら側にある事務所はこれ一つだし、出入口はここしかない。廊下の反対側には事務所が二つあるが、室内は空っぽで、ここしばらく誰も入居していないのは明らかだった。しかし階段からこのドアに至る道筋に残る足跡は、ここ最近——おそらくこの一週間のあいだに——誰かが出入りしたことを示していた。

だが、どうやったら入れる？

バールの作業を再開する。

やるしかない。

リンカーン・ライムがこの場所が重要だと考えているのだ——ハエの死骸を根拠に。

何がどう結びついてそういう結論になるのか、プラスキーにはよくわからない。しかしライムは、ハエの死骸から検出された殺虫剤の成分が、この建物とロックスミスとのつながりを示唆していると判断した。

来てみると、確かにその可能性は高そうだ。いまプラスキーが破ろうとしている木製のドアの表面に、次のような文字が並んでいるのだから。

デヴ・スウェンセン・ロック・サービス
新規設置
修理
解錠＝住宅、商業施設、自動車
教育・指導

プラスキーはまたバールを差しこんで力をかけた。今回は蝶番のねじがごくわずかに動いたような手応えがあった。さらに数回試みると、真ん中の蝶番のフランジナットがほんの少しゆるんだ。もう一度。バールがすべり、先端が親指にまともにぶつかった。痛みが炸裂した。

大きく息を吸い、じんじんする痛みをこらえた。

そこでふと動きを止めた。

すぐ近くから何かが燃えるにおいがしている。プラスキーは階段のほうを見やった。煙が一条、立ち上っていた。

アメリア・サックスは鑑識作業用オーバーオールのフードを下ろし、頭を振って髪を後ろに払った。きっとこの先もずっと、タイベック素材のこの独特のにおいを嗅ぐたび、取り組み甲斐のある仕事と悲劇という珍しい取り合わせを連想するのだろう。ライムの番号に電話をかけ、ライムが出ると言った。「ロックスミスの正体がわかった。アヴェレル・ウィテカーの息子、キットよ」

「詳しく話してくれ」

サックスは、キットの部屋のファイルキャビネットから決定的な証拠を見つけたと話した。キャビネットの抽斗はすべて二重底になっており、そこを開けるとロックピッキングに関する本とピッキングツール一式が出てきた。キャリー・ノエルとアナベル・タリーズの部屋から盗まれたものと特徴が一致するパンティも。ほかに、二月十七日付『デイリー・ヘラルド』の第三面も二枚。

クローゼットにはノーブランドもののランニングシューズがあり、靴底のトレッドパターンは二件の現場に残されていた足跡と見たところ一致する。

「しかも、溝に赤煉瓦のかすらしき微細証拠が付着してたわ、ライム。乾いた血液の小さなかけらも」

「失敗に懲りて、溝のない靴に替えたんだな。微細証拠が付着しにくいような靴に」

「キッチンにあったバスケットから、ロンがグリーンアップル味のジョリー・ランチャーの袋を見つけた。グラファイトが付着してるみたい」

ライムが言う。「奴が盗んだ下着が出てきたと言ったね。包丁はあったか」

「ここにはない」

サックスは採取した証拠を収めたビニールや紙の袋を入れた箱を抱えていた。保管継続カードがぶら下がっている袋もいくつかあって、〈○○へ……□□より〉という札がついたクリスマスプレゼントのようだ。サックスは続けた。「でもほかには大した証拠は見つからなかった。パソコンなし、携帯電話なし。工具ももっとあるはずよね。どこか別に作業場を持っているんだと思う」

「場所を探る手がかりは」

「ない」

「証拠を届けてくれ。そいつの情報を電信で流せ。ただ、私ならまだ一般には公表しないな。奴を警戒させるだけだ」

「私もそう思う」

サックスはキットの部屋全体を事件現場として封鎖し

ていた。その情報には市警本部のすべての職員がアクセス可能だ。じきに第一副委員長サリー・ウィリスの耳にも入るだろうし、そうなれば、証拠物件が鑑識のクイーンズ本部に届いたかどうかを確認する使命を負って、ボーフォートやロドリゲスがここに駆けつけてくるだろう。時間がない。

　野次馬が集まり始めていた。二十人くらいいそうだ。マスコミも来ていた。どこにでも現れ、質問を投げつけてくる。サックスはいっさいを無視した。

　ロン・セリットーが来た。「ナンバー《L》自動読取シ《P》ステム《R》でもキットのアウディはまだ見つかっていない」

　サックスはシューカバーを脱ぎ、のちの検査のために証拠品袋に入れた。現場検証中の鑑識員の靴裏に重要な証拠物件が付着することもある。サックスは手袋をはずし、汗ばんだ手に息を吹きかけた。

　それから鑑識のバンの運転席に近づいて技術者に声をかけた。マホガニー色の肌をした背の高い女性で、前腕にイグアナの精密なタトゥーが入っているが、いまはジャケットの袖で隠れている。

「イジー、ちょっとお願いがあるんだけど」

「その言い方。何かいかがわしい頼みごとでしょ」

「〝いかがわしい〟は大げさね。〝危なっかしい〟くらいでどう？」

「〝危なっかしい〟ね、いいよ。どんなこと？」

「ここで採取した証拠を電光石火でクイーンズ本部に届けたがってる人が本部に何人かいてね」

「電光石火で。おばあちゃんがよく言ってたな」

　サックスは眉間に皺を寄せて続けた。「今日は渋滞がひどいって聞いたような気がするの。きっと事故が多いのね。どこから行っても時間がかかる。例のトンネルなんて——空いてるときのほうが少ないし。五九丁目から橋を渡る？　論外よ」

　イジーが言った。「それってつまり、いつもと違うルートで本部に戻れって話？」

「ちょっと思いついただけ」

　イジーが眉をひそめながら言う。「ふうん。じゃあ、トライボロ橋から行こうかな。マンハッタンを北上して、トライボロ橋を渡って南下して、クイーンズへってルート。そうだ、セントラルパーク・ウェスト経由もいいかも」

「それはいいわね。ああ、そういえば、ちょうどいまメル・クーパーがリンカーン・ライムのところに行ってるはず。ちょっと寄って挨拶するというのはどう？」

「メルっていい人だよね。しかも、踊らせたら最高！」

「届け物をメルに見てもらってもいいかも」サックスは証拠が詰まった箱のほうに顎をしゃくった。「だってほら、メルはこの事件の担当でしょ。先にざっと見せておいたら」

そうすれば、保管継続カードには、ライムではなくクーパーの名が記入され、誰だってクイーンズ本部で分析したと思うだろう——ライムの自宅の居間ではなく。

サックスは真顔に戻った。「事件捜査でリンカーンに協力した職員には懲戒処分が下されるって脅しめいたことを言ってる人もいる」

「ロドリゲスでしょ」イジーはいかにも腹立たしげな顔をした。「信用できる人だと思ってたんだけど。それがどうよ、〝何人《なんぴと》たりともリンカーンに協力してはならぬ〟なんて言い出したりして。あたしが鑑識を志望した一番の理由はリンカーン・ライムだっていうのに」イジーは幅の広い顔にすました笑みを浮かべた。「さてと、そろそろ行くね。渋滞のクソったれ。クイーンズボロ橋もトンネルもクソったれ」

「あのトンネルはほんと最悪」

「だよね、アメリア」イジーは向きを変えて口笛を吹いた。耳を刺すような甲高い音が鳴った。もう一人の鑑識技術者、少し年配の白人が小走りに来て助手席に乗りこんだ。サックスは荷台の扉を閉め、平手で車体を軽く叩いた。

タイヤが空転して軋み、バンは青白い排気ガスを残して急発進した。青い回転灯を閃かせ、横すべりしながらもイジーの巧みなハンドルさばきで遠ざかった。

ここで何があったのかと口々に問いかける記者を無視し、サックスはフォード・トリノのそばで待っているライル・スペンサーのところに戻った。

「キットのこと、驚いた？」

スペンサーは頬をふくらませて大きく息を吐き出した。「ええ、びっくりしました。以前から聞いてはいましたよ、家族の軋轢《あつれき》とか、仲たがいとか。しかし、まさかこんな……」

「作業場や隠れ家を別に確保するとして、あなたならどうする？」

　スペンサーは答えた。「こぢんまりした場所を選びますね。記録に残らない形で借りるだろうな。支払いは現金で。入居審査や信用調査が必要ないところ。キットには信託財産があるから、家賃の値引き交渉はせずにすみそうだ」

「場所を絞りこむ手がかりは何も見つからなかったの。リンカーンが証拠物件から何か引き出してくれるといいんだけど」

　そのとき、快活な声が聞こえた。「刑事さん。たまにはもっと別の状況で顔を合わせたいなあ」

　振り向くと、サックスが〝イタチ〟とニックネームをつけた男がいた。

　記者だ。シェルドン・ギボンズ。顔と同じく忘れがたい名前。

　なぜサックスがここにいると知っていたのだろう。

　今回もやはりデジタルレコーダーで武装している。ほかの記者は、大声で質問しながらカメラやレコーダーをフェンシングの選手のように取材対象に突きつける。ギボンズの物腰は気味が悪いほど穏やかだが、早口であるところはほかの者と変わらない。「そこのアパートにはキット・ウィテカーが住んでいますよね。あなたは最初にウィテカーやジョアナと会った──昨日タワーで会ったとき、ジョアナもその場にいたとおっしゃってませんでしたっけ。あれ、違ったかな」

　サックスは答えなかった。

「そして今日はキットのアパートだ。しかも鑑識の格好で。キットは無事なんですか。傷害事件とかですか」

「忘れた？　私はマスコミにはノーコメントなの」

「キットは負傷したんですかね。ひょっとして犯人はハンターミル高校の殺害された生徒の父親かな。ほら、高校の教師が悪魔崇拝の儀式をやってたとか何とかって記事を出してもめたことがあったでしょう。知ってます？」どんなに短い時間であっても、この男の話を聞いていると、それだけで心のエネルギーを吸い取られてしまいそうだ。

「ノーコメント。のちほど記者会見があると思います」

「あるでしょうね。しかし、せっかくいまここでこうして話をしてるわけだから。ロックスミス事件を考えると、キットに警護がついていなかったほうが不思議じゃありませんかね。ジョアナには警護をつけているんですか。アヴェルルはどうですか」

「失せろ」スペンサーが凄みのある声で言ってギボンズをねめつけた。

ギボンズは片手を上げ、取り入るような調子で言った。「憲法修正第一条がここにいる権利を僕に保障してます。それより、あんたは誰です？　昨日もサックス刑事と一緒でしたよね。ニューヨーク市警の人？　それともウィテカー・メディア？」

スペンサーは無言だった。

「そうだ、ウェルムって奴の動画、見ました？　ウェルムによると、ニューヨーク市警にはスパイが入りこんでて、ロックスミス事件の捜査もわざと手を抜いてるって話ですよ。あなたがロックスミス事件の担当だってことはわかってるんですけどね、サックス刑事」

ギボンズは疑わしげに目を細めて周囲を見回した。「なるほど。救急車も検死局の車も来ていない。キットは負傷していないし、死んでもいないわけだ。ひょっとして失踪中ってことですかね」

次の瞬間、ギボンズの存在はサックスの世界から消えた。かかってきた電話に出たロン・セリットーが地面を見つめている。めったに表情を変えないセリットーの顔に不安が浮かんでいた。

セリットーは電話を切って溜め息をついた。

「どうかした、ロン？」

皺くちゃな刑事がサックスに向き直る。「アメリア……まずいことになった。ロナルドだ」

49

サックスのフォード・グラン・トリノはハドソン・ストリートを疾走し、高速のまま角を曲がってサンドルマン・ビルに一直線に向かった。灰色の空を背景に、十階建てだろうか、十二階建てだろうか、高層のビルがそびえていた。幅も奥行きもせまい建物は、すすで黒っぽく汚れている。大きなバナー広告が掲げられていた――〈売り物件　商業用〉。

炎は見えないが、三階あたりから上の階の窓から煙があふれ出している。ヘリコプターが二機、近くをホバリングしていた。

車は尻を振りながら閑散とした通り沿いのビルの二ブロック手前に急停止し、スペンサーはダッシュボードに手をついた。だいぶ手前に駐めたのは、このあと到着するかもしれない緊急車両の邪魔になりたくないからだ。

サックスとスペンサーは、蛇のように地面をのたくる消防ホースをまたいだり迂回したりしながら小走りにビルに近づいた。何人かの制服警官が、近づこうとする野次馬を押しとどめようとしている。警官のほとんどがサックスの顔を知っているうえ、スペンサーはそのサックスと一緒に来ただけでなく、葬儀屋のような黒ずくめの服を着た私服刑事のように見えるからだろう、二人を規制線の内側にあっさり通した。

主として消防車で構成された緊急車両の一団が、散らかった玩具のようにビル前に集まっていた。数十人の消防隊員がホースを巧みに取り回している。脇腹に〈消防隊長〉と書かれた消防局のバンが臨時の現場司令本部になっていた。

スペンサーが訊く。「捜査の手が迫っているのを察知して、自分の作業場を破壊しようって魂胆かな」

サックスは言った。「たぶん違うと思う。リンカーンが証拠から見つけた手がかりは、古い錠前会社に結びつくものだった。で、ロックスミスもそこに何かつながりがあったんじゃないかしら。自分がそこにいた証拠を隠滅するために火をつけたんだろうと思う」

最上階の割れた窓を見上げる。プラスキーの頭が見えた。背後から白い煙がもうもうと流れ出している。いまのところはまだ、即座に命に関わるほどではなさそうだ。ここからだと、七階と八階の窓の奥に炎が確認できた。オレンジ色と黒が勢いよく渦を巻いている。

消防隊長のアール・プレスコットとは顔見知りだ。サックスはスペンサーを紹介した。「ライル・スペンサー。協力してもらってるの」

プレスコットがスペンサーにうなずく。

「どんな状況？」

「かなり厳しい。取り残された巡査とさっき連絡が取れた。最上階にいるが、屋上には出られないそうだ。出口がふさがれている。かといって、下りても来られない。どの階段にも火が回っていて熱すぎる。こちらから救出に行くのも無理だ。全力で放水してはいるが、なにしろ百年前の建物だ。可燃物の箱みたいなものだよ。スプリンクラーは設置されているが、犯人が給水を停めたようでね。操作盤は火のついた瓦礫の下に埋もれている。放火なのは間違いない。荷物の積み降ろし場でガソリンの携行缶の残骸を見つけた。もう少し前向きな報告ができたらよかったんだがね」プレスコットはヘリコプターを指さす。「屋上にヘリポートはない。炎の勢いがあるから、救助隊を屋上に下ろすのも無理だ。熱で乱気流が起きている。一方のチームはやってみると言ってくれたんだが、私が却下した。許可はできない。ここでヘリが墜落した場合の被害の大きさを考えるとね」

見ると、はしご車も二台来ている。プレスコットはサックスの視線をたどって言った。「はしごは高さ三十メートル程度にしか届かない。それに、あれが」そう言って平屋の建物を指さす。廃業した商店で、プラスキーがいる窓の真下に位置している。つまりはしご車はプラスキーの真下にはつけられない。少し離れた場所に駐めてはしごを伸ばすほかなく、先端のバスケットは十五メートルほどの高さまでしか到達しない。それではプラスキーがいる窓の真下には届かない。

「できるだけ高層の階を狙って放水しているところだ。もしかしたらそれで鎮火できるかもしれない。巡査はいまのところ窓から顔を出せているが、じきに煙にのまれてしまうだろう」

サックスは電話をかけた。

プラスキーが咳きこみながら電話に出た。「アメリア。あとちょっとで事務所に入れたんですけど。解錠サービスの会社の事務所に」また咳。「入れませんでした。放火ですか」

「そのようね。ガソリンの携行缶が見つかった」

「そっか。じゃあ、事務所に何か証拠があるんだな」

「その心配はいいから。あなたを地上に下ろすのが先よ。ほかに近づけそうな窓はある？　はしご車は来てるんだけど、いまいるそこには届かないのよ」

「えー と……これ一つです」声がしわがれた。

「わかった。息をするほうに専念してて。こっちで何か手を考えるから」

プレスコットが言った。「州警察の山岳救助隊に出動要請した。いまヘリで移動中だ。三十分ほどで来る。うまくいけばもっと早く」

ビルをじっと見上げていたスペンサーが言った。「それじゃ間に合わない」プレスコットに向き直る。「ケーブルリードガンはありますかね」

プレスコットはスペンサーを眺め回すようにしたあと、サックスを一瞥した。サックスはうなずいた。

「もちろん」

子供向けの玩具の銃を思わせる黄色いプラスチック製のケーブルリードガンは、オレンジ色の電球形の物体を発射する。この発射体には、リールから伸ばした細い黄色のケーブルが結びつけてある。二二口径のカートリッジをセットして撃つと、発射体が救助を待つ人のところまでケーブルの先端を運ぶ。このケーブルは細くて、人の体重には耐えられない。そこで救助隊がケーブルの手前の端により頑丈なロープを結びつけ、救助を待つ人自身に引き上げてもらう。

「スターリングのセルフレスキュー・キットを引き上げてもらおう」スペンサーは言った。

そのキットならサックスも知っている。緊急時用の下降懸垂ユニットだ。ちょうどいまのように階段がふさがれて高層階に取り残された消防隊が頼る、最後の手段だ。ハーネスを着け、ロープの一端を建物のパイプや梁に固定したあと、窓から外に出て、手でブレーキを操作しながらロープ伝いに地上に下りる。

スペンサーがサックスに尋ねた。「巡査はセルフレスキュー・キット使った経験がありますかね」

「わからない」サックスはまた携帯からプラスキーに電話をかけた。「ロナルド？　これまでに……」スペンサーに問うような視線を向ける。「スターリングのセルフレスキュー・キット」

サックスはそのとおりに伝えた。

「使ったことないです」

スペンサーが言った。「そうか。ちょっと待っていてくれ。何か考えるから」

サックスはこれもプラスキーに中継し、電話を切った。

炎の勢いはいっそう激しくなっていた。煙も濃くなっている。サックスの心臓は激しく打っていた。プラスキーとはもう何年ものつきあいだ。師弟といってもいい間柄だった。プラスキーの死を奥さんや子供たち、やはり警察官である双子の兄に伝える場面を想像する。

だめだ。とてもそんなことは――

スペンサーがプレスコットに言った。「ケーブルを発射して、クライミング用ロープを引き上げてもらってください」

「クライミング用ロープ？」

「最低でも太さ二センチのもの。ありますかね」

「ある。しかし、素手で伝い下りるのは無理だろう」

「ですから、私が登ります。登って、スターリングのキットを着けさせます」

「意味がわからんな」

スペンサーはもどかしげだった。いま説明したとおりのことを繰り返し、最後に付け加えた。「時間がない」

「ロープ一本で三十メートル登るなんて、できるわけがない」

「私ならできます」

「だが、きみは民間人だ」

サックスは言った。「臨時に権限を与えます」

ニューヨーク市警規則便覧に民間人に警察官の権限を付与する手続きは載っていないが、消防隊長プレスコットはそれを知らないか、規則を無視すべき場面があるとすれば、いまがまさにそうだと判断したようだ。

サックスは続けた。「必要なものを用意してください」

「酸素、マスク、スターリングのキットを二組。リストストラップつきの手袋とブーツも。もしあれば、サイズは13で」

無線機から雑音まじりの声が聞こえた。「隊長。放水じゃまるで歯が立ちません。両脇の階段を流れ落ちちまうんですが、燃えてるのは建物の中心部分なんですよ。届きません」

「了解」プレスコットはスペンサーに向き直った。「わかった。必要なものをそろえる」隊員を二名呼んで指示を出す。

スペンサーが言った。「巡査に電話をかけてもらえるか」

サックスはダイヤルし、スピーカーモードにしてから携帯電話をスペンサーに渡した。

「はい？」咳。苦しげな息遣い。

「巡査。ライル・スペンサーだ。いまからケーブルリードガンをそっちへ撃つ。ケーブルにクライミング用のロープを結んであるから、それを引き上げてくれ。どこか固定できそうな場所はあるか」

「窓の……」激しい咳が聞こえた。「窓の下に据付のラジエーターが」

「よし。また連絡する」スペンサーはサックスに電話を返した。

すぐ先の角から白い物体が現れた。大型のバン――車椅子用のリフトを備えたリンカーン・ライムのスプリンターだった。車が停まり、脇のスライドドアが開いて、ライムを乗せた車椅子が歩道に下ろされた。車椅子が離れるのを待って、リフトが車内に収納された。トムは車を発進させ、緊急車両の邪魔にならない駐車スペースを探しに行った。

ライムが近づいてきた。隊長のプレスコットが挨拶代わりにうなずく。

ライムはサックスに言った。「聞いたら来ないではいられなかった。どんな様子だ?」

サックスは状況を説明した。二人は登攀《とうはん》の準備をしているスペンサーを重苦しい表情で見守った。

まもなくスペンサーが言った。「ロナルドに電話して。スピーカーモードで」

サックスは電話をかけた。

「プラスキー巡査、ライルだ。窓際からいったん離れてくれ。いまから黄色い投射体を打ち上げる。そいつを受け取って、下のロープを引き上げてくれ」

スペンサーはスーツのジャケットとネクタイを取って路上に放り出し、靴を脱いでブーツに履き替え、手袋をはめた。隊員の手を借りて酸素タンクを背負いながら、地上十メートルほどの高さのバスケットでケーブルリードガンをかまえている女性隊員にうなずいて合図した。

初弾は一メートルほど狙いがはずれた。隊員は角度を微調整し、二発目は誰もいない窓を通り抜けた。

黄色いケーブルが即座に蛇のようにくねり始め、はるかに太いロープが壁を上っていった。

スペンサーはナイフを借り、別のリールからクライミング用ロープを三メートルほど引き出して切断した。それを自分の胸に縛り、余ったロープはだらりと垂らした。それから、回線がつながったままのサックスの携帯電話のほうに大きな声で言った。「そっちはどうだ、巡査?」

「なんとか持ちこたえてます」

咳はいっそう苦しげになっている。

「ロープをラジエーターに結びつけてくれ」

プラスキーの声が聞こえた。「あの、僕のためにあなたまで危険な――」
「もう黙ってろ、巡査。酸素を無駄に使うな。すぐにそっちに行く。そうだ、ロープをラジエーターに固定するときの注意事項を一つ――頼むから、しっかり結んでくれよな」

50

ライル・スペンサーははしごを猛然と上って平屋の建物の屋上に出た。

ロープをつかんで上を見る。

ロープはプラスキーがいる窓の外の幅三十センチほどの出っ張りにまっすぐ続いている。一つ強くロープを振り、トレーニング用のバトルロープのように波打たせてみた。送り出された放物線が昇っていき、十数メートル上空で消えた。

よし、いくぞ。

スペンサーは六十センチほどジャンプしてロープをつかんだ。腕の力で体を引き上げ、次に両脚を引き寄せて、左足の甲と右足の裏でロープをはさんだ。ロープクライミングのS字フックと呼ばれるテクニックだ。

脚を伸ばす。これで一メートルほど上に進んだ。

脚を引き寄せる……ロープをつかむ……脚を伸ばす。

あとたったの三十メートルだ。

いや、正確には三十メートル強か。

息を吸う。吐く。

いいぞ、あと二十八メートルだ。

三十メートルよりは少し減った。

引き寄せる……つかむ……伸ばす。

早くも腕が疲れてきたが、筋肉の悲鳴が聞こえるほどではない。

「撤退、撤退、撤退」消防隊長の拡声器越しの声が聞こえた。

すべての消防車がクラクションを三度鳴らした。全隊員、撤退せよという全国共通の合図だ。消防隊では、無線連絡に加えてかならずクラクションも鳴らす。無線機が不調だったり、炎の音がとりわけやかましかったりする場合があるからだ。

ただし、スペンサーの耳には、そろそろ建物が崩壊するぞという意味に聞こえた。

だからといってできることはない。ただロープを登るだけだ。

引き寄せる……つかむ……伸ばす。

二十五メートルなんて、大した距離じゃない。フットボール競技場の長さの三分の一にも満たない。

二十メートル。

十八メートル。

いや、正直な話、半端じゃなく遠いよ、トルーディ。

十五メートル。

くそ。腕が痛くなってきた。

引き寄せる……つかむ……伸ばす。

「やれるかな、パパ」娘の声は不安げだ。

「踏ん張れ、トルーディ。おまえならやれる」スペンサーは娘に言う。

二人は――スペンサーと十二歳のトルーディは地上十五メートルにいる。トルーディは痩せていて、金色の髪をポニーテールにしている。二人はほぼ同じペースで登っていた。

「だめかも」トルーディがあえぐ。

「一度に一ステップ、一度に一グリップ」スペンサーはそう励ます。

「わかった」トルーディは言い、頭上の新たな岩に手を伸ばす。

そして転落する。息を切らし、叫びながら、落ちていく。

トルーディについていたスポッターが落下を補助し、トルーディはみごとな懸垂下降で緑色のマットが敷かれた床に下りた。

「大丈夫か」スペンサーは下を向いて声をかける。

「平気」

スペンサーはさらに三メートル登り、高さ二十メートルのベルを鳴らしてから下降した。柔らかな床に下り立つたび、こんなものは無意味だと思う。時速五十キロで衝突したら、相手がマシュマロでないかぎり、自分の体の大半にさよならを告げるはめになりかねない。

「もう帰るか」スペンサーは娘に尋ねる。

「ううん。もう一回やってみる」

それでこそ俺の娘だと胸のなかでつぶやくが、口には出さない。代わりに、壁のほうに顎をしゃくる。「〝レディファースト〟だな」

引き寄せる……つかむ……伸ばす。

スペンサーは十二階の窓台を見上げた。

あとどのくらい？

あと十メートル。

引き寄せる……つかむ……伸ばす。

七メートル。

ネイビー・シールズ時代の自己最高記録は五十メートルだった。といっても、もう何年も前の話だ。

空気を求めてあえぐ。腕の筋肉は——背中もだ——あとどれだけ耐えられる？

五メートル。

上を見た。

よし、あと三メートル。

引き寄せる……つかむ……伸ばす。

二メートル。一・五メートル。一メートル。

ついに窓の出っ張りに手がかかった。

「おい」大声で呼びかける。

くそ、巡査は気を失ったのか？　そうだとすると、超絶に厄介だぞ。

「おい！」

ロナルド・プラスキーが窓から顔を出した。涙をぼろぼろ流し、咳をしている。あきらめと恐怖と当惑がごっちゃになったような顔をしていた。

あえぐ。大きく息を吸いこむ。「いいか。いまからロープをそっちに投げる。かならずキャッチしてくれよ。野球のスキルが埃をかぶっているなら、急いで払ってくれ。いいな？」

「はい」

スペンサーは胸に結びつけておいたロープの端を握った。左右の足でクライミング用ロープをS字フックのスキルで押さえる。左手でロープをしっかり握る。

「窓台に引き上げてくれ。死ぬ気で引っ張るんだ。窓の下にあおむけになって壁に足を踏ん張り、脚を伸ばして引く。私もメインのロープをつかんで体を引き上げるから」

「ロープを僕の体に巻きつけといたほうがよさそうだ」

スペンサーは声を上げて笑いそうになった。「いや、それはかえって危険だ、巡査。いいか、投げるぞ」

「はい」

スペンサーは鼻の先数センチのところにある自分の手

を見つめ、頭のなかで言った――「さて、ミスター・ライト、お手並み拝見！」（「ライト」＝右翼手。「ミスター・ライト」には理想の男性という意味も）ソフトボール場でよく言い合った、娘とスペンサーだけのジョークだった。

　ロープを握っていた右手を放し、胸のロープの端を窓めがけて全力で投げ上げた。

「キャッチしました！」

「やったぞ、トルーディ」

「パパならキャッチできると思ったよ」

「引け！」

「気をつけて。窓枠に割れたガラスが残ってます」ロナルド・プラスキーが大きな声で言った。

　そんなちっぽけな心配をしている場合ではない。

若者は痩せて見えたが、力は強いようだ。まもなくスペンサーの手袋をはめた手が窓枠に届いた。

「もう一度頼む」

　クライミングでもっとも要注意なのは、頂上に体を引き上げる瞬間だ。

　スペンサーはプラスキーがロープを引く勢いを借りて体重を引き上げた。

　次の瞬間、二人は重なり合うように床に投げ出されていた。

「時間がないぞ。急ごう」

　酸素をオンにし、マスクをプラスキーの顔に押し当てた。プラスキーが深々と酸素を吸いこむ。たちまち顔に血色が戻った。三十秒ほど吸ったあと、プラスキーはマスクを返し、今度はスペンサーが甘美な酸素を吸いこんだ。

　灰色と赤のスターリングＦＣＸのハーネスをプラスキーの腰に装着し、ロープに嚙ませたレバーの仕組みを説明した――レバーを操作して速度を調節しながらゆっくりと降下する。

「どうだ、やれそうか」スペンサーがここに来てからの時間だけでも煙はいっそう濃くなっていた。階段のほうから火の粉と熱が流れこんでくる。

　プラスキーがうなずいた。

　スペンサーはマスクを顔に当てて大きく息を吸いこみ、煙がしみてあふれた涙をまばたきをして追い出した。床からバールを拾い、窓の下枠に残っていたガラスの破片を砕いた。次にＦＣＸのフックをラジエーターに固定し、プラスキーに手を貸して窓枠を乗り越えさせた。プラスキーのベルトをしっかりつかんでおいて反転させ、体の前面がビルの外壁と向かい合うようにする。「ちゃんと押さえてるからな。ちょっと待て……」ＦＣＸ一式がきちんと装備されているかどうか確かめてから、ベルトを離す。「大丈夫だ、行け。レバーの操作は慎重にな。さあ、下りた下りた」

「ライル……どうお礼を言っていいか。あなたは命の――」

「あとで。まずは無事に下りることだ」

51

僕は光り輝くアウディＡ６を歩道に寄せて駐め、用心しながら降りた。あたりを見回す。

警察。

消防隊。

僕のしたことの始末をつけに集まっている。

サンドルマン・ビルで起きた大火災。

火の回りは期待したほど速くなかったが、まあ、こんなものだろう。炎は建物の中心部を這い上っている。デヴ・スウェンセンの工房に誰もたどりつけないまま、僕に結びつく証拠は燃え尽きたはずだ。

しかし、ここに戻ってきた理由はそれじゃない。

新たな任務のためだ。

写真を撮るため。

何本か合鍵が必要だ。世間の連中はとんでもなく不注意で、グローブボックスやドリンクホルダー、サンバイザーの上なんかに鍵を置きっ放しにする。

または、このドライバーみたいに、イグニションに差したままにする。

やれやれ、少しは頭を使えよな。泥棒の手が届くところに鍵を置いておいたら、錠の意味がないだろう？

もちろん、この車のドライバーには多少の脳味噌はあるようだ。エアコンをつけたままにしておきたいからエンジンをかけっ放しにし、別のキーでドアをロックしてから車を離れたようだ。

通りの左右を確かめる。

僕は透明人間だ。目の前で高層のビルがごうごう燃え盛っていて、無数の回転灯が閃いているんだ。それ以外のものに目をやる奴なんかいない。僕は腰をかがめ、ジグラーを使ってドアのロックを解除する。イグニションからキーを抜き、あらゆる角度から何十枚も写真を撮る。不法に合鍵を作るには蠟か何かに押しつけて型を取ると世間は思っている。テレビでそんなシーンを何度も見ているからね。しかし現実には、その方法はごく単純なスケルトンキーにしか使えない。ピン・タンブラー錠の鍵をコピーするには、高解像度の画像が必要だ。

念のため、六十秒の動画も撮影する。

これで充分だ。

キーをイグニションに戻し、エンジンをかけ、内側のボタンでロックしてドアをそっと閉めた。

一分後にはアウディに乗って騒ぎの現場をあとにした。あのビルが崩壊するところをぜひ見たいが、いくつか急ぎの用事がある。


ロナルド・プラスキーは無事に地上に下り、酸素と水を手渡された。

ところがライル・スペンサーが下りてくる気配はない。まだ十二階にいる。炎は最上階に達しようとしており、真っ黒な煙はどんどん濃くなっていた。

「ライルは何をしている?」ライムはつぶやいた。

サックスが言う。「ほんと、何してるのかしら。そろそろ十二階に火が届いちゃう」

二分が過ぎた。

三分。

五分。

「電話してみろ」

サックスが携帯電話を持ち上げようとしたとき、ちょうど電話がかかってきた。「ライルだわ」スピーカーモードに切り替える。「ライル? 無事なの?」

「ロナルドが入ろうとしていた事務室のドアを破った」いったん声が途切れた。酸素を吸っているのだろう。「鍵師の工房だ——もう火が回っている。作業台の前の塵やら何やらをさらってくるのがせいいっぱいだった。袋に入れた。いまから投げる」

「いいから早く下りろ、ライル」ライムは言った。「火はその下の階まで迫っている」

ライムの声が聞こえたのかどうか、スペンサーは無言で電話を切った。

スペンサーが十二階の窓に現れ、重しをつけた紙袋を投げ落とすのが見えた。紙袋は一直線に落下し、消防隊員のそばに落ちた。拾い上げた消防隊員は、サックスが合図しているのに気づいて持ってきた。

　サックスはそれを証拠袋に収めた。隊員の名前を確認しただけですぐに袋をしまった。保管継続カードの記入は後回しにするつもりだろう。

　サックスが言った。「どうして下りてこないの？　まだ何か探してるのかしら」

　まだ生きているのか？

　二人は窓を見つめた。

　何をやっているんだ、ライル？

　建物からマンモスがうなるような音が聞こえ、九階か十階の床が崩壊した。窓から煙と火の粉が噴き出す。建物全体がうめく。

　そのときだった。窓にスペンサーが現れた。酸素マスクを当てて大きく息を吸いこみ、肺を酸素で満たしている。まもなく顔を上げると、なぜだろう、エンパイア・ステート・ビルの展望台から景色をながめる観光客のように街の景色を見渡した。その物腰は穏やかそのものだった。

　次に下を、路上に集まった消防車を見つめた。

　ライムは言った。「メッセージを送れ。いますぐ下りろと伝えろ。〝いますぐ〟を二度書け」

　サックスは一瞬、ライムを見たあと、メッセージを送った。

　スペンサーがポケットから携帯電話を取り出すのが見えた。そのまま長いあいだ画面を見ていた。やがてポケットにしまった。

　それからまた街を見渡した。

　次に三十メートル下の一階建ての商店の屋上を見る。またどこかの階が崩壊した。建物が揺れているように見えた。

　ようやくスペンサーは腰をかがめ、セルフレスキュー・キットを窓の内側の何かに固定した。酸素マスクとタンクを下ろし——下降中の重量を減らすためだろう——向きを変え、窓枠を乗り越えて窓台に立った。

　ロナルド・プラスキーの降下はいかにもぎこちなかったが、ライル・スペンサーは、バレエのダンサーのように優雅に地上に下り立った。信号は青だから危険はないと知っていて大通りを横断するように、何気なく。

52

「おや、リンカーン・ライムだ」

ライムは車椅子の向きを変えた。男が二人、近づいてくる。二人とも困惑顔をしているが、ライムの目にはしらじらしい芝居と映った。

ライムが市警の公務で来ていると思っているのだろう。

声を発したのは、大柄でよく日に焼けたリチャード・ボーフォートだった。こうして見ると、テレビドラマで——それも刑事ドラマで——主演していた何とかいう有名俳優に似ている。もう一人は市長の補佐官エイブ・ポッターだ。痩せた男で、頭はほとんど禿げているが、左右の耳の上には黒いまっすぐな髪の房が残っている。こちらは有名人にはとくに似ていない。

サックスが二人のほうに鋭い視線を向けたが、ライムは言った。「ここはまかせろ」そして車椅子を二人のほうに近づけた。

「ボーフォート刑事……おめでとう」

「え……？」ボーフォートが眉をひそめる。

「市長の警護チームに配置替えになったと聞いた。昨日今日の話だろう。昨日は第一一二分署でブリヤック裁判の後処理を担当しているという触れ込みだったのだから」サックスによれば、ボーフォートは実際にはしばらく前に異動している。

「その、いくつかの仕事を兼任していまして」ボーフォートは指先をこすり合わせた。内心の緊張の現れだろう。

ライムはまたもサックスの神経質なしぐさを連想した。ただしサックスの場合は嘘をついたからではない。

「私にも覚えがある。現役だったころは、切り替えが難しかった。複数の仕事を抱えてやりくりするのが」

ポッターは身体的な迫力には欠けているが、声に威圧感があった。「ミスター・ライム、ニューヨーク市警の事件捜査に関与しないようにとの通達があったはずですが」

なかなかやるな。あえて〝ミスター〟呼ばわりして、ライムは一介の市民にすぎないことを強調した。ウィリス第一副委員長でさえ警部と呼んだのに。

ライムは用件を早く言えと促すような視線を二人に向

けた。

「グレゴリオス殺害事件で容疑者が逮捕されました」

　クイーンズ区で発生した殺人事件だ。

「ホームレスの男か」

「そうです。記者会見の際、背景のホワイトボードにこれが留めてありました」ポッターはボーフォートに目くばせをした。ボーフォートが携帯電話をライムに向ける。

　そこに表示された写真には、テーブルとホワイトボードが写っている。ホワイトボードには、驚いたような目をしたホームレスの容疑者の逮捕時の顔写真と、血まみれの財布、やはり血で汚れたフィレナイフ、チェリー風味のミラクル・セーヴのボトルの写真が並んでいた。その下に、ライムがケリー刑事とウィルソン刑事に宛てて送ったメールのプリントアウトがあった。


　亜塩素酸ナトリウムとクエン酸を混合してできる二酸化塩素（C－O$_2$）は、殺菌剤や洗剤として一般に使用されている。一方、C－O$_2$は、A－D－Sや癌を含むさまざまな疾病の特効薬であると誤認させる手法で販売もされている。インチキ薬として販売される際は、レモンやシナモン、あるいは今回の微細証拠にも含まれているチェリーシロップなどを添加する例が多い……


　記者会見で成果を見せびらかす市警幹部をライムが快く思ったことはない。違法薬物や現金の袋を積み上げたり、SWATチームが容疑者を確保した瞬間の写真を公開したり、証拠物件を並べたり。自慢気で見苦しいだけだ。それに捜査の手の内を明かすことになりかねない。悪党だって家にテレビを持っている。

　ボーフォートが言った。「ウィリス第一副委員長と市長は、このメールは禁止令に違反するもので、しかもあなたはそれを承知で送ったのだと考えています。市警の面汚しです。それに、指揮系統を愚弄するに等しい行為だ。そんなものは尊重するに値しないと宣言するようなものです」

　ライムはポッターを見上げて尋ねた。「市長は、グレゴリオス事件への私の関与を糾弾するような発言をしたのかね」

「ええ、しましたよ」

「対立候補の名前は何といったか。知事選のもう一人の候補だ」

　ポッターはボーフォートを見やったが、結局は自分で答えた。「エドワード・ローランド」

　ああ、それだ。億万長者の実業家。

「その発言を受けて、今度はその対立候補が市長を非難する声明を出した」ライムは言った。

「何がおっしゃりたいのかわかりませんね、ミスター・ライム」

　ライムは訊いた。「きみたちはチェスはやるかね」

　二人はまたも目を見交わした。ボーフォートが眉をひそめて訊く。「チェス、ですか」

「いや、いい」ライムはサックスの視線を感じた。小さくうなずいて、大丈夫だと伝えた。「で、市長の私に関する発言は、記者会見のホワイトボードにあった私のメールを踏まえてのものだったわけだ」

「そうですよ」ポッターが言った。どこか勝ち誇った言い方に聞こえた。「あなたはまさかニュースに出るとは思っていなかったんでしょうが」

「で、市長はきみたちに……私を逮捕してこいと指示したわけか」

「この時点では、正式な謝罪で充分です」

「有罪を認めます。もう二度といたしません」ライムは言った。

「規則の軽視は決して許さないとみなに示す必要がありますのでね」

　ライムはボーフォートがこちらに向けている写真に目を凝らした。ホワイトボードをよくよく観察する。

　その視線が証拠を分析するものに近いことに気づいたのだろう、ボーフォートは急いで携帯電話をしまった。

　今回のホームレスの逮捕について、第一一二分署のタイ・ケリー刑事とクリスタル・ウィルソン刑事に伝えたいことが二つ三つできた。しかし、いま目の前にいるこの二人には絶対にその話をしたくない。

「リンカーン」ボーフォートが言った。「ご自分がどれほどまずい状況にあるか、お分かりじゃないようですね」

「タイムスタンプ」ライムはそう応じた。

「はい？」ポッターが訊き返す。

「きみたちはメールの日付は見たのだろうが、時刻は確認していないのだろう。ケリー刑事がオリジナルを持っている。きちんと確かめていれば、私のメールは例の命令《アット》の数時間前に送信されたとわかったはずだ。ちなみに〝フィアット〟《フィ》とは、法律に基づく正式な命令を指す。これは私見だが、市長と市警本部長が発した指示はそれに該当しないのではないか。しかしまあ、それはまた別の問題だ」

「タイムスタンプ」ポッターの表情が引き攣った。この件を報告したら市長に何を言われるかと考えているのだろう。市長は、ライムのメールが送信されたタイミングを確認しなかったポッターとボーフォートを責めるに決まっている。

ボーフォートが巻き返しを図るように言った。「ところで、あなたはここで何をしているんですか」

「私は――」

大きな声が割って入った。「私に会いに来たのだよ」

三人は振り返った。声の主はブレット・エヴァンズ警視監だった。軍人を思わせる立ち居振る舞いの長身でダンディな警視監は、ライムのほうに一つうなずいてから、ほかの二人に冷ややかな目を向けた。「リンカーンと奥さんと本部で待ち合わせて昼食に出かける約束をしていたのだ。ところがこの一報が入った」そう言って燃え盛るビルを見上げる。「二人の同僚が命の危険にさらされているという一報がね。二人は同僚の無事を確かめにここに来た。私もだ」

エヴァンズはさらに続けた。「ニュージャージー州警察の知り合いにリンカーンを紹介するつもりでいた。向こうの科学捜査ラボに。リンカーンとの契約に関心を示している」エヴァンズは次の言葉を強調するように声をいっそう低くした。「顧問契約だ」

ポッターはボーフォートを見た。

二人は一言たりとも発しないまま車に戻っていった。ポッターが運転席に乗りこむ。しかし車は発進しなかった。ライムが現場をうろうろしないよう見張るつもりだろう。

ライムはエヴァンズにうなずいて感謝の意を伝えた。エヴァンズはにやりとして言った。「私の芝居、どうでした？」

「オスカーものだった」

「ロナルド・プラスキーはどんな様子です？」

「心配ない。ウィテカー・メディアの警備部長に救われた」

「へえ？　負傷者ゼロですか」

「ああ」

二人はビルを見上げた。また二つか三つフロアが崩壊して火の粉が噴き出して舞い、オレンジ色の炎の舌が閃いた。エヴァンズが訊いた。「これもロックスミスのしわざですかね」

「間違いないと思う」

「知り合いを紹介できるというのは本当ですよ、リンカーン。ニュージャージー州警察にコネがある」

「ありがとう、ブレット。考えておくよ」

「本当ですね？」エヴァンズは一瞬、無表情を保った。だがすぐに笑い出した。

「気持ちだけありがたくいただくよ」

エヴァンズは真顔に戻って言った。「とにかく用心したほうがいい」

ライムはボーフォートとポッターのほうを見やった。

「そうだな」

「連中のこともそうです。しかし、私が言っているのは別です。ブリヤックのことですよ。法廷に引っ張り出されたことに腹の虫が治まらない様子で、とりわけあなたに遺恨を抱いていると聞きました。どこかのブロガーが陰謀論まで垂れ流してもいる──ブリヤックを逮捕して有罪にしようという陰謀があって、それにあなたが関与しているのではないかと」

今度はライムがにやりとする番だった。「その話ならロンから聞いている。まともとは思えないね。それにブリヤックにしてみれば、私などすでに遠い過去の存在だろう」

53

その四十分前、アーロン・ダグラスは、リンカーン・ライムが自宅タウンハウスから外出するのを目で追った。趣味のよいシャツにスラックスを合わせた、ほっそりしていながらもたくましい筋肉をつけた男が付き添っていた。車椅子用のリフトを備えたスプリンターは、二人を乗せて歩道際を離れて走り出した。

いつもの灰色のキャデラックのギアを入れ、ダグラスはスプリンターを尾行した。二台は南へ向かい、やがてここに——ビルの火災現場に着いた。

ライムがここに来た理由には見当がつかなかったが、もう一人の人物に目を留めてほくそ笑んだ。ダグラスがほかの誰より関心を持っていた人物、どこかで行き合えたらいいと思っていた人物——アメリア・サックスだ。

交通量の少ない脇道にキャデラックを停めて〝マッサージ師〟、胸板の厚いアーニー・カヴァルに連絡した。

「来い。いますぐ。バンで」そして番地を伝えた。

ダグラスは野次馬の小集団にまぎれこみ、何があったのかと尋ねた。

一人の男が言った。「例の連続殺人犯、ロックスミスだよ。あのビルで誰かを殺そうとしたらしい」

なるほど、どこへでも侵入できるとかいう奴か。アメリア・サックスとリンカーン・ライムが、ヴィクトール・ブリヤックを捕まえるチャンスをうかがうかたわら追いかけている男。ダグラスは訊いた。「そいつは捕まったって？」

すると大きな帽子をかぶった中年女がにやにや笑いながら言った。「捕まるわけないでしょ。ロックスミスは警察に雇われてるんだから」

「そんなわけないだろ」別の野次馬から声が飛ぶ。

「だってネットで見たもの」女は憤慨して言い返した。「信憑性の高いソースがそう言ってるんだから！」

ダグラスは結論を待たずに——結論など出るのかわからないが——その場を離れ、ライムとサックスの両方が見える場所に移動した。二人は消防隊の現場司令本部の近くにいる。大勢の消防隊員とパトロール警官や私服の刑事が集まっている。次にダグラスは現場周辺を歩き、サックスのひときわ目立つ車が近くの脇道に駐まっているのを確認した。ライムはスーツ姿の男二人と話していたが、三人目が現れるなり、その二人は立ち去った。やがてライムはアメリア・サックスと〝山男〟——ダグラスとアーニーがメープル風味のテンペ・バーガーの販売カーのそばで見かけた男——のところに戻った。

あの男はたったいま、燃えるビルから誰かを救出した。鮮やかな手並みだった。

男は自分の肩をもみほぐしながら、ときおり酸素を吸っている。

ライムの車椅子が太い消火ホースを難なく乗り越える様子を見て、ダグラスは感心した。すごいな、いまどきの車椅子は。

アーニーにメッセージを送る。


まだか。

返信が届く。

あと3分。


ダグラスは近所や脇道をゆっくりと歩いて回り、位置関係を頭に入れた。いいね。ここならいけそうだ。

まもなくアーニーの車が現れ、ダグラスが指定した交差点に駐まった。フォード・エコノラインのおんぼろバンだった。アーニーは路肩に寄って車を駐め、ダグラスに小さくうなずく。

ダグラスはくたびれたバンをながめた。覚醒剤や遺棄予定の死体を運ぶのにうってつけだ。あるいは、花屋の配達に使うのにも。もともと何に使われていたにせよ、肝心なのは、目立つ特徴がないこと、似たような車がほかにいくらでも走っていそうなことだ。言い換えれば、女刑事を轢《ひ》き倒すのにちょうどいい車であることだ。

車体の色は、アーニーが推奨したとおりの無個性な白だ。

「いいね」ダグラスは車にうなずいて言った。

「こいつがぴったりだと思ったんだ」小柄だが筋肉質なアーニーは、集結した消防隊員や緊急車両、無数の回転灯を見やった。それから言った。「あの二人だ。ほら、フードトラックのとこで見た二人。エロいね、いい女だ」

ヴィクトール・ブリヤックはもう少し品のよい表現を使ったが、言っていることの本質は変わらない。

「それとこれと何の関係がある?」

「関係ないっちゃないけどさ、でも」アーニーは〝でも〟の先を続けずに口をつぐんだ。

ダグラスは指をさした。「女の車はあそこだ。二人があの車とスプリンターのところに戻るのを待つ。スプリンターはライムのだ。二人一緒のところを狙う」

「あいつ、運転できんの?」

「いや。別の男が付き添ってる。介護士だか何だか知らんが」

「車椅子用のスロープとかついてんのかな」

「よけいなことは気にしなくていい」

「そうだった。車とバンのほうに戻ってきたところを狙う」

　ダグラスは今度はこのブロックの中間地点あたりを指さした。「あのへんがいい。女があのへんまで来たところを狙う」

「ごみ置き場のあたりだな」

「そうだ」ダグラスは少し考えて続けた。「重傷は負うが死なない程度を狙うなら、速度はどのくらいだろうな」

　アーニーは思案した。

「六十キロだな」

「速すぎる。五十キロでいこう」

　アメリア・サックスは最上階の窓から垂れたままのロープを最後にもう一度見上げた。窓はもう炎にのまれている。初めにクライミング用ロープの一本が、続いてもう一本が平屋の商店の屋上に落ちた。どちらも端に火がついていた。

「私なら怖くてやれなかったかも」

　サックスの最大の敵は閉所だ。高いところは、人並みの不安は感じても、とくに苦手なわけではない。それでもやはり、あれだけの高さは怖い。

　ライムは何も言わなかったが、無意識のうちに最上階の窓を見上げた。

「何を言われたの？」サックスが訊いた。

「ボーフォートとポッターの話か？　公式に謝罪せよといわれた。グレゴリオス事件に関してメールを書いたから」

「それ、本気なの？」サックスは不愉快そうに唇を引き結んだ。

「もう決着がついた。しかし、そう簡単にはあきらめない連中だ。そうだ、ブレット・エヴァンズは私をトレントンだかニューアークだかに行かせたがっている。よくわからん時代になったな、サックス……」ライムは声を低くして続けた。「で、キットなのか」

　サックスはうなずいた。「父親とうまくいっていないことはもう話したわね――キットはアヴェレル流のジャーナリズムを嫌ってる。昔から政治活動に関心を示してたみたいね。ところで、イジーは証拠を届けに来た？」

「メルが全部を二つに分けて、イジーが一方をクイーンズに持っていったよ。いまごろメルが分析を始めている」

「私もタウンハウスに戻るわ」サックスは向きを変えて自分の車のほうに歩き出した。

ライムは並んで車椅子を走らせた。サックスのトリノは、このブロックの向こう端に駐まっていた。

通行する車はない。そこで二人は車道を進んだ。マンハッタンの歩道は、車椅子には過酷だ。幅がせまく、あちこちにくず入れがあり、舗装面はひび割れやでこぼこだらけだ。

「キットの動機は政治的な意見を表明することとは考えにくいと思っているんだろう」

「それも動機の一つだろうとは思う。でも、そうね、最大の動機は別にあるような気がする。もっと根の深い何か。父と息子のあいだの。だってほら、切り抜きにあったメッセージ――〝因果応報〟」

一瞬の間《ま》があって、サックスはふいに笑った。ライムはサックスのほうを見た。

「いとこのジョアナも婚約者も、キットは気が多いのが問題だって言ってた。昔から仕事が続かないらしいの。でもついに天職に巡り合ったみたいじゃない？　ロックピッキングと家宅侵入。放火の腕も悪くない」

二人は通りを西へ――東行きの車線を逆に――進んでおり、背後から来る車を気にする必要はなかった。とはいえサックスは、悪名高い〝デュース〟、現在のディズニーランドのように安全な通りになる前の西四二丁目界隈を受け持つパトロール警官の経験を持っている。持ち前の自己防衛スキルのなかでも、周囲の状況の変化を敏感に察知する能力の優先順位は高い。頻繁に通りのあちこちに目を配っている。条件反射だ。

次の角に来たところで、サックスは交差する脇道を見た。

その場に凍りつく。

「どうした？」

「一ブロック先。灰色のキャデラックが駐まってる」

キャリー・ノエル事件の現場で、サックスの様子をうかがっているように見えた車に似ている。

「一時間前には駐まってなかった。それにこのあたりは、新型のキャデラックを買える層が住むような地域じゃない」

「たしかに」

背後から車の音が聞こえた。おんぼろの白いバンがこちらに向けて走り出した。

ライムは訊いた。「キャリー・ノエルの現場で、ドライバーの顔を見たか」

「よくわからなかった。男。帽子をかぶっているように見えた。それだけ」サックスはジャケットのボタンをはずしてグロックがすぐ抜けるようにした。通りの左右に目を走らせる。歩道際を埋めた駐車車両の向こうやあいだも確かめた。「いやな予感がする。ライム、歩道際に寄っておいて」

ライムは歩道際に車椅子を寄せた。

サックスは玉石敷きの通りの真ん中に出ると、軽く膝を曲げて重心を落とした。その姿は、スナイパーのネストや敵が飛び出してきそうな隠れ場所がないか、目を凝らしている兵士のようだった。

54

リンカーン・ライムは駐車車両のあいだに入って車椅子を歩道際に寄せ、細い脇道の入口にそろそろと近づいていくアメリア・サックスを見守った。

だが、脇道にも、それに面した建物の窓にも危険な兆候はなかったらしい。

ライムはこちらに近づいてくる白いエコノラインのバンに注意を向けた。

あれこそが危険ということは――？

「サックス！　白いバン！」

サックスが振り向いたとき、バンはもうすぐそこまで来ていた。サックスの手がグロックのほうに動き出す。

だがその瞬間、バンは静かに停止した。ドアが開いて、男が二人降りた。一方は大柄で背が高く、年齢は四十代と見える。黒いベレー帽をかぶっていた。キャデラックに乗っていた男はこいつか？　帽子をかぶっていたとサックスは言っていた。

もう一人はやや小柄で、年齢は不詳だった。

「サックス刑事、ライム警部」背が高いほうが言った。こちらに足を踏み出す。サックスは拳銃の握りに手を置いたままでいた。

二人は両手を見えるようにして近づいてきた。大柄なほうは右手に持ったものをこちらに向けていた。あれは何だ？　財布か？

違う。バッジのホルダーだ。片面に身分証が、もう一方にはニューヨーク市警の金色のバッジがある。「組織犯罪捜査課のアーロン・ダグラスです」

男は立ち止まったが、サックスがもっとこっちへと身ぶりで伝えた。ライムも近づいた。

二人は男が差し出した身分証を念入りに確認した。本物のようだ。それから二人は、小柄な男のほうに同時に目を向けた。

ダグラスが紹介した。「こっちはアーニー・カヴァル。情報屋でね。ときどき手伝ってもらっています」

「どうも」アーニーが陽気な声で言った。「よろしくな」ライムには目をくれず、サックスに向けてそう言った。

ダグラスは畏敬の念に打たれたような声で言った。

「ライム警部。お目にかかれてたいへん光栄です。サックス刑事、あなたにも」

サックスは言った。「私を尾行したわよね。九七丁目の現場から」

「ええ、しました」

ライムは言った。「いったい何が目的だ？」

「映画に出演していただきたいんです」

サックスはロン・セリットーに電話をかけた。それを受けてセリットーはおそらく別の誰かに電話をかけた。その誰かもおそらくまた別の誰かに電話をかけた。

まもなく、ダグラスの顔写真つきのメッセージがサックスに届き、ニューヨーク市警組織犯罪捜査課のダグラス刑事は、確かに半年前からヴィクトール・ブリヤックの組織に潜入しているとの裏づけが取れた。ブリヤックはダグラスが刑事だと知っているが、悪徳警官を組織に引き入れたつもりでおり、潜入捜査官だとはまったく気づいていない。

「時間をかけてブリヤックの信頼を獲得しました。いまは組織の情報収集活動の一端をまかされています。大した規模じゃありませんがね。ブリヤックに情報を渡すときは、ニュアンスを変えるか、詳細をごまかすかしています。無関係の市民に危害が及んでは困りますから。ほかに、今回みたいに脅威を排除する仕事を指示されるときもあります。ただし、そういう仕事でも怪我人が出ないように、いんちきをやるわけです」

「〝今回みたいに脅威を排除する仕事〟と言ったね」ライムは尋ねた。「どういう意味だ？」

　ブリヤックはどうやら、ライムが法廷で恥をかかされたことを恨みに思い、サックスに協力させてブリヤックに報復するつもりでいると思いこんでいるらしい。同じレオン・マーフィー殺害容疑でふたたび起訴されることはないことは知っているが、ライムが別の容疑で、あるいは何かの容疑をでっち上げてブリヤックを刑務所に送りこもうと画策していると決めつけている。ということは、ブリヤックは自分がライムとともに暗黒政府《ヒドゥン》に雇われて、二人で仲良く社会にカオスの種を蒔いているという〝ヴェルム〟の陰謀論を知らないか、聞いてはいるが信じていないようだ。

　ライムは嘲るように言った。「そんなことにかまけている時間はない。たとえあったとしても、ブリヤックのしっぽをつかもうとしたら相当な人員が必要だ。あれほどとらえどころのない相手はそうそういない」

　ダグラスは大きな溜め息をついた。「わかってます。この世の全員がわかってますよ。ブリヤックは異常なほどの心配性でしてね。分析的な思考はしません。世界クラスの科学捜査官が自分を追い詰めて破滅させようとしている、それしか眼中にない。でもって、それを阻止するのが私の役割というわけです。ブリヤックを追う気が失《う》せるくらいの恐怖や不安をお二人に味わわせることが。どうやって味わわせるかというと――」ダグラスはサックスをちらりと見た。「あなたを車で轢いて、です。殺してはいけない。ブリヤックはそこまでは望んでいません。あなたに重傷を負わせ、お二人を骨の髄まで震え上がらせる。そこまでです」

　それを聞いて、サックスの唇の端にかすかな笑みが浮かんだように見えた。

　アメリア・サックスはそう簡単に震え上がったりしない。

　サックスが訊いた。「〝映画〟というのは？」

ブリヤックから事故の証拠動画を見せろと言われているのだとダグラスは説明した。

「あなたを信用していないわけ？」

ダグラスは肩を揺らして笑った。「というより、あなたが半殺しの目に遭うところを見たいというだけでしょうね――それで溜飲を下げようというわけです。あなたがたの『Vフォー・ヴェンデッタ』じみた復讐計画にそれだけ腹を立てているんですよ」

ライムは言った。「家で仕事が待っているのだが」キット・ウィテカーの住まいで押収された証拠と、ライル・スペンサーが命を賭して採取した微細証拠を分析しなくてはならない。

サックスが言う。「わかった。さっさとすませてしまいましょうよ。どうやって撮るつもりでいた？」

携帯電話のカメラを使ってこっそりサックスを盗撮していた風を装おうと思うとダグラスは言った。まもなくカメラは猛スピードで近づいてくるバンをとらえる。サックスは近くの建物の入口に立っていて、バンはそこに突っこんでいく。だが実際に衝突するのはサックスではなく、大型のごみ容器だ。サックスは歩道に横たわり、大怪我をして意識を失っている芝居をする。

「事故がニュースで報じられなかったら、怪しまれるんじゃない？」サックスが聞いた。

「あなたが狙撃されたならニュースになるでしょうね。しかし単なる交通事故だし、死者はゼロだ。わざわざ報道する価値はない。もっといいアイデアがあれば聞きますよ」

サックスは通りの左右を確かめて言った。「いいわ、カメラマンさん。どこに立てばいい？」


友よ。第三代大統領トーマス・ジェファソンはこう書いた。「反乱一つ経験せずに一世紀半にわたって存続した国がかつてあっただろうか。市民が抵抗の精神を持ち続けていると折りにふれて統治者に警告を与えずに市民の自由を維持できる国が果たしてあるだろうか。市民に武器を取らせよ。救済は、事実を彼らに教え、彼らを許して怒りを鎮めることにある。百年あるいは二百年のあいだにほんのいくつか命が失われたとて、どれほどの影響があるのか」

〈暗黒政府《ヒドゥン》〉に勝利はない！

天に祈り、戦いに備えよ！

我が名はウェルム。ラテン語で〝真実〟を意味し、私のメッセージはまさしくそれだ。これを受けてどう行動するか、その判断はきみたちにゆだねられている。

55

一発撮り。

何度も撮り直している時間はない。

サックスとライム、それに興味津々といった風に場に加わったトムを通りの反対側で待機させておいて、ダグラスは専属スタント・ドライバーのアーニーに電話で合図の連絡をした。ちなみにアーニーは、撮影開始までのほんの十分で主演女優と完全に恋に落ちたらしかった。

ダグラスが携帯電話のカメラをかまえ、アーニーはバンで通りを走ってきて、時速五十キロほどのスピードで建設現場のくず入れに突っこんだ。ごみがそこらじゅうに散乱した——木材、段ボール、金属くず、コーヒーカップ、ファストフードの包み紙。アーニーが車を停める。サックスとダグラスは衝突現場に行き、サックスが歩道に横になった。ダグラスは意識を失った演技をしているサックスを撮影した。

近くの窓から女性の声がした。「大丈夫なの？　救急車呼ぶ？」

サックスは立ち上がって答えた。「ご心配なく。インディペンデント映画の撮影なんです」

これを聞いてその年配の住人が尋ねた。「撮影許可はあるの？」

ダグラスが言う。「ええ、届けてありますよ」

「撮影クルーがいないけど」

「自主《インディペンデント》映画ですからね」ダグラスは答えた。

「市役所に撮影許可の窓口があるのよ。知ってるの。何かで読んだ」

「そこの許可をもらって撮影してるんですよ」

それでもその住人はしばらく様子をうかがっていた。

「それ、ちゃんと片づけるんでしょうね」

「もちろんです」ダグラスはそう答えてからアーニーに言った。「おい、片づけろ」

アーニーはいやそうな顔をしながらも片づけを始めた。

住人は部屋のなかに戻っていき、窓が閉まった。

ダグラスはいま撮影した動画を確認した。「いい演技だ。転職するならスタントウーマンですね」

サックスが不満げにうめく。彼女は少しばかばかしいと思っているのだろうが、ダグラスの企画もそう悪くないとライムは思った。こうでもしなければブリヤックは本当にサックスやライムの殺害指令を出しかねない。

ライムは言った。「マーフィー殺害事件は、奴を刑務所に送りこむまたとない好機だったが、結果は知ってのとおりだ。きみは何か奴に不利な証拠を握っていたりはしまいか」

「何も。犯罪組織の親玉を何人も捜査してきましたが、あれほど用心深い相手は初めてですよ。仕事の指示に書類やパソコンや電話はいっさい使わない。手下以外に誰もいないときでも、直接の指示は出さないんです。ほのめかす。含みのある言い方をする。つねに何人もの人間をあいだにはさむ。私を含め、誰もが盗聴器をつけている前提で話をします。私は最側近の一人なんですがね。事務所の入口に金属探知器があるし、盗聴防止のスクランブラーも設置しているし、やりとりはすべて暗号化しています」

ライムは言った。「奴の商売は情報やデータの販売で成り立っている。情報を掘り起こす《マイニング》手段も持っているなら、掘り起こされるのを防止する手段も持っているだろうね」

サックスが散らかったごみのほうを指し示す。「でも今回は——ブリヤックは凶器を使った襲撃を指示したわけでしょう。共謀罪に問える。あなたには実行する意図がなかったとしても、ブリヤックにはあった。共謀罪の対象はものすごく広いのよ。知ってるでしょうけど」

ダグラスが答える前に、ライムは言った。「たしかにそうだが、サックス、ブリヤックはきみを襲撃するようダグラス刑事に指示してはいない。そうだね？」

「おっしゃるとおりです。動かぬ証拠になりかねないことは一語たりとも口にしていない。一番きわどい言葉でも、〝マッサージ師〟でしたから」

「ずいぶん遠回しね」サックスは首を振った。

ライムは少し思案してからダグラスに言った。「きみはブリヤックの捜査をしているのだったね……では、〝レッドフック取引〟については調べているか」

「いいえ。そりゃ何です？」

「ブリヤックの名前が浮上した。覚えているね、サックス？」

サックスがうなずく。「マーフィー殺害事件の捜査の過程で、ある情報提供者からブリヤックの名前が出たの。今後数週間のうちにレッドフック桟橋に商品が届くっていうような話だった。マーフィー事件とは直接関係ない情報だから、麻薬取締課に伝えてあとはまかせたんだけど」

ライムは言った。「二百キログラムの荷」

サックスが訂正する。「たしかもっと多かった」

ダグラスは首を振った。「ブリヤック自身は取引にじかに関知しません。情報は別として、ブリヤックが何かを売ったり買ったりした証拠をつかもうとしても、まず無理でしょうね。まあ、網にかかった誰かが奴を密告してくれることを期待しましょう」ダグラスは皮肉めいた笑みを浮かべた。「私はブリヤックの犯罪の証拠を探して、人生のうちの半年を費やしたわけです。そんなある日、思いがけない方角から情報が舞いこんできた。もしかしたらそれが突破口になって奴を逮捕できるかもしれない。いやはや、引き合わない仕事ですよ。まるで引き合わない」

56

会話には四人が参加していた。

リンカーン・ライムは表向きこの事件の捜査からはずれたことになっている。しかし、電話で話しているのはサックスとアヴェレル・ウィテカー、姪のジョアナの三人だけだ。そこでライムは自分も参加することにしたが、進行役はサックスに一任した。

サックスはまず、キットがロックスミスだったと二人に伝えた。

アヴェレル・ウィテカーが息をのむ。「まさか」

ジョアナ・ウィテカーが言った。「ありえない」

キットの自宅アパートに証拠が隠されていたのだとサックスは説明した。靴、被害者の下着、ピッキング工具、『デイリー・ヘラルド』。

「そんな馬鹿な……」ウィテカーの声が力を失う。

そのとき、ジョアナがささやくような声で言った。

「あ、まさか……いま初めて気づいた」

ウィテカーが促す。「何だ、ジョアナ?」

「新聞の切り抜き。二月十七日付の第三面。メアリーおばさんが亡くなったのは、二〇一七年の三月二日だった」

ライムは言った。「暗号だったか。くそ、まったく気づかなかったな。2と17と3——十七年三月二日か」

サックスが言う。「記事の内容にばかり気を取られてた。アポロズも、ロシアの病原体も、事件には関係なかったのね」

「なんということだ……」アヴェレル・ウィテカーは咳払いをしてから続けた。「これまで話していなかったが、キットが私を、うちの家族を見限った理由は、この私にある——」

「おじさん、それは違う——」

「いや、そうなのだよ! 私はテレビ局なんぞを買収するのに忙しくて、メアリーを看取《みと》ってやらなかった」

ウィテカーとジョアナは黙りこんだ。長い沈黙のあと、ジョアナが言った。「おばさんは独りぼっちで亡くなったわけじゃない。キットがついていたんだから。それに——いつその日が来るかなんて誰にもわからなかった。お医者さんだって、あと何日もつかわからないって言ってた」

「それでも……やはり私に原因があったのだと思う。私は息子との接し方を誤った。あの子を顧《かえり》みなかった……」いまウィテカーは懸命に涙をこらえているのだろうか。自分の息子が重罪を犯したと知らされた父親の衝撃がいかばかりか、ライムには想像しかできない。しかもその息子はこのあと人を殺すおそれさえあるのだ。

「アヴェレル……」ジョアナが慰めるように言った。「そんな風に考えてはいけないわ。キットが自分で決めてやったことなんだから。連絡を絶ったのも、こんな事件を起こしたのも」

ライムはサックスに目配せをし、話を先に進めるよう促した。

サックスが言った。「市内に自宅とは別の工房か何かがあって、そこで寝泊まりしているのではないかと思われます。その工房の場所に、心当たりはありませんか」

また沈黙が流れた。ジョアナが先に答えた。「いいえ。何度も言っているように、完全に音信不通になっているので……いつからかもう思い出せないくらい前から。アヴェレルおじさんはどう、心当たりはある？」

ウィテカーは声を絞り出すように答えた。「ない。まったくない」

「あなたの婚約者はご一緒ですか」サックスはジョアナに訊いた。

「いいえ、仕事で出かけてる。電話してみます。ちょっと待っててください」しばらく間があった。別の電話からマーティン・ケンプに連絡し、キットの件を伝えているのだろう。「わかってる。信じられないわよね……でも、警察の人は間違いないだろうって。証拠が見つかって……キットはほら……」ジョアナは最後まで言わなかった。父親の前でキットをあまり悪く言ってはいけないと思ったのだろう。ジョアナはキットが寝泊まりしていそうな工房か何かを知らないかと尋ね、また短い沈黙があった。「そのとき地域は指定した？　ほかには何か……？　そう、わかった。じゃあまたあとで」ジョアナはサックスやライムとつながっている電話に戻ってきた。「マーティンは不動産関係の仕事をしてるんです。それで去年の終わりごろ、アトリエか工房を借りようかと考えているって相談されたって。人が少なくて静かな地域はどこか訊かれたそうです。集中できる環境を探していると」

「何に使うつもりだったのだろうな」ライムは小声で言った。サックスがその疑問を中継した。

一拍置いて、ジョアナが答えた。「キットはとくに何も言っていなかった」

「相談を受けて、マーティンはどう言ったんでしょう」サックスは尋ねた。

「いくつかお勧めの地域を挙げたそうです。ロングアイランド・シティ、スパニッシュ・ハーレム、サウス・ブロンクス。その後どうしたのか、キットから連絡がないままになったとか」

サックスは言った。「今回の話は当面、他言無用でお願いします。捜査上の秘密を知られたくないので。まずはキットを捜して安全に身柄を確保したいと思います」

「配慮をありがとうございます」ジョアナが言った。

「ああ、キット」ウィテカーのかすれた声が聞こえた。

四人は電話を切った。

「ふむ」ライムは大げさに溜め息をついた。「我らが犯人は、面積百五十平方キロの地域のどこかに身をひそめているわけだな。そこから探し出すとなると、簡単にはいかないぞ」

　ガスクロマトグラフ／質量分析計（ＧＣ／ＭＳ）は、科学捜査に欠かせない二種類の装置を合体させた優れた分析器だ。

　かなり高価な装置ではあったが、リンカーン・ライムは、科学捜査ラボには絶対になくてはならないものだといって開設当初から設置している。ＧＣ／ＭＳが活躍する場面は、未知の微細証拠の正体を確かめたいときだ。一九〇〇年代初頭にロシアで発明されたクロマトグラフィの原理は、馬のレースにたとえられる。未知の試料は加熱・気化されたあと、液体やゲルで満たされたカラムと呼ばれる管に送られる。試料中の各成分は、種類によって異なった速度でカラムのなかを移動する。結果は質量スペクトルとして表示される。各成分は次にもう一方の装置、質量分析計へと進み、そこで同定される。

　ラボのクリーンエリアでは、メル・クーパーとアメリア・サックスがＧＣ／ＭＳを使い、キット・ウィテカーの自宅アパートと、ロナルド・プラスキーの火葬場になりかけたサンドルマン・ビルで採取された微細証拠の秘密を暴こうとしていた。

　結果の出力を待つあいだに、クーパーはキットの部屋のクローゼットで見つかったランニングシューズを調べ、二件の家宅侵入事件の現場とベクテル・ビルに残っていた足跡と同一であると確認した。またライムの推測どおり、その後の現場では、微細証拠を拾いにくい底がつるりとしたタイプの靴に履き替えている。

　ライル・スペンサーとライムは、クリーンルームの外側で作業を見守っていた。サックスが袋に収めて札をつけた証拠のどれかから特定の地域を指し示す微細証拠が何かしら検出できれば、キットの工房がある地区を絞りこめるかもしれない。せめて五、六ブロック程度までせばめられれば、制服警官にキット・ウィテカーの顔写真を持たせて聞き込みを始められる。

　スペンサーは、ロープを登ったとき――鮮やかな救出劇を演じたとき――肩の筋肉を痛めたらしく、Ｔシャツ一枚になって、トムが用意した氷のパックを肩に当てていた。これほどたくましい筋肉をした人物をライムは初めて見た。片方の二の腕には錨《いかり》のタトゥーが入っている。

もう一方には、オールドイングリッシュ体で〈ＴＳ〉というイニシャルが刻まれていた。

スペンサーがまた咳をした。肺に入りこんだ煙はしつこい。

「『タワーリング・インフェルノ』の証拠の分析が完了した」クーパーが仕切りの向こうから報告した。

これもまたポップ・カルチャーに引っかけた表現なのだろうとライムは推測した。クーパーが言っているのは、地上に下りる寸前にスペンサーが床から集めた微細証拠だ。

「アンモニア、尿素、リン酸塩、硫酸カリウム」

「なるほど、それか」ライムは言った。「肥料だ。ベクテル・ビルで採取されたボロン、銅、鉄をどう解釈すべきかわからなかった。いま検出された分を合わせると、肥料だよ」それからスペンサーに尋ねた。「腕の具合はどうだ？　ホワイトボードに文字を書けそうかな」

「お安い御用です」スペンサーはホワイトボードに書きこんだあと、一歩下がってほかの項目をひととおりながめた。「〝煉瓦の壁〟ですね」

いつもライムが使うとおりの表現だった。個別に見たときは何一つ結論を引き出せなくても、証拠が教える数多くの小さな事実が積み上がって、やがて検察の主張を裏づける頑丈な壁となる。まったく同じ煉瓦が複数あろうと、煉瓦の数は増えれば増えるほどいい。多すぎるのはかまわないのだ。被告側弁護人は、証拠のどれかにかならず疑いを投げかけようとするのだから。

あなたがおっしゃるようなことも、可能性としては否定しません。

質問は以上です……

ライムは言った。「奴が使った促進剤については何かわからないか」

クーパーは出火場所の周辺でサックスが採取した灰の一部を分析にかけた。まもなく、ラボのこちら側の高解像度モニターにも結果が表示された。

ライムはそれに目を通した。「ふむ。このブランドなら知っている。市内だけでも百くらいスタンドがありそうだ。参考にならん」

『インフェルノ』ビルの証拠からはほかに手がかりは見つからなかった。クーパーとサックスは、キットの自宅アパートで採取された証拠の分析に進んだ。

コンピューターに表示された分析結果を確かめながら、クーパーが言った。「水。H_2Oのほかは、ナトリウム、塩化物、マグネシウム、硫酸塩、カルシウム」

サックスがそのサンプルを手に、あらゆる科学捜査ラボが備えているもう一つの装置――複合顕微鏡の前に座って接眼レンズに目を当てた。クロマトグラフと比べたら、この装置は単純の極みだ。レンズをのぞけば、小さいものが大きく見える。

サックスがボタンを押すと、ライムとスペンサーがいる側のモニターに、サックスが見ているのと同一のものが表示された。

ライムは言った。「見たことがあるぞ。アオコだ。つまり海水だということだ」

クーパーが言った。「もう一つ。やはり水だよ。そこに懸濁酸化アルミニウム、水素処理軽油留分、グリコール、流動パラフィン、メチル-4-イソチアゾリンが含まれている」

スペンサーがライムを見る。その目は、また今度も知識をよりどころに即答するだろうと期待していた。

「わからん。だが、こういうときに頼れるとっておきのデータベースがある」

スペンサーは期待するように言った。「何だろうな」

ライムはクーパーに向き直り、大きな声で指示した。「ググれ」

スペンサーとサックスが笑った。

十秒後には答えが出た――風雨から木材を保護するための高価なワックスである可能性が高い。外装に木材を貼った車やボートのコレクターがとくに好んで使う。

スペンサーがこの情報をホワイトボードに書き加えた。クリーンルームにいる二人は、次の分析試料を準備している。

ライムはサックスがキット・ウィテカーのアパートで撮った写真を見た。「染みがあるな。玄関を入ってすぐのところだ。見えるかね。あのラグのサンプルはあるか、サックス」

サックスは透明グラシン紙の袋を一つずつ確かめた。「あった。これ」そういって持ち上げて見せる。

「GC／MSにかけよう」

サックスが試料を用意してGC／MSにかけた。

ライムはいかめしい目をしてライル・スペンサーを見

た。「一杯飲みたい気分だ。しかし、それには棚に届く手が必要でね」

　数分後、二人は居間の片隅に移動していた。ライムはシングルモルトのグラスを、スペンサーはブレット・バーボンのグラスを手にしていた。ライムはスコッチ派だ。バーボンは好まない。

　スペンサーはライムと九十度の角度をなして籐椅子に腰を下ろした。ライムはもう何年も前からトムに頼んでその椅子を処分しようと思っているが、結局いまも現役でここにある。

「殺人の捜査の経験は豊富だろうね」ライムは尋ねた。

　スペンサーは少し咳をしてから答えた。「オールバニー時代の話ですか。ええ、それはもう。大半は路上犯罪でしたが。よく何年も逮捕されなかったなと思うような、粗暴な単純犯も少なくありませんでした。しかし、頭脳犯もいましたね。州知事の暗殺未遂犯とか。知事が何かの法案に署名しようとしていたんですが――何の法案だったかはもう忘れました――一部にそれを歓迎しない向きがあって」スペンサーは頭に手をやった。右耳のすぐ上のあたりだ。「その犯人の身柄を確保するとき、弾がかすめました。髪の毛が焦げましてね。一瞬びびりましたが、それより何より、あの臭いがいまだに鼻にこびりついてます。ひどい臭いでしたよ」

　その傷痕については、サックスがちらりと話していた。

　そのときの恐怖が蘇ったのかも……

　そこでスペンサーは黙りこみ、アレコス・グレゴリオス殺害事件のメモや写真が並んだホワイトボードを見つめた。その事件では、ホームレスの男マイケル・ゼイヴィアが逮捕されている。

　ライムは車椅子の向きを微妙に変え、スペンサーが座っている籐椅子に近づけた。この距離で話せば、クーパーやサックスには聞こえない。

　スペンサーが尋ねるように眉を吊り上げた。

　ライムは言った。「で、何が理由だ？」

57

　言葉を補う必要はなかった。

　何を訊かれているのか、ライル・スペンサーは即座に察したようだった。

ライムが尋ねたのは、燃え盛るビルで目にした光景についてだった。スペンサーは、最上階の窓から足もとの街を見渡した。どうやって地上に下りようかと考えていたのではない。虚空《こくう》に向けて跳ぼうかと考えていたのだ。命を絶とうかと。

カラメル色のバーボンを一口。それからスペンサーは話し始めた。「あなたやアメリアに話さずにいたことがあります。真実の一部を隠していました。ネイビーシールズに所属していたのは本当です。勲章をもらいました《デコレーテッド》。オールバニー市警で刑事をしていたのも本当です。そこでも表彰されました《デコレーテッド》。不思議な言葉だな。装飾された《デコレーテッド》。あなたはニューヨーク市警の警部でいらしたんですよね」

ライムはうなずいた。

「じゃあ、正装して出席しなくちゃならないイベントでは、飾りを胸にずらりと並べるわけだ」

「ほんのいくつかだけさ」

「そこなんです。それがすべてだ」長い間があった。

「フレディ・ガイガーの話をさせてください。ところで、すごい名前でしょう」

「一度聞いたら忘れられないね」

スペンサーは自分の眼鏡のフレームを見るような目をしていた。「私がオールバニーにいたころ、街にドラッグが蔓延していました。覚醒剤、フェンタニル、オキシコドン。ガソリンやシンナーの蒸気を吸う奴もいたな。ガイガーはドラッグ市場に参入しました。街の格を上げようとしたんですよ」スペンサーは陰気な笑い声を漏らした。「奴の商品はヘロインでしたから。信頼できる筋から、大きな取引があるという情報が入りました。二十五万ドル相当のヘロインです。ニューヨーク市では小銭みたいな額でしょうが、オールバニーじゃ大金です。私は捜査の指揮を執っていました。難しい逮捕作戦でした。結末は悲惨なものでした。

かいつまんで話すと、情報屋のネタが完全じゃなかったんです。ガイガーの弟とその妻がバッファローから来ていることを、私たちは知らされていなかった。その二人が逃走して、私と相棒は追跡しました。二人は廃工場に逃げこみました。ベクテル・ビルに行って、その工場を思い出しましたよ。私たちも二人を追って工場に入りました」スペンサーは悲しげに首を振った。「出口をふさいで応援を待つべきでした。待ち伏せの罠だったんです。相棒は至近距離から散弾銃で胸を撃たれました。防弾チョッキは着けていましたが、その場に倒れたんです。女のほうが持っていた銃でとどめを刺そうとしましたが、弾がはずれて、その隙に私が女を射殺しました。後頭部に二発撃ちこんで。男がショットガンを私に向けたので、そいつも射殺しました」顔をしかめる。「そうするしかなかった」

「困難な判断だ」

スペンサーはゆっくりとうなずいた。

「本当の災難はそのあとでしたけどね」そう言って苦い笑いを漏らす。

ライムは全身を耳にして先を待った。

「捜査チームのほかのメンバーの到着を待っているあいだに、私は工場の周辺を見て回りました。茂みに若い男が隠れていました。逃げられないよう、ぐるりと大回りして、単独でそいつの背後から近づきました」

「ネイビーシールズの訓練が役に立ったわけだ」

「ええ、悟られずに接近するのは得意です。背後からそいつを組み伏せ、ナイロン手錠をかけました。そこで奴が妙なことを繰り返しているのに気づきました。私を見て、茂みの奥を見る。それを何度も繰り返しているんですよ。茂みの奥にそいつのバックパックがありました。現金が詰まっていた――ざっと三十万ドル」

スペンサーはまたグラスに口をつけた。しかし、さっきとは違ってバーボンが苦く感じられたらしい。顔をしかめ、籐椅子の脇の床の上にグラスを置いた。「他人の身の上話なんて退屈ですよね」

「拷問のように感じるときもある。だが、いまはそうは感じない――これが身の上話なのだとして」

「結末のどんでん返しは期待しないでくださいよ、リンカーン。私はナイロン手錠を切って、そいつを逃がしました。バックパックを敷地の別の場所に隠しておいて、到着したチームと合流しました。翌日、現金を取りに戻りました。あの飾り、格好いいな」スペンサーは天井と壁の境目の装飾を見上げていた。

ライムも見上げた。複雑なジグザグ模様が刻まれている。どんな回り縁か、実物を見ないで説明せよと言われたら、おそらくできない。

「私の娘のトルーディは、ある稀少疾患の診断を受けていました。〝稀少疾患〟って聞いたことあります？」

あのタトゥーはそれか。トルーディ・スペンサーのイニシャル――〈ＴＳ〉。

「初耳だ」

「国内患者数が二十万人に満たない病気のことです。ひじょうにまれな病気ってことですね」そう説明して、スペンサーは低く笑った。「トルーディのやつ、珍しい病気なのを自慢に思っていました。こう言うんです。〝誰でもかかるつまんない病気じゃなくてよかった〟。稀少疾患の治療薬のマーケットは小さいですから、製薬会社は開発コストを広く浅く回収できない。だから、病気によっては年間の治療費が莫大な額になる。一年で七十万ドルにもなることもあるそうです。

トルーディの場合はそこまでじゃありませんでしたが、保険でカバーされる額は大幅に超えていました。それで友人や親戚から金を借りまくりました――返済のためにまた借金をする。その繰り返しでした。そこにガイガーの金が転がりこんできた。まさに天から降ってきた幸運です。治療費をまかなえたし、あの子の生活を充実させる資金にもなりました。トルーディは活動的で、体を動かすのが好きだったんです。一緒に自転車でツーリングをしたり、ロッククライミングに出かけたりしました。病気のせいで筋萎縮が始まっていましたが、優秀な理学療法士を雇えましたし」

「金はロンダリングしたのか」

「八つの銀行を経由して、怪しげな〝ビジネス〟に投資しました」スペンサーは首を左右に動かして顔をしかめた。なんといってもついさっき、ロープ伝いに高さ三十メートルのビルに登ったばかりなのだ。

「どんでん返しはないと予告しておきましたよね」

「きみが逃がした若造が何か別の事件で逮捕されて、きみを密告したんだな」

スペンサーはうなずいた。「計算高い人間なら、そいつは銃を出そうとしたからとでも言って、射殺したんでしょう。しかし私はそうしなかった。やれるわけがない。一つ救われたのは、私が逮捕される一月《ひとつき》前に娘が死んだことです。父親が何をしたか、知らずにすみました」

「亡くなったのか。それは気の毒に」

「逮捕後は司法取引に応じました。私は有罪を認め、引き換えに州は不当利得返還請求権を放棄した。自宅や車、年金、何もかもを没収されていたかもしれないところを救われたわけです。そうそう、厳密に言うと、私が金を盗んだ相手はガイガーではない。州民です。押収された現金は警察か、州の何らかの機関予算に組みこまれる決まりですから。それはともかく、検事局は、娘を亡くしたばかりの私の妻まで罰することになれば、世の中の批判を招くだろうと考えたわけです。

私は十三カ月の刑を宣告されて、州北部の中警備刑務所で服役しました。妻は私と離婚し、ちゃんとした男と再婚して、いまは子供もいます」

「家族がいるような話をしていたとアメリアは言っていたが」

「ええ、責任という意味で。本当の家族ではありません。元妻に毎月一定額を送るのに、いまの警備の仕事が必要でした。元妻のいまの家庭は決して裕福ではありませんから」スペンサーはライムの目をまっすぐに見た。「元警官が――過去の栄光はあるが信用を失った元警官が、燃え盛るビルから別の警察官を救おうとして死んだように見えれば、保険会社は自殺と判断せず、保険金を支払うでしょう。あのとき窓際の私を見てあなたが感じ取ったものの正体は、それです」

「ああ、私にはそんな風に見えた」

「しかしアメリアには見えなかった。ベクテル・ビルで懐中電灯の光を向けられたとき、私はこう思ったんです。えい、なるようになれだ、これで終わりにできるぞとね。そのとき私は鉄パイプを持っていましたから、アメリアに殴りかかろうと思えばできました。それで終わっていたでしょう」スペンサーは首を振った。「あのときの彼女の目は忘れられないな。この男は何をぐずぐずしているのかと不思議に思っているのがわかりました。でも、彼女には見抜けなかったんです」

「だろうな。アメリアの頭にそんな考えは浮かばないだろう」

アメリア・サックスは爪で皮膚を痛めつけ、車を運転すれば無鉄砲にかっ飛ばし、強行突入の際は先陣を切って突っこんでいく。だが、ライムは知っている。サックスが〝生きるべきか死ぬべきか〟と自問したためしはただの一度もない。

スペンサーは続けた。「あの状況でそうしてはいけない気がしました。彼女に迷惑がかかります。それに保険会社が支払いを拒否したでしょうしね。警官の手を借りた自殺。過去にいくらでも例がある」

ライムはうなずいた。

スペンサーは尋ねた。「しかしあなたは……あなたは見抜いた」

「ああ、私はわかった」

「それは経験から、ですか」そう言って車椅子に軽く顎をしゃくる。

「そうだ。経験から」

「その考えが変わったのはなぜ？」

ライムはスコッチを一口飲んだ。「奇妙なことが起きた。もう何年も前、ニューヨーク市内で連続誘拐事件が発生した。〝ボーン・コレクター〟事件だ」

「ああ、聞き覚えがあります」

「犯人の狙いは私だった。ある犯行現場で私がミスを犯したからだ。現場の封鎖の解除を早まった。犯人はまだ現場にひそんでいたのだよ。その犯人が逃走する際、のちに〝ボーン・コレクター〟となる男の妻子を殺害した。男は私を殺そうと決めた。復讐だ。ところが、そのころ私は自殺を計画していて、男はそれを知った」

「復讐計画に狂いが生じたわけですね」

ライムは含み笑いをした。「そう、死にたがっている相手を殺したところで復讐にならない。その願いをかなえてやるに等しい。そこで男は、事件を起こしてやろうと計画した」

「それが連続誘拐事件？」

ライムはうなずいた。「私が捜査の指揮を執るのにうってつけの事件だった。そこで私は捜査指揮を引き受けた」

「それがきっかけになって、自殺する気がなくなった」

「そのとおり」

「犯人は、あなたの気が変わるのを待って、改めて殺そうとしたわけだ」

「まさしく。その計画も失敗に終わったが」

スペンサーは椅子の背に体重を預けた。籐という素材はそもそもやかましい。スペンサーの体重を支えかね、椅子がうめき声を上げた。「私は大切なものを三つ失いました。娘。妻。警察官の仕事。だからです——ロープなしで地上に下りようかって考えがつねに頭のどこかに居座っているのは」

スペンサーの声が上ずった。これだけの堂々たる体軀には似合わない。

「弱気になるときもある」ライムは静かに言った。「いまはもう考えなくなったと言えば嘘になる。だが、いつも最後にはこう思い直す。あわてることはないさ、もうしばらくアメリアと食事や会話を楽しんでからにしよう、あと何度かトムとつまらん言い争いをしてから、私の窓台に住んでいるハヤブサの一家のひなが巣立つのを見届けてから、唾棄すべき犯罪者をもう何人か刑務所に放りこんでからでも遅くはない、とね。人生は賭けだ。勝つ確率が五〇パーセントより高いうちは、賭け続けておいて損はない」

スペンサーはうなずき、床からグラスを取って乾杯のしぐさをした。

ライムの言葉に嘘はない。元素周期表のように確かだ。しかしその言葉が琴線に触れたかどうかはわからない。それでも、ライル・スペンサーのためにできることがあるとすれば、自分が何に救われたか――いまも救われているかをありのままに話すことだけだ。

スペンサーはまたしばらく咳きこんだ。それから立ち上がり、クリーンルームの仕切り近くにある作業台に置いてあった水のボトルを取った。水を飲みながら、証拠物件一覧表を見るともなくながめた。

「ライム」クリーンルーム側からサックスの声がした。

ライムの錯覚にすぎないかもしれないが、その声にはどこか切迫したような響きがあった。「キットの部屋のカーペットから採取したサンプルの結果が出た。ちょっと見て――これは重要な手がかりになるかも」

58

僕は自分のアトリエを愛している。

あのころ閉じこめられていた〈懲罰牢〉を連想する瞬間がないわけじゃないが、ずらりと並んだ友人たち――百四十二個の錠、無数の鍵、工具、装置、機械――が、怒りを相殺してさらにおつりが来るほどの安らぎを与えてくれる。

いまみたいに、何かのプロジェクトに没頭しているあいだはなおさらだ。僕はいま、ノブ一体型本締錠を開けるピン・タンブラー・キーを作っている。

先の尖ったやすりとスチールブラシを使って作業中だ。

ピン・タンブラー・キーは、一番ありふれた種類の鍵だ。誰のキーホルダーにもぶら下がっている、三角形の刻みがついた鍵がそうだ。ライナス・イェールとその息子が十九世紀に考案した錠に使われていた鍵と実質何も変わっていない。

刻みが入っていない鍵《ブランク・キー》を万力で固定し、やすりを使って手で刻みをつけている。真鍮の細かな削りかすが作業台に散り積もっていく。

これは元鍵なしで合鍵を作成する技術だ。万能の〝鍵番号《コード》〟もない。鍵には、錠と一対一で対応するコードが振られている。コードは二層構成になっている。一層目のブラインド・コードは、文字や数字の不規則な羅列だ。たとえば〝ＫＸ４０１〟といった具合だ。これは他人に知られてもかまわない。このコードを元に鍵は作れないからだ。ブラインド・コードから鍵を作成するには、難解な表と突き合わせるか、ソフトウェアを使って、まずは〝２２３４５〟のようなビッティング・コードに変換しなくてはならない。ビッティング・コードの数字は刻み目の深さや間隔を示しているから、たとえ元鍵を見たことさえなくても、使える合鍵を作成できる。

合鍵を作る方法はもう一つあって、いま僕はそのやり方で作業している。元鍵の写真があれば、僕みたいに経験豊富な鍵師なら合鍵を作れる（少し前にメディアをにぎわせたできごとがあった。投票集計機の安全性を示して有権者を安心させようとして、考えなしの選挙管理人が集計機の鍵をテレビカメラに見せてしまったんだ。数時間後には大勢のロックピッカーがその鍵を複製していた――選挙結果を改竄するためじゃなく、単に彼らを地上に遣わした神の思し召し――閉じたる万物を開け――に沿うためだ）。

サンドルマン・ビルの火災現場で撮った車のキーの写真と、作成中の鍵とを十秒か二十秒おきに見比べる。少し時間はかかったが、ようやく完璧な合鍵が何本かできあがった。

いいぞ。

今夜、この合鍵が特別な扉を開いてくれるはずだ。

まだ少し時間の余裕がある。そこでコンテンツ・モデレーターの仕事をした。斬首の気分じゃないが、政治の話題をチェックするのはどんなときでも楽しい。あれからウェルムはどんなイカレた動画をアップしただろう。暗黒政府《ヒドゥン》とかいう陰謀団の一員だと名指しされるなんて、愉快でたまらない。

ジョアナ・ウィテカーはおじの自宅アパートに入っていった。ここからの眺めはいつ見てもほれぼれしてしまう。

足もとにひれ伏すニューヨーク・シティ。

警備員のアリシア・ロバーツに微笑む。「アヴェレルは？」

「事務室にいらっしゃいます」

「一人で？」

「はい。電話中です」

「なら、もうしばらく邪魔せずにおく」

ジョアナはソファに座った。贅沢な革の手触りは吸いつくようだ。ジョアナは落ち着いた雰囲気のアレキサンダー・マックイーンの黒いウールのスーツを着ていた。そばの壁に飾られている自分と父親ローレンスの写真がふと目に留まった。『デイリー・ヘラルド』を一緒に掲げていて、ある政治家の若い女との不倫を暴いたジョアナの記事が掲載された面をこちらに向けている。ジョアナは記事の署名を笑顔で指さしていた。若いころのジョアナは――といってもそう遠い昔の話ではないが――調査報道記者として恐れられていた。父ローレンスが対等な共同経営者だったその当時は、ウィテカー・メディアにはいまより多くの女性社員がいた。

その記事の取材を思い返して、ジョアナは小さく微笑んだ。落ち着きをなくした政治家をまっすぐに見据え、ジョアナはこう尋ねた。「私の質問の答えになっていませんね、上院議員。あなたがアディロンダック山脈に一緒に旅行する相手は、奥さんの弁護士の娘だということを奥さんに伝えましたか」

「別にそんなんじゃない」

「それも答えになっていません。私はこうお尋ねしました――あなたが奥さんの弁護士の娘と一緒にアディロンダック山脈に旅行することを、奥さんはご存じでしたか」

「その質問には答えない」

「あなたはその旅行について嘘をついたと奥さんは主張しています。私はそれに反論する機会を提示しているんですよ」

「その……彼女はまだ十八歳だった。あれはただの……」

「あなたがアディロンダック山脈に一緒に旅行する相手は、奥さんの弁護士の娘だということを奥さんに伝えましたか」

「いいや、伝えなかった。これで満足か?」

「その女性とローズモント・インにチェックインしたとき——」

「インタビューはここまでだ」

「この記事は予定どおりに載せます。何か反論がおありなら、これが最後のチャンスですよ」

そんなやりとりが延々と続いた。

あの取材は実に痛快だった。攻め立てられて、あの愚かな男は身悶えしていた。

それに、新聞を開いて、自分の名前を確かめたときのうれしさときたら。夢見心地だった。

コーヒーテーブルを見る。〈エシカル・ジャーナリズム推進財団〉の設立書類が積んであった。

その種の団体はまだ一つも存在していない。少なくとも、おじアヴェレルが想定している規模の非営利団体はないはずだ。しかも、おじはメディア帝国の売却で得られる巨額の利益をすべて注ぎこむつもりでいるのだから、相当な規模になるだろう。

兄の壮大な計画を知ったら、父のローレンスはどう思ったか。

とくに何も思わなかっただろう。下世話なゴシップに嘲弄。ローレンスはジャーナリズムとはそんなものだと思っていたし、兄のアヴェレルにしても、何年ものあいだ、とくに問題だと思っていなかった。大衆は、G20サミットの決定事項にも、フェイスブックに対する反トラスト法に基づく捜査にも興味がない。それより、セックスがらみのスキャンダルや陰謀を書き立てた記事を読みたがる。

セックスがらみのスキャンダルや陰謀の舞台がG20や証券取引委員会であれば、興味を持つかもしれないが。

そう考えたところで、ジョアナは微笑んだ。そういうスキャンダルや陰謀はきっと存在している。まだ誰も報じていないだけで。

携帯電話の着信音が鳴って、新しいメッセージが届いた。婚約者のマーティン・ケンプからだった。

着いた。いまから上がる。

すぐに返信した。

了解。

立ち上がり、玄関ホールに向かう。

クッションのついたベンチに座り、携帯電話でメールやメッセージをチェックしていたアリシアが顔を上げた。

「ミズ・ウィテカー、何かお手伝いしましょうか」

「いえ、けっこう」

ジョアナはジャケットの内側に隠してあった切れ味鋭く刃渡りの長い肉切り包丁をすばやく抜いた。手にはビニール袋をかぶせてある。そしてその刃をアリシアの喉に当てて一度、二度、三度、動かした。静脈や動脈が切断された。

アリシアは血を吐き出し、咳きこみ、目を大きく見開いて、銃を抜こうとした。ジョアナは包丁を床に放り出し、一方の手でアリシアの腕を押さえた。もう一方の手、ビニール袋をかぶせてあるほうの手でホルスターからアリシアの銃を抜き、床の上を彼女の手の届かないところまですべらせた。

「どうして」アリシアがかすれた声で訊く。

ジョアナは答えなかった。このときにはもう、アリシアの存在は思考から消えていた。

第四部　バンプ・キー

五日前――五月二十三日　午前三時

59

アンダーセンのドアロックとエヴァーストロングの本締錠を二十七秒で開けた。ドアが開き、閉まって、かちりと小さな音を立てた。

五、四、三、二、一……

ワイヤレスの高性能な防犯アラームは、僕のラジオ波送信機に惑わされて沈黙を保っている。パネルのランプは緑のままだ。侵入者に気づいていない。

室内に視線を巡らす。すごい部屋だ。ブラインドは閉まっているが、その向こうにすばらしい眺望があることを僕は知っている。この部屋の所有者の動画ブログで、日中の様子を見ていた。

ドアが閉まったとき音が鳴ったのが気にかかった。そこでまず寝室に向かった。

女は毛布やシーツにからまり、口を開けて熟睡していた。

たとえばアナベル・タリーズとは違って、この女は美人じゃない。

でも、美人かどうかに僕はこだわらない。眠っている女は、眠っている女でしかない。

その住まいに入りこむこと。大事なのはそれだ。

入りこむこと……

リビングルームに取って返し、いかにも金のかかっていそうな室内を改めてながめた。

複製ではないオリジナルの絵画が壁に並び、黒い鏡のように磨き抜かれた黒漆塗りのテーブルには、官能的な曲線を描く大理石の彫刻。ソファや椅子は革張りだ。ピンク、白、ブルー、まるで地球外生物みたいなランの鉢が窓際に並んでいた。

僕は足音を立てないように窓際に近づき、やはり音を立てないようにカーテンを開けた。

今夜は特別だ。

二月と三月の〈訪問〉とは違う。前の二回は、忍びこんでものを移動し、そこを借りて住んでいる人物と部屋とのあいだに築かれた精神の絆を断ち切った。

今夜、僕は本来の居場所を見つけようとしている。

ポケットから真鍮のナイフを取り出し、刃を開いた。かちりと音が鳴った。本締錠を解除したときとそっくりな音だった。

昨日までの僕は、ドアを開ければそれで満足だった。でも今夜は、この真鍮の鍵を使い、僕が開けなければならないものを開ける。僕が探索するために生まれてきたものを探索する。

肉体を守っている錠を。

キッチンの入口に近づき、固定電話のジャックを抜く。こんな真夜中に電話がかかってくるとしたら、よほどの偶然だ。しかし秩序型の犯罪者である僕、テンションバーとレークピックを重宝する用心深い僕は、危険の芽はあらかじめ摘み取っておく。

僕はその場で動きを止めた。いま、背後から物音が聞こえなかったか。

その刹那《せつな》——大きな破裂音が響き、息ができないほどの激痛が炸裂した。視野が黄色い光に満ちた。ロス・セタスに処刑された被害者も、もしかしたら、命の光が完全に消える前にこの光を見たのかもしれない。

スタンガンの矢が、腎臓の少し上に深々と食いこんでいた。僕は床にくずおれた。胸の奥から焼けるような痛みが這い上ってきて顎に届き、次の瞬間、世界は闇に変わった。

僕は床に座っている。両手は背中できつく縛られていた。さっき寝室で見たとき、女は眠っているふりをしていたんだ。

僕が侵入する気配を聞きつけたんだろう。裏切り者は、あのかちりという音だ。僕が固定電話をいじっている隙にベッドサイドテーブルからスタンガンを取って、ベッドを出たに違いない。

僕が気絶しているあいだに、女は着替えをしていた。寝室の床にピンク色のパジャマがある。女はいま、黒いスラックスと白いブラウスを着ていた。僕の財布とポケットの中身をキッチンカウンターに並べて写真を撮り、その画像をどこかにアップロードするか、誰かにメッセージで送信しているようだ。女のすぐ横のアイランドカウンターにスタンガンが置いてある。もう一つ別の武器も見えた。拳銃だ。セミオートマチック銃のようだ。

急いで九一一に通報する気はどうやらないらしい。

しかも青いラテックス手袋をはめている。

つまり、僕の命は風前の灯火《ともしび》ってことだな。

女は拳銃を後ろポケットに押しこみ、スタンガンを手に持って、床に座っている僕のところに戻ってきた。電気矢の痛みはまだ消えていなかった。

大柄で、力の強そうな女だ。目は射るように鋭くて冷たい。

その目で観察するように僕を見る。「話の前に。ほかに誰かいる？」

「ここに？　いま？」〈訪問〉に相棒を連れてこようなんて、一度も考えたことがない。ナンセンスと思えた。

「誰もいない」

「一階かどこかで待ってるとか」

僕は誰もいないと繰り返した。

「誰の指示？」

「え？」

女は嚙みつくように言った。「誰に雇われてるのかって訊いてんの」

「雇い主なんかいない」

女は僕の股間にスタンガンの狙いを定めた。

「待って！」

「あんたを雇ったのは誰？」

「誰にも雇われてない！　嘘じゃない。誓ってもいい」

さっきのは本当に痛かった。もう二度とごめんだ。

女は思案顔をした。少し考えて、僕の言い分を信じることにしたようだった。

「目的は？　盗み？　レイプ？」

僕は黙っていた。

女の視線は内心の苛立ちを伝えてきた。ごまかそうとすればかえって損をしそうだ。

「侵入するだけだ。他人の家に侵入する」

「そうみたいだね。でも、私が知りたいのは動機なんだけど」

動機か。いい質問だね。「侵入せずにいられないからだ」

女は僕の真鍮のナイフを手に取ってまじまじと見た。決して美人じゃないのに人の目を惹きつける顔に、好奇心が浮かんでいた。女はナイフを置いた。

「どうしてここなの？　どうして私なの？　答えないと殺すよ」

「あんただからだ。陰謀論者のブロガーのウェルムだから」

女は目をしばたたいた。心底驚いている。「知ってたの」

僕はうなずく。

「だから殺しに来たわけ」

僕は少し迷ってから、正直に答えた。「そうだ」

すると女はなぜか微笑んだ。僕の財布を指先で叩く。

「珍しい名前だよね」

「ふだんはグレッグで通してる」

「初めまして、グレッグ」女は寒気がするような冷たい笑みを浮かべた。「私はジョアナ・ウィテカー。よろしくね」

60

この若い男はどうやら、ジョアナがいつもウェルムの動画を投稿するのに利用している〈ヴューナウ〉のコンテンツ・モデレーターらしい。

〈ヴューナウ〉は、貧しき者のためのＹｏｕＴｕｂｅだ。

「じゃあ、投稿動画を削除する人ってわけか」

男は顔をしかめ、困惑の視線をジョアナに向けた。

「あんたの動画はどれも嘘と、陰謀論と、ナンセンスばかりだ。暗黒政府《ヒドゥン》は内戦を始めようとしてるって？　奴らは学校教育に影響を及ぼそうとしている、宗教を覆そうとしている、投票手続に干渉しようとしている？　あんたは政治家やセレブリティや企業のＣＥＯを誹謗中傷する。〝天に祈り、戦いに備えよ〟？　あんな動画を投稿したら、よくない結果を招くかもしれないとは思わないか？　コミュニティ規準に違反してる」

「削除するだけじゃ足りなかったわけね。あんな動画は許せないと思って、殺しに来た」

すると男は笑った。「いま言ったのは〈ヴューナウ〉の規準から見てって話だ。僕個人の意見を知りたいって？　あんたがどんな嘘を垂れ流そうと、僕は別にかまわない」

「なら、どうして」

男の痩せた肩が上下した。「挑戦しがいがあるから」

「どういう意味よ、それ」

「この部屋にはエヴァーストロングの本締錠と、ＳＰＣ

の防犯アラームがある。その二つはまだ破ったことがない。それに、あんたは身バレしないようにものすごく用心してるよな。それは僕に向けて真っ赤な旗を振って、ここだと合図するも同然だ。あんたは動画の撮影前にかならず壁の絵を全部下ろす。画面の九九パーセントにモザイクがかかってる。音声も加工してる。プロキシの一つは突破したけど、ブルガリアから先はたどれなかった」

「だったらどうしてここがわかった？」

「あんたはカリフォルニアにいると何度も言ってる——世間の目をそらすためだよな」

ジョアナはうなずいた。

「でも初期の動画では、部屋のカーテンが開けっ放しになってた。窓からの眺望をスクリーンショットに保存しておいたんだ——港が見えてた。ニュージャージーの波止場地区だとわかった。とすると、バッテリーパーク地区に絞られる。あと、窓と同じくらいの高さに、旗竿の先端の真鍮の飾りが見えた。バッテリーパーク周辺を歩き回ってそれを探した——政府ビルの屋上階にある旗竿で、高さは六十メートルくらいだ。つまり二十階くらいの部屋で撮影しているわけだ。二十階以上あって、しかもあの景色が見える建物は、一つだけだった——ここだ」

「でも——」

「床の上にコーチの青いバックパックが映ってる動画があった」

ジョアナは当の青いバックパックが置いてあるほうをちらりと見た。それは婚約者からのプレゼントだった。自分のうかつさに腹が立った。

「二晩、ここのロビーを見張ったら、あんたがそのバックパックを持って帰ってきた。あとを尾けて、この部屋がわかった。僕は作業員みたいな格好をしてた。あんたは僕を一度見ただけで、それきり目もくれなかった」

たしかに、そのような人物を見かけたことがあったような——記憶はあやふやだが。

「ここの錠とステッカーを見た——〝SPSセキュリティ監視中〟。言っとくけど、あれは逆効果だ」

「侵入した動機はそれでわかった。私を殺そうと思った理由は何？」

男はずいぶん長いあいだ考えこんだあと、ようやく答えた。「そうせずにいられなかったから」

「警察はあんたの……活動に気づいていないわけ？」

「まだ五回か六回しかやってない。まあ、侵入されたと気づいて九一一に通報した人もいるだろうけど。僕はものすごく用心してるから」男は手袋に包まれた両手を上げてみせた。ニット帽もかぶっている。

「ここに来るって誰かに話した？　誰か知ってるの？」ジョアナは詰問するように訊いた。その口調は、記者時代には取材相手の、ウィテカー・メディアの慈善事業部門に移ってからは部下たちの背筋を震わせた。

「誰も知らない」

「ここのロビーには防犯カメラがあるでしょ」

「通用口にはない。こんなビルでそれは杜撰《ずさん》だよな」

ジョアナは言った。「あなたを殺したとしても誰も気づかないいってことだ。警察に通報してもいいし」

「そうだね。ふつうなら通報するだろう」

「別の着地点もありそうに思うんだけど、グレッグ。双方にとって好都合な着地点が。あんたは死なないし、刑務所にも行かずにすむやり方がきっとある」ジョアナはまっすぐに男を見据えた。「ただ、その前に言っておく。私に逆らおうなんて考えないで。一つでも勝手なことをしたら──たとえばこれから私が話すことを口外したら──責任を取らせるから」

それを聞いて、なぜか男の顔から血の気が引いた。

「あなたの個人情報はセキュアサーバーに残らずアップロードしたし、第三者に指示も送ってある」ジョアナは財布のほうにうなずいた。「私は超がつくお金持ちなんだ。それに、ウェルムに大勢のフォロワーがいるのは知ってるよね。熱狂的なフォロワーばかり。ちょっと行きすぎなくらい。私の身に何かあれば、きっとあんたを探し出して殺す……」別の考えが浮かんで、ジョアナは言い直した。「殺すならまだましか」冷ややかな笑みを浮かべる。「ピッキングが生き甲斐なんでしょ？　私を裏切ると、ピッキングは二度とできなくなると思いなさい。両手をずたずたにされて、指が何本か欠けることになるだろうから」

男は怯えたように目を見開いた。それからうなずいた。

「だけど、私の言うとおりにやってくれたら、あとは元どおりの生活に戻れる」ジョアナは首をかしげ、黒っぽい髪を顔から払いのけた。「どのみちまともな生活じゃなさそうだけど」少し思案してからまた続ける。「お金を渡す義理はないな。でもあげてもいい。現金で五十万ドル。片づいたあと、この街を出ていく経費として。どこでもいいから遠くに消えて」

「僕にやらせたいことってのは何だよ？」

さて、何だろう。

ジョアナは酒のキャビネットに近づき、シングルモルトを注ぎ――強烈にスモーキーなラガヴーリンを選んだ――銃を反対の手に持ち替えてからテラスに出た。ロッキングチェアの向きを変え、港と男の両方が見えるようにした。

うまくいくだろうか。本当にやれるだろうか。

ずいぶん前からその問題の解決に苦慮してきた。あの老いぼれ、アヴェレル・ウィテカーが突如として良心に目覚め、ジョアナの父親が死ぬほど働いて築き上げたメディア帝国をつぶそうとしている。

ジョアナはおじを心底憎んでいる。おじは家族をまともに扱ってこなかった――あるときは恩着せがましい態度を取り、あるときは無関心に、またあるときは無慈悲にふるまった。妻メアリー・ウィテカーはせいぜいあと一日か二日の命だとわかってもなお、のちのWMGチャンネルとなるテレビ局の買収の条件交渉にすべての時間を注ぎこんだ。

仕事の面でも残酷さを発揮した。血を分けた弟であり、ジョアナの父でもあったローレンスの借金を肩代わりするのと引き換えに、ウィテカー・メディアの支配的持ち分を手に入れた。

会社を乗っ取り、男性優位の方角へとメディア帝国の舵《かじ》を切ったアヴェレルは、ジョアナから『デイリー・ヘラルド』記者の仕事を取り上げ、〝若い女の子に向いた〟別の仕事を押しつけた――慈善事業部門の責任者だ。

その立場にはメリットもあった。報酬は高く、役得もあれやこれやとついてきた。仕事を通じてマーティン・ケンプとも知り合った。ハンサムで、裕福で、ベッドでのテクニックもまあ合格点の男。しかもジョアナの言うなりだ。慈善事業部門は会社の締めつけがゆるく、ジョアナが意欲的に取り組んでいること――ウェルムという役割を演じること――に経費を流用できる。

あるとき、これまで誰も持たなかった――とジョアナは思った――視点からビジネスとしてのジャーナリズムについて考えてみた。『デイリー・ヘラルド』のような低俗な新聞が『ニューヨーク・タイムズ』や『ニューヨーカー』のようなまっとうな紙誌より売れる社会、WMGチャンネルがPBSの教養番組よりずっと多くの視聴者を獲得できる社会で、もしも真実に完全に背を向けたとしたら、いったい何が起きる？　陰謀や秘密工作、政界の怪しげな動き、ヘイトや恐怖を次から次へと提供したら？　そうだ、誰かの身に起きた不運もいい。なんといっても他人の不幸《シャーデンフロイデ》は蜜の味だ。

よし、試してみようとジョアナは決めた。そして――視聴者層に抱いていたかすかな軽蔑も後押しになって――〝ウェルム〟という名が閃いた。

真実……

初めて投稿した動画から大きな反響があった。

ウェルムの活動資金の大半を出したマーティンは、動画の内容を少しでも信じているのかとジョアナに尋ねた。

「それ、本気で訊いてる？」ジョアナは呆れて言った。「あんなの口から出任せに決まってるでしょ」

しかし、フォロワーからの投げ銭や視聴料、広告費として流れこむ現金は、本物だ。

多数のフォロワーにジョアナが振るう権力は本物だ。

しかもフォロワーは増える一方だった。

動画ブログのクリエイティブな側面――フェイクニュースを練り上げる過程――も楽しい。

ウェルムのビジネスモデルとウィテカー・メディアの莫大な資金を組み合わせたら、何ができるだろうと考えたりもする。

可能性は無限だ。

しかし、いまさら良心に目覚めたあの老いぼれが帝国を解体して買い手に引き渡してしまえば、可能性は閉ざされる。

すでに一月《ひとつき》、迷い続けていた。来週、新聞社の買収契約が正式に成立する前にアヴェレルが死ねば、アヴェレルが保有する五十一パーセントの株式はジョアナとキットが均等に相続する。キットとアヴェレルの二人が死ねば、その五十一パーセントの株式はジョアナ一人が相続する。今後の経営方針をジョアナ一人で決められる。

二人を殺す？

もちろん、そんなことはできない。無理だ。

それでも……

親愛なるアヴェレルおじさんは、ジョアナの父親から会社を盗んだのではなかったか。ジャーナリストとしてのジョアナの未来をぶち壊しにしたのではなかったか。

アヴェレルが下院議員の性的暴行の被害者の独占取材権を買ったうえで記事を握りつぶしたりしていなければ、議員の次の餌食となった若いインターンが殺されることはなかっただろう。フェイクニュースを掲載したりしなければ、反フェミニスト団体アポロズの幹部が体に麻痺が残るほどの暴行を受けることはなかっただろうし、悪魔崇拝の疑いをかけられたヴァージニア州の高校教師と女生徒が死ぬこともなかっただろう。

それだけの理由がある。アヴェレル殺害は正当化できる。

ジョアナを悩ませたそれ以上に大きな問題はこれだ──自分に人殺しなどできるのか。

この問いはジョアナのなかに居座り、ゆっくりと揺れ動いていた。まるでいまここから見えているクルーザーのよう、ニュージャージー州の港に繋留されてハドソン川の穏やかな流れに上下を繰り返しているクルーザーのようだった。

やがてジョアナはふいに悟った──自分にはやれる。人を殺すことを考えても、恐怖も興奮も感じない。何らの感情も呼び覚まされない。

これに関して心が麻痺している。

なぜそんな境地に達したのだろう──だが、ジョアナの心にかけられた麻酔は、その答えを探す気力をも鈍らせていた。

だから、考えるのをやめた。

そして〝やれるか否か〟ではなく、〝どうやってやるか〟を考え始めた。

いま、ジョアナはスモーキーなシングルモルトをもう一口飲み、グレッグを観察しながら自分にこう言い聞かせた。これは天の贈り物。せっかくのチャンスを無駄にする気？

これは啓示か。なんといっても〝ロックピッカー〟なのだ。父の記憶が蘇った。泥酔して涙ながらに繰り返す父の姿。「血のつながった兄貴が……私の会社から私を締め出した。会社に鍵をかけて、その鍵を私の手の届かないところに放り捨てた」

計画がゆっくりと像を結んだ。新聞の見出しが目に浮かんだ。

息子が父親を殺害して自殺――親子の不和が原因？

悪くない……

その記事はこんな風に続く。キットは母親の死後、それまでと人が変わってしまった。仕事の役に立てばとロックピッキングの技術を学んでいたが、最近になってストレスから神経がぷつりと切れた。アパートに侵入し、『デイリー・ヘラルド』の切り抜きを残した。そこまで考えたとき、また一つ閃いた。二月十七日付の第三面にしよう――3・2・17。

メアリー・ウィテカーの命日。

ジョアナは微笑んだ。

キットはいくつかの侵入事件を起こし、名刺代わりに切り抜きを残したあと、幕切れに父親を殺して自殺する。

うまくいくだろうか。

マーティンはどうする？　いや、考えるまでもない。ジョアナの言うなりなのだから。殺人の片棒をかつげと言われても従うだろう。

タイミングはどうだ？

キットは気まぐれだ。数日、ときに数週間、姿を消すことがある。うろうろされてはまずい。マーティンと二人でキットを誘拐し、悲劇のグランドフィナーレまで二人が所有しているボートに監禁することにしよう。

掌に汗が浮いた。心臓が興奮に高鳴っている。

それから十分かけ、頭のなかで計画の詳細を詰めた。いくつかの要素を取り除き、新たな要素を加える。大統領の陰謀を論じるウェルムの投稿動画を製作するのと同じように楽しい作業だった。

61

ジョアナが室内に戻ってきた。

男みたいな歩き方だった。

ソファに座って僕を見下ろす。

「今後の話をするからよく聞きなさい、グレッグ」

いやはや、荒唐無稽な話だった。

僕は父親に対する積年の怒りを爆発させる息子を演じる（現実に即した役柄ともいえるが、ジョアナの話に出てくる父親は、もちろん別の誰かの父親だ）。あと二回、アパートの部屋に侵入して、新聞の特定の日付の特定のページを置いてくる。

僕は訊いた。「侵入する先はもう決まってるの？」

「いいえ」

「侵入して、その……」僕はナイフのほうを見やる。腹の奥に何か温かい感覚が広がる。

ジョアナは眉をひそめ、低い恫喝するような声で言った。「だめ。殺すなんて問題外。目的は世の中にメッセージを発信すること——あなたが現場に残す新聞は、嘘ばかり報じて世間をこけにしてるってメッセージ」

僕はうなずく。

ジョアナは僕のラテックス手袋とニット帽を見た。それから、生徒を見下す厳格な女教師みたいな調子に戻って言った。「いつもは侵入する先をどうやって決めてるわけ」

「オンラインに投稿された内容を見て。一人暮らしの女から選ぶ。投稿された動画や写真を分析する。錠、ドア、窓、防犯アラーム。番犬の有無、武器の有無。酒を飲む習慣があるとなおいい——そのほうが眠りが深いから。導眠サプリや睡眠薬が確認できればさらに安心だ」

「つまり、ランダムに選ぶってことか」ジョアナは僕の抜け目なさに満足したようだ。だが次の瞬間にはもう、厳格な女教師に戻っていた。「絶対に気を抜かないこと。私に疑いがかかるようなことはしないで」

僕はうなずいた。この話がどこに向かっているのか見え始めていた。「被害者が二人要るってことだね」

即座に候補者が頭に浮かんだ。しばらく前から目をつけていた、インフルエンサーのアナベル。もう一人は——？　そうだ、アッパーイースト・サイドの自宅で玩具をオンライン販売してる女がいいかな。ほかにも何人か心当たりがいた。

僕はジョアナに尋ねた。「家宅侵入を二件。そのあとは？」

「何も。あなたはそれでお役御免。あとは私がやる」

三人目の被害者は自分で殺し、僕がやったように思わせるわけだ。誰を殺す気なんだろう。夫か。愛人か。仕事のライバル？　あのでかくて目立つ鼻をからかった奴とか？

僕はマクベス夫人を連想した。

疑問はもう一つ。ジョアナは殺人の罪を誰に押しつけようとしているのか。

「マスコミの報道合戦を仕掛けて。派手に騒いでもらいたいな」ジョアナは続けた。「キャッチーな通り名をでっち上げて。その名前を現場に——ううん、もっといいことを思いついた。新聞の切り抜きに名前を書いて、現場に残す」

僕はちょっと考えてから言った。「〝キーマン〟はどう？」

「だめ」ジョアナはつぶやいた。「ビジネス用語だし」

そうなの？　僕は一度も聞いたことがない。

「〝ロックスミス〟。それがいい。私の父にとっては意味のあるフレーズだし」ジョアナが言った。

どういう意味があるのかわからないが、その名前は気に入った。

「〝因果応報〟って言葉も添えて」

それだって何の理由があるのかわからないが、これはジョアナのショーだ。だからこう答えた。「わかった。そうだ、被害者の口紅で書くっていうのはどう？」

世の中のインフルエンサーを思い浮かべていた。

「それは名案。あとは証拠か」

「ふだんから気をつけてるって言っただろう」

「そういう意味じゃない」女教師がぴしりと言う。「それから、被害者の下着と包丁を盗んでほしいと言った。

わざわざ説明されるまでもない。三番目の現場、殺人の現場に仕込む偽の証拠だ。

「ニューヨーク市の全住民にあなたの名前を一気に知らしめたいな。現場に残した新聞の画像をどこかに投稿してよ。侵入先の住所も込みで。警察担当の記者がきっと気づいて、あとは勝手に話を大きくしてくれる。匿名で投稿できる？」

「画像掲示板に上げておくよ。あっという間に拡散するはずだ」

「いいね。車のキーも渡す。アウディだよ。移動に使うといい。ただし乗るときは手袋を忘れないでよ。触ったところを拭くのでもいいけど」

ジョアナは寝室に消え、分厚い封筒を持って戻ってきた。「二十万ドル入ってる。前金ね」

二十万ドル分の札束は意外に軽かった。この件が片づいたらどこに行くかな。シリコンヴァレーもいいね。コンテンツ・モデレーターがいくらいても足りないだろうから。いっそマニラでもいい。王族みたいな暮らしができるだろうし、フィリピンの警察はたぶん、家宅侵入や内臓を抜かれた死体の捜査にアメリカの警察ほど熱心じゃないだろう。

ジョアナが僕を立ち上がらせ、手首を縛っていたロープを切った。僕はおそろしく座り心地のいいソファに腰を下ろした。ジョアナは僕から離れ、拳銃を握り直した。

警戒するのは無理もない。僕はナイフで刺し殺そうとしていたわけだから。

「何か訊いておきたいことはある？」

「それ、もらってもいい？」

僕はｉＰｈｏｎｅの充電器やイヤフォン、ペン、鉛筆、アスピリンの箱や何かと一緒にバスケットに詰めこまれた、赤と黒のプラスチックでできた小さな物体を見た。

「キーホルダーのこと？」

「そう」

ロンドン塔をかたどったキーホルダーで、安手の土産物と見えた。僕はロンドン塔が大好きだ。

ジョアナはバスケットからそれを取って僕の財布の隣に置いた。

「それから、もう一つ。今後はウェルムの投稿動画を〈ヴューナウ〉から削除しないで」

「わかった」

「もう行っていいよ」

僕は真鍮のナイフや何かをかき集めた。それから長い廊下の先の玄関を出てドアを閉め、二〇一九号室をあとにした。

第五部　スケルトン・キー

五月二十八日　午前十一時

62

ドアの外で大きな物音がした。話し声も聞こえるが、くぐもっている。

ホームオフィスを兼ねた書斎にいたアヴェレル・ウィテカーは、閉ざされたドアのほうを見やった。おそらくジョアナが来ているのだ。たまにふらりと立ち寄ることがある。今日はハウスキーパーが来る予定はなかった。ジョアナと警備員のアリシア・ロバーツがお茶かコーヒーでも淹れているのだろう。

精査中の買収契約書に目を戻す。本文の八十ページに加えて附則もついている。しかもこれは十数件ある買収契約のうちの一つにすぎない。設備、車両、コンピューター……終わりは見えない。

正しい行いとはいかに難題であることか。ボタンを一つ押したらウィテカー・メディア帝国が社会の改良を目指すNPOに変わるのだったらどんなに楽だろう。

残された時間が尽きる前にかならずやり遂げなくては。今度のプロジェクトは生きる意欲の源だ。新しいNPOの使命は、国内外の新聞や雑誌、ラジオやテレビの番組を綿密にチェックし、厳しいファクトチェックを経て、不正確と判定された報道に警告の旗《フラグ》を立てることだ。ほかに、記者に圧力をかける者があればそれを暴く（近年、件数が急激に増えている）。投獄されたり、脅されたりした記者に弁護士費用を支援する基金も設ける。政治家と企業とメディア会社の癒着関係を告発する。連邦通信委員会など政府機関を監視し、憲法修正第一条で保障された言論の自由が条例や法規によって制限されることがないよう見守る。また、ジャーナリズム業界におけるマイノリティ教育を推進する。

だが、ウィテカーは気づくとまた息子のことを考えていた。

〝ロックスミス〟を名乗るサイコパスはキットだと警察は言うが、とうてい信じがたい話だった。

とはいえ、キットが父親を恨んでいることは動かしようのない事実だ。昔から理想家肌のキットは、ウィテカー・メディアが売り物としている種類のジャーナリズムに批判的だった。

むろん、それだけが原因ではない。家族をないがしろにする父親も反感の一因だ。

そうはいっても、ほかにどうすればよかったのだ？　一日十五時間も働いたのは、あらゆるメディア企業に襲いかかる嵐をいくつも切り抜け、会社を守るためだ。しかし、キットはその世界を望まず、またそこに馴染めなかった。いわば嵐の巻き添えを食った被害者だ。

それにメアリーの死をめぐる胸をえぐられるような一件もある。

メアリーは夫に見守られることなく息を引き取った。

３／２／17。

ウィテカーは考える。あれは家族のためを思ってしたことだ。テレビ局を買収する必要があり、そして契約はあの日のうちにまとめる必要があった。翌日に持ち越せばオプション権が消滅していた……

うつろな笑いが漏れた。この期に及んでもまだ私は言い訳を並べている。

家族のためだったのは確かだ……だが、それ以上に、自分のためにしたことだ。

どこまでも続く街の景色をぼんやりとながめる。今日の景色は色が抜けたように白っぽく見え、高層ビルが棘《とげ》のように並んだ広大な地平線がいつもより近く見えた。

息子は犯罪者になってしまった……おまけに、警察によれば、自分や他人を傷つけかねない。

いまの時点では、父親に対して――そして父親について――態度を明確にする過程で、何人かに迷惑をかけた程度ですんでいる。誰かを殺してしまったりする前に警察がキットを見つけてくれることをウィテカーは切に願った。

自殺などする前に。

ああ、キット。私が悪かった……

ドアの向こうから、また何か物音がした。

誰がいるのだろう。

ウィテカーは立ち上がった。ステッキにすがり、カーペットの床に足をひきずりながら歩く。ステッキを見るたびにいやな気持ちになる。自分一人では何もできないという証。弱さの印。

ドアを開けて身を乗り出す。「おい、何の音だ――？」

眼前の光景に、アヴェレル・ウィテカーは凍りついた。

「キット！」

　息子は車椅子に乗っていた。首は力なく垂れ、目はまっすぐ前をただ見つめている。酒か薬物で朦朧《もうろう》としているように見えた。マーティン・ケンプがその後ろにいて、車椅子のハンドルを握っている。童顔のケンプの喉仏は上下を繰り返している。いつもどおり自信なげな様子だ。リビングルームの廊下に近い側の床の上に、アリシア・ロバーツが横たわっていた。喉を切り裂かれている。その傷から流れ出た大量の血が、何年も前にメアリーがヨルダンで買った青と金色のラグを染めていた。

「これは……？」

　そうささやいたとき、背後で音がした。振り返るとジョアナがすぐそこまで来ていた。ジョアナに突き飛ばされて、ウィテカーはリビングルームとの境の低い階段を転がり落ちた。大理石の床に激しく叩きつけられ、激痛に悲鳴を上げた。

63

「肩が」ウィテカーはうめいた。「骨が折れた……」

　ふらつきながらどうにか立ち上がり、顔をしかめつつ手近な椅子に腰を下ろした。深くうなだれ、苦しげに息をする。「痛い……」

　ジョアナはおじを完全に無視し、ケンプを見て言った。「その女、死んでる？」もどかしげな声だった。

「さすがに生きてるとは……」ケンプは微動だにしない体、広がった血を曖昧に指し示す。

　ジョアナは嘲るように言った。「確認くらいしたら」

「けど……僕の指紋がついちまう」

　ジョアナはもどかしげに目を閉じた。「ナイフで切られた人が転がってたら、ふつう、生きてるか死んでるか確かめるでしょ。誰だってそう。あなたの指紋がついていなかったら、そのほうがかえって怪しいんじゃない？」

「言われてみればそうだね」

　ケンプはアリシア・ロバーツのほうに屈みこみ、首筋に指を押し当てた。「脈はない」

「目を見て」

　ケンプはためらった。

「あのね、ホラー映画じゃないの。目が合ったからって、取り憑かれたりしない」

ケンプはその言葉に殴られたように顔を歪め、不安げに両手をこすり合わせたあと、死体のまぶたを押し上げた。

「どうかな……この感じだと……うん、死んでると思う」

ウィテカーがかすれた声で言った。「ジョアナ、やめてくれ……何のつもりだ？」

ジョアナは落胆したような目をおじに向けた。「復讐の時が来たんだよ、アヴェレル」

「何だって？」ウィテカーは顔を引き攣らせた。

「あんたはパパから会社を盗んだ」

ウィテカーはすかさず言い返した。「ローレンスはアルコール依存症だったんだ！　投資に失敗して、その損を補塡するために会社の株を担保に金を借りていた。違法行為だ。帳消しにするのに二年かかった。ローレンスには充分な給与を払った」

「パパの自尊心は傷ついた」

ウィテカーは低い声で言った。「自業自得だ。会社から完全に追い出されていてもおかしくなかった」

「それに、会社を解散する気でいる。父が人生をかけて築き上げた会社なのに」

「うちの記事のせいで死人まで出た。私はもうそんなことに関わりたくないのだよ」

ウィテカーは目をそらした。ジョアナはかまわず続けた。「あんたが設立するっていう非営利団体。笑っちゃうよね。マスコミ業界やニュースなんて世間は気にしてないって。ニュースが事実かなんて、誰も気にしてない」

「それは違う」

「違わない」

「おまえの慈善事業はいまのまま残る」

ジョアナの表情は怒りに燃えた。「かわいい姪っ子を閉じこめる先は残しておくわけね。またトラブルを起こされたら困るから」

ウィテカーはキットのほうに顔を向けた。「この子はどうしてしまったんだ？　何をした？」

「薬をのませた」

「話し合いで解決しよう。頼む……」

こちらを見つめるジョアナの大きな鼻と太い眉が目立

つ顔に、悲哀と受け取れなくもない表情がかすかに浮かんでいた。

だが、警備員のロバーツの死を思い出して、交渉の余地はないのだとウィテカーは悟った。

これから起きることが映像のように鮮やかに見えた。二人は同じナイフを使ってウィテカーを殺すだろう。次にキットを――おそらく薬を過剰に投与し、自殺に見せかけて――殺すだろう。そして帝国はジョアナのものになる。

「会社をいまのまま運営していくつもりだな」ウィテカーは言った。

「そうだよ。ただし、方向性は変えるけどね。ウェルムって知ってる？」

「あの頓狂《とんきよう》なことばかり言っている陰謀論者だろう。知り合いなのかね」

するとジョアナは誇らしげとも聞こえる口調で答えた。

「私がウェルムなの」

「ジョアナ……まさか！　あんなでたらめを信じているわけではなかろう」

ジョアナは鼻で笑った。「そう言うあんたの新聞の一面はどうなのよ。議員の隠し子だとか、ケネディ大統領暗殺犯のオズワルドを陰で操っていたのは当時の副大統領の祖父だとか。それで金儲けしたくせに」

「それとこれとは違う」ウィテカーは憤然と言い返した。

「そうだね、アヴェレル。私はあんたたち古い世代とは違う」

「と……父さん……」キットが意識を取り戻しかけていた。自分の両手を見て、車椅子の肘掛けに縛りつけられていると気づいたようだ。それから首を振り、大きく息を吸った。「父さん？」頭がまた力なく垂れた。

ジョアナはケンプに近づいて何か話し始めた。いかにも焦《じ》れったそうな様子だ。

話の内容までは聞き取れなかったが、アリシア・ロバーツを殺したのがジョアナであることは間違いなく、今度はケンプにウィテカーとキットを殺させようとしているのだろう。だが、ケンプは尻込みしている。ジョアナの表情は軽蔑に満ちていた。

ケンプは、死体の脈と瞳孔を確かめるくらいはやる。ジョアナが書いた筋書きどおりの証言だってするだろう。だが、ナイフを振るって人を殺すとなると、話は別だ。

「マーティン」ウィテカーは呼びかけた。

ケンプはすがるような表情でこちらを向き、口を開きかけたように見えたが、ジョアナにぱちんと指を鳴らされて即座に黙りこんだ。

ジョアナはさげすむような視線をケンプに向け、血で濡れたビニール袋を使い、アリシア殺害に使ったナイフを拾った。贅沢なカーペット敷きのリビングルームを横切ってきて、椅子に座りこんだウィテカーをじっと見下ろす。首の左側を切り裂くべきか、それとも右にするか、考えているかのようだった。

ウィテカーは椅子の上で背を丸めた。それはメアリーがニューイングランドで買ったチッペンデール様式風の椅子で、二人で家具の絵つけ講座を受け、一緒に塗り直したものだった。あれは実に幸福な週末だった。

ウィテカーは弱々しい声で息子を呼んだ。「キット?」声を大きくしてもう一度。「キット?」

キットが目を開いた。

ジョアナは立ってキットとウィテカーを見下ろしている。ウィテカーは顔を上げた。弟ローレンスの面影を残す姪の顔に、わずかなりとも哀れみが浮かんでいるのではと期待した。

だが、そんなものはかけらもなかった。傲慢ないらだちがあるだけだった。

「一つ言わせてくれ」ウィテカーはしわがれた声でそう言い、姿勢を変えようとして顔をしかめた。

ジョアナは動きを止めてうなずいた。

「キット。私が悪かった」

キットがゆっくりとまばたきをした。

それからアヴェレル・ウィテカーは、ステッキを両手で握って大きく振りかぶり――肩の骨が折れたというのは芝居だった――渾身の力で真鍮の握りをジョアナの顔に叩きつけた。

64

ジョアナはがくりと膝を折った。憤怒と苦痛の叫びが漏れた。

まだ握ったままだったナイフで、立ち上がろうとしているウィテカーの脚を狙って斬りつける。刃は届かず、ウィテカーはジョアナの腹部を踏みつけた。ジョアナが体を二つに折った。

ウィテカーはケンプのほうを向いた。ケンプの顔は真っ青だ。包丁を握っている。ゆっくりと近づいてこようとしているが、恐怖が気迫をはるかに上回っていた。

神よ、お願いだ。いまから十分だけ、ありったけの力を私に授けてくれ。息子を守りきれたら、そのときは私の命を奪ってかまわない……

アヴェレル・ウィテカーはステッキを振り上げて頭上にかまえ、部屋の反対側にいるケンプにまっすぐ近づいていった。

ジョアナが立ち上がろうともがいている。血を吐き出した。

ケンプが訊く。「ジョアナ？　大丈夫かい？」

「つまんないこと訊いてる暇があるなら、さっさとそいつを殺しなさいよ」

ウィテカーはケンプから二メートルの距離まで迫ったところで足を止めた。「マーティン、命が惜しくはないか。いまならまだ間に合う。九一一に通報しなさい」

ケンプは迷っている。通報するのかとウィテカーは思った。だが、ケンプはそうはしなかった。この男はママの言いつけに決して逆らわない。

ケンプが包丁を前にかまえて大きく踏み出す。その顔には、決意と怒りと底知れぬ恐怖がないまぜになった、何ともいえない表情が浮かんでいた。

ウィテカーは脇によけておいてステッキを振った。ケンプが一メートルほど後退したタイミングでその背後に視線をやり、目を見開いて言った。「アリシア！　生きていたか！」

ケンプが息をのみ、とっさにアリシアの死体のほうを振り返った。

ジョアナの怒鳴り声。「この馬鹿！」

ほんの〇・五秒ほど注意がそれただけだ。しかし、それで充分だった。ウィテカーはステッキを野球のバットのように振り、ケンプの包丁を持っているほうの手を打った。ケンプは悲鳴を上げた。泣き叫ぶような甲高い声だった。包丁が床に落ちた。ケンプは膝を屈し、打ち砕かれた手を胸に抱いた。ウィテカーはステッキを放り捨てて包丁に持ち替えた。

ジョアナのほうに向き直る。ジョアナは廊下のほうを見ている。床に落ちた何かを探しているようだ。

先に銃を見つけたのはウィテカーだった。小型の黒い拳銃だ。

ジョアナがおぼつかない足取りで銃に近づいていく。先回りしたくてももう間に合わない。いまできることは一つだけだ。ウィテカーはナイフをポケットにしまい、キットに歩み寄り、車椅子を押して、一番近い部屋――書斎に逃げこんだ。ドアを閉めて鍵をかける。

二人のどちらかがドアを蹴りつける音が聞こえた。きっとマーティン・ケンプだろう。

ジョアナは銃をぶっ放して押し入ろうとするだろうか。それではジョアナが練り上げた台本から脱線するが、いまのジョアナにそれを気にしている余裕はないだろう。

ドアを蹴る音がやみ、ジョアナの声が聞こえた。「それはいい考えだね」

ウィテカーは室内を見回した。固定電話がある。受話器を上げると、時報の自動音声が流れた。「ただいまから時刻をお報せいたします……」

マーティン・ケンプが珍しく気の利いたことをしたらしい。

ウィテカーは受話器を置き、ドアノブに椅子を嚙ませた。ジョアナが撃ってきた場合に備え、キットを弾の当たらない場所に移動する。

二人がまたドアを蹴り始めた。ドアパネルの一枚に亀裂が入った。

アヴェレル・ウィテカーは、ポケットからナイフを取り出した。

65

コンピューターがビープ音を鳴らす。

〈ヴューナウ〉のアルゴリズムからの呼び出した。僕はコンテンツ・モデレーターのモードに頭を切り替える。ノートパソコンを引き寄せ、ウィンドウを最大化した。〈ヴューナウ・ライブ〉の投稿だった。タミーバード35というユーザーのライブ配信だ。きれいな女だ。年齢はたぶん二十歳くらい。茶色の長い髪は猫っ毛で、涙で濡れた頰にその髪が幾筋か張りついている。サイズの大きすぎるスウェットシャツの胸に高校の校章がプリントされている。人生のいまより幸福だった時代の置き土産か。

この女自身か、コメント欄に投稿した誰かが〝自殺〟というキーワードを使い、アルゴリズムがそれに反応したんだろう。

〝タミー〟は机に座っている。背後に起き出したままのベッドが見える。壁にはどこか南の島の写真。床にぼろぼろになった犬のぬいぐるみが転がっている。タミーは泣きじゃくりながら言う。「うちのママはいつだってボーイフレンドとほっつき歩いてるの。あたしのことなんかどうだっていいみたい。そのボーイフレンドは、会うたびにハグしようとしてくる……学校じゃみんなものすごく陰険で……あたし、人見知りだから。性格だもん、変えられない。何もかももういや！　誰も気にかけてくれない。誰も！　思いきってやっちゃえば楽になれるよね……どうしよう……」

動画の下をコメントが流れていく。

だめだよ、誰かに相談しなって！

どうせなら配信中にやれよ‼

ママのボーイフレンドにやられちゃったりすんの？　その写真見せろよ。

誰か警察に通報しろ！

とりあえず上脱げよ。

アングラ掲示板——ありとあらゆるトピックのフォーラムが見つかる——には、自殺専門のフォーラムがあって、どれもにぎわっている。そこに集まる連中は、誰かを助けようなんて思っちゃいない。自殺のハウツー本みたいな奴らだ。自殺の生中継のファンは何十万、何百万といる。やりとりされるのはテキストと写真が主で、そこにＧＩＦ画像がちらほらまじる程度だ。だから動画オンリーの〈ヴューナウ〉に行き着く志願者はあまりいないが、それでもたまにこの種の動画が投稿される。

コメントをながめると、誰かが親切にも自殺フォーラムのハイパーリンクをタミー宛てに送っていた。

タミーが話を続ける。「もう生きてる意味ない。ボーイフレンドにも嫌われちゃったし。あたしのことデブって」

そしてタミーは泣きじゃくる。

ダイレクトメッセージ送ってよ、相談に乗るよ!!

すっごいきれいじゃん。死ぬなんてもったいない!

セクシーだよ??

睡眠剤とか持ってないの?

睡眠剤なんか時間かかりすぎだろ。首吊り。それしかない。メッセージくれよ、最後まで責任持ってコーチしてやるから。

〈ヴューナウ〉のコンテンツ・モデレーターは、全投稿者のIPアドレスを取得できる。〝タミー〟のアドレスを伝えれば警察は令状を取り、タミーが利用しているインターネット・プロバイダーに命じて実際の住所を開示させられる。プロキシを使っていたらだめだが、タミーは使っていない。住所がわかれば、警察が安否確認に急行する。一連の手順にはさほど時間がかからない。いまにも自殺しそうだとなればなおさらだ。一時間もあれば、警察がタミーの家のドアをノックする。

だが、僕にとってはジレンマだ。タミーを救うボタンを押せば、警察が目を通す報告書に僕の名前が載ることになる。それはなんとしても避けたい。

一方で、もしもタミーがコメント欄の親切な投稿者のアドバイスに従って決行した場合、僕がライブ配信をチェックしたのに何の対応も取らなかったとわかれば、なぜタミーを救うための手を打たなかったかという疑問が生じる。

つまり、どっちに転んでも警察に名前を知られることになる。

さて、どうする?

自分を優先することにして、〈ヴューナウ〉の警察機関連携部門に解決をまかせることにした。

といっても、僕は特別急がない。ゆっくりとキーを叩いてタミーのIPアドレスを取得する手続きを始める。

そのあいだもこう考えている。天が僕に味方したら、警察は間に合わないかもしれない。

いや、うまくいけば、タミーはもっとずっと早く――このライブ配信中に自殺してくれるかもしれない。

66

戦術チームがドアに近づく。

静かだ。物音一つしない。

先頭に立つサックスは、彼らがプロの集団であることを知っている。音を立てそうな金属類は、細い布きれや絶縁テープで固定してある。電話や無線機はすべてミュート設定だ。

男四人、女二人のチームにサックスを加えた七名の突入班は、呼吸の音さえ消していた。これは、見た目はやや滑稽ではあるが、容易に可能だ――口を大きく開けて息をすればいい。

この突入作戦は急遽《きゅうきょ》立案された。

キットの部屋のカーペットから採取したサンプルの結果が出た。ちょっと見て――これは重要な手がかりになるかも。

ライムはすぐに分析結果に目を通した。そしてライムとサックス、スペンサーは、すべての現場の証拠を一括して検討し直した。

「答えが出たな。ロンに電話だ。ＥＳＵを招集せよとな。急げ。時間がないぞ」ライムは言った。

というわけで、ＥＳＵの戦術チームがここにいる。

ドアの手前で停止し、物音に神経を集中した。まもなくサックスは監視捜索班の一人にうなずいて合図した。隊員はドアと枠を探ってファイバースコープカメラを通せそうな隙間を探したが、見つけられずに首を振った。

一つうなずいたあと、サックスは進み出てドアを調べた。ロックスミスのスキルがあればいいのにと思った。繊細な工具を使い、錠の内側の複雑なメカニズムを操作できたら。サックスはドアに電子聴診器を当てて室内の物音に耳を澄ました。

突入すべきだとわかった。

サックスはドアから離れ、ささやくような声で言った。

「破壊班。用意はいい？」

テレビドラマや映画とは違い、ドアを破壊するのに錠を銃で撃ったりはしない。

　撃っても無意味だ。悪くすれば、大惨事を招きかねない。跳弾の危険もあるし、表面の金属部品の破片が飛び散ることもある。それに錠前はそもそも、銃撃を含めた衝撃に耐えるように作られている。破片が当たれば、目くらいあっさりえぐられてしまう。

　しかし蝶番は……話が別だ。ドアを破壊するための特殊な弾がある。たいがいは一二ゲージのショットガンを使って撃つ。弾は焼結材料で――金属粉を押し固めた素材で作られている。蝶番をすばやく破壊できる。ニューヨーク市警の警察官のユーモアセンスは抜群だ。緊《E》急出動隊《SU》は、これを〝エイボンの訪問販売〟弾と呼んでいる。かつてエイボン・レディがアメリカ中の家から家を訪ねて化粧品のセールスをしていた――サックスも母親からそんな昔話を聞いたことがある。

　サックスは破壊班のリーダーに小声で指示した。「いきましょう」

　リーダーは下の蝶番に狙いを定めてトリガーを引いた。

　サックスは背中を向けていたが、防弾プレートで保護されていない部位に衝撃を感じた。密閉空間に反響した銃声は驚くほど大きかった。二発目が上の蝶番を破壊する。破壊槌が真ん中に叩きつけられ、それがとどめの一撃となった。ドアは室内に向けて倒れた。おそらくやかましい音がしたに違いない――が、ショットガンの銃声を聞いた直後だ。どんな音だったのか、誰にもわからない。

　サックスが先陣を切って突入する。ほかのＥＳＵ隊員もそれに続いた。せまい入口で身動きが取れなくなる――〝死の漏斗〟――のを避け、入ってすぐに散開する。それぞれが叫ぶ。「警察だ！　令状がある。警察だ！出てこい！」

　高層階にあるアヴェレル・ウィテカーの自宅の大きく開けた広大なリビングルームは、警備員のアリシア・ロバーツの死体がある以外、無人だった。ロバーツの死に驚きはなかった。上司であるライル・スペンサーが危険を警告しようと何度か電話をかけたが、一度も応答がなかったからだ。

　ＥＳＵ隊員の一人がロバーツに近づいた。「死亡を確認」

　そのとき、サックスは書斎のドアが蹴破られていることに目をとめた。サックスと二名の隊員が入口に近づく。

「警察です！　出てきなさい！　両手を上げて出てきて！」

背後から別の隊員の声が聞こえた。「警備員の銃がなくなっています」

サックスは声を張り上げた。「銃を捨てなさい！　私から見える場所に！」

「そこをどいて道を空けて！」ジョアナの声だった。

「さもないとアヴェレルを殺す！」

サックスは傍らにいた監視捜索班の一人に言った。

「カメラを」

隊員が細いロープ状の小型ファイバースコープカメラをほどき、レンズチューブを伸長して入口に近づいた。サックスも援護しながら一緒に移動する。隊員がレンズを室内に送りこむ。モニターにアヴェレル・ウィテカーが映し出された。その背後に顔を血で濡らしたジョアナが立ち、銃口を入口に向けていた。婚約者のマーティン・ケンプは危なっかしい手つきで包丁を持っている。その横に若い男がいる――キット・ウィテカーだ。車椅子に縛りつけられている。

「銃を捨てなさい！」

「そっちこそ下がりなさいよ！　私を逮捕なんかして、困るのはそっちだからね！　あとで泣いても知らないよ！」

どう困るというのだ？

サックスは、さっきロバーツの死を確認した女性のESU隊員に指示した。「スタングレネード。それで一気に片づける。交渉には応じない」

「了解、サックス刑事」隊員はベルトからスタングレネードを取った。形はペッパースプレーそっくりだ。厚紙の容器に強力な炸薬が入っている。使う際は、横のレバー――〝スプーン〟――を押しながらピンを抜き、目的の場所に投げる。三・五秒後に閃光とおよそ百四十デシベルの爆発音が炸裂する。起爆時に近くにいると、おそろしく不快な経験をすることになる。

ジョアナが言った。「脅しじゃないよ。あんたたちが知らないコネがあるんだからね。だからそこを空けなさい！」

サックスは別の隊員の目をとらえた。「あなたも。スタングレネードを準備」

男性隊員はためらった。「この程度の空間なら、一発で充分では」

ジョアナはまだわめいている。「人生最大の失敗になってもいいわけ？」

サックスは微笑んだ。「二つでいきましょ。ピンを抜いて」

67

ジョアナ・ウィテカーもケンプに続いて床に腹ばいになった。

隊員二名が二人に手錠をかけ、あおむけにひっくり返してから強引に起こして座らせた。

ジョアナの顔は怯えてはいない。怒りも、失意も浮かんでいなかった。いっさいの感情がない。ただときおり苦痛の表情がよぎった。アヴェレル・ウィテカーの一撃が相当に効いたようだ。頬骨が折れているように見える。

マーティン・ケンプはべそをかいていた。犯罪者カップルのどちらがどちらを尻に敷いているかは明らかだとサックスは思った——そんな風に考えるのは前時代的だし、政治的にも正しくないのだろうが。

キット・ウィテカーは薬物を投与されていた。サックスはキットをソファに座らせた。戦術チームはほかの部屋の安全を確認して回っている。サックスとライムは、今回の犯罪に関与しているのはジョアナとケンプの二人だけだと断定していたが、捜査の手続き上、事件現場はしらみつぶしに点検して安全を確保しなければならない。すべての部屋の安全を確認したとの報告を受け、サックスは無線で救急隊を要請した。

ほどなく救急隊が到着した。サックスは負傷者の優先《トリ》順位《アージ》づけをした。救急隊はまずキットを診《み》て、生命を脅かすほどの量の薬物を投与されてはいないことを確かめた。ジョアナとケンプは、キットが父親のアヴェレルを殺して自害したと見せかける工作が調ったあと、致死量を投与するつもりでいたのだろう。

救急隊は次にジョアナとケンプの手当てをした。ジョアナは顔を、ケンプは手を砕かれていた。

「怪我はありませんか」サックスはアヴェレル・ウィテカーに確かめた。ウィテカーは焦点の合わない目をサックスに向けてうなずいた。それから息子に視線を戻し、救急隊員に尋ねた。「私の息子は命に別状はないんだね？」必要以上の大声だった。スタングレネードでやられた聴覚がまだ回復していないのだろう。

「はい。意識が混濁する程度の量しか投与されていませんでしたから。心配ないですよ」

「キット」ウィテカーは息子の腕にそっと手を置いた。キットは朦朧としたまま父親のほうに顔を向けたが、反応は鈍かった。

ケンプが言った。「あの、すみません、刑事さん……」ジョアナは鼻汁を垂らして泣いている婚約者をじろりと見た。「口を閉じてなさいよ。一言でも何かしゃべったら……」

証言者に対する脅迫もジョアナの罪状に加わることになりそうだ。とはいえ、ほかの容疑の重大さを思えば、ちょっとしたおまけ程度にすぎない。

入口に人影が現れ、新たに二人の男が入ってきた。リンカーン・ライムとライル・スペンサーだ。

スペンサーは、ウィテカーのボディガードを務めていたロバーツの死体に気づいた。沈痛な面持ちで歩み寄り、床に膝をついて彼女の手を取った。首を振って立ち上がる。スペンサーの怒りに満ちた目がジョアナに向けられた。アリシアとスペンサーは、単なる同僚ではなく友人だったか、あるいはそれ以上の間柄だったのかもしれない。スペンサーは拳を固めてジョアナのほうに足を踏み出した。ジョアナが身をすくめた。

サックスはスペンサーの前に立ちふさがり、彼の腕に手を触れた。「だめ」静かな声で言う。「法律で裁きましょう」

スペンサーは細く長く息を吐き出してうなずいた。

ジョアナは氷のように冷たい視線をライムに向け、次にサックスを見て言った。「どうして？　どうしてわかったわけ？」

「ライム、キットの部屋のカーペットから採取したサンプルの結果が出た。ちょっと見て——これは重要な手がかりになるかも」

ライムとスペンサーはサックスのほうを見た。サックスが続けた。「複数の電解質が検出された——ナトリウム、カリウム、カルシウム、マグネシウム、重炭酸塩。ほかにリン酸塩、免疫グロブリン、蛋白質、ムチン、窒素化合物。唾液よ」

「誰の？　キットか」

メル・クーパーはすでに高速DNAシーケンサーを操作していた。ちょっと待ってくれというように片手を上げる。キットのDNAサンプルは、自宅アパートで押収した歯ブラシとヘアブラシから採取されていた。

「まだか、まだか」ライムの気は急いた。だが、クーパーが発破《はっぱ》をかけたところで、シーケンサーの解析速度が上がるわけではない。

ようやく結果が出た。「キットのだ」

サックスが言った。「もう一つ。血液。ごく微量。キットのアパートの玄関のそば。あなたがさっき気づいた小さな染みがこれよ、ライム」

ライムの鼓動が速くなる。こめかみの脈でそれを感じた。ついに突破口が見つかったかもしれない。

DNA検査が繰り返される。血液もやはりキットのものと確認できた。

スペンサーが言う。「致命傷を負ったと考えるには量が少ない。たとえ二十二歳の若者でも、そんな小さな染みくらいではすまないのでは」

ライムはしばし考えを巡らせた。「血液分析装置にかけてみよう」

メル・クーパーは、血液分析装置を起動した。分厚いノートパソコン程度の大きさの装置だ。検査を行い、結果に目を凝らす。「おおよそ正常だが、血液検査じゃふつう検出されないような成分がいくつか含まれてる。クレアチンキナーゼ、乳酸脱水素酵素、ミオグロビン」

それを聞いてライムは言った。「キットはスタンガンで撃たれたんだ。いま挙がった成分は、横紋筋が——骨格筋が損傷したとき血中に流出する筋蛋白質だ。スタンガンで動きの自由を奪ったのだな。キットは倒れた拍子に頭を打った。そのとき出血した」

スペンサーが言った。「唇を噛んだのかもしれない。手や腕ということもありそうですね。それで血痕が残った」

ライムはうなずいた。「その可能性もある」

サックスがクリーンルームから言う。「だけど、撃ったのは誰？」

「最大の疑問だな。そう、仮にだ、キットは犯人に仕立て上げられようとしている被害者だとして考えてみよう。

真犯人はキットを拉致《らち》し、アパートのクローゼットやファイルキャビネットに証拠をまぎれこませた。さて、真犯人はいったい誰か」ライムはホワイトボードに目を向けたまま、自分の考えをたどるようにゆっくりと続けた。「全体を見てみよう。まだ説明のついていない証拠はどれとどれだ？　海水。これが検出されたのはキットのアパートだけだ。その事実から何がわかる？」

誰も答えなかった。どのみち、誰にも答えの出せない疑問だ。

「次。謎の物質はもう一つある。肥料だ。サンドルマン・ビルとベクテル・ビルで見つかっている――キャンディの包み紙と一緒に見つかったんだったな、サックス。そうか……」ライムは顔をしかめた。「ロックスミスはベクテル・ビルには戻っていない。いたのは別の人物だ。この事件の真犯人がベクテル・ビルに行き、包み紙を故意に残した。キットを拉致し、同じブランドのキャンディと被害者の下着など証拠一式をキットのアパートに隠した。だが不注意にも、自分たちに結びつく証拠も残してしまった。肥料と海水だ」

「自分たち？」サックスが訊く。

ライムは言った。「キットでないとすれば、犯人は――」

スペンサーが後を引き取った。「――ロックスミスはなぜ、メアリー・ウィテカーの命日を示唆するような新聞の切り抜きを現場に残したのか」

「キット犯人説の根拠は切り抜きの日付だった」サックスが言った。「日付の意味を指摘したのは、ジョアナ・ウィテカーだった」

ライムは言った。「そしてジョアナは、外洋クルーザーと温室を所有している」ライムは一家について調べたとき読んだインターネット上の記事の内容を思い出しながら言った。「木材用の高価なワックスも検出されたな。あれは自動車にも使うが、船の内装にも使われる」

スペンサーがうなずいた。「ジョアナは蘭を栽培しています。バッテリーパーク・シティのアパートに行ったときに見ました」

「それに」サックスが言う。「『デイリー・ヘラルド』のバックナンバーの保管庫にも出入りできる。二月十七日付の第三面を好きなだけ持ち出せるってこと」

スペンサーが独り言のように言った。「ジョアナはミスター・ウィテカーとキットを殺す気でいるんだな。二人が死ねば、ジョアナが会社を相続する。くそ」電話をかけて応答を待つ。「ミスター・ウィテカーは出ない」別の番号にかける。応答を待つうちに顔色が青ざめた。「アリシアも出ない」

ライムが言った。「答えが出たな。ロンに電話だ。ESUを招集せよと伝えろ。急げ。時間がないぞ」

いま、はるか上空のアヴェレル・ウィテカーの自宅アパートで、リンカーン・ライムはジョアナの質問――「どうしてわかったわけ？」――におどけた視線で答えた。その目はこう言っていた。自分で考えるんだな……答えは出ないかもしれないが。

この場の指揮官であるアメリア・サックスは仕事にかかった。床に座らされたままのジョアナとケンプに近づく。ジョアナがサックスをねめつけた。「椅子くらい用意しなさいよ」

サックスはそれを完全に無視して言った。「ロックスミスの正体を教えて。居場所も」

「どうして私が知ってると思うのよ」ジョアナは驚いた表情で答えた。

サックスは落ち着き払った声で言った。「ロックスミスを雇ったのはあなただから」アナベル・タリーズとキャリー・ノエルの部屋から盗まれた包丁を見やる。一本には血がついている。柄にはビニール袋がかぶせてあった。「証明できるのよ。あの包丁にあなたの指紋は付着していないでしょうけど、ビニール袋には付着してる」

沈黙。

「教えて。教えてくれたら、少しでも有利な取引になるよう検事と話をしてあげてもいい」

ジョアナ・ウィテカーは狡猾な笑みを浮かべた。「弁護士の同席を要求する」

68

「腕は痛む？」キットは父親に尋ねた。

アヴェレル・ウィテカーは自分の腕を見た。ジョアナに押されて転倒はしたが、打ち身ができただけですんだ。それでも一瞬息が詰まったし、驚くほど大きな青痣《あおあざ》ができた。

「大した怪我ではないさ」ウィテカーは答えた。「それよりおまえはもう大丈夫か……？」

「ふらふらする。頭も痛い。僕の部屋に来たジョアナかマーティンにスタンガンで撃たれた」頭にできたかさぶたにそっと触れる。「それで転んだ。そのあと何か注射された」キットはかすれた声で続けた。「いとこなのに。血のつながったいとこなのに」

二人はロングアイランド湾に面したサグハーバーにあるウィテカーの別宅に来ている。寝室が六つあるチューダー様式の家で、所有名義はある会社になっていた。ここはマスコミに知られていない。ハゲワシじみた連中はいまもまだパーク・アヴェニューの高層ビルを張っている。

この家はたくさんの思い出と結びついていた。メアリーと二人で建てた家だ。設計と建築に明け暮れた日々は、二人の人生の最高に幸福な時期だった。キットを連れてここで過ごした週末は数えきれない。弟のローレンスとその妻ベティもよく合流した。

ジョアナも。

ウィテカーは窓の向こうできらめく波を見つめていた。ロングアイランド湾は波が荒い。このあたり、ノースショアではとくにそうだ。陰気な灰色をした岩だらけのビーチには、カブトガニが大量に生息している。あれほど〝異星の海洋生物〟と呼ぶにふさわしい生き物はほかにいないだろう。

「どんな場所だった？　どこに監禁されていた？」

「クルーザーだった。あの古いクルーザーだよ。父さんがローレンスおじさんに譲ったやつ」キットは肩をすくめた。監禁されたとはいえ、さほど不愉快な経験をせずにすんだというようだった。しかし、そんなはずはない。耐えがたい環境だったに違いないとウィテカーは思った。鎖でつながれるとか、何らかの形で拘束されていただろう。いつ殺されるかという恐怖もつねにまつわりついていたはずだ。

どれほどの絶望を感じたことだろう。

それに、裏切られた痛みも。

キットとジョアナは、さほど仲のよいいとこではなかった。ジョアナはおじや父親が出席する社交イベントに同行したが、キットは無関心だった。それでも、家族が集まる祝日の晩餐《ばんさん》には顔を合わせていたし、キュラソー島、サンマルタン島、グアダループ島、アンティーブ岬へ出かけた家族旅行でも一緒だった。

「キット。私が間違っていた。大きな思い違いをしていた」

キットはビールに口をつけた。唇が乾いてひび割れている。ウィテカーは怒りに煮えくり返る思いがした。ジョアナめ。あの根性なしの婚約者め。

「おまえの母さんは……」

今回の犯罪を企んだのはキットではないことはわかっている。だからといって、ジョアナの仮説がおそらく正しいという事実が変わるわけではない。キットが家族と連絡を絶った原因は、父親の選択にあるのだ——もう何年も前の三月二日、ウィテカーは聖テレジア病院の病室ではなく自分の事務室にいて、苦渋の交渉を重ねたあと、テレビ局の買収契約書に署名した。

「母さんが何？」

ウィテカーはテレビ局の買収の経緯を打ち明けた。そして最後に付け加えた。「おまえに謝って許しを乞いたいとずっと思っていた」

するとキットは困ったような顔をした。「病室の母さんに付き添わなかったから？」

ウィテカーはうなずいた。涙があふれそうになった。

「だけど、父さんだって知ってるよね。亡くなる二日前には母さんは昏睡に陥ってた。まだ意識があったときの母さんに最後に会ったのは父さんだった——ほら、亡くなる前の土曜日だよ。あの日、父さんは朝までずっと付き添ってたよね。ずっと母さんの手を握ってた。亡くなった日、僕が病室に行ったら母さんは眠ってて、もう二度と目を覚まさないかもしれないと先生にも言われた」

「いや、知らなかったよ。それは知らなかった」

キットは弱々しく笑った。「正直言うと、父さんがいなくてよかったと思ったよ。だって、話すことなんかないだろう。父さんとのあいだに共通点なんて一つもなかったからね。父さんを憎んだり恨んだりしたことはないよ。僕らはまったく異質の人間だというだけのことだ」

「私のせいだと思った。おまえと関わろうとしなかった。おまえがちゃんとした仕事に就けなかったのは私の責任だ。人生の道しるべを示してやらなくてはいけなかったのに」

「仕事に就けなかった？」

「ジョアナから聞いた。仕事を転々としているとね。コンピューター関係、ドローン、不動産、映像製作、石油ガス関連……脈絡なく仕事を変えていると」

　キットは今度は心底楽しげに笑った。「いまの仕事に就いたのは、父さんのおかげなのに？」

　アヴェレル・ウィテカーは眉を寄せた。

　整った顔立ちをした青年は長い髪を額からかき上げた。

「本心を言えば、父さんやローレンスおじさんの仕事は尊敬できないと思ってた。新聞にテレビ局。なんていうか……社会の役に立っていないよね。僕は別の方向に進んだ」

「どんな仕事をしているんだね」

「自分で設立した非営利団体のCEOをやってる。ドローンを使って、環境規制の違反行為を探してる」

「初耳だ」

「仕事では別の名前を使ってるから。母さんの旧姓を借りてる」

「具体的には何をする団体だ？」

「国の環境保護庁や州の環境保護機関が報奨金を出してね。僕らは違反者のデータベースを作って公開してる。ジョアナが言ったような分野は全部勉強したよ。道楽半分にあれこれやってみたってわけじゃない。全部いまの仕事のためだ」

「事業として成功しているのか」

「父さんの基準では大したことないかもしれないけど、去年は五千万ドルの利益があった」

「すごいな」だが、ウィテカーはすぐに顔を曇らせた。「それなら、おまえの行方がわからなくなったとき、その団体の誰からも私に連絡がなかったのはなぜだ？　私が父親だと知っているだろうに」

「僕はだいたいどこかでドローンを飛ばしてるからね。何週間も不在ってこともよくある」キットはビールを飲み終え、次の缶を開けた。「『デイリー・ヘラルド』の記事や特集はたいがい、大手エネルギー会社や反環境保護主義者に好意的だろう。だから、僕とは関わりたくないだろうなと思って……え、ちょっと……」

　ウィテカーはワイングラスを置いて息子をきつく抱き締めていた。一瞬の間《ま》があって、キットも抱擁に応えた。

　やがてキットが唐突に訊いた。「新聞やテレビ局を手放したらさみしくなると思う？」

「いいや、少しも。新しい団体を始めるのがいまから楽しみでたまらない」ウィテカーは息子の顔をつくづく見たあと、どんな活動をする団体なのかを説明した。キットは好ましげな表情で聞いていた。

最後にウィテカーは期待のこもった笑みをおずおずと浮かべた。

「何だよ?」

ウィテカーは尋ねた。「いやその、ちょっと思いついたんだが……おまえも理事に加わらないか」

キットはほんの一瞬迷っただけで言った。「いいね。ぜひやってみたい」

「ところで、腹は減らないか。何か食おう。今日はこのままここにこもっているほうがいい。外には出ないほうが無難だ。出前を頼むのもよしておいたほうがいいだろう。記者連中は油断ならないからね。だが、アイラのおかげで食料品の買い置きはたっぷりある」

ウィテカーはキッチンに入った。キットもあとを追う。

冷蔵庫をのぞくウィテカーを、キットは父親のそんな様子は初めて見たというように愉快げに見ていた。たしかに、あながち的外れではない。「オムレツだな。私に作れる料理はオムレツくらいだ」

「いいね」

ウィテカーは上等のローヌ・ワイン――シャトーヌフ＝デュ＝パプ（〝法皇の新城〟）――の栓を抜き、グラスを二つ用意して芳香豊かなワインを注いだ。

ボウルに卵を割り入れ、そこに落ちてしまった殻の小さなかけらを骨折って取り除く。一筋縄ではいかない作業だ。そのあいだにキットはトーストを焼き、ざっざと音を立ててバターを塗り、皿に移した。

まもなく、殻が一掃された卵液がフライパンでじゅうじゅうと音を立て始めた。アヴェレル・ウィテカーの息子は、先にテーブルマットや銀器を用意しておこうと、ダイニングルームに行った。

69

ヒントは、防御創だった。

より正確には、防御創が見当たらなかったことだ。

アレコス・グレゴリオス、クイーンズ地区の屋敷の裏庭で殺害された被害者の遺体には、ナイフで切られた傷が三つあるだけだった。

遺体の写真を見たのは初めてではなかったが、ライムが依頼されたのは微細証拠の分析だったため、遺体の傷にはさほどの注意を払っていなかった。しかし昨日、リチャード・ボーフォートが記者会見場にあったホワイトボードの写真をライムに見せ、意図せずライムの関心に火をつけた。

ロックスミスはまだ捕まっていないが、ある捜査について疑問が浮上すると、リンカーン・ライムは、たとえそれが手続きの上では解決した事件であろうとそのままにしておけない性分だ。いまライムはグレゴリオス殺害事件のホワイトボードを見つめ、謎を頭のなかで転がしていた。

防御創がない理由の一つは、ライムが考えていたように、犯人が被害者に気づかれずに接近したからかもしれない。しかしよく考えてみると、新たな疑問が浮かび上がる。マイケル・ゼイヴィアのように足もとがおぼつかず、ろくに話の通じない男が、三回斬りつけられる距離まで被害者に悟られずに近づけるだろうか。被害者は急所をかばって両手を上げ、抵抗して刃物を奪おうとするのではないか。

むろん絶対にありえないことではない。だが、犯人はグレゴリオスの知り合いだったと考えるほうが理に適《かな》っている。犯人はすぐ目の前にいたのではないか。たとえば会話の途中だった。そこで唐突にナイフが持ち出され、殺人に発展した。

被害者が知っていた人物。

友人や近所の住人……あるいは、家族の誰か。

事件当日、被害者と会ったと判明しているそのような人物が一人いる。アレコスの息子だ。六時ごろに夕食をともにしている。被害者は、ホームレスの男とちょっとしたトラブルになった話をこのとき息子に聞かせている。より厳密を期すなら、夕食の席で父親からそういう話を聞いたと息子が供述した。

この息子――ファーストネームはヤニス――が、ホームレスの男に罪を押しつけたのだとしたら。

いったん屋敷を辞去したあと戻ってきて、裏庭で父親と会い、ナイフで殺したのだとしたら。殺害後に父親の財布を奪い、一般販売されておらず、ゆえに決定的な証拠となった〝万能薬〟ミラクル・セーヴをスラックスに染みこませたのだとしたら。そのあと証拠をホームレスの保護施設にこっそり置いておき、マイケル・ゼイヴィアに濡れ衣を着せたのだとしたら。

ライムは少し考えてから言った。「メル？」

クリーンエリアにいたメル・クーパーが顔を上げてこちらを向いた。

「頼みがある。いくぶん……奇妙な頼みだ」

「奇妙って、ハエの検死解剖よりも？」

「ほんの少しだけな」

「タイ・ケリー刑事？」

「そうです」

「どうも、メル・クーパー刑事です。クイーンズの鑑識本部の者です」

「どうも」

「リンカーン・ライムとよく組んで仕事をしてましてね」

「あの件はどうなんです？　ほら、本部の誰かがライム警部を干したって話。何考えてるんでしょうね」

「ほんとに。ところで、グレゴリオス事件でライムの助言をあおいだんでしたね」

「ええ、おかげで解決できました」

「その件ですが。捜査ファイルをながめていてたまたま気づいたことがあって、疑問を持ちまして」

タイ・ケリーは愉快そうに笑った。「リンカーン・ライムが解決した事件に疑問？　本気ですか」

こちらはスピーカーフォンになっている。クーパーとライムは目を見合わせた。クーパーは真顔を保つのに苦労しているようだった。

「とりあえず聞いてください」クーパーはライムからあらかじめ説明されたとおりのことを話した。遺体に防御創がないこと、被害者の息子がホームレスの男に罪をなすりつけたのではないかとの仮説。

「しかし、こちらでもヤニスについてはかなり洗ったんです。ところで、ヤニスっていうのは、英語のジョンのギリシャ語バージョンらしいですよ。初めて知りました。近くの監視カメラでアリバイの確認が取れてます。五時半ごろ車を降りて父親の家に向かい、七時ごろ車に乗りこんで帰った」

ライムは思考を巡らせた。それからメモを走り書きしてクーパーの前に押しやった。それを読んでクーパーがうなずく。

「ケリー刑事」クーパーは尋ねた。「ヤニスはどこに車を駐めましたか」

一瞬の間《ま》があって、キーボードを叩く音が聞こえた。

「アーバーヴェール・ショッピングモールの駐車場。父親の家から一ブロックくらい先です」

「父親の家には車寄せがありますよね」クーパーにも話の先が読めたらしく、ライムが黒子を務めるまでもなくそう尋ねた。

「ありますよ。息子によると、夕飯用に何か買うものがあって食料品店に寄ったようです」

「そう供述してるんですか」

「そうです」

ライムはまた走り書きし、クーパーがせりふを読み上げる。

「車を駐めて、そこから歩いたのは少し不自然な気もしますね」

「そうかもしれません。ただ、あそこは一方通行ですから。おそらく歩いたほうが早い」

クーパーはライムのメモを読む。

ケリーが尋ねた。「もしもし、クーパー刑事？」

「はいはい。えーと、駐車場に車を置いたのは、いつ来ていつ帰ったか、証拠を残すためかもしれませんよね。録画に」

「たしかに」

ライムがまた走り書きをする。

「録画のその夜の分は全部手もとに？」

「ありますよ。息子の供述をもとに、事件前後の録画を見てホームレスの男を探しましたから。ただ、駐車場の録画ではそれらしき人物は確認できませんでした」

ライムの走り書き。

「カメラはどこに？」クーパーが訊く。

「通りの反対側。モールに向けて設置されていました」

「いまその録画を確認できますか」

「あの、この話はどこに行こうとしてるんです？」

クーパーがアドリブを出す。「ちょっと気になることが」

「そうですか」キーボードを叩く音。

ライムは自分の仮説を書いた。クーパーは首を振って笑った。

「どうしました？」ケリーが訊いた。

「あ、いや、同僚が、ガールフレンドからもらったプレゼントを見せてきて」肩を揺らして笑う。「彼にあげたかったんじゃなく、自分がほしかっただけだろうって類《たぐい》のもので」

「ああ、よくあるプレゼントですね。録画を呼び出しました」

「事件発生の三十分前から三十分後まで再生してみてください。早送りで。気をつけて見てもらいたいのは、カメラの前方にあるものではなくて、カメラ側を向いた平面に映っているものです。前を通り過ぎる車のウィンドウに映っているもの」

「ウィンドウに映っているもの」ケリーがぼんやりと繰り返す。「とくに何も見えませんけど。監視カメラが設置された柱の下のほうが映っているだけで──あ、ちょっと」

ライムのタウンハウス側の二人はまた目を見交わした。

クーパーが言った。「ヤニスの車が来て停まり、奴が降りてきた。そうですね？」

「そうです。バスのウィンドウに奴が映ってる。午後八時四十八分。事件発生のざっと十分前です」

クーパーはライムの推理をケリーに伝えた。「父親を殺そうとして戻ってきたとき、父親の家の車寄せに駐めるわけにはいかなかった。近所の目がありますから。ショッピングモールの近くなら路上駐車できると知っていたんでしょうが、監視カメラにとらえられるのはまずい。とすると、駐められる場所はカメラの真下しかなかったわけです。

犯行後、ヤニスはホームレスの保護施設に行って証拠を隠し、ゼイヴィアに罪を押しつけた。施設のセキュリティを確認しましたが、フリーパスも同然でした。誰でもいつでも出入りできます」

実際に行って確認したのは、ロナルド・プラスキーだ。

「くそ。捜査のやり直しだ。相棒に連絡してさっそく……」またキーを叩く音が聞こえた。「よし、ヤニスの免許証の写真が手に入りました。これで聞き込みをして、父親とヤニスの関係も洗い直します」

クーパーは、ライムの最後のメモを読み上げた。「捜査ファイル一式を送ってもらえれば、それ以外の証拠も見てみますよ。捜査の役に立ちそうな情報がないか確認します」

「ぜひお願いしますよ」キーを叩く音。「いまメールで送りました。いや、助かりましたよ。無実の容疑者を挙げて解決とするくらいなら、未解決のほうがまだましってものです」ケリーは共犯者めいた口調で続けた。「ところで、クーパー刑事、このあとリンカーン・ライムが復帰することになるのかわかりませんが、心配しないでください。ライムの結論にケチをつけたのがあなただってことは秘密にします」

「それはご親切にどうも、ケリー刑事。だいぶ偏屈な男ですから」

「ええ、そうらしいですね」

70

あの男の顔。

まるでイタチだ。

故郷の言葉でいえば、〝エ・ケチェ〟な顔だ。

凶相。

トラブル。

そのドアマンは、すぐ先のウィテカー・タワー（このあたりのビルのドアマンはみな〝要塞〟と呼んでいる）のロビーから出てきた長身の赤毛の女を目で追った。女はマスコミを遠ざけておくのに市警が設置した柵のあいだをすり抜けた。今日のマスコミの数はふだんに比べたら少ないほうだ。ミスター・ウィテカーと息子はすでにニューヨーク市を離れたという情報はすでに広まっている。

六十五歳のドアマンは、丈の長い灰色のジャケットを着て同じ色の帽子をかぶっている。ジャケットの肩章はいくぶん大げさで、まるで国際司法裁判所の法廷に引きずり出された、権威が色褪せた軍司令官といった風情だが、制服だからしかたがない。

ここから一日百回は姿が見えるウィテカー・タワーのドアマン、フランクの制服は青だ。まるで南北戦争《シビル・ウォー》だなとフランクから冗談を言われたことがあって、すぐにはぴんと来なかった。が、すぐに思い当たった。制服の色のことだ。青《ブルー》と灰色《グレー》だが、コソボ出身の彼にとって内《シビル・》戦《ウォー》が指すのはただ一つ——家族が巻きこまれて殺される紛争だった。

　ウィテカー・タワーから出てきた赤毛の女は、電話を耳に当ててパーク・アヴェニューを北に向けて歩いていく。周囲にまったく注意を払っていなかった。

　エ・ケチェ――イタチ顔に尾行されていることにも気づいていない。

　ドアマンが〝トラブル〟を予感したのは、イタチ顔があたりを見回してから顔を伏せ、物陰から出て女のあとを追ったからだ。そこで女が出てくるのを待っていたようだ。

　男は痩せていた。黒いジャケットとジーンズ。バックパックを肩にかけている。

　あのタイミングで歩き出したのは、ただの偶然か。

　そうかもしれないし、そうではないのかもしれない。

　赤毛の女が信号のある交差点で通りを渡ると、イタチ男も渡った。といっても交差点で渡ったのではない。車のあいだをすり抜け、北行きと南行きの車線を区切る植栽のあいだもすり抜けた。

　通りの反対側に渡った赤毛の女は、北に向かって歩き続けた。

　イタチ顔も同じ方角に歩いていく。一方の手をポケットに入れたままだ。

　赤毛の女を襲うつもりだろうか。

　女は八二丁目で東に折れた。イタチ顔が続く。

　九一一に通報したほうがいいかもしれない。

　だが、どう説明する？

　ニューヨークのアッパー・イーストサイド地区で、黒っぽい服を着た男が黒っぽい服を着た女を尾けている、と？　男の顔の特徴は伝えられる。肌の色は濃かったです。いえ、黒人ではありません。その、イタチっぽくて邪悪な感じの顔でした。

　通信指令員は言葉に詰まるだろう。人相特徴をもっと具体的に教えろと言うだろう。

　いや、きっと思い過ごしだ。通報するまでもない。面倒なことになるだけだ。

　女を追いかけて、教えてやるというのはどうだ？　いまからでは走らなくては追いつけない。体重九十キロのドアマンとしては気が乗らない。この年齢《とし》、この老体で走る？

　それに、善いことをしたがために仕事を首になったら。

やめておこう。

ああ、ミセス・ヤンコウスキーが来た。ドアを開けてやらないと。死んだ夫は歯科医院をいくつも経営していたのに、ミセス・ヤンコウスキーが毎年クリスマスにくれるチップはたったの五ドルだ。

ケチなばあさん《クルバ》だ……

アメリア・サックスは携帯電話を耳に当て、八二丁目を歩き続けた。一ブロック行くごとに、通り沿いの建物は慎ましい外観になっていく。

通行人の数も減っていった。

サックスの天敵というべき関節炎は、ここ数年でだいぶよくなっているが、いま遂行中の任務では足早に歩かなくてはならず、左脚に痛みが出始めていた。

「いいえ」電話に向かって言う。「罪状認否手続の日時はまだ」

ヨーク・アヴェニューと八二丁目の交差点で北に折れ、そのままさらに歩き続けたが、速度はいくらか落とした。

来たことのある倉庫に近づいた。昨年、ここで人身売買容疑で男を逮捕し、若い女性三人を救出した。男は三人をエルサルバドルから密入国させ、売春組織に売り飛ばそうとしていた。

倉庫の外観をざっと確かめる。ほとんど変わっていないが、去年より手入れがされているように見えた。コーヒー豆の販売会社が買ったか借りるかしたようだ。商品は見えなくても、漂う香りでコーヒーだとわかる。

荷物の搬入口は少し奥まった位置にある。サックスは通り過ぎざまにそこにさっと身を隠し、電話をジャケットにしまって、右の後ろポケットから折畳みナイフを取り出した。刃を開き、三つ数えてすばやく通りに足を踏み出し、ウィテカー・タワーから尾けてきた男の腕をつかんだ。

記者のシェルドン・ギボンズがひっと声を上げる。ナイフを突きつけ、ギボンズを反対に向かせた。

「何だよ」

「静かに！」

サックスはナイフをしまい、背中で手錠をかけたあと、ギボンズをこちらに向き直らせた。

ギボンズの目を見据えて訊く。「答えて。〝ロックスミス〟を名乗るというのはあなたの思いつきだったの？

それともジョアナ・ウィテカーの指示？」

71

「よしてくださいよ。何の話かさっぱりわかりませんね」

アメリア・サックスはギボンズの体を服の上から軽く叩いた。所持品は、財布、携帯電話、鍵、デジタルレコーダーだけだった。

サックスは説明した。「どこかしっくりしないと思ったのよ。だって、ウィテカー・メディア本社前でたまたま私を見かけて、刑事だと思ったのはなぜ？　キットのアパート前に居合わせたのはなぜ？」

「取材を怠らない性分だからですよ。メディアが食いつきそうな警察官は全員知ってる。かならずしも悪い意味じゃないですよ。マスコミはあなたをもてはやす。元ファッションモデルの刑事！　絶好のネタです。女の子たちのロールモデルにふさわしい」機関銃のように言葉を繰り出す。「キットのアパートにいたのは、警察無線を傍受してるからですよ。無線のやりとりを聞いたから」

一応の筋は通っているが、サックスはたたみかけた。

「『インサイドルック・マガジン』の発行元のフロントページ・メディアに問い合わせたのよ。あなたは所属の記者じゃないと言われた。もらった名刺の番号はプリペイド携帯のものよね。あなたのことは知らないそうよ」

「有名雑誌の看板があると何かと便利なんですよ。取材のときは身分を偽るようにしている。潜入捜査官と一緒です。僕がロックスミスかもしれないと疑う前に、アリバイくらい確かめてくださいよ」

「その質問もあとでする予定」

「わかりましたよ。本当のことを言っていいですか」

内心の冷笑が顔に出てしまっただろうか。〝本当のことを言ってもいいか〟などと訊かれたのは初めてだ。

「あなたを尾行したのは、アヴェレル・ウィテカーと息子にインタビューしたいからですよ。二人はどこかに身を隠してますよね。でも、会社に問い合わせても何も教えてくれない。広報部に門前払いされました。あなたは二人に会いに行くんじゃないかと思って尾行したんです。いま、ジョアナの暴露本を書いていましてね。父親が社長だったころのジョアナは、メディア界の鼻つまみ者でした。同僚社員や取材相手をいびるわ、政治家同士のいがみ合いを煽るわ」

サックスはギボンズの腕から目を離さないようにしていた。ギボンズがロックスミスなら、逃げようと思えば楽勝だろう。サックスの注意をそらしておいて手錠をはずして殴りかかってくるか、スタンガンで撃たれるリスクを冒して逃走を試みるか。

「ジョアナの慈善事業部門の部下にも取材しました。記者時代と変わっていませんでした――あの女はまるでナチです。まだあります。経理部のある社員は、ジョアナが帳簿をごまかしてるんじゃないかと疑っています。寄付金をちょろまかして、サイドビジネスに流用してるんじゃないかとね。ウェルムの投稿動画に使ったのかもしれないな」

「その本はどこの出版社から出す予定なの？」

「これはトップシークレットです。あなたに話したのは――」

「出版社の名前を言うのと、刑務所と、どっちがいい？」

「出版の自由は憲法修正第一条で保障されてる」

サックスは言った。「出版社の名前。いやなら刑務所」

ギボンズは〝いまいましい〟を絵に描いたような表情をした。それから言った。「アレン＝ドルーズ・パブリッシング」

「担当編集者は」

ギボンズは溜め息まじりに答えた。

「連絡先も」

サックスはその場で電話をかけた。担当編集者につながった。サックスは身分を告げて言った。「シェルドン・ギボンズがある事件の現場近くにいるのを見つけまして。ジョアナ・ウィテカーに関する本の取材だと本人は主張していますが、そちらと契約しているというのは事実でしょうか」

「事実です。あの、何かトラブルでも――？」編集者が訊く。

「いいえ、きちんと理由があってここにいると確認したいだけで」

「ええ、ジョアナ・ウィテカーに関係する事件であれば」

「ご協力ありがとうございました」

サックスは電話を切った。

「さてと、手錠ははずしてもらえますよね」

「本を書いてるからといって、ロックスミスじゃない証明にはならない。侵入事件の発生時のアリバイを教えて」サックスはタリーズ事件とノエル事件の日付と時刻を告げた。

「家にいましたよ。妻に電話で訊いてください。双子が生まれたばかりで、夜泣きで何度も起こされる。それに、アパートにドアマンもいます」

サックスは番号を聞いて電話をかけた。妻の返答は、だいたい想像したとおりだった。夫は確かに家にずっといたという。電話の背景で赤ん坊がデュエットで泣いているのが聞こえて、それも信憑性を高めた。主としてサックスが話す羽目になった――ご主人がトラブルや危険に巻きこまれたわけではありませんと安心させなくてはならなかったからだ。

サックスは電話を切った。「あっちを向いて」

手錠がはずされ、ギボンズは手首をさすり、サックスはクロムめっきの手錠をホルスターに戻し、周囲に視線を走らせた。ギボンズがにやにや笑いながら言った。

「その様子を見ると、アヴェレル・ウィテカーが身を隠している場所はこの近くらしいな」

サックスは鼻で笑い、何か聞き出そうとしても無駄だと暗に伝えた。「こっちに来たのは、この倉庫を知ってたから。ここなら人目を引かずに話せる」

「本のインタビューに応じてもらえませんかね」

「断る」

「あなたでも〝イエス〟って言うことはあるんですか。〝喜んで協力します〟とか」

「どっちも言わない」

「注目度が上がるかもしれないのに」

リンカーン・ライムをあらゆる事件捜査から除外せよとの命令が出ているいま、自分の注目度を上げても害にしかならない。サックスは今回もまた〝ノー〟と答えた。

「匿名の情報源としてならどうです？　名前は伏せますよ。姪が自分を殺すつもりでいたと知って、ウィテカーはどう言ってました？」

「よい一日を、ギボンズ」

ギボンズが立ち去ろうとしたとき、サックスの頭に一つ考えが浮かんだ。「ちょっと待って」

振り向いたギボンズはまた折畳みナイフを突きつけられると思ったか、警戒するような目つきをしていた。

「もしかして、ジョアナとマーティン・ケンプを尾行した？」

「しましたよ。立ち寄り先とか、行きつけの店とか。銀行、弁護士事務所、友人の家」

「この一週間に、二人のどちらかが倉庫や物置、工房のようなところに行ったことは？」

「ありますね、ええ」

「どこ？」

「ローワーイースト・サイド。古いアパートが集まってるあたり」

〝老朽アパートが密集するマンハッタン〟はいまや過去のものになろうとしている。ウェスト・ミッドタウンのヘルズキッチンは影も形もない。ハーレムは再開発された。鉄道の車両基地はすべて地下に移設され、その周辺のアパートや工場が混在するごみごみした地域はブルドーザーでならされて、垢抜けた街に生まれ変わった。それでも、十九世紀後半から二十世紀初頭にかけて移民が住み着いた南部や東部にはまだ、おんぼろの建物――その多くは一階建てや二階建てだ――が何棟か寄り集まった界隈がぽつりぽつりと残っている。ギボンズの返事はサックスの関心を引いた――キットが工房に向いた物件を探していたと話したとき、ケンプが候補に挙げなかった地区が南東部のローワーイースト・サイドだったからだ。

「誰に会いに行ったの？」

「そこまでは見えませんでしたね。ジョアナが袋を受け取って、引き換えに何か渡してました。相手の手がちらっと見えただけで、すぐにドアが閉まりました」

そこがロックスミスの工房だとすれば、ジョアナが受け取ったのはおそらく、キットに濡れ衣を着せるための証拠――タリーズかノエルの下着と包丁だろう。

「番地はわかる？」

ギボンズは〝ただで情報は渡せないな〟といった表情をし、もったいぶった調子で言った。「独占取材とか、捜査資料を見せてもらえるとか、何かあれば……」

「わかった。いいネタがあるわよ、ギボンズ」

「どんな？」ギボンズが目を輝かせる。

「見出しまで考えてあげた――〈記者、正しい行いをする〉」

「〝好機逸すべからず〟が鉄則の商売なんでね」ギボンズは肩をすくめた。「ローワーイースト・サイドのアーガイル・ストリート。番地はわかりませんが、建物に名前がありました。なんとか製菓材料会社のビル」


あまりいい結末にはならなかったな。

僕はセバスティアノ製菓材料会社ビルのアトリエにいて、パソコンに表示させたテレビのニュース番組を横目で見ている。ウィテカー・メディア傘下のＷＭＧチャンネルじゃなく、正統派のテレビ局のニュース番組だ。ジョアナと婚約者が家族の殺人未遂容疑で逮捕された経緯をＷＭＧチャンネルが詳細に報じるとは思えないからね。

僕は荷造りの途中だ。いくつものスーツケースや段ボール。もうこのアトリエにはそう長くいられない。刑期が短くなるような取引を持ちかけられたら、ジョアナは遅かれ早かれ僕を裏切るだろう。とはいえ、まだもう少し時間があるはずだ。ジョアナはそう簡単に説得に屈しない。

荷造りの合間にときおりパソコンを見ていると、二〇一九号室で感じた疑問がいくつか解決した。ジョアナが殺人を計画した動機は、ウィテカー・メディア帝国を乗っ取ることだ。ロックスミスとして罪を押しつけようとしていた相手は、血のつながったいとこ、改革運動の先頭に立つ政治家みたいな顔をした、若くてハンサムなキタリッジ・〝キット〟・ウィテカーだ。

キットは犯人ではなかったと判明したわけで、それはつまり——と女性キャスターは、いかにもキャスターらしい調子で説明した——本物のロックスミスはまだ捕まっていないということだ。

そんなの誰にだってわかるだろうが、視聴者にそう理解するだけの知性があるかどうか、まあ、確かに怪しいだろうな。

それに視聴者の関心は、ウィテカー一族のシェイクスピア流ソープオペラみたいな騒動より、ジョアナがウェルムだった事実のほうに集中しているようだ。

放映時間の大半をその話題が占めていた。

早くも関連事件が起きている。ジョアナの逮捕に憤慨したウェルムの信奉者が暴れ出している。火が放たれ、窓が割られ、落書きがされている。

プラカードがちらりと映った。〈いますぐウェルムを釈放せよ！〉

　番組のコメンテーターの一人は、ジョアナがおじの会社を乗っ取ろうと企んだのは、ウィテカー・メディア傘下の新聞やテレビ局を陰謀論のメガホンに利用したかったからではないかと言った。

　別の一人は、ジョアナは、自分も生まれながらにしてその一員である超富裕層に反感を募らせ、真の革命家のように〝体制〟を打倒しようとしたのではないかと言った。

　これには思わず吹き出した。ジョアナがウェルムなんて人物をでっち上げたのはひとえにエゴと金のためだったのに、この連中は何もわかっていない。

　みっともないセーターと染みだらけのコートを着た女が叫んでいる――「ウェルムを釈放せよ！　いますぐ釈放せよ！　我々は天に祈り、戦いに備えている！」

　僕が本物の神で、人類というコンテンツを適正化《モデレート》できるなら、キーを一つ叩くだけでこの女を削除できるのに。

　ニュース番組は、警察はまだロックスミスの身元解明につながる情報を何一つ手に入れていないようですというコメントで締めくくられた。

　荷造りをすませてしまおう。残念ながら、約束の五十万ドルの残金は手に入れそこねた。まあいい。前金の二十万ドルがあるし、僕の貯金と相続資産も合わせれば、再スタートを切るには充分だ。新しいアトリエ兼自宅を探そう。ずっと楽しみにしていた新しい椅子も今度こそ買う。僕らコンテンツ・モデレーターは、ダークウェブに詳しい。一週間もあれば、新しいアイデンティティを確立できるだろう。

　そして、これこそ僕が生まれてきた理由と思える仕事に取りかかろう。

72

　段取りはこうだ。

　ロックスミスの工房と疑われるビル――セバスティアノ製菓材料会社ビル――の真向かいに、狙撃手《スナイパー》と観測手《スポッター》が一組。

　目と耳として、生花店の配達車を装った傷だらけのバンが一台。

ビルの南側と北側に、四人一組の強行突入班が二つ。この二班は、正面入口からそれぞれ半ブロックの位置に駐めた配管修理会社のトラックと、無印のおんぼろの白いバンで出動を待っている。後者の白いバンは、潜入捜査官アーロン・ダグラスの監督によるサックスの劇的な〝映画デビュー〟に使われた二トン車に似ていなくもない。

そして見えない位置に、救急車数台と制服警官の大隊が控えている。ロックスミスがサンドルマン・ビルに放火して証拠隠滅を図ったことを考慮し、消防車も待機していた。

サックスは携帯電話を耳に当てた。「配置についたわ、ライム」

「奴の姿は確認できたか」

「それが何も見えないの。窓は全部ふさがれてる。使えそうな出入口は正面の一カ所だけ。裏に搬入口があるけど、ボルト留めされてて開かない。石炭シュートつきの小さな地下室があるはずなんだけど、その出入口もふさがれてる」サックスは市の建築課から借りたビルの間取り図のコピーを見ている。ニューヨーク市には、市の誕生年までさかのぼる記録文書が保管されている。「仮に警察が来たことに気づいたら、地下室から隣のビルの地下室に逃げられるけど、それには壁を壊すしかない——隣の地下室とのあいだにドアはないの。ちなみに煉瓦と砂岩の壁よ。それに、近隣のビルも監視してる」

ふだんなら、このような作戦に割り当てられた無線周波数のやりとりをライムも同時に聞いている。だがライムはいま、ニューヨーク市警の煉獄《れんごく》にいる。作戦の進行をリアルタイムには把握できない。

「きみも突入するのか」

「する。北チームと一緒に」

その北チームが先陣を切って突入するのだとライムは察しているだろう。四人のうちでサックスが先頭に立つだろうことも。

そう知っていてもライムは、サックスより若く、軍で訓練を受けた精鋭ぞろいのESU——に危険な任務をまかせたらどうかなどとは言わないはずだ。そう提案するのは、一時間、二時間、いや三時間をかけて、犯人の身元につながる重要な手がかりとなるかもしれない微量の微細証拠の分析をしたいかとライムに確かめるのと同じだ。

「了解。何かわかったら知らせてくれ」

二人は電話を切った。

ヘルメットとアーマーで全身を固めたサックスはバンを降り、同じチームのほかの三人とともに目立たないよう歩道を進み、問題のビルの正面入口に向かった。北チームに続いて突入する手はずの南チームも移動を開始した。

ハンドシグナルのみを使い、北チームのしんがりの一人――ドアを破壊する人員――をドアに近づくよう指示した。ほかの三人は援護だ。ウィテカーの自宅アパートとは異なり、ここではC４爆薬を蝶番と三つ並んだ錠前に仕掛けてドアを吹き飛ばす。頑丈そうな錠前は新しい。百年前に泥棒を門前払いしていたものではないことは一見して明らかだった。

破壊要員が音もなくドアに近づき、裏に接着剤がついた爆薬を上下の蝶番と一番大きな錠前のすぐ隣にセットしたあと、爆破でドアが完全に壊れなかった場合に備え、三メートルほど下がったところで破壊槌をかまえた。サックスは隣の女性隊員――ボディアーマーの胸にステンシルで〈サンチェス〉と書かれていた――にうなずいて合図した。二人はヘックラー＆コッホMP５マシンガンを体の前に下ろし、ベルトからスタングレネードを取った。

小さな声で――マイクの感度は高く設定してある――サックスは言った。「狙撃チーム、準備はいい？」通りの向かいの屋上を見上げる。女性スナイパーとスポッターは巧みに姿を隠していて、レミントン７００Ｐ３０８口径は見つけられない。

「位置について援護可能です。屋内に動きは見られません」

「了解。南チーム？」

南チームはすぐそこ、十メートルくらい離れた位置にいる。リーダーは言葉で答える代わりに親指を立ててみせた。

サックスの心臓が跳ねた。高揚した気分が湧き上がる。サックスに無限の喜びをもたらすものは二つ――エンジンの悲鳴のようなうなりを聞きながら車をかっ飛ばすひとときと、強行突入寸前の数秒だ。

爆破に備えて身をかがめよと全員にハンドシグナルを

送ったあと、左手の指を三本立てた。一本ずつ折ってカウントを始める。最後の一本が折れた瞬間、破壊要員がささやくような声で「爆破」と言い、プラスチック爆薬に起爆信号を発した。五発が同時に炸裂し、地面が揺れた。ドアは弾けて内側に倒れた。破壊槌は無用だ。

サックスが先に、サンチェスが次にスタングレネードのピンを抜き、入口からなかへ放った。

数秒後、グレネードが破裂するのを待って、サックスとほかの三人がなだれこみ、南チームがそれに続いた。いくつもの銃口が互いを避けて上下に動きマシンガンの銃口の下に取りつけられたハロゲンライトの光の条《すじ》が屋内を跳ね回った。「警察だ！　警察だ！　警察だ！」

八名は扇状に散開しながら広々とした空間に入った。無人のようだ。

保管スペースがいくつかとトイレが一カ所。すばやく安全を確認する。

サックスは周囲を見回した。ここがロックスミスの工房であるのは間違いない。壁に錠が百個くらい並んでいる。たくさんの工作機械。ロックスミスがおそらく持っているだろうとサックスとライムが推測した鍵の製造機械もある。本に書類。パソコンや携帯電話、タブレット端末は見えるところにはないが、抽斗にしまってあるのかもしれないし、あるいは――とサックスは腹立ちまぎれに考えた――ロックスミスと一緒に別の場所に保管されているのかもしれない。

自宅は別にあるようだ。ここにもベッドと小さなキッチンはあるが、誰かが常住しているようには見えない。

「突入作戦は成功」サックスは無線で報告した。「一階では容疑者を確認できず。地下室を調べます」

床に跳ね上げ戸がある。ロックスミスが地下室経由で逃走したとはやはり考えにくいが、この界隈の地下にはかつて会社から別の会社へと商品を運ぶのに使われていた古いトンネルが縦横に走っている。サックスが確認した市街図には載っていなかったが、載せている地図のほうが少ないだろう。

「跳ね上げ戸から離れて。罠が仕掛けられてるかも」

隊員が後退した。サックスはドアを上げるロープをつかみ、限界まで離れてから、一メートル四方ほどの分厚い木の跳ね上げ戸を引き上げた。

爆発は起きなかった。銃撃もない。

サックスとサンチェスは地下への下り口に近づき、ハロゲンライトで暗闇を照らした。見えたのは崩れかけたコンクリートと煉瓦だけだ。「警察です！　誰かいるなら出てきて！」

反応はない。もわりと土埃が漂っただけだった。

「カメラを」

ブリルという名の隊員が、ウィテカーの自宅アパートで使ったのと同種のファイバースコープカメラをベルトから取った。レンズを入口から下へと送りこみ、ナイトビジョン・モードに切り替えた。三百六十度スキャンをしたが、地下室にはごみ袋の山と箱、木材、用途のわからない錆びた機械があるだけだった。

「隠れられる場所は五つ」ブリルが言った。「西と北と東の角に積んである箱やごみ袋の陰。それと、奥の壁際の石炭入れの陰」

「そのようね」

ブリルはカメラからマシンガンに持ち替えた。

サックスは新しいスタングレネードをベルトから取って言った。「下りてみる」

それからサンチェスのベルトをちらりと見た。サンチェスはマシンガンを前に下ろし、一つうなずいてスタングレネードを手にした。

「一人二発ずつ。四隅に」

ロックスミスが地下室にいるとすれば、跳ね上げ戸からできるだけ離れた位置にひそんでいるはずだ。だからスタングレネードを四隅に投げる。

サンチェスがうなずいた。

「これが最後の警告です。いるなら姿を見せて！」反応はなかった。サックスは一つ目のグレネードを投げこんでおいて一歩下がった。すぐにサンチェスも投げこむ。大きな破裂音が二発続いた。残り二つの角を狙って同じ手順を繰り返す。

サックスは地下室をさっと確かめ、グロックを抜いて、はしごの一段目に足を下ろした。

そこでぴたりと動きを止めた。

しまった……

「下がって！　下がって！」

サックスは大急ぎで一階に戻ろうとしてバランスを崩し、横向きに床に倒れこんだまま這うように跳ね上げ戸から離れた。ちょうどそのとき、下り口から炎が渦を巻いて噴き出し、高さ三メートルの火柱に変わった。

73

地下室にあったごみ袋や箱には、ロックスミスご贔屓《ひいき》の物質――ガソリンが隠されていたのだろう。はしごの一段目に足を下ろすと同時に、サックスはその甘ったるいにおいに気づいた。

おそらく跳ね上げ戸に仕込まれていた仕掛け線がタイマーを起動したのだ。できるかぎり大勢の警察官が地下室に下りたころにガソリンに点火するようタイマーを設定していたに違いない。

「撤退！　撤退！」サックスは無線を介してチーム全体に指示した。「火災発生。至急、消防隊を」

サックスはサンチェスを助け起こした。サンチェスは噴き上がった炎から逃れようとして転倒し、足首をひねるか折るかしたようだった。

オレンジと黄の竜巻はいっそう高さを増し、油を含んだ黒い煙をからみつかせながら老朽化したビルをむさぼろうとしていた。

煙にむせながらもサックスは出口に向かい、そこで待っていた別の隊員にサンチェスを預けた。その隊員がサンチェスを救急車へ誘導した。

サックスは室内に向き直った。炎は勢いを増し、煙はますます濃くなっている。懐中電灯の光を左右に振って、取り残された者がいないかどうか確かめた。誰もいなかったが、外で念のため点呼を行った。二つの突入チームは全員無事だった。負傷者はサンチェスだけだ。

建物に戻り、煙が充満しているなかで可能なかぎり室内を調べた。床は厚みのあるオーク材で、焼け落ちるまでにはまだ時間がありそうだ。サックスはロックスミスの作業台に近づこうとした。わずかでも――たとえ一つだけでも――証拠を持ち出せるかもしれない。サンドルマン・ビルディングが焼け落ちる寸前にライル・スペンサーが手早く集めた証拠が事件を解く重要な鍵となったことが頭にあった。

しかし中ほどまで来たところで、煙のせいでめまいを感じた。

火災のこのちょっとした不都合を忘れていた……

酸欠。

向きを変え、よろめきながら屋外に出て、新鮮な空気を深々と吸いこみ、煙の後味を唾とともに吐き出す。

消防隊が到着し、消火ホースを伸ばしている。

外に出て正解だった。床はまだ持ちこたえているかもしれないが、火は壁伝いに這い上り、一階全体がすでに猛る炎に包まれていた。いったいどれだけのガソリンを使ったのだろう。とにかく大量だ。

これでロックスミスの素性を知る手がかりは失われた。だが、火災が残した結果はそれだけではない。ロックスミスは、自分がいるあいだは火が出ないようにしたはずだ。ジョアナとケンプが逮捕されたいま、二人が司法取引に応じて自分の名前を吐くのは時間の問題だと知っているはずだ。

とすると、肝心な所有物は残らず運び出し、銀行口座も解約しただろう。いまごろはもうニューヨークから遠く離れたところにいて、さらに遠くへ逃げようとしているに違いない。

これまでの現場でも証拠をほぼ完全に隠滅してきたロックスミスは、今回もやはり徹底して自分の痕跡を消していた。

リンカーン・ライムは自宅タウンハウスの居間で、サックスが撮影した、セバスティアノ製菓材料会社ビルの焼け跡の写真を見ていた。火災は延焼して周囲の建物も焼き尽くしたようだ。

「前回と同じように、ガソリンか」

「ええ」サックスが答えた。時間をかけてシャワーを浴びたのに、髪から漂うシャンプーのラベンダーの香りにまだ木材が焦げた臭いが混じっていた。

「建物はいまにも崩れ落ちそうだったけど――床がね――入口から室内の写真を何枚か撮った」

「あれは全部、錠前か」ライムはモニターに表示した写真にうなずいた。焼け焦げた錠が何十個も並んでいる。

「集めに集めたり、だな」

「またウォッチメイカーを思い出してるでしょ」

ライムは一瞬だけ口もとをゆるめた。図星だった。

〝天敵〟ウォッチメイカーは、数百個の時計をコレクションしていた。

「この二人は似た者同士だ。どちらも利口で、戦術に優れている。いわば闇の芸術家と呼べる点も似ている。それにどちらも機械式の装置に妄執を抱いている。一時代前のツールに」

「今日は詩人の気分らしいわね」

ライムは事件に注意を戻した。「例の記者のアリバイは確認できたんだな？　名前は何といったか」

「シェルドン・ギボンズ。アリバイの確認は取れてる。近所の人と奥さんの証言が取れた。それ以上に、電話の履歴と監視カメラの映像が決め手になった。わからないものよね。あんなに軽薄そうなのに、めったに見つからないくらいの筋金入りのジャーナリストだったわけだから。ジョアナの暴露本を執筆中なんですって」

「プラスキーはどうした？」

「そろそろ終わると思う」

プラスキーは、バッテリーパーク・シティのジョアナの自宅アパートのグリッド捜索中で、大型クルーザーの検証も行う予定だ。ロックスミスが最後にジョアナのアパートに入ったのがいつなのかはまったくわからない。おそらく一週間前か二週間前だろう。そもそも一度も行ったことがないかもしれない。二人がロックスミスの身元の特定につながる情報を文書やデータでやりとりした可能性は低いし、連絡にはプリペイド携帯を使っただろう。それでもライムは、せめて微細証拠くらいは採取できるのではと期待をかけていた。

しかしそううまくはいきそうにない。プラスキーから連絡が来て、ジョアナの贅沢な住居にはつい最近クリーニング業者が入ったらしく、隅々まできっちり掃除されているという。ロックスミスとのつながりを裏づける証拠を根こそぎにするためだったのか、あるいは単にきれい好きだからなのかはわからないが、動機がいずれにせよ、結果は変わらない。

ラボのクリーンエリアでは、メル・クーパーがアヴェレル・ウィテカーの自宅アパートで採取された証拠物件の分析を終えようとしているところだったが、捜査の参考になりそうな証拠はないに等しいだろう。ロックスミスはウィテカーの自宅にはおそらく一度も行っていない。

ライムが思ったとおり、役立つ情報はとくになかったとクーパーが報告した。

ライムは言った。「今日はもう上がってくれていいぞ。帰りがけにクイーンズ本部に顔を出すのを忘れるなよ。私たちはレジスタンスだからな」

ボーフォートとポッター、ハリソン市長の三名がライムと協力者の首にかけた懸賞金は、いまもまだ有効だ。

クーパーはクリーンエリアからこちら側に出てくると、手袋とキャップ、シューカバーをはずして捨て、白いガウンを枝編み細工のバスケットに入れた。これはあとでトムが洗濯する。クーパーは次に一階のバスルームで手を洗った。それから「おつかれ」と言って裏口から出ていった。

入れ違いに、玄関ホールから男の声がした。「準備完了です、サックス刑事」

ライムは声を張り上げた。「まかせたぞ、サックス」

サックスは短い笑い声を残して玄関ホールに出た。

ライムは車椅子を操って移動し、居間の入口から様子をうかがった。

玄関ホールにはジーンズとワークシャツやTシャツという出で立ちの三人の若者から成る撮影クルーがいて、プロ用のビデオカメラがどっしりとした三脚に固定されている。一人が小型マイクをサックスに手渡し、サックスはブラウスの胸にそれを留めた。

折畳み式のメタルテーブルに小型モニターが設置されている。そこにいま市警本部で進行中の記者会見の模様が映し出されていた。会見を主導しているのはブレット・エヴァンズ──〝ブリヤック無罪問題〟でライムの味方についている警視監だ。アヴェレル殺害未遂とキット誘拐の二つの容疑でジョアナ・ウィテカーと婚約者マーティン・ケンプを逮捕したと説明している。二人がキットにアヴェレル殺害の罪を押しつけようとしていたことも付け加えた。

サックスがプロデューサーに訊く。「指を折って5、4、3って合図するの？」

プロデューサーがにやりとした。「やってほしいですか」

「ええ」

サックスは一つ深呼吸をした。アメリア・サックスは、車を運転させれば時速二百キロ超えでかっ飛ばす女だ。銃撃された経験もあるし、ある事件の捜査では生き埋めにされかけて──サックスの最大の恐怖は閉所だ──絶体絶命の危機に陥ったこともある。ファッションモデル時代には、世界一流の服飾ブランドや化粧品メーカーの仕事もこなした。とはいえ、モデルの仕事では人前で話す必要はない。セクシーな表情でただじっとしていればよかった。ライムが見たところ、そのサックスが珍しく緊張している……しかも緊張している自分が気に入らないようだった。

ライムはサックスに微笑みかけた。サックスは小さな笑い声を漏らし、カメラに向き直ってレンズを見つめた。

「そろそろです」

モニターの奥でエヴァンズが話している。「この凶悪な犯罪者を確保するため、隣接する三州のみなさんにもぜひご協力いただければと思います。事件を担当している刑事の一人から、ロックスミスの外見の特徴などを説明いたします。もしやと思う人物を見かけましたら、ただちに九一一に通報してください。自分で捕まえようとは決してしないでください。繰り返します。自分で捕まえようとはしないでください。では、ニューヨーク市警のアメリア・サックス刑事につなぎます」

モニターの映像が消え、赤いランプが灯った。プロデューサーが指を折ってカウントした。

「こんばんは」サックスは台本を用意していなかったが、必要はない。傍らにホワイトボードがあり、そこにメル・クーパーの美しい筆跡でロックスミスの特徴が箇条書きされていた。サックスは項目を一つずつ挙げて説明を加えた。性別、体格、靴のサイズ、犯罪の手口、錠前に異様な執着を抱いていること、ロックピッキング大会に参加する可能性があること、アーガイル・ストリートのセバスティアノ製菓材料ビルとの結びつき。つい最近、アウディのＡ６を運転しているところを目撃されており、また侵入事件二件の現場とサンドルマン・ビルに立ち寄ったことが判明している。

サックスは最後に言った。「ニューヨーク市警の鑑識課クイーンズ本部でも着々と作業が進んでいます」

巧妙なアドリブだった。

「鑑識では、今日押収した有望な物的証拠の分析が始まっています。解決の糸口がまもなく見えてくると考えていますが、物的証拠は犯人逮捕に至るプロセスの一端にすぎません。目撃証人が必要です。あなたの協力が必要なのです」サックスはそう締めくくって一つうなずいた。

カメラの小さな赤いランプが消えた。

サックスは大きく息を吐き出した。

「いい出来でした」プロデューサーはそう言い、冗談めかして眉を吊り上げた。「ねえ刑事さん、事件捜査に飽きることがあったら、俳優に転職するといいですよ」

「まだしばらくはいまの仕事でいい。ストレスが少ないから」

74

僕は小さなコーヒーショップで簡素な食事をとっている。悪くない店だ。背を丸めて携帯電話やタブレット端末、ノートパソコンをのぞきこんでいるホワイトカラー。会話に花を咲かせているブルーカラー。交際開始から二カ月や三カ月の里程を越え、いちいち高級レストランでデートしなくてもよくなった恋人たち。

照明は緑色がかった冷たい色をしているが、誰も気にしちゃいない。

スープ、バターをたっぷりのせた厚切りトースト。ソーダ。もちろんカフェイン抜きだ。

僕もデジタルデバイスを見ている。ノートパソコンで、僕のアトリエの死を報じるニュース記事を読んでいる。

何もかも燃えてしまった。大事な工具や錠や鍵の大半を失った。警察がこんなに早くあそこを見つけるとは。ジョアナが教えたんじゃない気がする。どうやってかはわからないが、リンカーンとアメリアが突き止めたんだろう（残念だな、ジョアナ。取引の最大の切り札は無効になったようだよ）。

罠を仕掛けるしかなかったのが悔やまれる（警察の手入れで死者が一人も出なかったのも残念だ）。だが、あする以外になかった。金と、どうしても手放せないものと、やはりどうしても手放せない工具を抱えて逃げる潮時だ。

だが、その前にもういくつか片づけることがある。

画面を切り替え、ログインして、タミーバード３３５のチャンネルにもう一度アクセスした。ああ、タミーはまだ無事に生きている。いまはおばあちゃんの家にいて、みんなの支援に感謝していた。神にも感謝しているそうだ。それを聞いて僕は微笑んだ。だって、〝神〟はすなわち僕だからね。タミーは専門家に相談すると約束していた。コメント欄に次々と投稿が増えていった。


わーい！　元気そうで安心したよ。よかった!!

応援した甲斐があった。

負け犬。

誰かに相談してみる勇気をもらった☺

おっぱい見せな!

どうだっていいよ。つまんない開封動画のほうがまだまし。

さよなら、タミー——僕は胸のうちでつぶやく。それから別のサイトにアクセスした。体操のルーティンをやってみせる女子選手の動画をながめる。〈ヴューナウ〉やＹｏｕＴｕｂｅなんかの動画配信サイトには、似たようなルーティンをこなす女子選手の動画が毎日一万本くらい投稿されている。

ドクター・パトリシアを思い出す。僕は修理不可能なところまで壊れてはいないというのがドクターの診断だった。その診断の根拠は、僕にはガールフレンドがいるからだ。ドクターの質問はこうだった。「つきあってる人はいるの?」僕はいると答えた。「名前はアレクサンドラ」

だが、ドクターは知らない。〝つきあってる〟といっても、ロシア人のアレクサンドラって女の〈ヴューナウ〉チャンネルに何時間も何十時間も飽きずにつきあっているという意味だ。アレクサンドラはモスクワ郊外の小さな町に住んでいて、アメリカには一度も来たことがない。僕は彼女を知り尽くしているが、一方通行の関係だ。それどころか、向こうは僕が存在することさえ知らない。

あるとき、彼女が配信したメイク動画のコメント欄に、スリムで髪を団子に結っているアレクサンドラは体操選手みたいだという投稿があった。アレクサンドラはそれにこう答えた。「ロシアの女の子はみんな、子供のころバレエ教室か体操教室に通うんです。例外は一人もいないの」

僕がいまながめているストレッチ動画の女の子は、才能に恵まれているのは間違いない。しかし、七千四百三十五人の閲覧者の大部分が十代の少年か中高年の男で、床運動のルーティンや彼女の平均台のテクニックが見たかったわけじゃないとはきっと知らないだろう。

僕に関していえば、あっちやこっちに体をねじっているルーニー・ソームズのことさえ見ていない。僕が見ているのは背景に映っているものだ。彼女が母親のテイラー――ベン・ネルソンと名乗った男は本当はどこの誰なのか、何が目当てで自分に近づいたのか、あれから毎晩、不安にさいなまれているはずの母親――と二人で暮らしているアパートに、あれから変化があったかどうかを僕は確かめている。

なかでも気になるのは、ベンが消え失せたことに危惧を募らせ、自宅のセキュリティを変更したかどうかだ。動画を見るかぎり、何も変わっていないようだ。

ハーグローヴの本締錠と、ペーパークリップが二本あればピッキングできそうなドアノブ一体型のピンタンブラー錠。

単純な防犯アラーム。ドアバーは設置されていない。銃も持っていない。マンハッタンの住民の大多数がそうだが（狩猟が趣味の住人もたまにいるし、第二次世界大戦に従軍したおじいちゃんの年代物のライフル――精確さや破壊力は七十五年前と変わらない――が家にあるという人もいる）。

ルーニーが前回動画を配信して以降、ロットワイラーやピットブルを番犬代わりに買ったりもしていない。

今夜の〈訪問〉はスムーズにいきそうだ。

ルーニーはハムストリングのストレッチの解説を始めた。

何も考えずに投稿した動画が、自宅アパートの弱点を全世界に教えているに等しく、母親の死の責任は自分にあると知ったとき、ルーニーはどれほど打ちのめされるだろう。ルーニーはほかにも、ウィルミントンで開催される合宿に行くとベン・ネルソンに話した。今日にはもうウィルミントンに行っているはずだ。つまり今夜、家にいるのはテイラーだけだ。

もし一人じゃなかったら……まあ、そのときはそのときだ。

アパートの間取りを頭に刻みつけ、パソコンをスリープにした。スープの最後の何口分かを食べ終え――量も味も満足だ――罪のない女の運命を空想する。

そこでふと思い直す。

罪がないって？

そうとは言えない。罰を受けるに値する罪を犯したわけではないが、うっかり群れから離れてしまったガゼル、肉食獣の気配を嗅ぎつけたのに葉っぱをもう何枚か食べたいという誘惑に屈してぐずぐずしたガゼルだって、その点では同じだ。善悪とは人間だけが持つ概念であって、朝は生きていたのに夜には死んでいたのはなぜかを説明できる万能の理屈ではない。

ああ、テイラー……

後ろポケットに入っている真鍮のナイフの重みを意識する。むき出しの肌にいざ襲いかかろうとしている刃を思い浮かべる。

肉に食いこんだ刃も。

勘定書を頼んで支払いを済ませ、店を出る。夜のニューヨークには、排気ガス、イタリア料理店のにんにくの香り、デートの恍惚感に包まれて街を行くカップルの女のほうの首筋から漂う香水のにおいに満ちている。

数分後には車に戻っていた。キット・ウィテカーのアウディではなく、僕の質素なトヨタ車だ。バックシートでキャンバスバッグのジッパーを開け、茶色のオーバーオールを取り出す。それを着て、バッグのジッパーを閉じる。車の後ろに回ってトランクを開ける。

トランクには箱が一つ。宅配業者の配達員が運んでいそうな箱だ。そこに防犯アラームを攪乱するためのラジオ波送信機を入れた。

トランクの蓋を閉め、周囲を確かめたあと、数ブロック歩いて地下鉄に乗った。イヤフォンを耳に入れて音楽を聴いているような顔つきをするが、実際には聴いていない。ほかの乗客を観察している。どこに住んでいるのだろう、どんな部屋なのだろうと考える。仕事は何か、パートナーはどんな外見をしているのか、料理をするときやセックスをするとき、どんな声で何を話すのか。

他人の生活をこじ開ける。他人の秘密を僕のものにする……

電車が駅に着き、ニューヨーク市の地下鉄らしい熱したゴムのような湿ったにおいが充満したホームに下りる。

そこから地上に出た。

出口から数ブロック先で、これから侵入する家の前を通り過ぎた。玄関まわりを何気なく観察し、危険に目を凝らす。

心配はなさそうだ。

通行人はみなジョギング中か、軽食をぱくついているか、腕を組んでいるか、下を向いてとぼとぼ歩いているかで、他人に関心を持たず、自分の身の安全しか考えていない。

誰も僕に気づかない。

僕は宅配の配達員だ。

ニューヨークに数千人もいるなかの一人だ。

僕は透明人間だ。

大きな街路樹にもたれて電話でしゃべっているふりをしながら、いまなら危険はないと思えるタイミングを待った。

箱を抱えて玄関前の階段を上る。箱に手を入れてラジオ波送信機のスイッチを押し、木製の玄関ドアの奥にある防犯アラームを混乱させる信号を送り出す。

後ろポケットを軽く叩き、真鍮のナイフがいつでもすぐ取り出せるようになっているか確かめる。それから、作っておいた合鍵を二本取り出した。

鍵にはグラファイトを吹いておいた。二本とも鍵穴のなかですんなりと回った。

今回はかちりという音はしなかった。二〇一九事件の再現にならずにすむ。

ナイフをポケットから出し、やはり音一つ立てないよう慎重に刃を開いた。

75

リンカーン・ライムは、ふだんはあまり縁のない場所にいる。

自宅のキッチンだ。

もともと料理にこだわりがない。ときどきは美味い料理を食べたいが、ライムにとって料理は燃料にすぎない。わずかでも興味を持つことがあるとすれば、料理が持つ化学の側面だ。かき混ぜたり切ったり焼いたりの達人であるトムから、卵黄を加えるととろみがつくとか、イーストがパンをふくらますとか、水と油——科学界の犬と猿——はサラダに投入されるとよい友人になるとかといった話を聞くときだけ、にわかに真剣になる。

料理の科学を解説した本を書いたら売れるのではと提

案したことがあるが、トムは、百年遅いですと言った。

ライムの携帯電話が鳴った。

「サックスか」

「まだ本部にいる」電話のスピーカーからサックスの声が聞こえた。「捜査本部に来てるんだけど、私の動画を見た市民から、三百件も情報が寄せられてる」

そんなに集まるとは。

「これはという情報はあったか」

「目撃証言らしきものがちらほら。似た人物をアーガイル・ストリートやセバスティアノ製菓材料会社近くで見たって人が大半ね」

「で？」

「いま裏を取ってるところ。ジョアナのアパート周辺に設置されている監視カメラも確認したけど、ロックスミスが一度でも来ていたとしても、カメラに映らずに出入りしたみたい。通用口のあたりは、どのカメラからも死角なの」サックスの声に笑いが混じった。「電話をかけてきたなかに、ロックスミスはエイリアンだって言う人がいた。居留外国人《エイリアン》って意味じゃなくて、宇宙人のほう」

「その手のたわごとを言い出す輩《やから》はかならずいるものだ」

サックスは真剣な声に戻って言った。「ウェルム逮捕の波紋は聞いてる？」

「いや。私には誰も何も教えてくれない。暗黒政府《ヒドゥン》の一員だからね」

「ジョアナには――というか、ウェルムには、フォロワーが相当数いるみたい。敬愛するリーダーが捕らわれの身になったのが気に入らないらしくて、いまネットで騒ぎを起こしてる。脅迫とか。暴動まで起きてるって。本物の暴動」

「何から何まで異様な事件だな、サックス。で、帰りは何時ごろになりそうだ？」

「遅くなる。二時とか三時とか。市民の情報のなかに手がかりがあって、ロックスミスの逮捕につながれば、もう少し早くなるかも」

「それは楽観論だな……またあとで」

電話を切り、周囲を見回す。

百五十年前に造られたキッチンの壁は板張りで、窓がついている。ただし、並んでいる調理器具や設備は最新のものばかりだ。その点で、十メートルほど離れた居間と似ている。

奇妙な形をした包丁やレードルやスパチュラが並んでいる。定規のようにインチとセンチの印が刻まれた木の筒状の道具もある――そうか、あれは麵棒だ。

ただ、キッチンに来たのは、動植物を食用に適した状態にする技術について思いを馳せるためではない。ライムが負った使命は、ウィスキーを注ぐことだ。十八年ものグレンモーレンジィ。あれは実に美味い。ライムはカウンターからボトルを下ろし、脚のあいだにはさんでおいて、よく研いだ小型ナイフで紙の封を切った。コルク栓を抜くのはだいぶん難題だったが、三十秒かかってどうにか開栓できた。グラスにウィスキーを注いだ。一滴もこぼさずにすんだ。

ボトルをカウンターに戻し、グラスから一口味わった。

絶品だ。

左手の薬指で車椅子を操作し、向きを変えて廊下に出た。食堂の入口の前を通り過ぎる。手のこんだ回り縁が施されたフォーマルな食堂で、八人がけのテーブルがある。テーブルの脚は、玉をつかんだ獅子の足をかたどっている。それを見るたび、ライムは皮肉なものだなと思う。ライムの足の爪先では何もつかめないし、この先もつかめるようにはならないだろう。体に障害を負った直後の何カ月かは、そういった事物に目を留めては運命を恨んだものだが、いまはただ愉快に思うだけだ。

人間、変われば変わるものだ……

ブリヤック裁判とロックスミス事件の直前、ライムとサックスはこの食堂でゆったりと食事を楽しんだ。

なめらかなオーク材の床を走る車椅子は、物音らしい物音を立てない。玄関のすぐ手前で右に折れ、ドアのない開口部をくぐって、表通り側に二つある居間のうち広いほう、ラボが設置されているほうに入った。

そこで急ブレーキをかけて車椅子を停め、持ち上げかけていたグラスを下ろした。

配達員の茶色の制服を着た男がいた。中肉中背に黒っぽい髪。腕組みをしてホワイトボードの一つをじっと見つめている。アレコス・グレゴリオス殺害事件の証拠物件一覧表だ。

侵入者の右手にはナイフがある。その黄みを帯びた色合いからして、素材は真鍮のようだ。手製のものらしい。

ああ、そうか――サックスが現場で採取した金属の細かな削りかすは、鍵を作成したときではなく、あのナイフを研いだときに出たものだったのだろう。

男が振り返った。

その顔を、リンカーン・ライムは目を細めて凝視した。ライムはめったなことでは驚かない。だが、このときばかりは意表をつかれた。

二つある錠と防犯システムを短時間で音もなく突破した、オーバーオールを着たこの男がロックスミスであることに驚いたわけではない。

ライムが想像だにしていなかったのは、この男の正体だ。ライムは念のため、ホワイトボードに貼られた運転免許証の写真をすばやく見た。間違いない。これはヤニス・グレゴリオス――クイーンズ地区の美しい住宅街のなかにある、邸宅と呼ぶにはいくぶん控えめな実家の裏庭で、実の父親をナイフで斬り殺した男だ。

76

声を聞く前から、リンカーン・ライムが部屋に入ってきたとわかった。

どうしてなんだろう。動く物体である人間がその空間に入ってきたことによって、音の反射や吸収の加減がそれまでと変わるせいか。その人間が複雑な形の電動車椅子に乗っているとなると、なおさら変化は大きいだろう。

僕はリンカーンに言った。「誰かに電話しても無駄だ」ラジオ波送信機に顎をしゃくる。「ラジオ波だ。あらゆる電波が遮断されてる。さっきアメリアとの電話を切ったタイミングでオンにした」

リンカーンの指はキーパッドに触れていた。だが、僕の送信機ランプは緑色だ。つまり、この元刑事と僕は、いまマンハッタンにいる誰よりも外界と隔てられている。

僕はホワイトボードに向き直った。そこにある僕と親父の顔写真は、リンカーンからも見えている。親父の分は鑑識が現場で撮った写真で、死の安寧が訪れる前のおぞましい苦悶の表情が存分にとらえられていた。

リンカーンは僕を容疑者と見ていたわけだ。何を根拠に疑ったのだろう。

僕の写真は陸運局に登録されている免許証のものだ。警察は事件現場である親父の家をくまなく探しただろうが、それでも僕の特徴がわかるような写真を一枚も見つけられなかったのだとしても、驚かない。親父は僕の写真を一枚も持っていなかった。

おたくのせがれは変態だ……

「ゼイヴィアが犯人だとあんたは納得しなかったわけだ」

リンカーンは怯える様子もなく言った。「その事件は私の担当ではなかったから、優先順位が高くなかった。だが、防御創がないと気づき、犯人は被害者と知り合いだったのではと疑い始めた。きみは事件前に実家に行ったね。いったん帰ったあと、また戻ったのだろう。そしてお父さんと話をした。そこで……」リンカーンはナイフを見た。

ジョアナの声が聞こえた。

私を殺そうと思った理由は何？

そうせずにいられなかったから……

ロス・セタスの斬首動画を投稿せずにいられなかった少年と同じで、どんどん物足りなくなった。もっと、もっと、もっと……

だから二〇一九号室を〈訪問〉せずにいられなかった。

このナイフを初めて使うつもりだった。

ところが、あんな結果になった。

だめ。殺すなんて問題外……

禁じられても、衝動は消えなかった。

だから親父を訪問した。

一度お父さんときちんと話し合うべきよ。**地下室での経験がどんな負の影響を残したか、お父さんに打ち明けてみなさい。お父さんは許してくれと懇願するかもしれない。和解できるかもしれない……**

ドクターのその助言に従った。親父と会い、夕飯をともにし、監禁の件を話し合おうとした。

すると親父は、自分がおまえをまっとうな男にしてやったんだと言った。

僕は言い返した。それは違う、僕がこうなったのはあのせいだ。

ごちそうさまと言い、親父の家を出て、数時間後にまた戻り、三度斬りつけて殺した。

親父はたしかに懇願した。ただし、許してくれと言ったわけじゃない。命乞いをした。

リンカーンは観察するような目を僕に注いでいる。その視線に射ぬかれそうで、背筋が寒くなった。黒っぽい目が僕の奥を探っている。「きみが利口な犯罪者であることは知っている」リンカーンは言った。本心から言っているようだった。「だが、ここへはどうやって……」

その問いは尻すぼみになり、まもなくリンカーンは陰気な笑い声を漏らして玄関のほうを見た。「アメリアの動画か！　あれを見て、錠前のメーカーと型番を知った。そしてピッキングした」

「僕はたしかに有能だ。でも、セントラルパーク・ウェストの路上でピッキングなんかしてたらすぐに通報される。合鍵を作っておいたんだ。ロウワーウェスト・サイドの火事の現場に行っただろう？　あのとき尾行した。介護士の脳天をかち割って鍵の写真を撮るつもりでいた。介護士は幸運だったな。スプリンクラーのイグニションにキーが差したままだった。たしかに、防犯アラームのモデルを確認するのに動画を参考にしたよ。BRT－4200だ。厄介なモデルだね。攪乱コードを三種類も用意しなくちゃならなかった。高性能なアラームだ」リンカーンが操作パネルのほうを見てうなずく。「だけど、ほら——警報音は聞こえないよな？　そこまで高性能じゃないってことだ」

リンカーンは一瞬目を閉じた。「二件の家宅侵入にもその手を使ったんだな。被害者自身が投稿した動画を見た。アナベル・タリーズはインフルエンサーだ。キャリー・ノエルは、自宅で玩具販売サイトを運営していた」

リンカーンの目に浮かんだ表情を、僕は称賛と解釈することにした。

「ジョアナ・ウィテカーと知り合ったきっかけもそれだ」リンカーンが言った。「ウェルムの投稿動画を見たわけだな。だが、住居を突き止めるのはそう簡単にはいかなかっただろう。あらゆる手を使って身元を隠していたのだろうから」

僕は言った。「やり甲斐があったよ」それから舌を鳴らした。「ただ、リンカーン、〝被害者〟には賛同できないな。動画の投稿者は、犯罪の共犯者だ」

ソーシャルメディアは自然淘汰の一つの形だっていう僕の考えをリンカーンに聞かせた。「僕は間引いているだけ、不注意で愚かで弱い個体を淘汰しているだけだ」

リンカーンの目がまた玄関のほうに動く。

「しばらくはあんたと僕の二人きりだ。介護士がそろそ

ろ帰ってくると言うつもりなら、三十分前に出かけると
ころを見た。友達の車で出かけたよ。キスをしてたな。
トムにパートナーがいることは知ってる。献身的な介護
ぶりを称えたネット記事をいくつも読んだからね。今夜、
トムはデートだ。アメリアはまだ市警本部にいる。さっ
き電話で本人がそう言ってたよな。いずれにせよ、僕の
用事はすぐにすむ」
「ヤニス。周囲の者はそう呼ぶのか」
「ラストネームを縮めたニックネームがある。グレッ
グ」
「グレッグか」リンカーンは分析を試みるような調
子で言った。不安などかけらも感じられない。ふと思っ
た。こういう障害を負っていると、いつだって死を身近
に感じているのかもしれないな。リンカーンは続けた。
「お父さんのほかにも被害者は──おっと失礼、しかし
彼らは現に〝被害者〟だ──被害者はいるのか」
　映画のシャワー室のシーンを真似てキャリーを殺そう
としたことを思い出す。親父が死んで、僕は自由になっ
た。しかし、ジョアナから人殺しなど問題外と言われて
いたから、結局はナイフを使わずにあの部屋を出た。

「いない。親父一人だ」
「で、私を殺して街を出るつもりだったわけだな」
　アメリア・サックスのブルックリンのアパートを〈訪
問〉するほうがよかった──タカの翼のように広がった
彼女の髪のイメージが脳裏にこびりついて消えない──
が、まず一人死んでもらうとすれば、リンカーンだ。も
しアメリアを先に殺したら、リンカーンはどんな手を使
ってでも僕を捕まえようとするだろう。
　リンカーンさえいなくなれば、安心してテイラー・ソ
ームズを〈訪問〉できる。
　僕はリンカーンをしげしげと見る。「人は車をロック
する。玄関やオフィスに鍵をかけ、金を銀行に預けてお
く。僕は錠に詳しい。あらゆる種類を知ってる。だけど、
あんたみたいなタイプは初めて見た」
「私のようなタイプ？」
「鍵をかけられた男。あんたは鍵をかけて閉じこめられ
た男だ、リンカーン。あんたを解放する鍵は一つしかな
い」

77

「それが凶器か」リンカーンが訊いた。

「そうだ」

「お父さんの血をなすりつけた別のナイフを保護施設のゼイヴィアのロッカーに隠したわけか」

僕はうなずく。あのあと、愛用のナイフを研ぎ直した。親父の肋骨にぶつかったせいで切れ味が落ち、念入りに研磨しなくてはならなかった。

リンカーンが言う。「真鍮。銅と亜鉛の合金。マンガンやアルミニウム、ヒ素が添加される場合もある。

私としては化学の観点から興味深い金属だと思っている。置換型合金の一つだ。銅の原子が亜鉛の一部に置き換わる。その均整美がいい。だが、なぜあえて真鍮を選んだ？ 青銅より柔らかい金属だ。青銅は、時代の名前にさえなっている」

「真鍮を選んだのは、鍵に使われる金属だからだ」そう答えてから嘲るように鼻を鳴らした。「それに、見くびってもらっちゃ困るな、リンカーン。真鍮《ブラス》はオーケストラの声部の名前になってる——金管楽器《ブラス》」

リンカーンは首を振りながら言った。「ロックスミスが侵入した現場の複数で、乾いた血液が検出された。経過時間を調べて、きみのお父さんが殺害された日の前後だと突き止めた。なのに、その二つを結びつけなかった」

まるで独り言のようだった。

僕は話題を変えた。

「ニューヨーク市警の捜査から締め出されたんだろう。体がそんなだと」僕は車椅子を一瞥した。「死ぬのもそんなに悪いことじゃなさそうだよな。もう妻や弟子に自分の技術を伝えたわけだし。伝統の灯は次の世代にしっかり受け継がれた。首の神経は通ってるのかな」

リンカーンは辛辣に言った。「全身に神経は通っている」

「そういう意味じゃない」

「首の感覚ならある。肩から下は何も感じない」

「できれば苦しませたくない。とすると、頸静脈は除外するしかなさそうだ。でも、たとえば腕の血管を切ったとしたら、何も感じないってことだよな」

「それは違う。猛烈な怒りを感じるだろう」

これにはにやりとするしかなかった。「あんたはパズルだな、リンカーン。手ごわい錠と同じだ。謎めいた人間とピンタンブラー錠には共通点が多い。リチャード・ファインマンって知ってるか」

「もちろん知っている。物理学者だ。原子爆弾の製造に関わった学者の一人」

「ファインマンは錠マニアだった。アラモゴードでは、その日の実験が終わるともう、ほかにやることがなかった。だから暇つぶしに、核兵器の秘密を収めたファイルキャビネットのコンビネーション錠を開けて遊んでいた。錠、パズル……」

つい長居しすぎた。そろそろ引き上げる潮時だ。テイラー・ソームズを〈訪問〉したくてうずうずしていた。もしかしたらルーニーも〈訪問〉できるかもしれない。

ハムストリングを丁寧にストレッチしたら、冷えないようにレッグウォーマーを忘れないで……

リンカーンに近づく。

リンカーンは首をかしげた。「ちょっと待て。その前に、一つ質問に答えてくれないか」

僕は立ち止まった。

「地獄と聞いて、何を想像する？」

答えは一つだけ——他人の私生活をのぞけない場所に永遠に閉じこめられることだ。寝室に忍びこみ、眠っている誰かのすぐそばに顔を近づけて、その人の体が発する熱を感じたりできない場所。

その体を切り開けない場所……

もちろん、その答えは教えてやらない。

でも、教えてやるまでもないらしい。リンカーン・ライムは、僕の気持ちを完全に理解しているような表情を浮かべていた。それから、わずかに、本当にごくわずかに目を細めた。そこには悲嘆や無念が表れているように見えた。

その瞬間、僕はあることに気づいて愕然とした。あの目つきが伝えているのは、リンカーン自身に対する哀れみじゃない。僕に対して感じているものだ。

くそ。まさか！

廊下の向こう側でもう一つの居間のドアが勢いよく開き、男や女が五、六人、飛び出してきた。制服姿もまじっている。全員が銃をかまえていた。先頭に立っているのがアメリアだとわかっても、そっか、そうだよなとしか思わなかった。さっき電話越しに聞いたせりふは、彼女はまだ市警本部にいると僕に思わせるための台本だったことはもう察していたからだ。

全員が口々に叫んでいて、その声は震動になって僕の胸を直撃した。「そのナイフを床に！　早く！」驚きのあまり僕はその場に凍りついていた。体が反応しない。ナイフを握っている手をゆるめたくてもできない。

他人の私生活をのぞけない場所に永遠に閉じこめられること……

奴らに向けて足を踏み出そうかと思った。

これで終わりにすればいい。

でも、彼らはこういうことに慣れている。僕の一瞬の躊躇《ちゅうちょ》を見て、一斉に飛びかかってきた。

78

「結局のところ、こいつも人を重視する警察官だったわけだな」

ライムは元相棒のセリットーをじろりと見て低い声で言った。「何だって？」

セリットーが言う。「おまえの尋問の話だよ。親父さんを殺したって自白を引き出した。ほかに被害者がいないことも聞き出した。おなじみの心理戦を仕掛けたわけだ。な、物的証拠がすべてじゃないんだよ、リンカーン」

ライムは肩をすくめた。「せっかく奴がお出ましになったんだ、おしゃべりくらいしても損はないだろうと思っただけさ。父親とのあいだに確執があるのは明らかだった。神経を軽く逆なでして、何を言い出すか見てやろうと考えた。自白を引き出す願ってもないチャンスだからね。相手をどのみち殺すのだから、秘密を打ち明けても大丈夫だと油断するはずだ。だが、念のため言っておくと、物的証拠のほうがエレガントに有罪を立証できる。それは今後も変わらない」

「あいかわらず相手をやりこめずにはいられないらしいな、リンカーン」セリットーがにやりとした。

「うむ」

ヤニス・グレゴリオスは背中で手錠をかけられ、椅子に座らされていた。目はせわしなく動き回っている。

アメリア・サックスが被疑者の権利を読み聞かせたあと、意向を確かめた。「取り調べの前に弁護士の助言をあおぐ権利を放棄するつもりはない？」

「ない」グレゴリオスは何かに気を取られている様子で言った。

まあ、時間はいくらでもある。どうせこの男は一生刑務所から出られないのだ。

グレゴリオスがドアや窓を見ている――というより、錠や掛け金を観察していることにライムは気づいた。

「おい、新人《ルーキー》」

「何でしょう、リンカーン」ロナルド・プラスキーが訊き返す。

「ナイロン手錠をかけろ」

「手錠を厳重にかけてあります。絶対にはずせませんよ」

ライムは上目遣いにプラスキーを見つめた。プラスキーは、まもなく拘置所に連行されるこの男の異名が〝ロックスミス〟であることをようやく思い出したらしい。

「あ、そうか」

プラスキーは容疑者の手首にナイロン手錠をかけた。


意外にも、グレゴリオスの顔に怒りらしきものは浮かんでいなかった。その目はライムにじっと据えられている。チェス大会の決勝で対戦する選手といった風、長く待ち望まれた試合の最初の一手をライムがいま指したばかりといった風だった。

まったく同じ表情でライムを見つめた男がかつていた――ウォッチメイカーだ。

大柄な男女の制服警官が二名到着した。「容疑者を拘置所に移送します」

プラスキーがグレゴリオスに顎をしゃくり、制服の二人が左右からグレゴリオスの腕をつかんで玄関に向かった。プラスキーがあとを追う。

「ちょっといいかな」グレゴリオスが言った。制服の二人が立ち止まる。グレゴリオスはライムのほうを振り返った。「いまはお互い鍵をかけて閉じこめられた男だ。どっちが先に出られるだろうな」

それだけ言うと前に向き直った。四人は玄関を出ていった。

グレゴリオスを前にしたとき、ライムは、この城に――あるいは被害者二人の城に――侵入した手際に驚いたと話した。

　だが実際には、ライムと捜査チームはロックスミスの手口をとうに割り出していた。タリーズとノエルは住居の内部や防犯アラームや錠の種類を映した動画を投稿サイトで配信していた。独身生活のリズムや、眠る前にたいがい睡眠薬やワインをのむといった習慣も隠さずにいた。

　そこでライムは、市民に情報提供を呼びかける動画をこのタウンハウスで撮影しようとサックスに提案した。広角のカメラを使い、玄関の錠や防犯アラームの操作パネルが映りこむようにする。

　ロックスミスは罠にかかるだろうか。わからない。だが、やってみる価値はある。

　ニューヨーク市警の技術サービスの監視班がタウンハウスの玄関前にビデオカメラを設置し、ライムはトムをパートナーと外出させた。セリットーとサックスは戦術班をもう一つの居間で待機させた。

　ロックスミスは餌に食いついた。

　いま、サックスとメル・クーパーは証拠物件の整理に取りかかった。ケーブルテレビのニュース専門チャンネルの画面に〈速報〉の文字が閃いた。女性キャスターが詳細を伝えた。「〝ロックスミス〟を名乗る容疑者が先ほどマンハッタンで逮捕されました。容疑者は〈ヴューナウ〉でコンテンツ・モデレーターとして働いていたヤニス・グレゴリオス、三十歳で、連続家宅侵入事件を起こしてニューヨーク市を恐怖に陥れていました。

　また、数日前に遺体で発見された実父のアレコス・グレゴリオス氏を殺害した容疑でも逮捕されたとのことです。

　市警の情報筋によりますと、事件の捜査に当たったチームには、リンカーン・ライム氏も参加していました。ニューヨーク市警の元警部であるライム氏は、ニューヨーク市で何年か前に起きた連続誘拐殺人事件〝ボーン・コレクター事件〟を解決したことで知られる刑事学の一人者です」

「おい、それはないだろ」セリットーがつぶやいた。

　ライムは顔をしかめた。「そう言いたくもなるよな。怒る気持ちはよくわかる。マスコミはいつもかならず間違えてくれる。刑事学とは刑事政策や何かを研究する学問だ。どんなに考えたってそれ以上に退屈な学問は思いつかない。言っておくが、私は犯罪学者だ」

「俺が言ってるのはそれじゃない」

見ると、セリットーのみならず、クーパーとサックスも仕事の手を止めてライムを見つめていた。

次の瞬間、ライムも理解した。

いまの一報で、ライムが禁止令を破って捜査に関わっていた事実を世の中の全員が知ることになる――市警上層部を含めた全員が。

「いや、とくに問題とは思えない」ライムは妙に陽気な気分で言った。「つまるところ、私はサイコ野郎を捕まえたのだからな。不問に付されるほうに十ドル賭ける。いや、百ドルにしよう。さあ、誰か乗らないか？」

第六部

十字形キー

五月二十九日　午前九時

79

「逮捕しろ」

　ニューヨーク市長トニー・ハリソンは、市長室の窓際に立ち、くさびの形をした街を、彼の街を見下ろしている。この街では、彼が発した命令はかならず果たされ、彼が定めた規則はかならず遵守《じゅんしゅ》される――

　――はずだった。

「ライムの奴を刑務所に放りこめ。配下の者もだ。サックス、プラスキー……一人残らず解雇しろ。年金は支給しない。やれるか?」ハリソンはまくり上げた袖の具合が左右で違っていることに気づいた。右は肘の先が見えている。それを直す。

「年金については慎重に判断したほうがよろしいかと」そう進言したのは、市長付きの警備チームの一員、たくましい体つきでアウトドア派の刑事リチャード・ボーフォートだ。俳優の誰かによく似ているのだが、ハリソンはその俳優の名前を思い出せなかった。テレビドラマで刑事を演じていた俳優。いや、FBI捜査官だったかもしれない。

　ボーフォートが続けた。「この件は慎重に扱うべきです。連中がロックスミスを逮捕したのは確かなわけですから。ジョアナ・ウィテカーも」

　もう一人、エイブ・ポッターも同席していた。洗練されたカジュアルといった出で立ちの市長とは対照的に、ポッターは、最近では珍しい三つ揃いのスーツをぴしりと着こなしていた。

　スポーツが得意そうな体格をした市長は、いかにも政治家らしいスタイルにした白髪まじりの豊かな髪をなでつけた。「きみらはローランドの声明を見たか」

　州都オールバニーの知事公邸の居住権を争う対立候補エドワード・ローランドは、容疑者逮捕からわずか二十分というスピードで声明を発表していた。

「いいえ」ボーフォートが答える。

　ポッターが言う。「私は見ました。手痛い打撃です」

「どんな内容でした?」ボーフォートが訊く。

「市の職員すら管理できないのかと私を非難し、辞職を迫る内容だ。ロックスミス逮捕にこれほど時間がかかった原因は、市警の腐敗にあるとも言っている。ウェルムの投稿を引き合いに出していたな」

ポッターが言った。「ウェルムの正体は、アヴェレル・ウィテカーのいかれた姪でした。いまは殺人の容疑で拘置所にいます」

「ウェルムにはたいへんな数のフォロワーがいて、連中はその容疑を信じていない。ジョアナはスケープゴートにされたのだと主張している」

ハリソンは、ブルックリン選出の市議会議員だったころから愛用している質素なデスクチェアに腰を下ろした。前市長が使っていた椅子は、市長室に初出勤した日に運び出して処分させた。「何か話を作れ。世間を納得させるような理由をでっち上げろ。そうだ、ライムの捜査への貢献度は低かったことにすればいい。報道は誤りで、今回の容疑者逮捕にライムはほとんど貢献しなかったことに——貢献らしい貢献をしなかったことにする」

ポッターが咳払いをして言った。「市長、貢献らしい貢献をしなかったのなら、ライムを逮捕する理由がなくなってしまいます」

ハリソンは顔をしかめた。たしかにそうだ。ふたたび知恵を絞る。「警備員が……」

「はい？」ボーフォートは四本指と親指をこすり合わせている。ハリソンはそのしぐさを、〝それはどうでしょう〟という意味に解釈した。

「では、これならどうだ？　ライムと配下のチームは権限もないのに勝手に捜査を進めた。仮に所轄分署と刑事部が捜査を主導していれば事件はもっと早く解決しただろうし、死人も出なかったはずだ」

一瞬の沈黙があった。市長を見ていたポッターはボーフォートを見たあと、また市長に視線を戻した。「私は警察の人間ではありませんが、ライムとアメリア・サックスが率いる捜査チームがこれまで多くの事件を市内のほかのどのチームより短期間で解決してきたことは知っています」

「それは事実です」ボーフォートも言った。

ハリソンはまたも左右の袖のまくり具合をそろえようといじり始めた。「きみら二人は知っていても、市民は知らないのではないか」

つまり、選挙権を持つ市民は。

「ここは譲れないな。たしかに、ロックスミス逮捕はライムのチームの功績であることは認めるが、私の命令を無視して勝手に動いたがために捜査が妨害され、そのために罪のない市民が殺されていたかもしれないこともまた事実だ。しかしまあ、それについては大目に見てもいい。マスコミにこうリークしよう――私はライムを過失致死未遂容疑で告発することも検討したが、公務執行妨害にとどめたと。公務執行妨害はクラスAの軽罪だ。最高一年の刑に当たる。ライムをしばらく塀のなかに放りこんでくれそうな判事を探そうじゃないか。四、五カ月も入れておけばいいだろう」

「チームのほかの者は解雇ですか」ポッターが言った。

ハリソンはしばし思案した。「解雇はやりすぎか。無給の停職処分でいこう。理由は命令違反。期間は半年とするかな」

ボーフォートがもぞもぞと身動きした。

「三カ月」ハリソンがそう言い直すと、ボーフォートもうなずいた。

ポッターが言った。「体の障害への対応はどのように」

「それは拘置所がどうにかするだろう」ハリソンはボーフォートの不満げな表情に気づいた。「アロンゾ・ロドリゲスと協力してライムを監視することには異議がなかったのに、これには納得がいかないのか」

ボーフォートが言った。「監視は形式にすぎませんでしたから――捜査顧問の排除命令が上っ面のものではないことをマスコミと世間に示すための。まさか市長が本当にライムの逮捕をお考えになるとは思っていませんでしたので」

「このまま放っておくわけにはいかないだろう。私の信用が丸つぶれになる。それにローランドが全面攻撃を仕掛けてきている。誰かいい判事はいないか」

ポッターが応じた。「オショーネシーは？　まだ若い判事ですから、こちらの指示どおりに動くでしょう」

ハリソンは言った。「ロドリゲスに連絡して、ライム逮捕の采配をまかせろ。ライムをここに出向かせよう。奴のタウンハウスに押しかけていって注目を集めたくない」

「了解しました」

「隠密に運べ。相手は車椅子の身体障害者だ。慎重の上にも慎重にな」

「ただし、刑務所にぶちこむと」ボーフォートがつぶやく。

「そうだ、刑務所にぶちこめ」ハリソンはぴしりと鞭を鳴らすような声で言った。腰が引けているとはいえ、ボーフォートの反抗的な態度は気に入らない。

　ポッターの電話が鳴ってメッセージの着信を知らせた。目を通して眉をひそめる。

　ハリソンは溜め息をついた。「ローランドがまた私を悪く言ったか」

「いいえ。ブロードウェイで騒ぎが起きているようです。ヘラルド・スクエアで」

「騒ぎ？　どんな？」

「集会です。ウェルムの逮捕に抗議する集会。詳細はまだわかりませんが、マイヤー百貨店が放火されたようで」

　ハリソンはボーフォートを見た。「ロドリゲスに電話だ。ライム逮捕の指揮を指示しろ」次にポッターに向き直る。「管轄の署長に連絡して、ミッドタウンの騒ぎの情報を集めろ」それから嘲るようには鼻を鳴らし、街を見下ろした。「暴動か。こんなときに」

80

アロンゾ・ロドリゲスは、まさにその目的のために持ち歩いている手鏡をかざし、カイゼル髭の具合を整えた。

　五十二歳で一本気で、骨の髄まで警察官であるロドリゲスは、現場にいたころ、数えきれないほどの犯罪者を挙げてきた。逮捕数も大したものだが、有罪率も目覚ましい。捕まえた容疑者の全員が現に容疑となった罪を犯していたが、同情を禁じえない者も少なくなかった。子供を抱え、家計が困窮したあげくに犯罪に走った家族思いの父親や母親ばかりで、暴力事件ではなく薬物取締法違反で服役している者が大半を占める。

　ただし、警察官でありながら法を犯す輩だけは許しがたく、酌量《しやくりよう》の余地はない。

　そういう連中には神罰が当たればいいと思う。

　電話が鳴り出した。「はい？」

　アシスタントが心地よいアルトの声で告げた。「リンカーン・ライム氏と介護士の方がお見えです。お通しします」

「そうか、わかった」ロドリゲスは答えた。苦り切った声を出したつもりだ。いや、実際に苦り切ったような声が出た。とはいえ、どんなに丸めようと意識しても、彼の声はつねに尖って聞こえる。薄く割れた岩の先のようだ。

机の一番下の抽斗を開け、小型の拳銃、グロック26を取り出す。数年前に警視監に昇格して以来、仕事で銃を携帯したことは一度もなかった。いつも弾は入っているが、薬室にはこめていない。グロックは、トリガーが軽いからだ。いま、初弾を薬室に送りこんだ。指がトリガーに触れないように注意しながら銃をホルスターに収めてベルトに留めた。

立ち上がり、オフィス前の待合室に出た。ふわりとふくらませた髪をスプレーで固めた中年のアシスタントが小さくうなずく。不安げな顔だった。何が起きようとしているのか、とっさに理解できずにいるだろうが——自分のボスが拳銃を持っているところを初めて見たのだから——どうやらその結果は好ましいものになりそうにないと察している。

その直感は当たっている。

廊下を歩き、エレベーターで数階下に向かう。強行犯捜査課に入り、よく知っている刑事の二人組を探す。いずれも大柄な男で、一人は白人、もう一人は黒人だ。三人は挨拶を交わした。

「ちょっと手伝ってもらいたい。十五分ですむ。手は空いているか」

二人組は好奇心を浮かべた目を見回し、手は空いていると答えた。一人がロドリゲスの銃に気づき、珍しく銃を携帯していることに驚いたような顔つきをした。「何があったんですか、アロンゾ？」

「いまからある人物を逮捕しなくちゃならん。万が一に備えて、応援の人員がほしい」

「手伝うのはかまいませんよ。でも、十五分ってのは？　どこに行くんです？」

「すぐそこだ」

81

「当時はこの階に私のオフィスがあった」リンカーン・ライムはトムにそう話した。

二人は市警本部ビルの十二階に来ていた。エレベーターを降りてすぐの廊下を歩き出す。

大きな政府機関はどこもそうだが、ニューヨーク市警は子孫たる部署の名をひっきりなしに変える。鑑識課は現在、刑事局科学捜査部の一部門になっている。ライムが警部として鑑識課を率いていた当時は、中央科学捜査部門《IRD》のなかの一部門だった。

ライムは続けた。「ここで仕事をしたことはほとんどなかったがね。たいがいは現場に出ているか、ラボにこもっていた」

当時から変わったことはほかにもある。市警本部ビル《ワンPP》はまだ〝ビッグビルディング〟と呼ばれていた。制服のデザインも変わったし、女性や非白人の職員が増えた。ライムは大きく息を吸いこんだ。ふむ、洗剤は変わっていないようだ。少なくともライムの嗅覚の記憶にあるとおりのにおいがしたが、郷愁に惑わされているのかもしれない。

ライムは言った。「剛健様式《ブルータリズム》」

「はい？」トムが眉をひそめる。

「この建物のデザイン。建築様式」

「そんな様式はありませんよ」

「いや、あるんだ。六〇年代から七〇年代に流行した。コンクリート、直線、無彩色。おもしろみがない」

「僕が建築家で、その様式を流行らせたいと思ったら、広告代理店を雇ってもう少しましな名前を考えてもらいますよ」トムは言った。

現在の市警本部ビルの建築スタイルは、一九〇九年から一九七三年に市警本部が置かれていたセンター・ストリート二四〇番地のビルのそれとはかけ離れている。旧本部は、ロウワー・マンハッタンで一番美しい建物だった。優美な線を描くアーチ、ドーム、尖塔。ヴィクトリア朝様式にロココ風味を加えたようなデザインだった。大理石に真鍮、面取りガラスがふんだんに使われていた。

さらに廊下を進み、ブレット・エヴァンズのオフィスに向かった。エヴァンズは、ニュージャージー州警察に紹介しようとライムに声をかけ、ポッターやボーフォートに問い詰められたとき助け船を出してくれた警視監だ。

トムがドアを開け、二人は警視監のアシスタントが待機する前室に入った。

「ミスター・ライムですね」アシスタントが言った。三十代の女性で、肌の色は濃く、目は黒に近い焦げ茶色だ。ラベンダー色のスタイリッシュなスーツを着こなしていた。広い机の上に刑法の判例集が二冊あり、たくさんのメモが書かれた黄色い用箋がページのあいだにはさまれていた。夜間にどこかのロースクールに通っているのだろう。

「ミズ・ウィリアムズ」ライムは名札に目を留めて言った。「約束よりも早く着いてしまったようだ」

ライムが複雑な作りの車椅子に乗っているのを見ても、アシスタントはまったく動じなかった。「エヴァンズ警視監は電話中ですが、まもなくお目にかかれるかと」

その直後、ドアがふたたび開く気配がして、誰かが声をかけた。「リンカーン」

ライムは向きを変えた。アロンゾ・ロドリゲス警視監が入ってくるところだった。にこりともしない巨漢の刑事を二人、従えている。一人はジャケットの裾を後ろに引いていた。大型の拳銃をすぐ抜けるようにだろう。刑事たちはライムに目を向けてうなずいた。ロドリゲスがトムを見る。この二人は顔を合わせたことがあっただろうか。たぶんある。ライムは紹介を省くことにした。

「悲しい日だ」ロドリゲスが言った。

ライムは黙っていた。否定も同意もあまり意味がない。ライムが感情に関心を持つときがあるとすれば、たとえば採取された血液中のテストステロン値が高く、コルチゾール値は低くて、その血液を現場に残した人物は怒りを感じていたか興奮していたと判明するような場合だけだ。怒りや興奮といった情動は、何が起きたかを知る有益な指標になる。

それ以外の場合は？　よいものであれ悪いものであれ、心の動きに関してあれこれ考えるのは、どんなときも時間の無駄だ。

アシスタントのウィリアムズが当惑ぎみに言った。「ロドリゲス警視監。エヴァンズ警視監はこのあとミスター・ライムと面会なさる予定です。どのようなご用件でしょう」

「きみは廊下に出ていてくれ」ロドリゲスは固い声で言った。

「廊下に……でも、どうして？」

「業務命令だ」ロドリゲスは険悪な視線をアシスタントに向けた。ウィリアムズは即座に携帯電話とバッグを抱えて廊下に出た。

ドアが閉まると、ロドリゲスはライムに言った。「さっさと片づけてしまおう」

ライムはうなずいた。

二人はノックもせずにエヴァンズのオフィスに入った。まずロドリゲス、次に刑事二人、そのあとにライムとトムが続いた。広いオフィスの板張りの壁に、歴代の市警幹部の写真や肖像が飾られていた。

いつに増してダンディなブレット・エヴァンズが顔を上げ、驚いたように目をしばたたいた。だがその驚きはすぐに消えた。短い溜め息をつき、唇を引き結ぶ。それから立ち上がった。

「銃は持っていないな、ブレット?」

エヴァンズは持っていないと首を振った。

それでもロドリゲスは刑事のほうに合図をし、二人が進み出てエヴァンズの身体検査をし、銃を持っていないことを確かめた。エヴァンズに手錠をかけたのはロドリゲスだった。

「ブレット・エヴァンズ、司法妨害罪、共謀罪、窃盗罪、収賄罪の容疑で逮捕する。今後、容疑は追加される——殺人罪を含めて」続けてロドリゲスは容疑者の権利を読み聞かせた。

エヴァンズは小さく笑った。「私が最後に容疑者を逮捕したのはもう何年も前だ。虎の巻でもなければ権利の読み聞かせはできそうにないよ」

「弁護士依頼権を放棄するつもりはあるか」

「ないな」

ロドリゲスは刑事たちに指示した。「連行しろ。セリットー刑事が拘置所で待っているはずだ。容疑をすべて把握している」

「了解、アロンゾ」

エヴァンズはたくましい刑事二人にはさまれ、騒ぐことなく連行されていった。

ロドリゲスはカイゼル髭をひねりながらライムに言った。「さて、市長のところに報告に行くとしようか」

ライムはうなずいた。「興味深い会見になりそうだ」

82

ドレスシャツの袖をまくり上げたトニー・ハリソン市

長は立ち上がると、オフィスに入ってきたライムたちとすれ違うようにドアに近づいた。

ドアに手をかけたところで、一瞬、叩きつけるかどうするか迷うような表情をした。ドアはかなり分厚いが、叩きつけたところで期待するほどドラマチックな音は鳴りそうにない。それに、最低限のマナーは守るべきだと思い直したようだった。

たとえこんな状況であっても。

市長室にいるのはハリソンのほか、ライムとトム、アル・ロドリゲス、それにフットボール選手のような体格をしたリチャード・ボーフォートだ。市長室は広々としていて、ニューヨーク市の歴史に関係する品が博物館の展示室のように数多く飾られている。窓の向こうには街のすばらしい眺望が広がっているが、それでもここから見えるのはハリソンの〝領土〟のごく一部にすぎない。皮肉にも、窓は北に面していて、この方角のはるか彼方には――ここからは見えないが――ハリソンが政治家として照準を合わせている州都オールバニーがある。

リンカーン・ライムは政治にはこれっぽっちも関心がないが、いやでもどちらかを治めろと迫られたら、ニューヨーク州全体ではなくニューヨーク市を選ぶだろう。

ハリソンは机の椅子に戻った。

「説明してもらいたいね」そのとげとげしい言葉は、ロドリゲスに向けられていた。「ブレット・エヴァンズが逮捕されただと？　この男ではなく？」そう言ってライムを見た。

ロドリゲスは言った。「二週間ほど前、私からライム警部におとり捜査への協力を要請しました。市警本部長と検事局、市警の顧問弁護士の了解を得てのことです」

「おとり捜査？　何の？」

「このところ、捜査や公判が不発に終わる件数が増えておりまして、その原因を究明するためです」

それを聞いて、ハリソン市長は腹立たしげに目を細めた――州知事選の対立候補ローランドがハリソン攻撃の材料にしているのはまさにそれだ。

椅子に座ったボーフォートは無言でいるが、一度か二度、ライムのほうを不安げに盗み見た。

ロドリゲスが説明を続けた。「私は何日もかけて失敗の原因を調べました。張り込みが容疑者にばれたケースもあれば、情報屋が証言を撤回したり、ゴーワヌス運河から死体で見つかったりしたケースもありました。捜査や裁判がつまずいたのは、容疑者や被告人に情報が漏れたからとしか考えられない例が数十件もありました」

「内部に……」ハリソンはつぶやくように言った。「身内にスパイがいたわけか」

ロドリゲスがうなずく。「手がかりになりそうな共通点が一つ浮かび上がりました。その連中はニューヨーク市警の情報をヴィクトール・ブリヤックに売っているようだということです。そこで検事局は、ジョン・セラーズ検事にブリヤックを起訴させました——レオン・マーフィー殺害の罪で」

「その裁判で私は失態を演じた」ライムは言った。

ハリソンがかすれた声で言った。「あんたは……わざと失態を演じてブリヤックを無罪にしたのか？」

「いかにも」

ロドリゲスが付け加える。「一時は冷や冷やしましたがね。陪審がブリヤックを無罪とするかどうか確信が持てなかった。幸い、評決は無罪でした。ブリヤックはビジネスを再開しましたが、一つだけ懸念を抱いたはずです。リンカーンは、えー、失礼ながら、自負心が高いことで有名なので——」

「かまわん、何とでも言え」

カイゼル髭の下にかすかな笑みが浮かんだ。「リンカーンが執拗に自分を追うのではないかと危惧の念を抱いたはずです。念のため、リンカーンの〝奴を仕留められる材料をほかに探すまでだ〟という発言をブリヤックの耳に入れました」

「どうやって？」

「裁判所の検事控え室に、ブリヤックの手下が盗聴器を仕掛けていたんですよ。そんなことだろうと思って、盗聴器のスキャンを行いました。見つかった盗聴器をあえてそのままにしておいて、リンカーンの発言を盗聴させたんです」

「いやはや」

ライムは付け加えた。「私が何を企んでいるのか、ブリヤックなら市警内のスパイを使って探り出そうとするだろうと私たちは考えた」

ボーフォートが噛みつくような勢いで言った。「じゃあ、おとり作戦を進行中だったのに、僕にも市長にも黙っていたってことですか」

ライムは答えの分かりきった質問を忌み嫌っており、あらかたは無視する。

しかしロドリゲスは答えた。「どこから情報が漏れているのかわかりませんでしたから。ニューヨーク市警の機密情報の多くは市長室にも送られます。それを盗み見ている者がいないともかぎらない」

ハリソンは笑った。「私も容疑者の一人だったわけか」

ライムは論理の明白すぎる矛盾を指摘しなかった。ハリソンが情報を盗んで売り飛ばすとはまず考えられない。捜査や訴追が失敗すれば、選挙戦でそのまま自分の不利に働くのだから。

ロドリゲスはもう少し如才のない言い方で応じた。「いえ、ハリソン市長、あなたを疑ってはいませんが、市長室には大勢が出入りしますから。リーク元はどこであってもおかしくありません」それから話を先へ進めた。「スパイはかなり上層にいる人間であるはずです。あらゆる部署の捜査情報にアクセスできるわけですからね。市庁舎の幹部も含まれます」

ボーフォートが尋ねた。「ブレット・エヴァンズが浮上したのはなぜです?」

「期待したとおりの展開になったからさ——ブリヤックは手下の一人を差し向け、私が立場を踏み越えて続けているとされる捜査をやめさせせようとした。それがアーロン・ダグラスだ」

ロドリゲスが説明を加えた。「ダグラスは組織犯罪捜査課の刑事で、ブリヤックの組織に潜入していた」

「ダグラスはまっとうな人物なのかもしれないが、我々とブリヤックとの唯一の接点でもあった。そこでアメリアと私は、近くブルックリンのレッドフック桟橋で大規模な麻薬取引が行われるようだという作り話をさりげなく吹きこんだ」

ロドリゲスが言う。「私のほうでダグラスを監視させました。その結果がこれです。イーストサイドのオープンカフェで録音しました。ダグラスの隣のテーブルに私服の捜査員を座らせていたら、誰が来たと思います? エヴァンズです」そう言って録音の書き起こしをハリソン市長の机に置いた。

エヴァンズ　ブリヤックの反応は?

ダグラス　奴はニュースを見ないんで助かりました

よ。あのサックスって女をダウンタウンで見つけて車で撥《は》ね飛ばしたと報告しました。なのにあの女、テレビなんかに出やがるんですからね。ロックスミスに関する情報提供を募ったんですよ。

エヴァンズ　どのみちきみならうまくごまかせただろう。

ダグラス　そうですね、ヴィクトールは俺を信用してますから。ますます信頼してくれるようになっている。それでもびくびくものでしたよ。

〔雑音で聞き取れず〕

ダグラス　ところで、ヴィクトールにいい値段で売れそうなネタがあります。近々レッドフック桟橋で麻薬取引があるそうです。それも大規模な取引です。詳細を調べてもらえれば、俺からヴィクトールに渡します。奴は例のオークションで売るでしょう。押収したブツを鑑識がクイーンズ本部に運ぶ日時がわかれば、その情報を高値で買いそうな客が何人かいます。鑑識の車なら強奪するのは楽勝ですからね。とくに夜遅くなら。

エヴァンズ　いいね。すぐに麻薬取締課と連絡を取って、何かわかったら知らせるよ……ところでアーロン、一つ訊いていいか。私はかなり危ない橋を渡っている。きみはブリヤックの有罪の証拠をまだ押さえていないわけだが、ボスから急かされたりしていないいか？　半年かけて何の収穫もないとなるとな。何か手応えはあるのか？

ダグラス　俺の銀行預金は週に一万ドルずつ増えてる。あと、そうだな、五カ月か六カ月ねばりますよ。そのあと退職する。

エヴァンズ　市警を辞めて何をする？

ダグラス　フードトラックのチェーンを始めます。お膳立てはもうだいたいできてましてね。ああそうだ、最初のお客になってくださいよ。特別割引しますから。

〔笑い声〕

ハリソン市長は文書を押しやった。「なんということだ……まさかあのブレットが。信頼に足る男だと思っていたよ」

ライムは言った。「なぜもっと早く怪しまなかったかと私も思った。私が顧問を解雇されてすぐに電話をもらったのだが、その時点で違和感を持ったのに。確かに、ブレットの昇進を後押ししたのは私だ。しかしもう何年も前の話で、それ以来、連絡さえほとんど取り合っていなかった。民間のラボやニュージャージー州警察に紹介できると言っていたが、実際には私の動向をスパイしていたわけだ。私が何をしているか、さりげなく探り出そうとしていた」

ハリソンは首を振った。丁寧に整えられた銀色の髪と、ジャケットなしでシャツの袖をまくり上げたラフな服装は不釣り合いだ。いまもそうだが、シャツの一番上のボタンをたいがいはずしていて、ネクタイはいつ見ても左右どちらかに曲がっている。「私がきみを首にしたせいで、捜査はなおもややこしくなったのかもしれないな」

ライムはぼそりと答えた。「ええ、控えめに言っても」

アロンゾ・ロドリゲスが言った。「あなたが例の命令を出したと聞いて、すぐにサリー・ウィリスに連絡し、命令の徹底を図る任務を引き受けました。両立には苦慮しましたよ。リンカーンと彼のチームが命令を遵守しているという体裁を整える一方で、スパイの内偵も進めなくてはなりませんでしたから」

ハリソンは窓の外に目を向け、港の方角を見晴らした。「マーフィー殺害事件。あれはブリヤックの犯行だったのか？」

ロドリゲスが答えた。「いいえ」

「もしも陪審が有罪の評決を出したら、いったいどうするつもりでいた？」

「真犯人は確保できていました——クイーンズの保護施設に。書名入りの自白書も取っていましたから、ブリヤックが無実の罪で刑務所に送られる心配はありませんでした。セラーズ検事にしても、起訴するのが当然と誰もが思う材料を持っていました——動機、手段」

「スパイは逮捕した。ダグラスはどうした？」

「逃走しました。捜索中です」

「ブリヤックは？」ハリソンは険しい顔で訊いた。「やはり録音か何かの証拠があるのか」

「いいえ」ロドリゲスが答える。「あいかわらず用心深い男です」

「とすると、ブリヤックの捜査は振り出しに戻ったわけか」

「いや、実は……」ライムは上《うわ》の空《そら》でそう言いながら自分の携帯電話に目をやった。

83

クイーンズの瀟洒《しょうしゃ》な一角に停めたトリノの運転席で、アメリア・サックスは無線機がぱちぱちと音を立て始めたのに気づいて耳を澄ました。

「バッジナンバー五八八五、ターゲットの車を発見しました。自宅に向かっています。現在地は二ブロック手前。どうぞ」

「五八八五です」サックスは応答した。「乗っているのは一人ですか、どうぞ」

「そのとおりです、どうぞ」

　ついていない。一石で二羽落とせるのではと期待していたが、この一羽の確保がまずは肝心だ。この機会を逃すわけにはいかない。

　トリノのギアを入れて発進し、角を曲がったところでまた停車した。通りの反対側に、緑の庭に囲まれた優雅な屋敷がある。サックスはエンジンを止めた。

「こちら五八八五です。10－23、現場に到着。ターゲットを視認しました。現在地は自宅の一ブロック半ほど手前。全班、逮捕の準備をしてください。どうぞ」白いメルセデスのセダンがすべるようにこちらに走ってくるのが見えていた。

　無印の車両に分乗した四班のすべてから準備完了の返答があった。

　サックスは無線機を持ち上げた。嗅ぎ慣れたやや不快なにおいを嗅覚が感じ取った。「こちら五八八五。ターゲットの現在地、ホリー・アヴェニューとジューン・ストリートの交差点。どうぞ」

　二分後、メルセデスは自宅のゲート前に停止した。男の手がバイザーに伸び、オーバースライダー式ガレージドアのリモコンのボタンを押した。

　ドアは反応しない。いまから三十分ほど前、市警のESU隊員の一人がガレージドア側の受信機のスイッチを切っていた。

「確保！　確保！　確保！」サックスは全速力でメルセデスへと走りながら、大きな声で指示した。グロックの狙いをドライバーの頭に定める。ほかの警察車両が来て急ブレーキをかけて停まった。一台がメルセデスの行く手をふさぐ。数秒後、メルセデスは九名の警察官に包囲されていた。

「ドアのロックを解除して！」サックスは叫んだ。

ドライバーが指示に従った。

「両手をつねに見えるところに出しておいて。いい？決して妙な動きをしないこと」

ヴィクトール・ブリヤックはうなずき、両手を上げて車から降りた。ほかの八名が援護するなか、サックスは服の上からブリヤックの体を軽く叩いて武器がないことを確かめた。

たくましい男性ESU隊員がブリヤックに手錠をかけた。ブリヤックは嘲るように笑った。「これは何かの冗談だろう。エヴァンズやほかの誰かが何を言っているのか知らないが、どれも嘘だ。録音の一つでもあるのか？だいたい、SWAT隊が出動するほどのことなのか？」

サックスは答えなかった。第二級謀殺の容疑で逮捕すると告げ、被疑者の権利を読み聞かせた。

トニー・ハリソン市長のオフィスで、リンカーン・ライムはアメリア・サックスの報告を聞いて電話を切った。

アロンゾ・ロドリゲスに一つうなずいてから、ロドリゲス、ハリソン、ボーフォートの三人に向かって言った。

「ブリヤックの身柄を確保した。殺人の容疑でガーナー郡拘置所に連行する」

ハリソンが文字どおり息をのむ気配が聞こえた。

ロドリゲスが言った。「ブリヤックが自らの手を汚すことは決してありません。我々は何年ものあいだ奴の犯罪の証拠を探してきました。ブリヤックの事務所やフォレストヒルズの屋敷、ガーナー郡の別荘から十五キロ圏内で発生した重犯罪や死亡事件を一つひとつ検証しました。二カ月ほど前、ようやく証拠らしきものを見つけました。昨年、ガーナー郡の建設業者が帰宅途中で自動車事故を起こして死んでいます。事故として処理されましたが、どうも疑わしい。晴天の午後に見通しのいい道路で起きた事故でした――しかもブリヤックの別荘からたった五キロほどの地点で」

ライムが言った。「クレジットカードの履歴を調べると、ブリヤックが問題の自動車事故の前後に二十万ドル相当の建設資材を購入していたことが判明した。死んだ建設業者はブリヤックの別荘の改装作業をしていて、犯罪の証拠を見つけてしまったのだとしたら。ブリヤックは即座に動いてその人物を始末し、事故に見せかけたのだとしたら」

ロドリゲスがあとを引き取った。「何もかも偶然という可能性もありました。しかし、アメリア・サックスとロナルド・プラスキーが事故現場を再捜索したところ、建設業者の死とブリヤックとを結びつける証拠が見つかりました」

「事故から一年もたっていたのに？」

ライムはその二人がいかに優れた鑑識員であるかをハリソンに滔々《とうとう》と説いて聞かせたい衝動を押さえつけた。分析にはライムもいくらか貢献した。

「三月には起訴に足る証拠がそろっていました」ロドリゲスが続ける。「その気になればいつでも奴を逮捕できましたが、市警内のスパイを燻《いぶ》り出すまでのあいだ、泳がせておくことにしました。今日、エヴァンズを逮捕したので、ブリヤック確保に動いたわけです」

「いや、驚いたな」ハリソンは首を振った。それからライムを見つめた。「本当に申し訳なかったね、ライム警部。顧問契約を解除したのは間違いだった。しかし市政を考えての判断だ。政治とはいやなものだな」

政治がいやになるのは、自分に都合が悪いときにかぎるようだがな——ライムは心のなかでそう切って返した。

「あの禁止令はいますぐ撤回しよう。市警の副委員長と本部長に電話しておく」ハリソンはそう言うと椅子に背を預け、ゆるんで左側に寄っていたネクタイを右に引っ張った。それからライムに言った。「私で力になれることはないか。何でも言ってくれ」

しばしの思案ののち、ライムは言った。「ではお言葉に甘えて、一つだけ」

84

この一時間ほど、ラボにはライム一人きりだ。ライムはそういう時間が気に入っている。

トムはキッチンで夕飯の支度中で、サックスはワインと前菜を買いに出ていた。

今夜は祝勝会になるだろう。

ヴィクトール・ブリヤックが犯した殺人の捜査報告書

がそろそろ書き上がる。ブリヤックの犯行を裏づける決定的な証拠――殺害された建設業者のＤＮＡが付着した石――をサックスとプラスキーが見つけたあと、ガーナー郡警察は令状を取ってブリヤックの別荘を捜索し、屋内に保管されていた現金や商売がらみの情報を収めたＵＳＢメモリーを発見した。被害者がたまたまそれを見つけ、しかもその場面をブリヤックに見られたとの推測が成立する。ブリヤックはハンマーか鈍器で被害者を殴殺し、死体を被害者の車に乗せて州道のさびれた区間まで運転していき、被害者の足をアクセルペダルに載せておいてギアを入れたのだろう。車が衝突したあと死体を引きずり出し、証拠となった石で頭部を殴り、それが死因であるように見せかけた。

小さな町、事故の多い曲がりくねった道。警察当局は、まさか殺人だとは想像だにしなかった。

ライムは仕上がった報告書にデジタル署名をし、ロン・セリットーとアメリア・サックス、ニューヨーク市警組織犯罪捜査課長、ジョン・セラーズ検事、ガーナー郡検事局に宛てて送信した。

そのとき、居間のクリーンエリアではない側の高い位置に掛けられたテレビにテロップが表示された。

NEWS ALERT……

ニュース速報は日常茶飯だ。しかし今回のテロップは鮮やかな赤い文字で表示されている。しかもすべて大文字だ。

いつもとは違い、速報するまでもないニュースではなく、本当に重大なニュースがあるらしい。

続いて内容が表示された。

三都市で暴動と放火が発生中……死者一名、負傷者数十名。ウェルムの信奉者グループが暴徒化か。

サックスのフォード・トリノの低いエンジン音が近づいてくるのが聞こえて、ライムはテレビを消した。なんと各地で暴動が起きているらしいぞとサックスに話してやらなくては。

窓の外に目をやると、トリノが急ブレーキをかけてタウンハウス前に停まるのがちょうど見えた。車の停止のしかたをサックスはあれ以外に知らないらしい。

エンジンは止まったが、サックスは降りてこない。メッセージやメールを送るか読むかしているのだろう。たったいまライムが送ったブリヤックの殺人事件の捜査報告書かもしれない。

ライムはセントラルパーク・ウェストの向こう側に何気なく目をやった。通りの反対側で営業中のジャマイカ料理のフードトラックの陰に男がいて、どうやらサックスの様子をうかがっているようだ。紙とアルミホイルでくるまれたサンドイッチを食べている。

男は食べかけのサンドイッチを捨て、口もとと指をナプキンで拭い、サングラスをかけた。そして黒いベレー帽を頭に載せた。

あれは――！

アーロン・ダグラス、ブリヤックの殺し屋だ。

ライムの鼓動が速くなり、こめかみが激しく脈を打ち始めた。落ち着けと自分に言い聞かせながら、音声コマンドを発した。「サックスに電話」

電話の電子音声が応じた。「サックスに発信中」

呼び出し音は鳴らず、即座に留守電に転送された。


くそ！

窓の外を見る。ダグラスがベルトから拳銃を抜き、通りを渡ろうとしている。

「トム！　九一一に電話だ。うちの前に銃を持った男がいる！」

トムが電話を手に居間に来た。何も訊き返さずにダイヤルする。

ライムは声を張り上げた。「奴はアメリアを撃つ気だ！」

トムが玄関に向かう。

「だめだ！　きみまで撃たれてしまう！」

トムは立ち止まった。通信指令員に電話がつながっている。ライムは車椅子を全開でかっ飛ばし、玄関ドアの自動開閉スイッチを叩いた。しかしライムがサックスに警告する間もなく、ダグラスは車の正面に立ち、至近距離から六発発射した。弾丸はフロントガラスを易々と貫通した。

「よせ！」ライムは叫んだ。

ダグラスが振り返る。ライムが大急ぎで車椅子を後退させるのと同時に、こちらを狙って数発撃ってくる。弾は大きくそれてタウンハウスの外壁に当たり、褐色砂岩の破片が飛び散った。そのうちの一つがライムの頬をかすめた。

　ダグラスがライムに接近しようとしたちょうどそのとき、遠くからサイレンの音が聞こえてきた。ダグラスは一瞬ためらったが、すぐに南に向かって逃走し、まもなく見えなくなった。

　その直後、さらに数発の発砲音が轟いた。サイレンの音はまだ遠い。発砲したのは警察官ではありえない。ダグラスが通りがかりの車を乗っ取るつもりで空に向けて撃っているのだろう。

　ライムは振り返ってトリノを見た。

　あれは——手か？　助けを求めてここだと合図しているのか、それともドアを開けようとしているのか。あるいは、命が尽きる寸前に、天に手を差し伸べているのか。

　上に伸ばされた手はまもなく、力尽きたように視界から消えた。

85

　タイベックのオーバーオールに身を包んだ監察医は、重い足取りでゆっくりと歩いていった。当番監察医の大半は若いが、この監察医はもう若くない。

　医学の世界でトップに昇り詰めたいなら、監察医の経験はその踏み台になると広く見なされている。ウォール街の法律事務所を狙うなら、検事補の経験を積むのが近道であるのに似ている。ライムはドクター・ジョニー・クリステンをよく知っていた。ライムの鑑識課員時代から鑑識課長時代にかけ、よく仕事で一緒になった。現場に一番乗りしたつもりが、クリステンと同時だったということもよくあった——ライムが管理職に昇進し、自らグリッド捜索をする理由がないのに、ただ現場が好きだからというだけで行くようになってからも、それは変わらなかった。

　クリステンは伝説の監察医だ。彼が死亡を宣告した有名人や政治家、スポーツ選手は数百人を下らない。大勢の警察官の死にも立ち会ってきた。

殉職した警察官を検分するとき、クリステンはほかのどんな遺体に接するときより深い敬意を捧げているように見える。

白い口ひげをたくわえ、丸々と太ったクリステンはいま、歩道にあおむけで横たわった死体を見下ろしていた。死体の胸から顔はシーツで覆われている。陽光が一条、まるで狙ったようにベルトの金バッジを照らし、まばゆい黄金色の光が周囲に広がった。

ライムは小さくうなずいた。血の染みたシーツを見つめる。それはアメリア・サックスが選んだ濃い灰色のシーツで、ライムはその色を気に入っている。灰色は〝色〟ではない、厳密には白と黒を混ぜただけにすぎないという反論も可能ではある。

そしてまた、シーツは事件現場を汚染しかねないという議論も可能だ。リンカーン・ライムはそれを誰よりもよく知っているし、理屈のうえでその議論は正しいが、ここでは——忙しい大都会の路上では通行人の目が多く、したがって科学捜査は、むろん必要ではあるものの、ふだんのライムらしくない言い方をするなら、通常に比べて必要度が低い。

クリステンがシーツをそっと持ち上げた。「胸に三発、首に一発」

背後から足音が近づいてきた。

ロン・プラスキーだった。「リンカーン。怪我はないですか」

「見てのとおり私は無事だよ、ルーキー。現場を無用に汚染するな」

すでに鑑識チームがグリッド捜索を始めている。

プラスキーは死体をじっと見つめた。

ライムも見つめていると、女の声が聞こえた。「どんな様子？」

振り返ると、アメリア・サックスが来てライムの隣に立った。ライムはサックスの質問に、たったいま考えていたとおりの言葉で答えた。「遺《い》憾《かん》だな」

アーロン・ダグラスなら、ライムのチームに協力し、ヴィクター・ブリヤックの有罪を決定づける発言を何時間分も隠し撮りできたかもしれない。

だがアーロン・ダグラスは、もうこの世にいない。

「こうするしかなかった」サックスが言った。彼を射殺するしかない状況をダグラスが自ら招いたことに、やり